人民共和國文化與文學叢書

初 編

李 怡 主編

第3冊

「皮書」與中國當代文學
——以「黃皮書」爲考察中心

李 琴 著

花木蘭文化出版社

國家圖書館出版品預行編目資料

「皮書」與中國當代文學——以「黃皮書」為考察中心／李琴
著 -- 初版 -- 新北市：花木蘭文化出版社，2014〔民103〕
目 4+270 面：19×26 公分
（人民共和國文化與文學叢書 初編：第 3 冊）
ISBN 978-986-322-757-1（精裝）
1. 中國當代文學　　2. 文學評論
820.8　　　　　　　　　　　　　　　　103012655

特邀編委（以姓氏筆畫為序）：

吳義勤　孟繁華　張　檸
張志忠　張清華　陳思和
陳曉明　程光煒　劉福春
（臺灣）宋如珊
（日本）岩佐昌暲
（新西蘭）王一燕
（澳大利亞）鄭　怡

人民共和國文化與文學叢書
初 編 第 三 冊　　　　　ISBN：978-986-322-757-1

「皮書」與中國當代文學——以「黃皮書」為考察中心

作　　者　李琴
主　　編　李怡
企　　劃　北京師範大學民國歷史文化與文學研究中心
　　　　　四川大學現代中國文化與文學研究中心
總 編 輯　杜潔祥
副總編輯　楊嘉樂
編　　輯　許郁翎
印　　刷　普羅文化出版廣告事業
出　　版　花木蘭文化出版社
社　　長　高小娟
聯絡地址　235 新北市中和區中安街七二號十三樓
　　　　　電話：02-2923-1455／傳真：02-2923-1452
網　　址　http://www.huamulan.tw 信箱 hml810518@gmail.com
初　　版　2014 年 9 月
定　　價　初編 17 冊（精裝）新台幣 30,000 元

「皮書」與中國當代文學
——以「黃皮書」爲考察中心

李 琴 著

作者簡介

　　李琴（1977.11 ——），女，四川新都人，四川師範大學文學院副教授。
　　2003 年 7 月始任教於四川師範大學文學院
　　2010 年於四川大學文學與新聞學院獲文學博士學位。
　　主要研究方向：中國當代文學與文化
從事中國現當代文學教學與研究以來，在《中國現代文學研究叢刊》、《當代文壇》、《西南民族學院學報》、《中國文學研究》等重要刊物發表論文若干。

提　　要

　　「皮書」誕生於二十世紀五六十年代，正處於新中國社會主義文藝建設初期。「皮書」出版的政治文化根源可追溯至解放區時期。至新中國成立，這一根源隨著國家制度的確立而被體制化。因此「皮書」的整個出版流程不可避免地打上了政治文化的烙印。但因為文學翻譯與閱讀必然存在的「個人性」特徵，「皮書」在出版、流通和閱讀接受中產生的實際影響就不可避免地與其出版初衷發生偏離，因而延宕出豐富而複雜的歷史文化內蘊。

　　論文的整體構架主要分為兩大塊，第一是「皮書」與新中國主流的社會主義文藝建設之間的關係，分別以「皮書」主要誕生時期與新時期文藝時期為考察的歷史背景；第二是「皮書」與邊緣化青年知識分子文化意識建構及文學創作之間的關係。在此基礎上，探討釐清社會主義文藝的「主文學場」與由「皮書」的閱讀接受而形成的「次文學場」之間的隱在關聯，由此進一步證明「皮書」複雜的思想文化影響力，開掘出新中國成立後日漸「一體化」文學下的多層文化路徑。

　　「皮書」與新中國文藝相伴相生，在產生「意外」的文學影響之外，毋庸諱言，「皮書」亦可能本身即是「問題」，相對於「良性」影響，其「負面」意義也是我們研究者需要警醒的。

《人民共和國文化與文學叢書》總序

李　怡

　　中國當代文學是與「中國現代文學」相對的一個概念，指的是中華人民共和國建立之後的文學。追溯這一概念的起源，大約可以直達 1959 年新中國十週年之際，當時的華中師院中文系著手編著《中國當代文學史稿》，這是大陸中國最早編寫的「中國當代文學史」教材。從此以後，「當代文學」就與「現代文學」區分開來。與中國現代文學研究比較，中國的當代文學研究是一個相對年輕的學科，所以直到 1985 年，在一些「現代文學」的作家和學者的眼中，年輕的「當代文學」甚至都沒有「寫史」的必要。〔註1〕

　　但歷史究竟是在不斷發展的，從新中國建立的「十七年」到「文化大革命」十年再到改革開放的「新時期」，而後又有「後新時期」的 1990 年代以及今天的「新世紀」，所謂「中國當代文學」的歷史已達六十餘年，是「中國現代文學三十年」的整整一倍！儘管純粹的時間計量也不足說明一切，但「六十甲子」的光陰，畢竟與「史」有關。時至今日，我們大約很難聽到關於「當代文學不宜寫史」的勸誡了，因爲，這當下的文學早已如此的豐富、活躍，而且當代史家已經開始了更爲自覺的學科建設與史學探討，這包括洪子誠的《中國當代文學史》，孟繁華、程光煒的《中國當代文學發展史》，張健及其北京師範大學團隊的《中國當代文學編年史》等等。

　　中國當代文學研究的活躍性有目共睹，除了對當下文學現象（新世紀文學現象）的緊密追蹤外，其關於歷史敘述的諸多話題也常常引起整個文學史

〔註 1〕 見唐弢：《當代文學不宜寫史》，《文藝百家》1985 年 10 月 29 日「爭鳴欄」（見《唐弢文集》第九卷，社科文獻出版社 1995 年），及施蟄存：《關於「當代文學史」》（見《施蟄存七十年文選》，上海文藝出版社 1996 年）。

學界的關注和討論，形成對「當代文學」之外的學術領域（例如現代文學）的衝擊甚至挑戰。例如最近一些年出現的「十七年文學研究熱」。我覺得，透過這一研究熱，我們大約可以看到中國當代文學研究的某些癥結以及我們未來的努力方向。

我曾經提出，「十七年文學研究熱」的出現有多種多樣的原因，包括新的文學文獻的發掘和使用，歷史「否定之否定」演進中的心理補償；「現代性」反思的推動；「新左派」思維的影響等等。〔註 2〕尤其是最後兩個方面的因素值得我們細細推敲。在進入 1990 年代以後，隨著西方後現代主義對「現代性」理想的批判和質疑，中國當代的學術理念也發生了重要的改變。按照西方後現代主義的批判邏輯，現代性是西方在自己工業化過程中形成的一套社會文化理想和價值標準，後來又通過資本主義的全球擴張向東方「輸入」，而「後發達」的東方國家雖然沒有完全被西方所殖民，但卻無一例外地將這一套價值觀念當作了自己的追求，可謂是「被現代」了，從根本上說，也就是被置於一個「文化殖民」的過程中。顯然，這樣的判斷是相當嚴厲的，它迫使我們不得不重新思考我們以「現代化」為標誌的精神大旗，不得不重新定位我們的文化理想。就是在質疑資本主義文化的「現代性反思」中，我們開始重新尋覓自己的精神傳統，而在百年社會文化的發展歷史中，能夠清理出來的區別於西方資本主義理念的傳統也就是「十七年」了，於是，在「反思西方現代性」的目標下，十七年文學的精神魅力又似乎多了一層。

1990 年代出現在中國的「新左派」思潮在相當大的程度上強化著我們對「十七年」精神文化傳統的這種「發現」和挖掘。與一般的「現代性反思」理論不同，新左派更突出了自「十七年」開始的中國社會主義理想的獨特性——一種反西方資本主義現代性的現代性，換句話說，十七年中國文學的包含了許多屬於中國現代精神探索的獨特的元素，值得我們認真加以總結和梳理。在他們看來，再像 1980 年代那樣，將這個時代的文學以「封建」、「保守」、「落後」、「僵化」等等唾棄之顯然就太過簡單了。

「反思現代性」與新左派理論家的這些見解不僅開闢了中國當代文學史寫作的新路，而且對中國現代文學的基本價值方向也形成了很大的衝擊。如果百年來的中國文學與文化都存在一個清算「西方殖民」的問題，如果這樣

〔註 2〕 參見李怡：《十七年文學研究「熱」的幾個問題》，《重慶大學學報》2011 年 1 期。

的清算又是以延安—十七年的道路爲成功榜樣的話，那麼，又該如何評價開啓現代文化發展機制的五四？如何認識包括延安，包括十七年文化的整個「左翼陣營」的複雜構成？對此，提出這樣的批評是輕而易舉的：「那種忽略了具體歷史語境中強大的以封建專制主義文化意識爲主體的特殊性，忽略了那時文學作品巨大的政治社會屬性與人文精神被顛覆、現代化追求被阻斷的歷史內涵，而只把文本當作一個脫離了社會時空的、僅僅只有自然意義的單細胞來進行所謂審美解剖，這顯然不是歷史主義的客觀審美態度。」〔註3〕

利用文學介入當代社會政治這本身沒有錯，只不過，在我看來，越是在離開「文學」的領域，越需要保持我們立場的警覺性，因爲那很可能是我們都相當陌生的所在。每當這個時候，我們恰恰應該對我們自己的「立場」有一個批判性的反思，在匆忙進入「左」與「右」之前，更需要對歷史事實的最充分的尊重和把握，否則，我們的論爭都可能建立在一系列主觀的概念分歧上，而這樣的概念本身卻是如此的「名不副實」，這樣的令人生疑。在這裡，在無數令人眼花繚亂的當代文學批評的背後，顯然存在值得警惕的「僞感受」與「僞問題」的現實。

只要不刻意的文過飾非，我們都可以發現，近「三十年」特別是1990年代以來中國當代文學及其批評雖然取得了很大的發展。但是也存在許多的問題，值得我們警惕。特別需要注意的是1990年代以後中國文學現象的某種空虛化、空洞化，一些問題成爲了「僞問題」。

眞與假與僞、或者充實與空虛的對立由來已久。1980年代的現代主義文學也曾經被稱爲「僞現代派」，有過一場論爭。的確，我們甚至可以輕而易舉地指出如北島的啓蒙意識與社會關懷，舒婷的古代情致，顧城的唯美之夢，這都與詩歌的「現代主義」無關，要證明他們在藝術史的角度如何背離「現代派」並不困難，然而這是不是藝術的「作僞」呢？討論其中的「現代主義詩藝」算不算詩歌批評的「僞問題」呢？我覺得分明不能這樣定義，因爲我們誰也不能否認這些詩歌創作的眞誠動人的一面，而且所謂「現代派」的定義，本身就來自西方藝術史。我們永遠沒有理由證明文學藝術的發展是以西方藝術爲最高標準的，也沒有根據證明中國的詩歌藝術不能產生屬於自己的現代主義。也就是說，討論一部分中國新詩是否屬於眞正西方「現代派」，以

〔註3〕董健、丁帆、王彬彬：《我們應該怎樣重寫當代文學史》，《江蘇行政學院學報》2003年第1期。

「更像」西方作為「非偽」，以區別於西方為「偽」，這本身就是荒謬的思維！如果說1980年代的中國詩壇還有什麼「偽問題」的話，那麼當時對所謂「偽現代派」的反思和批評本身恰恰就是最大的「偽問題」！

不過，即便是這樣的「偽」，其實也沒有多麼的可怕，因為思維邏輯上的某種偏向並不能掩飾這些理論探求求真求實的根本追求，我們曾經有過推崇西方文學動向的時代，在推崇的背後還有我們主動尋求生命價值與藝術價值的更強大的願望，這樣的願望和努力已經足以抵消我們當時思維的某種模糊。

文學問題的空虛化、空洞化或者說「偽問題」的出現，之所以在今天如此的觸目驚心在我看來已經不是什麼思維的失誤了，在根本的意義上說，是我們已經陷入了某種難以解決的混沌不明的生存狀態：在重大社會歷史問題上的躲閃、迴避甚至失語——這種狀態足以令我們看不清我們生存的真相，足以讓我們的思想與我們的表述發生奇異的錯位，甚至，我們還會以某種方式掩飾或扭曲我們的真實感受，這個意義上的「偽」徹底得無可救藥了！1990年代以降是中國文學「偽問題」獲得豐厚土壤的年代，「偽問題」之所以能夠充分地「偽」起來，乃是我們自己的生存出現了大量不真實的成分，這樣的生存可以稱之為「偽生存」。

近20年來，中國文學批評之「偽」在數量上創歷史新高。我們完全可以一一檢查其中的「問題」，在所有問題當中，最大的「偽」恐怕在於文學之外的生存需要被轉化成為文學之內的「藝術」問題而堂皇登堂入室了！這不是哪一個具體的藝術問題，而是滲透了許多1990年代的文學論爭問題，從中，我們可以見出生存的現實策略是如何借助「文學藝術」的方式不斷地表達自己，打扮自己，裝飾自己。《詩江湖》是1990年代有影響的網站和印刷文本，就是這個名字非常具有時代特徵：中國詩歌的問題終於成為了「江湖世界」的問題！原來的社會分層是明確的，文學、詩歌都屬於知識分子圈的事情，而「江湖世界」則是由武夫、俠客、黑社會所盤踞的，與藝術沒有什麼關係。但是按照今天的生存「潛規則」，江湖已經無處不在了，即便是藝術的發展，也得按照江湖的規矩進行！何況對於今天的許多文學家、批評家而言，新時期結束所造成的「歷史虛無主義」儼然已經成了揮之不去的陰影，在歷史的虛無景象當中，藝術本身其實已經成了一個相當可疑的活動，當然，這又是不能言明的事實，不僅不能言明，而且還需要巧妙地迴避它。在這個時候，生存已經在「市場經濟」的熱烈氛圍中扮演了我們追求的主體角色，兩廂比

照，不是生存滋養了文學藝術的發展，而是文學藝術的「言說方式」滋養了我們生存的諸多現實目標。

於是，在 1990 年代，中國文學繼續產生不少的需要爭論的「問題」，但是這些問題的背後常常都不是（至少也「不單是」）藝術的邏輯所能夠解釋的，其主要的根據還在人情世故，還在現實人倫，還在人們最基本的生存謀生之道，對於文學藝術本身而言，其中提出的諸多「問題」以及這些問題的討論、展開方式都充滿了不真實性，例如「個人寫作」在 20 世紀中國新詩「主體」建設中的實際意義，「知識分子寫作」與「民間寫作」的分歧究竟有多大，這樣的討論意義在哪裏？層出不窮的自我「代際」劃分是中國新詩不斷「進化」的現實還是佔領詩壇版圖的需要？「詩體建設」的現實依據和歷史創新如何定位？「草根」與「底層」的真實性究竟有多少？誰有權力成為「草根」與「底層」的的代言人？詩學理論的背後還充滿了各種會議、評獎、各種組織、頭銜的推杯換盞、觥籌交錯的影像，近 20 年的中國交際場與名利場中，文學與詩歌交際充當著相當活躍的角色，在這樣一個無中心無準則的中國式「後現代」，有多少人在苦心孤詣地經營著文學藝術的種種的觀念呢？可能是鳳毛麟角的。

在這個意義上，中國當代文學的研究與批評應該如何走出困境，盡可能地發現「真問題」呢？我覺得，一個值得期待的選擇就是：讓我們的研究更多地置身於國家歷史情態之中，形成當代文學史與當代中國史的密切對話。

國家歷史情態，這是我在反思百年來中國文學敘述範式之時提出來的概念，它是百年來中國文學生長的背景，也是文學中國作家與中國讀者需要文學的「理由」，只有深深地嵌入歷史的場景，文學的意味才可能有效呈現。對於中國現代文學研究而言，這樣的歷史場景就是「民國」，對於中國當代文學而言，這樣的歷史場景就是「人民共和國」。

感謝花木蘭文化出版社，使得我們對百年來中國文學的研究有了兩大厚重的背景——民國與人民共和國，這兩套大型叢書將可能慢慢架構起百年中國文學闡述的新的框架，由此出發，或許我們就能夠發現更多的真問題，一步一步推進我們的學術走上堅實的道路。

2014 年馬年春節於江安花園

緒　論 ……………………………………………………… 1

第一章　「皮書」的誕生 …………………………………… 7
　第一節　「皮書」概述 …………………………………… 7
　　一、「皮書」與「內部書」之概念辨析 ……………… 7
　　二、「皮書」出版的時代背景：「對峙」與
　　　　「鬆動」 …………………………………………… 10
　　三、「皮書」的分類 …………………………………… 14
　　四、「黃皮書」的分期問題 …………………………… 15
　第二節　「黃皮書」出版的體制化特徵與隱藏的
　　　　　「個人意志」 …………………………………… 21
　　一、「黃皮書」出版的體制化特徵 …………………… 21
　　　（一）政治國家話語指導下的出版流程 …………… 21
　　　（二）國家化的出版制度 …………………………… 24
　　二、隱藏的「個體意志」 ……………………………… 29
　　　（一）文本選擇上的個人化因素 …………………… 29
　　　（二）文本翻譯中的「信」「達」「雅」
　　　　　　問題 ………………………………………… 31

第二章　「皮書」與社會主義文藝建設（上） ………… 35
　第一節　「黃皮書」與「修正主義文藝」 …………… 35
　　一、「黃皮書」中「修正主義文藝」在主題
　　　　與題材上的突破與豐富 ………………………… 36
　　　（一）主題上的突破 ……………………………… 36
　　　（二）題材日益豐富 ……………………………… 43
　　二、「黃皮書」中「修正主義文藝」在藝術
　　　　形式上的革新 …………………………………… 44
　　　（一）「非英雄化」處理與日常生活的細
　　　　　　緻描寫 ……………………………………… 44
　　　（二）表現手法、敘事技巧的多樣化 …………… 45
　　三、「修正主義文藝」對新中國主流文藝之
　　　　影響 ……………………………………………… 46
　　　（一）主流文藝對「修正主義文藝」的
　　　　　　批判 ………………………………………… 46
　　　（二）「修正主義文藝」對「百花文學」
　　　　　　之影響 ……………………………………… 48
　第二節　「黃皮書」與「現代派」文藝 ……………… 60
　　一、「皮書」中的「現代派」文藝 ………………… 60

目
次

二、主流文藝對「現代派」理論的辨析⋯⋯⋯62
三、「黃皮書」中「現代派」文藝的特徵⋯⋯64
　　（一）思想主題特徵⋯⋯⋯⋯⋯⋯⋯⋯64
　　（二）藝術形式特徵⋯⋯⋯⋯⋯⋯⋯⋯68
四、「黃皮書」中的其他文學作品⋯⋯⋯⋯⋯69
第三章　「皮書」與社會主義文藝建設（下）⋯73
第一節　階級話語制約下社會主義文藝的悖謬式
　　　　探索⋯⋯⋯⋯⋯⋯⋯⋯⋯⋯⋯⋯⋯73
一、公開的「解凍」⋯⋯⋯⋯⋯⋯⋯⋯⋯⋯75
二、內部的「皮書」⋯⋯⋯⋯⋯⋯⋯⋯⋯⋯78
第二節　民族話語訴求下社會主義文藝的艱難
　　　　建構⋯⋯⋯⋯⋯⋯⋯⋯⋯⋯⋯⋯⋯82
一、社會主義文藝「民族性」的理論探討⋯82
二、「他者」形象出現的「皮書」⋯⋯⋯⋯88
第三節　「皮書」映射出的國內文藝政策及可能的
　　　　危機⋯⋯⋯⋯⋯⋯⋯⋯⋯⋯⋯⋯⋯89
一、文藝政策上「區別對待」⋯⋯⋯⋯⋯⋯90
二、文藝政策背後可能存在的危機⋯⋯⋯⋯93
　　（一）平等原則的被破壞⋯⋯⋯⋯⋯⋯93
　　（二）文化權力的控制與知識分子話語
　　　　　權的喪失⋯⋯⋯⋯⋯⋯⋯⋯⋯97
第四章　「皮書」與「文學場」的分化⋯⋯⋯⋯99
第一節　布迪厄「文學場」概念論析⋯⋯⋯⋯99
第二節　主流文化與青年思想解放之關係⋯⋯101
一、五六十年代短暫鬆動期主流文化與青年
　　思想解放之關係⋯⋯⋯⋯⋯⋯⋯⋯⋯102
二、「文革」中政治文化制度及政治事件與
　　青年思想解放之關係⋯⋯⋯⋯⋯⋯⋯106
　　（一）「結社」與「報禁」的有限自由⋯106
　　（二）「九・一三」事件後全國性反思活
　　　　　動，青年讀書運動等與青年思想
　　　　　解放之關係⋯⋯⋯⋯⋯⋯⋯⋯107
第三節　「皮書」的讀者分類與青年「讀書」狀況
　　　　考察⋯⋯⋯⋯⋯⋯⋯⋯⋯⋯⋯⋯108
一、「讀者」分類：從政治角度和年齡角度
　　考察⋯⋯⋯⋯⋯⋯⋯⋯⋯⋯⋯⋯⋯108

　　　　二、青年閱讀「皮書」狀況考察 ……………… 109
　　第四節　「讀書」與「次文學場」的最終形成 …… 117
　　　　一、城市文藝沙龍的出現 ………………………… 118
　　　　二、城市文藝沙龍與農村「思想村落」並蒂
　　　　　　共生 …………………………………………… 128
　　　　三、青年亞文化的出現 …………………………… 134
　　　　四、「皮書」次文學場特徵 ……………………… 137
第五章　「皮書」與新時期文藝復興 ………………… 145
　　第一節　「皮書」與新時期「人道主義」大討論 … 145
　　第二節　「皮書」與新時期批判現實主義傳統的
　　　　　　恢復與發展 …………………………………… 160
　　第三節　「皮書」與新時期文學復興之個案研究 … 165
　　　　一、簡論艾特瑪托夫的文學影響 ……………… 165
　　　　二、「皮書」對北島早期詩歌創作的影響
　　　　　　研究 …………………………………………… 168
　　　　　　（一）葉甫杜申科政治抒情詩的影響 …… 169
　　　　　　（二）梅熱拉伊蒂斯哲理抒情詩的影響 … 172
第六章　「皮書」與國內現代主義文學的發展 ……… 185
　　第一節　現代主義文學接受的三個階段 …………… 185
　　第二節　存在主義文學的影響研究 ………………… 188
　　　　一、食指詩歌中的存在主義思想 ……………… 189
　　　　二、存在主義與「白洋淀詩歌群落」………… 190
　　　　三、存在主義與趙振開（北島）的創作 …… 196
　　第三節　「垮掉的一代」文學的影響研究 ……… 202
　　　　一、以蘇聯文學為媒介的接受與變異 …… 202
　　　　　　（一）「俄羅斯版的《麥田裏的守望者》」
　　　　　　　　………………………………………… 202
　　　　　　（二）《帶星星的火車票》對中國作家的
　　　　　　　　影響 …………………………………… 207
　　　　二、「垮掉的一代」文學在中國的最恰當回
　　　　　　應者 …………………………………………… 212
餘　論 …………………………………………………… 231
參考文獻 ………………………………………………… 237
附錄一：「皮書」書目 ………………………………… 247
附錄二：訪談 …………………………………………… 263

緒 論

一、研究目的及意義

　　「皮書」是「黃皮書」、「灰皮書」等的總稱，爲內部發行圖書。內部發行圖書一般簡稱「內部書」。「皮書」是眾多「內部書」中的一種。「皮書」主要集中於 20 世紀五六十年代初和 70 年代中後期兩次大規模出版，與新中國初期的政治、思想文化探索和建設相伴相生。正源於此，歷史的複雜與演變也都深烙於「皮書」之中。它包含著豐富的政治史、階級鬥爭史、國際共運史、意識形態史、修正史學、當代文學史內容。然而很長一段時間以來，這一新中國政治、思想文化史、出版史上的特殊現象掩埋於層層歷史塵土之中，其重要性被忽略，豐富而複雜的思想文化史岩層被壓癟爲枯燥乏味的單一層面。

　　重新將這一歷史現象納入當代文學史研究，是具有極其重要的歷史價值的。首先，以「皮書」爲媒介，我們可以從新的角度呈現新中國成立初期文學文化理論建設的方向、路徑以及可能存在的問題與危機。透過「皮書」，我們將看到社會主義文學、文化價值系統在探索和建設過程中，在自我文學、文化的賡續，外來文學的擇取方面出現的偏差。而偏差的出現與世界「冷戰」格局有關，也與國內「左傾」思潮、文化話語權的爭奪以及窘迫的經濟狀況密切相聯。

　　其次，通過對「皮書」的「民間」閱讀接受史的考察研究，我們將可以從中挖掘出新中國一代青年的文學成長史。由於文化環境的封閉與桎梏，有限出版的「皮書」意外地在「民間」發揮了思想「啓蒙」的作用。在相對貧

瘠、單一的文化環境中，一代人由「皮書」獲得了寶貴的思想文化養料，從而打通了一條通往世界文學的道路。挖掘這條文學線索，正是要打破長期以來對建國後文學一元化的認識，展現其多層面、多路徑的文學方向。

再次，由對「皮書」的歷史文化意義的追溯轉向當下價值的拷問，辨析「皮書」與新時期文學發展之間的隱秘關係。當特定的國際國內政治環境逐漸鬆動變化，作爲歷史產物的「皮書」將如何與新時期文學產生交集與分歧，與 20 世紀八十年代思想文藝復興之間有何種隱秘關聯，如何推動新時期現代主義文學的發展，並導致主流文學與民間文學不同路徑的發展，都將是本書考察重點之一。

綜上而言，「皮書」研究是重要而有意義的。就宏觀角度而言，世界「冷戰」文化情境中，「皮書」是意識形態間波詭雲譎之寫照；「皮書」見證了新中國在社會主義文學──文化建設中的民族主體性焦慮和對文化現代性的艱難探求。從具體思想文化發展而言，「皮書」體現出的「修正主義」文藝思想和現代主義文藝思想，以其主流之外的「異端」品質串聯起了自新中國建立以來民間追求民主、自由、個性解放的精神鏈條，維繫著也續接著若斷若連的現代主義文化因子。我們可以從「百花文學」中看到「皮書」給主流文化所帶來的「解凍」效應，也可以從零落卻又綿延不絕的青年亞文化中看到「皮書」巨大的「啓蒙」作用，從 X 小組、「太陽縱隊」，再到「白洋淀詩歌群落」，甚至新時期以後的徐星直至王朔……

因此我們將「皮書」納入到新中國的思想文化發展史研究視野中，試圖回答新中國建設初期文學之所以呈現出日漸體制化、左傾激進化的原因所在；才能更好地瞭解新中國主流政治文化在規劃設計其文藝發展時的曲折探索與思考。從另一方面而言，系統而全面地梳理「皮書」在中國思想文化史上的接受與影響，也才能更清醒地認識新時期與「十七年」、「文革」政治文化間的內在突變關係。

但本書在研究過程中首先遇到的難題就是整理「皮書」書目。因其是「內部」書，參與、瞭解其背景的當事人有限，而書本也是在部分閱讀者中秘密傳閱。就目前一些當事人，或者瞭解「皮書」的人的回憶文章來看，「皮書」書目也是有出入或有錯訛之處的。整理出一份相對完整、確切的「皮書」書目，這本身對於研究中國當代文學就是一個貢獻。

第二個難點，即是對「皮書」閱讀傳播與文壇分化、內部空間形成的關

係研究。這部分的工作首先涉及到的是從量上收集「皮書」的閱讀情況及閱
讀者本身的信息，從接受美學的角度分析「皮書」的「讀者」狀況，然後從
現代性理論、民族意識形態、譯介文學與文學場域等理論層面對這些數據、
資料進行研究分析。這些數據、資料的收集、整理、取捨相對困難。因爲這
只可能是一個無限接近完整卻永遠無法窮盡的過程。另一方面，「皮書」的影
響研究，同樣是一項費力而不討好的工作。就當事人而言，對所受文學影響
往往諱莫如深，避而不談。但這樣的工作卻是必須的。論文將力圖通過文本
細讀並借助有效地理論方法尋找「皮書」曾經留下的文化烙印。

　　由此，本書對「皮書」的研究就具有這樣幾方面的意義：一、文獻收集
整理的作用；二、探討世界格局中中國化社會主義文學的建設問題；三、分
析中國當代文學現代性與世界文學、文化的關係；四、由「皮書」的閱讀影
響研究，考察時代多層面、多路徑的文學方向，清理出一條一直被遮蔽但卻
具有承前啓後作用的文學線索。

二、國內的研究現狀

　　目前有關「皮書」的研究很少，引起關注也在最近幾年，尤其是 2006 年
《中華讀書報》刊登了部分編輯出版界前輩的回憶性文字，才有更多人開始
對特殊文學遺迹「皮書」有所瞭解。這其中有當年「黃皮書」出版的主要負
責人孫繩武的文章，也有一直關注「黃皮書」的張福生先生等。與此同時，
當年參與翻譯的部分當事人及後人也加入到了對「皮書」歷史的回顧中，如
《麥田裏的守望者》、《等待戈多》等的翻譯者施咸榮的兒子施亮就在《博覽
群書》（2006.4）上撰文《關於「黃皮書」》，談及其父當年翻譯作品的情形。
另外還有沈展雲的著作《灰皮書、黃皮書》（花城出版社，2007）等。這些都
是非常寶貴的歷史文獻資料。但親歷者大多年事已高，或已過世，及時收集
整理這些親歷者的回憶性文字已是非常困難。

　　除此以外，研究性文獻主要是從文學翻譯與意識形態間的關係，「皮書」
與「白洋淀詩歌群落」的關係兩方面入手。代表性學者有方長安、劉文飛、
賀桂梅等。但這些研究並非專論「皮書」，而只是將其作爲一個大課題的一部
分而已。比如論及「白洋淀詩歌群落」的特點時提及「黃皮書」的影響；或
者討論建國後譯介文學整體情況時談到特殊時期出現過「黃皮書」。雖然在洪
子誠的《中國當代文學史》（修訂本）中，用了相當篇幅在注釋中列出了一些

主要「皮書」書目，可算作是「皮書」進入文學史的一個重要標誌。但是，這對於產生於「十七年」和「文革」兩個時期，並影響了新中國建國至新時期文學這一漫長歷史的「皮書」而言，是遠遠不夠的。

同時，筆者通過查閱，還發現無論是當事人還是後來的研究者，以訛傳訛的錯誤並不少，書籍的出版年代、譯者姓名等都還有錯訛之處。

三、論文主要觀點和重要內容

圍繞本書論題，全文分緒論、正文、餘論三大部分。

緒論首先提出研究對象和研究問題，然後進行文獻綜述與現狀分析；其次提出本書的基本觀點，主要內容、重難點以及文章的創新與不足。

論文的整體構架主要分爲兩大塊，第一是「皮書」與新中國主流的社會主義文藝建設之間的關係，分別以「皮書」主要誕生時期與新時期文藝時期爲考察的歷史背景；第二是「皮書」與邊緣化青年知識分子文化意識建構及文學創作之間的關係。在此基礎上，探討釐清社會主義文藝的「主文學場」與由「皮書」的閱讀接受而形成的「次文學場」之間的隱在關聯，由此進一步證明「皮書」複雜的思想文化影響力，開掘出新中國成立後日漸「一體化」文學下的多層文化路徑。

「皮書」不同於新中國成立後一般的「內部書」，它的誕生有著特殊的國際國內環境和明確的政治文化需求，即作爲新中國社會主義文藝「批判瞭解」的對象出現。因此「皮書」中兩類主要文藝——「修正主義文藝」與「現代派」文藝相對於新中國社會主義文藝的「異質性」就具有了某種本源性特徵。因爲中蘇兩國相似的社會政治體制，新中國文藝與蘇聯文藝之間也頗多體制與指導原則上的相似性。然而所謂「修正主義文藝」概念的提出，則映射出新中國文藝試圖探索自身文藝發展道路的用心。新中國主流文藝界對「皮書」中的「修正主義文藝」雖然大加討伐，但它仍然影響了諸如秦兆陽等人對「社會主義現實主義」概念的質疑。而其強調在「階級性」之外還要「寫人性」的主張亦影響了「百花運動」中關於「人道主義」及經典馬克思主義文藝思想與社會主義文藝建設的討論。「百花運動」中「干預生活」與寫「家務事、兒女情」的創作嘗試也與此密切相關。「皮書」中的「現代派」文藝被打上資本主義頹廢墮落文化的烙印而遭到主流文藝界的一致「批判」，其影響主要體現在邊緣化的青年知識分子。

　　將「皮書」這個「他者」置於新中國整個社會主義文藝發展道路之中，則可觀察到新中國文藝在階級話語和民族話語兩重話語的掣肘之下，如何通過文學出版物這一特殊的意識形態建立自身文化領導權的努力，以及在探索社會主義文藝建設中存在的危機。

　　「皮書」對社會主義文藝建設的影響並不止於此階段，它潛在的影響力一直綿延至新時期。在新時期文藝「復興」過程中，「人道主義」大討論，批判現實主義傳統的恢復和發展，「皮書」都起到了啓示與引導作用。作爲「皮書」出版的重要領導人物，周揚等五六十年代對「皮書」的「批判瞭解」在新時期則以正面的引導力量出現，顯示出社會主義文藝探索的曲折路徑。

　　從民間視角考察，邊緣化的知識青年對「皮書」的閱讀接受則顯出另一番面貌。以布迪厄的「文學場」理論和以姚斯爲代表的接受美學爲理論基礎，論文認爲部分知識青年在「皮書」的閱讀接受過程中漸漸偏離了主流文藝方向，逐漸形成了具有自身文藝特性的「次文學場」。該「次文學場」具有以下六大特徵。第一，「次文學場」是主文化場次生、分裂出來的；第二，民間化存在方式；第三，「中國氣派」下的城市文化；第四，年輕化與動態化；第五，現代個體意識的覺醒與現代文學意識的自覺；第六，藝術形式上的繼承與革新。「皮書」次文學場的形成，對身處其中的青年知識分子的文學創作產生了極大影響。以北島前期詩歌創作爲代表，展現了「皮書」中所謂「修正主義文藝」的影響。而「皮書」對國內現代主義文學發展的影響則主要表現在存在主義文藝思想對食指、「白洋淀詩歌群落」、趙振開（北島）小說創作的影響以及「垮掉的一代」文學對中國新時期文學尤其是「現代派」小說的影響。以上兩種影響，再加上「皮書」對北島文學創作的影響，此三種影響展示了「次文學場」三種不同的發展路徑：一種是與主流文學的短暫合流，又迅速分道揚鑣；第二種是始終與主流文學保持距離，保持其先鋒探索精神，同時也被主流文學所「忽視」；第三種則是在先鋒探索過程中與大眾文化結合，在得到主流文學逐漸認同的同時，也漸漸拓展了「次文學場」的疆界，爲其增添新的質素，但也增加了文學「向下滑」的危險。

　　餘論部分歸納全文主要觀點，並從「皮書」與中國當代文學、文化的關係探討當代文學、文化研究的新路徑。「皮書」與新中國文藝相伴相生，在產生「意外」的文學影響之外，毋庸諱言，「皮書」亦可能本身即是「問題」，相對於「良性」影響，其「負面」意義也是我們研究者需要警醒的。

研究過程中主要運用或涉及到接受美學、比較文學、精神分析學，闡釋學等理論方法。

四、論文的創新與不足

論文的創新在於：一研究對象新。論文發掘研究了「皮書」這一重要政治歷史文化現象；二研究觀點新。論文以「皮書」尤其是文學類「黃皮書」這樣一個特殊的政治文學現象爲切入點，來考察整個社會主義時期的文學、文化價值系統。通過對主流意識形態文學觀念的剖析，對當時民間文學實踐的挖掘，以及二者之間的交錯、衝突與發展，展示了新中國文藝建設過程中的艱難探索、可能存在的危機以及可能的路徑，並挖掘出了民間文學實踐在新時期對主流文學發展起到的潛移默化的影響，從而進一步清理了新時期的文學資源，也在某種程度上有效復原了建國後更加生動豐富的文學世界。

不足之處：第一，關於「皮書」的閱讀事實，大多來自他人的採訪，或當事人的回憶文章，而缺少自己採訪的第一手資料。「田野調查」的不夠，這既會使自身對歷史的感受缺少生動的感知，也少了歷史細節的鮮活性。

第二，文中涉及到的「皮書」閱讀、影響研究，主要以北京爲主。這自然主要因爲當時「皮書」發行量的有限，因而主要集中在北京的緣故。但是一定程度上也使得研究的普泛意義受到質疑。

第三，部分歷史文獻資料獲取困難，造成一些歷史細節語焉不詳，一定程度上會影響論文的準確性。

第一章 「皮書」的誕生

第一節 「皮書」概述

一、「皮書」與「內部書」之概念辨析

「內部書」，是內部發行圖書的簡稱。按《辭源》解釋，「內：裏，中。與外相對。」〔註1〕而「內部」，按《現代漢語詞典》解釋爲「某一範圍以內」。〔註2〕那麼所謂「內部發行」，從字面意義理解即是在某一範圍以內發行流通，譬如某個群體、階層或行業，具體如大學生群體、知識分子階層或醫藥行業內部等，而不面向整個社會群體。這類圖書往往在其封面、或扉頁、封底等處印有或在書中夾有諸如「供內部參考」或「內部發行」等字樣或小紙條，也有收藏該書的圖書館在書上加蓋「參」等字樣。

「內部書」的出版，可以追溯至延安時期，其最初形式應該是從「內部文件」演化而來。而「內部文件」則是當時的黨政領導出於信息傳達過程中的專業性與機密性考量而制定的文件發行制度。對信息接受者專業性與等級性的劃分是這一制度建立的思想根源。王實味曾著文批評這種「衣分三色，食分五等」的等級思想。「內部書」誕生自同樣的思想基礎。因此，相對一般意義的中性理解，「內部」在社會主義文化語境中，同時還是一個具有濃厚政治意識形態色彩的詞語，它慣常被用在諸如「黨員內部」、「人民內部」、「階

〔註1〕《辭源》（修訂本，1～4合訂本），北京：商務印書館，1988年，第155頁。
〔註2〕《現代漢語詞典》，北京：商務印書館，2007年，第986頁。

級內部」、「敵人內部」等政治語詞範疇中。因此，在特定政治環境下，「內部」與「外部」的分野，就成爲享有或喪失某種政治身份與權利的分水嶺。緣於此，「內部書」之「內部」，既包含了一般語詞的意義，同時也具有政治文化層面的特殊內涵。

建國後「內部書」的出版從 1949 年一直延續至 80 年代中後期。據中國版本圖書館統計，建國後出版發行的「內部書」共計 18,301 種。這些「內部書」古今中外都有涉及，幾乎囊括了所有學科種類。具體分類和相應數量如下：

表一：全國內部發行圖書總目（1949～1986）分類統計[註3]

類　別　＼　版　次	初　版	改　版	合　計	備　註
馬克思主義、列寧主義毛澤東思想	357	4	361	
哲學	332	6	338	
社會科學總論	125	1	126	
政治、法律	1，943	40	1983	
軍事	183	2	185	
經濟	1，775	45	1820	
文化、科學、教育、體育	1358	96	1454	
語言、文字	327	38	365	
文學	**886**	**17**	**903**	
藝術	220	8	228	
歷史、地理	1962	41	2003	
自然科學總論	1410		1410	
數理科學和化學	186	13	199	
天文學、地球科學	629	46	675	
生物科學	93	7	100	
醫藥、衛生	233	9	242	
農業科學	403	7	410	
工業技術	4229	130	4359	
交通運輸	197	4	201	

[註3] 該表格引自中國版本圖書館編《全國內部發行圖書總目（1949～1986）》（內部發行），北京：中華書局，1988 年。

航天、航空	91	1	92	
環境科學	61		61	
綜合性圖書	388	4	392	
少數民族文字圖書	357	28	385	
盲文書籍	9		9	
總計	17,754	547	18，301	

　　「內部書」的出版應該兼具瞭解、學習以及批判等多重目的。這裡試以文學類「內部書」爲例做一分析。

　　第一，出於瞭解學習，梳理歷史的目的。譬如各地方戲劇資料，專供高校大學生學習的作品選教材，供專家、學者研究所用的期刊和專門資料。而「內部書」對中國現代文學史上部分社團流派，主要是「左翼」作家組織的期刊、雜誌的系統性整理，其中包括《北斗》、《拓荒者》、《新思潮月刊》等，其目的是非常明顯的，即梳理、瞭解左翼文學歷史。

　　第二，出於推崇、學習之意而出版。譬如魯迅的全部作品和相關研究。另外像卜伽丘的《十日談》也是如此。該書爲精裝本，硬封皮，非常精美。正文前有插圖，六幅素描畫，11 幅黑白刻畫，書中配小幅插圖，其中不乏女性裸體畫。但譯者對此並沒有貶斥意味，反倒有肯定推崇之意。該書「內容提要」寫道：「本書是世界古典文學名著；通過一百個生動有趣的故事，作者描繪了文藝復興時期意大利人民生活的全貌，表現了對人類的愛和信心，有力地諷刺了反動教會勢力的卑鄙無恥。」〔註4〕而中譯本轉載的俄譯本序的第一句話則是：「卜伽丘的《十日談》是意大利文學的經典作品，它是文藝復興時代自由思想的代表者所創造的一座優秀的藝術紀念碑。」〔註5〕

　　第三，批判之目的。如內部出版西方的「現代派」藝術等。

　　自然，這三種目的並不能完全割裂。譬如《三家村札記》抨擊時弊，感時憂國，在公開發表不久即受到了批判。將其列爲「內部書」，正是這三種目的裏挾的結果：一是不便再公開發表的政治考量；二是出於瞭解時代思想、知識分子動態的初衷；三，也是更爲重要的目的——警惕與批判的需要。目

〔註4〕　（意）卜伽丘《十日談·內容提要》，方平、王科一譯，上海：上海新文藝出版社，1958 年。(《全國內部發行圖書總目（1949～1986）》標注爲上海文藝出版社，1959.6。經查閱原書，應該是 1958 年，上海新文藝出版社出版。)

〔註5〕　（意）卜伽丘《十日談·序》，方平、王科一譯，上海：上海新文藝出版社，1958 年。

的的多重性狀況突出表現在被官方公開宣稱爲「批判」對象的「內部書」上。「皮書」即屬於這類情形。

「皮書」，屬於「內部書」，主要包括「黃皮書」和「灰皮書」兩類，是譯介於國外的當代文學作品、文藝理論著作和哲學、政治社會科學類的作品。「黃皮書」、「灰皮書」是這兩類「內部書」在民間的通俗叫法，本書將它們統稱爲「皮書」。所以在官方正式文件或通知中並未有「皮書」之稱，仍稱之爲「內部發行圖書」，簡稱「內部書」或直接稱其書名。本書之所以選用「皮書」而棄「內部書」之概念，主要原因有兩點，第一「內部書」概念涵蓋範圍過廣，難以區分出這部分書籍的特殊性。「皮書」雖與其他大量「內部書」有相似的制度根源，但因其特定的政治歷史環境的緣故，「皮書」亦自有其明確的出版目的，獨特的流通政策，特殊的歷史文化意義，其影響也更爲深遠。第二這部分書籍雖出自官方，但其傳播、閱讀，產生不可低估的文學影響力，「民間」起到了重要的推動力量。爲論述之準確、方便，本書故採用民間通用說法，以「皮書」概括「黃皮書」和「灰皮書」。具體研究過程中，重點偏向文學類「黃皮書」，「灰皮書」則作爲邊緣對象進入研究。

二、「皮書」出版的時代背景：「對峙」與「鬆動」

自第二次世界大戰以後，西方對社會主義國家採取「遏制戰略」，包括「政治宣傳」、「心理進攻」、「文化滲透」等戰爭外的一切手段，宣傳資產階級的思想意識和生活方式等，試圖促使社會主義國家內部「和平演變」。蘇聯則在 1956 召開的蘇共二十大從國際、國內和黨內三方面提出了一系列新的方針、路線或綱領性意見。在國際方面提出「和平共處、和平過渡、和平競賽」路線；國內方面提出一系列旨在改變經濟發展及管理體制的方針和措施；黨內方面引人注意的是提出了集體領導、反對個人崇拜的問題。這一改革後來被描述爲所謂的「修正主義思潮」。受「冷戰」格局影響，新中國開始認爲蘇聯正是「和平演變」的一個現實案例：「帝國主義的預言家們根據蘇聯發生的變化也把『和平演變』的希望，寄託在中國黨的第三代或第四代身上。我們一定要使帝國主義的這種預言徹底破產。我們一定要從上到下地、普遍低、經常不斷地注意培養和造就革命事業的接班人。」〔註6〕1963

〔註6〕 《關於赫魯曉夫的假共產主義及其在世界歷史上的教訓》，載《人民日報》1964年7月14日。

年,《紅旗》雜誌第 9 期刊發虞挺英的文章《加強對青少年的政治思想教育》,明確提出「教育革命下一代」。1964 年《紅旗》第 17、18 期合刊,刊發安子文的文章《培養革命接班人是黨的一項戰略任務》。

此種國際政治背景下,這裡所稱的「對峙」,即是指中國與蘇聯等社會主義國家以及資本主義國家間緊張而複雜的政治、經濟、文化關係:中蘇關係從友好到破裂;新中國與美、日等資本主義國家間的「冷戰」格局。而所謂「鬆動」則是指中美、中日關係逐漸鬆動導致世界「冷戰」格局的錯動,以及中國國內在激進思潮過程中出現的文化上的「退卻式」調整:「大躍進」以後和 1971 年「九·一三」事件後,政策調整導致的政治文化環境的相對鬆動。

中蘇兩黨間分歧,大致從 1956 年蘇共二十大以後開始,至 1958、1959 年,矛盾和分歧已越來越尖銳。1960 年中國國內開始公開批判現代修正主義,「反修」鬥爭從此展開。至 1963 年中蘇大論戰,中蘇兩黨從此斷絕往來,兩國關係由此陷入僵局。中蘇政黨間意識形態上的分歧,加劇了國家關係的裂痕;而國家關係的對立,又進一步擴大了意識形態的分歧。隨後中共又同全世界八十個共產黨中的七十個中斷了關係。

此時,國內正是 1962 年的「調整」時期。在經歷了 1958 年經濟、文化的「大躍進」後,中央開始實施「整頓、調整」措施,文化上出現短暫「復興」現象。1961 年 1 月 28 日,中共中央宣傳部在新僑飯店召開全國文藝工作座談會,討論《關於當前文學藝術工作的意見》(草案)(即《文藝十條》的初稿)。1962 年 4 月,由中央宣部正式定稿為《文藝八條》。其中:一、進一步貫徹執行「百花齊放、百家爭鳴」的方針;二、努力提高創作質量;三、批判地繼承民族遺產和吸收外國文化;四、正確地開展文藝批評;八、改進領導方法和領導作風。並且提出,「西方資產階級的反動藝術流派和現代修正主義文藝思潮」,「應該有條件的向專業文學藝術工作者介紹」。〔註 7〕而所謂的「有條件」的介紹就是「內部發行」或「內部參考」

至「文革」中後期,70 年代初國內又集中出版了第三批「黃皮書」、「灰皮書」。此次「黃皮書」的出版也有著複雜的國際國內政治、經濟、文化原因。但因為這一階段正處於「文革」非常時期,所以各種因素及其相互間的關係又多了一層意味,也更複雜。

從國際背景來看,此時中國對外事務出現轉機。1971 年 10 月 25 日,第

〔註 7〕黎之《文壇風雲錄》,河南:河南人民出版社,1998 年,第 120 頁。

二十六屆聯合國大會通過決議，恢復中華人民共和國在聯合國的合法席位。同時中美關係緩和，並由此直接推動了中日關係的改善，1972 年 9 月中日正式建立外交關係。這一時期，中國同西歐許多國家也出現建交高潮。「冷戰」格局的錯動——與西方國家政治關係的鬆動也帶來了文化上的開放姿態。1972年以後，我國的藝術代表團開始出訪北美等國家；同時西方音樂團體，如英國的愛樂樂團、美國的費城交響樂團來華訪問演出。但中國與蘇聯的關係仍未得到緩解，中心問題是蘇聯對中國安全的威脅，國內由此展開一系列的備戰準備；另一方面同蘇聯意識形態認識上的差異仍然存在。

　　與國際關係相勾連，這一時期「黃皮書」的主要組成——蘇聯文學作品因中蘇關係日趨緊張依然佔據重要位置。這批蘇聯作品除了與上一階段相似的戰爭類作品以外，同時還包括蘇聯新出現的文學現象——道德題材作品，如《濱河街公寓》、《白比姆黑耳朵》，以及艾特瑪托夫的童話形式小說《白輪船》等。這一時期比較明顯的變動是日本文學作品的增多。孫繩武先生曾談及其動因：「在 1960～1970 年間，日本文藝界和社會上出現了復活軍國主義，懷念軍事歷史的熱潮。拍了大型的宣揚勝利和悲劇的影片《山本五十六》和突襲珍珠港的《虎、虎、虎》。接著，作家三島由紀夫在自衛隊的集會上號召為日本帝國主義效忠，並當眾剖腹自殺。周總理得知這件事後，即交待有關負責人通知人文社，儘快將三島由紀夫主要作品譯出，讓我國社會人士瞭解這一動向，加強警惕。人文社組織大專院校日本研究專家，先後譯出了《憂國》、《豐饒的海》（三部），以內部發行方式供應有關讀者，這是『文革』後期出版界的一件大事。三島的書中鼓吹了腐朽反動的武士道精神，懷念對東南亞的佔領，宣揚色情生活。』〔註 8〕朱學勤在《「娘希匹」和「省軍級」——「文革」讀書記》中談道：「到了 1974 年前後，毛澤東批示重印了一些『文革』前的『灰皮書』，並組織翻譯蘇聯及西方最新的小說，政治理論書籍。為何要印，這是一個謎。當時能夠說出的理由，似乎是有一條最高指示，為了抵制『形而上學猖獗』。」〔註 9〕實際上，就「皮書」的出版目的而言——警惕並瞭解外界「壓力」並沒有改變，對民族主體性精神的關注也一直是其出版的重要動因之一。

〔註 8〕孫繩武《關於「內部書」：雜憶與隨感》，載《中華讀書報》2006 年 9 月 6 日。

〔註 9〕朱學勤《「娘希匹」和「省軍級」——「文革」讀書記》，載《上海文學》1999年第 4 期。

　　那麼此時國內情況是怎樣的呢？1969 年 2 月，中斷兩年的全國計劃會議召開。政府著手恢復各主要工業部門和其他綜合經濟部門的工作。國民經濟有所回升，對「文革」的破壞起到了一定的遏制作用。又因「九・一三」事件後，對該事件及「文革」的反思，全民思想解放的文化潛流在社會上開始湧動，因此 1971～1973 年可視爲「文革」的波谷時期，即左傾激進思潮一定程度上得到糾正和遏制。正是在這樣一個全國各項工作，尤其是出版文化工作開始恢復的背景下，「黃皮書」於 1971 年開始重新組織出版，並部分擴大了發行範圍；同時上海譯文出版社、上海人民出版社也加入到出版工作中。1971 年 3 月 15 日～7 月 31 日全國出版工作座談會在北京舉行，制定出書計劃，並要求動員和組織各方面的力量寫作，有些舊書可以重印，圖書館應該清理開放。〔註 10〕

　　從「黃皮書」出版的國際國內背景來看，國際關係上的「緊張」狀態和國內的短暫「鬆動」是「黃皮書」誕生的大背景。「黃皮書」作爲「內部書」，本身即意味著政治文化的緊張、高壓態勢，是被視作「有危險」，被批判的文化產物出現的。但是，從當時國內大環境來看，「黃皮書」則是在 1958 年激進浪漫主義短暫退潮，60 年代初「退卻」式「調整」，國內社會文化環境相對鬆動時集中出現的。進入「文革」後，「左傾」激進思潮極度高漲，出版界作爲意識形態五界之一（還有四界是學術界、文藝界、教育界、新聞界）最先遭到衝擊，大批編輯、翻譯家被下放。而「灰皮書」、「黃皮書」則被當作「大放毒草」，成爲出版社「走資派」的一大罪狀，出版工作也相應停了下來。正是 70 年代初一系列的恢復性調整，「黃皮書」、「灰皮書」等才重新開始出版。所以，「黃皮書」的出現既表徵著某種政治高壓，卻又以怪誕的方式顯示了某個激進時期中的短暫「鬆動」。這種「鬆動」某種程度而言是對「對峙」的反思與反抗。相對常態的翻譯出版，「黃皮書」顯然是非常態的，而相對於同一時期的激進思潮來看，則又有著某種「解放」的意味。畢竟，通過「黃皮書」、「灰皮書」等「內部書」這種非常態的方式部分瞭解了外部世界，而不是完全的割裂或視而不見。因此這「鬆動」帶著小心翼翼，如履薄冰的意味。

〔註 10〕劉杲、石峰主編《新中國出版五十年紀事》，北京：新華出版社，1999 年，第130 頁。

三、「皮書」的分類

「皮書」主要包括「黃皮書」和「灰皮書」兩類。

「灰皮書」以社會政治類著作爲主，因其大多數書籍的封面爲淡灰色而得此俗稱。這類書籍也有採用紅色、黃色或白色封皮，但基本都統稱「灰皮書」。中宣部專門成立了「外國政治學術書籍編譯工作辦公室」，包之靜具體負責，商務印書館、三聯書店、世界知識出版社等出版社負責出版工作。

「灰皮書」大致可分爲以下幾類：國際共產主義運動的資料和著作；有關蘇聯黨內鬥爭的資料和著作；東歐社會主義陣營內的異見人士批判斯大林主義的著作；著名的「機會主義分子」、「修正主義分子」的著作與言論；西方學者研究社會主義、共產主義的著述等。具體書籍包括安娜・路易斯・斯特朗的《斯大林時代》；特加・古納瓦達的《赫魯曉夫主義》；拉札爾・皮斯特臘克的《大策略家：赫魯曉夫發跡史》；列夫・托洛茨基的《「不斷革命」論》、《斯大林評傳》；維利科・弗拉霍維奇的《南共綱領和思想鬥爭「尖銳化」》、德熱拉斯（又譯吉拉斯）的《新階級》等，以及加羅蒂的《人的遠景：存在主義，天主教思想，馬克思主義》，《馬克思主義的人道主義》，沙夫的《人的哲學：馬克思主義與存在主義》，等等。而商務印書館於 1963 年始開始內部出版的《人道主義、人性論研究資料》（共五輯）也是非常重要的一套論文集。此外還有哈耶克的《通向奴役的道路》，比萬的《代替恐懼》，等等。

所謂「黃皮書」，指從國外譯介過來的文學作品、以及文藝理論類圖書。其得名是由於其封皮用料不同於一般的內部發行書，而是選用一種比正文紙稍厚一點的黃顏色膠版紙。與「灰皮書」相似，此類圖書也有部分未採用黃色封皮，尤其是「文革」中出版的「黃皮書」，譬如《人世間》、《濱河街公寓》等，封面就改爲了「白皮」或「灰皮」。由於這部分書籍主要集中在上海出版，因此上海許多閱讀過這類書籍的讀者往往將這些書稱之爲「白皮書」。陳丹燕的《上海的風花雪月》、鄒振環的《20 世紀上海翻譯出版與文化變遷》等著作在介紹這一段閱讀史、翻譯出版史時都採用了「白皮書」這一叫法。本書沿用通用名稱，將這部分圖書統稱爲「黃皮書」。「黃皮書」的出版工作主要由北京、上海兩地的出版社負責。「黃皮書」原著作品主要來自以下國家：蘇聯、南斯拉夫，保加利亞、聯邦德國、美、英、法、意、日、瑞士、波蘭、芬蘭、挪威、奧地利，菲律賓、玻利維亞、澳大利亞等。

四、「黃皮書」的分期問題

「反修反帝」是「黃皮書」開始大規模出版的大背景，但具體是從何時、哪本書開始的，就目前有限的資料來看，似乎並沒有定論。

秦順新先生，當年曾參與「黃皮書」的編輯出版工作。他認爲「黃皮書」的出版有一個「序曲」階段。在這個階段，「黃皮書」還沒有統一的裝幀，缺少一個比較集中、明確的目的或主旨——比如「反修」、「反帝」。這一點黎之先生（即李曙光）的《文壇風雲錄》中相關描述可資佐證：「文藝如何配合國際政治上『反修』，周揚、林默涵曾反覆研究過。開始他們對蘇聯文藝界的一些變化並不都視爲修正主義。如關於典型問題的看法和某些藝術上的探索。後來隨著政治形勢的變化，文藝方面也只能全面批判蘇聯文藝上的修正主義了。」〔註11〕這個「序曲」階段的最初起始點在哪兒？秦順新先生認爲可以追溯至 1957 年 8 月出版的杜金采夫的《不是單靠麵包》。〔註12〕

研究俄羅斯文學的著名學者劉文飛認爲「從 50 年代的『反右』時期開始，在有關方面的授意下，部分譯家和學者開始在俄蘇文學中尋找『反面教材』，50 年代中期出現的蘇聯『解凍』文學以及其中的『人性』、『階級調和論』等成爲『批評』對象。」「到了 1961 至 1966 年才由作家出版社和中國戲劇出版社『內部出版』了一批『供批判用』的外國小說，因其裝幀簡陋，只用稍厚的黃紙做封面，因而被稱爲『黃皮書』。」〔註13〕

值得注意的是，人民出版社的老編輯張惠卿認爲第一本「灰皮書」是 1961 年人民出版社用三聯書店名義出版的《伯恩施坦、考茨基著作選錄》。據他回憶：「『灰皮書』從 1961 年開始出版後，1963 年和 1964 年是高峰期，到 1966 年文化大革命開始後中斷。……『灰皮書』從 1972 年起又繼續出版，到 1980 年，先後出版了二百多種。〔註14〕張惠卿先生所談雖爲「灰皮書」，但「黃皮書」和「灰皮書」的出版背景、目的是一樣的，因此可以說張惠卿先生的說法支持了劉文飛的觀點。

那麼，我們是否可以根據劉文飛及張惠卿的說法，而將秦順新先生所說

〔註11〕黎之《文壇風雲錄》，河南：河南人民出版社，1998 年，第 401～402 頁。

〔註12〕轉引自張福生《我瞭解的「黃皮書」出版始末》，載《中華讀書報》2006 年 8 月 23 日。

〔註13〕劉文飛《俄羅斯文學在中國的接受和傳播》，見劉文飛《別樣的風景》，北京：人民文學出版社，2008 年，第 98 頁。

〔註14〕張惠卿《「灰皮書」的由來和發展》，載《出版史料》2007 年第 1 期。

的「序曲」階段的結束點定於 1961 呢？1961 年，國內文藝界已經明確了文藝「反修」的政治任務，由林默涵組織文藝內部書籍和資料的編譯工作，作家協會爲此成立了一個「外國文學工作小組」，由陳冰夷負責這項工作。

但即便如此，這一年出版的幾本「黃皮書」在裝幀上仍然不統一。據筆者查閱，潘諾娃的《感傷的羅曼史》，封面爲黃褐色，配黑色街景。封面、扉頁、封底的版式與後文論及的標準「黃皮書」基本一致，只是扉頁和封底都沒有標注「（供內部參考）」等字樣，只在封底上有收藏該書的圖書館加蓋的「參」字樣，統一書號爲：10020-1532。特瓦爾多夫斯基的《山外青山天外天》的封面爲深綠色，配簡筆畫——主要是一些工業場景：輪船、起重機、高壓線等。封底裝幀與封面相同。在封面、扉頁、版權頁、封底及書中等「內部書」常常標示或出現「內部發行」、「供內部參考」等字樣的地方均未見此類字樣，但該書的圖書館索書標籤上則印有「參」字樣，且開本大小與標準「黃皮書」，如詩集《人》是一樣的，統一書號也與大多數標準「黃皮書」一樣爲10020 打頭（具體爲：10020-1530）。像標準的「黃皮書」《帶星星的火車票》的統一書號爲：10020-1703，《解凍》（第二部）爲：10020-1711。

也就是說，即便到了 1961 年，「黃皮書」在裝幀上也並沒有一個非常統一的設計，封面紙張並非整齊的所謂「黃皮」封面。

黎之，即李曙光，20 世紀 60 年代文藝界的重要見證人，既是第三次文代會籌備會的重要聯繫人，也是 20 世紀 60 年代「黃皮書」出版的聯繫人，他見證和參與了當時文藝界的重大事務。孫繩武先生是「黃皮書」的重要編輯，並曾翻譯「黃皮書」梅熱拉伊蒂斯的詩集《人》。兩位先生認爲較早的「黃皮書」是《苦果》（全稱《苦果——鐵幕後知識分子的起義》〔註15〕，該書 1962 年內部出版。而人民文學出版社張福生先生也認爲針對性比較強的「黃皮書」基本上是從 1962 年始，但標誌性圖書應爲這一年 12 月出版的愛倫堡的《人、歲月、生活》（第一部）。〔註16〕

那麼，1962 年出版的「黃皮書」是否就統一裝幀了呢？我們不妨看看這一年出版的「黃皮書」。《憤怒的回顧》，全書無「內部發行」、「供內部參考」等字樣，但圖書館加蓋了「參」字樣。康・西蒙諾夫的《生者與死者》封面、

〔註15〕黎之的觀點參閱張福生的《我瞭解的「黃皮書」出版始末》，載《中華讀書報》2006 年 8 月 23 日。孫繩武的觀點參閱其回憶文章《關於「內部書」：雜憶與隨感》，載《中華讀書報》2006 年 9 月 6 日。
〔註16〕據 2008 年 9 月 17 日下午張福生訪談記錄。

封底均以深藍色打底，以一個「十」字將封面分爲不均等的四部分，右上角四分之一部分以白色打底，標注書名和著者，右下角標注出版社。封面、封底、扉頁等處未見有「內部發行」、「供內部參考」等字樣，但《全國內部發行圖書總目（1949～1986）》收錄了此書。傑克‧克茹亞克的《在路上》（節譯本），其封面則爲偏深黃色封面，封面、扉頁、封底均有「內部發行」字樣。即便到了 1963 年 2 月出版的索爾仁尼琴《伊凡‧傑尼索維奇的一天》，封面也並不是淡黃色，而以淡藍色打底。

人民文學出版社年輕編輯王曉曾對將《苦果》視爲「黃皮書」的看法提出質疑。其理由是《苦果》「原本就不是『黃皮』，封面有色塊兒的。……如果照狹義的『黃皮書』理解，這部分書已經『名實不符』了」，而且，「面世早於『黃皮書』」。〔註17〕

王曉的反駁理由一個是出版時間，一個則是封面顏色問題。就其裝幀來看，《苦果》的確不是「黃皮書」，其封面設計是：頁面頂端三分之一部分爲白色，標注「苦果」書名，下面三分之二則爲深藍色。但扉頁和封底均標注有「內部發行」字樣。如果以出版時間判斷《苦果》不屬於「黃皮書」，似乎不具有說服力。因爲該書是 1962 年 2 月由作家出版社內部出版，而前文提到的《憤怒的回顧》出版時間爲 1962 年 1 月，早於《苦果》。在筆者所查閱的資料裏，都是認定《憤怒的回顧》爲「黃皮書」的。

但王曉提出了一個值得注意的概念：狹義的「黃皮書」。就筆者的查閱來看，「黃皮書」中的確有一批書有非常統一的裝幀，封面均爲淡黃色，往往只有書名、作者名和譯者（也有個別沒有譯者，如《〈娘子谷〉及其他》）三項，且均靠頁面的右上角分項排列，顯得非常簡單、樸素。扉頁上半部分標注書名、作者名、譯者，下半部分標注出版社，出版時間，中間部分則往往標注「（供內部參考）」等字樣。封底也爲淡黃色，靠右下角再次標注「供內部參考」等字樣以及書號、定價。這批書比較集中的出現是在 1963 年，可將其稱爲標準「黃皮書」，也即王曉所說的狹義的「黃皮書」。如果按這個標準來判斷，能稱之爲「黃皮書」的圖書是非常有限的。

但無論是當年「黃皮書」的翻譯者還是出版社的老編輯，包括參與「黃皮書」出版事務的重要聯絡人，以及「黃皮書」的閱讀者，他們似乎都並沒

〔註17〕王曉《有關「黃皮書」的不完全報告》，見張立憲主編《讀庫》，北京：新星出版社，2007 年，第 73 頁。

有以這樣一個非常狹義的「黃皮書」概念來進行判斷區別，而是將那些裝幀並不統一，或者封面顏色上有所不同的文學類「內部書」都稱之爲「黃皮書」。

因此筆者認爲，如果只以時間點：1957 年、1961 年或 1962 年和封面是否符合嚴格的「黃皮書」爲判斷標準，將會失之毫釐，繆以千里。本書將以「黃皮書」的時代背景，政治上的「反（批）修反帝」目的，以及主要由國家級出版社出版等要素爲主要依據，並結合「黃皮書」的相關知情者（包括翻譯者、編輯、參與者、閱讀者等）約定俗成的觀點，來判斷書籍是否屬於「黃皮書」。綜上所述，「黃皮書」的出版就可以分爲第一階段「序曲」（1957 年～1962 年）、第二階段的大量集中出版期（1963 年～1966 年）和「文革」中後期至八十年代的第三個階段。

「序曲」階段的大背景爲「反右」運動的開始，具體標誌性圖書採取秦順新先生觀點，以 1957 年 8 月出版的杜金采夫的《不是單靠麵包》爲起始點，截止於 1962 年。之所以將這一時期認定爲「序曲」階段，首先是因爲從 1949 年至 1957 年 8 月，即《不是單靠麵包》內部出版之前，整個譯介文學類「內部書」只有蘇聯薩方諾夫的《大地花開》（1953 年 12 月由上海科學技術出版社出版）。該書曾獲得 1949 年的「斯大林獎」。在內部出版之前，該書還有其他公開版本，如 1952 年 8 月新農出版社將其作爲農業生物學通俗讀物出版，除此還有新亞書店 1953 年 12 月出版的版本。而 1953 年 12 月的「內部」版介紹中可以看出譯者對該書是持讚許態度的。更因爲此時中蘇關係還處於「蜜月」期，與「黃皮書」出版的政治背景並不相符。而《不是單靠麵包》則是蘇聯「解凍」文學作品，在新中國國內遭到批判。所以以《不是單靠麵包》爲「黃皮書」的起點更爲恰當。自《不是單靠麵包》出版後，由國家性質的作家出版社出版的「黃皮書」即出現了斷檔。從 1957 年至 1961 年間，整個譯介文學類「內部書」只有兩部，分別是：《十日談》（1958 年由上海新文藝出版社出版）和《不體面的美國人》（1960 年 2 月由北京世界知識出版社出版）。直到 1961 年「黃皮書」的出版數量才略有增加，這種規模一直持續至 1962 年。

數量明顯增加且較大規模出現前文曾提及的標準「黃皮書」是從 1963 年開始的，這種情形一延續到了 1966 年「文革」的爆發。代表性作品包括詩集《人》（1964）、理論著作《蘇聯文學與人道主義》（1963）等。

第三階段從 1971 年至 1980 年。自「文革」開始，「黃皮書」的出版工作即被中斷，至 1971 年全國出版工作的逐漸恢復才又開始了該類圖書的出版。之所

以將結束點判斷爲 1980 年，基於兩方面的原因。一方面是來自知情者的介紹。張惠卿回憶：「『灰皮書』從 1972 年起又繼續出版，到了 1980 年，先後出版了二百多種。」〔註18〕而何啓治先生爲人民文學社副總編，他回憶說：「在『黃皮書』中，有一部從 20 世紀 60 年代初一直到 1980 年才出齊，可以說貫穿了翻譯出版內部參考『黃皮書』的全過程，直到它的終結。這就是馮南江、秦順新等翻譯的爱倫堡的回憶錄《人、歲月、生活》。此書的中文譯文加上譯者寫的注釋約一百四十萬字，其一、二卷於 1962 年出版，全部六卷直到 1980 年才出齊，爲『黃皮書』的出版畫上了句號。」〔註19〕兩位編輯都是以 1980 年爲「皮書」的截止點。另一方面原因則來自現實因素。至 1980 年，「黃皮書」這類「內部書」已經不再有非常嚴格的出版流通約束，普通讀者往往也能在新華書店、圖書館等購買或閱讀到。因此特定背景、特殊目的的「皮書」也就漸漸失掉了它的內在意義。這一時期代表性作品有《憂國》〔註20〕（1971）、《人世間》（1971）、《白輪船》（1973）、《濱河街公寓》（1978）、《恍惚的人》（1979）等。

　　本書的核心研究對象「黃皮書」，即包括了以上三階段的，廣義上的「黃皮書」。據筆者統計的「黃皮書」相關數目，分別通過以下兩個表格列出，具體書目見文後附錄一。

表二：各階段「黃皮書」書目數量

時　期＼分　類	文藝理論	世界文學	各國文學	總　計
第一階段（序曲）	5	1	21	27
第二階段	4	7	69	80
第三階段	4	0	103	107

〔註18〕 張惠卿《「灰皮書」的由來和發展》，載《出版史料》2007 年第 1 期。
〔註19〕 何啓治《值得一記內參「黃皮書」》，載《出版科學》2009 年第 3 期。
〔註20〕 《全國內部發行圖書總目 1949～1989》中沒有列出《憂國》。但孫繩武先生在《關於「內部書」：雜憶與隨感》（載《中華讀書報》，2006 年 9 月 6 日）曾提及該書。經筆者查閱，該書由人民文學出版社 1971 年內部出版，未標注譯者。其封面色彩與《春雪》等類似，封面、扉頁格局也類似。封面擡頭爲「日本反動作家三島由紀夫」，接下來爲小說名「憂國」。在出版說明中寫道：「現在內部出版三島有代表性的反動作品的譯本，作爲反面材料，供批判用。」而《春雪》等列爲「內部書」的三島作品其出版說明也是如此。因此，筆者認爲，《憂國》也應屬於「內部書」，而《總目》遺漏了該書目。因此，文章也將該書放入討論範圍。

表三：三個階段各國「黃皮書」數量

時期 國別	第一階段	第二階段	第三階段	總計
蘇聯	13	43	54	110
美國	3	7	10	20
法國	2	5	1	8
英國	3	0	4	7
日本	0	1	22	23
其他國家	0	13	12	25

　　從表二我們看到「黃皮書」數量在第一階段的確不多，稱爲「序曲」是恰當的。表三顯示，蘇聯文學是「黃皮書」的重要構成部分。由於國際關係的變化，日本文學在第三個階段數量有明顯增加。而美國文學則在三個階段都居於除蘇聯、日本之外的其他國家文學之首。國別、數量等的變化，透露出的正是國際國內政治文化變遷的歷史。

　　本章的表一顯示，1949 年～1986 年文學類「內部書」總計 903 種，包括文學理論、世界文學、中國文學、兒童文學、各國文學五大類。「黃皮書」屬於譯介文學，主要涉及文學理論、世界文學和各國文學三類，尤其是各國文學。表二顯示，「黃皮書」總計約 214 種，約占整個文學類「內部書」的 23.7%，近三分之一。就數量而言，「黃皮書」在整個文學類「內部書」中並不佔優勢，但卻是架起新中國與世界當代文學的唯一橋梁。因爲自 50 年代末以「皮書」形式出版蘇聯文學始，公開出版的蘇聯文學作品就逐年遞減。隨著中蘇關係的徹底破裂，新中國對蘇聯文學也由學習進入到批判階段。至 1962 年公開出版 16 種，但不再公開出版任何蘇聯當代著名作家的作品。1964 年以後「蘇修」文學成爲「毒草」，所有俄蘇文學作品均從中國的一切公開出版物中消失。〔註 21〕西方當代的現代主義文學更早已被屏蔽於新中國公開譯介文學的大門之外。因此，「黃皮書」就成爲世界當代文學在新中國的唯一譯介產物，也即意味著「黃皮書」是新中國瞭解世界當代文學、文化的唯一窗口。

〔註21〕陳建華《20 世紀中俄文學關係》，上海：學林出版社，1998 年，第 222 頁。

第二節 「黃皮書」出版的體制化特徵與隱藏的 「個人意志」

一、「黃皮書」出版的體制化特徵

從 1949 年至 1976 年，中國大陸文學出現整體性轉折，或稱「一體化」（洪子誠），或稱「計劃文學」（謝晃），或乾脆命名「國家的文學」（路文彬）。

凡此等等，都凸現出文學「體制化」的特徵。中國當代文學在現代文學基礎上的轉型，是以主流文化固有的政治觀念和文學觀念，「強迫」作家和讀者改變了自己的創作和閱讀方式，進而達到了在政治和思想上高度的一致。這意味著當代的文學機構、雜誌、報刊及出版狀況、作家的身份和存在樣態、文學的評價機制，閱讀、消費方式等發生逆轉；而文學內部諸如題材、主題、藝術風格、方法等則出現趨同的傾向。

「黃皮書」作爲當代文學特殊的政治文化產物，則典型地體現了這一轉型所帶來的文學體制化特徵。需要注意的是，「黃皮書」出版的主要兩個階段分處於「十七年」文學和「文革」文學時期。這兩個文學時期雖有內在傳承性，但「文革」文學又有新的文學體制，因此「黃皮書」在不同階段的體制化表現是有所不同的。

（一）政治國家話語指導下的出版流程

「黃皮書」的出版經歷著一個自上而下，由宏觀指導至微觀掌控的過程。

第一，形而上的宏觀政治意識形態的傳達。人民文學出版社張福生先生在《我瞭解的「黃皮書」出版始末》中寫到：《世界文學》的老領導陳冰夷先生曾談到，1959 年 12 月到 1960 年 1 月，中宣部在新僑飯店跨年度地開了一次文化工作會議，當然透露出來的是比中宣部周揚更高一層人物的精神。會後周揚找一些人談話，講要出版反面教材，爲「反修」提供資料。這是很明確的，但沒有正式文件。〔註22〕所謂「反修」，即主要針對蘇聯。

第二，成立統領整個工作，尤其是把握理論方向的指導組。「經周揚、林默涵商定成立了一個文藝方面『反修』小組。由林默涵、張光年、袁水拍具體負責，找了李希凡、馮其庸、陳默、謝永旺等人。住頤和園雲松巢。其間，

〔註22〕張福生《我瞭解的「黃皮書」出版始末》，載《中華讀書報》2006 年 8 月 23 日。

周揚也到頤和園另一處住了幾天，未具體過問『反修』小組的事。」〔註23〕

　　第三，成立負責具體資料編譯的工作小組。「小組成員大都看材料爲寫文章做準備，我還要協助林默涵組織文藝內部書籍和資料的編譯工作。這項工作從1961年就開始了。當時作家協會成了一個『外國文學工作小組』，由陳冰夷負責，主要任務就是抓這項工作。」〔註24〕人文社編輯張福生先生說：「決策、制定一些相關政策，比如要『反修』，這是由周揚來決定的。然後陳冰夷再把上邊的情況傳達下來。當時陳冰夷是作協裏負責外國文學的最高的頭，作協在當時只是工具，是傳達中央唯一的渠道。陳冰夷把上邊的意思傳達到出版社，然後出版社組織編輯討論、選題，討論好了後，選題仍然要上報，審批。」〔註25〕

　　第四，書目的選擇與等級劃分。

　　「黃皮書」的直接負責人孫繩武老先生是這樣來回憶「黃皮書」的書目確定過程的：「60年代初，也即1960年後，原作家協會的領導曾召開了二、三次外國文學情況交流會。會議出席人員不多，由當時作協領導層負責外事工作的嚴文井同志主持。我記得參加會議的有羅大岡、楊憲益、曹靖華等老先生，以及世界文學社、人民文學出版社的少數同志。會議初期的中心議題是西方文學的新現象，因爲四、五十年代文學界對蘇聯、東歐瞭解較多，同西方接觸極少。這幾次會上談到了英、法、美的一些作品及傾向，例如反映這些國家中青年（尤其是工人）對社會頗爲不滿的情緒，即所謂『憤怒的一代』的代表性作品，並決定選幾種譯出，由人民文學出版社負責出版。其中有《往上爬》、《憤怒的回顧》、《在路上》，後來還加上了《星期天晚上和星期日白天》。這些就是不公開發行，還不作宣傳的所謂『內部書』出版的開始。但當時不稱爲『黃皮書』。……過了不久，『內部書』開始以翻譯反映蘇聯文學中的一些新的傾向的作品爲目標。最先的一本是美國人編選的暴露蘇聯生活中陰暗面的《苦果》。……以後接連幾部都是在蘇共二十大後突出反對個人迷信或主張自由化的著作。首先是愛倫堡的小說《解凍》……」〔註26〕

　　根據當時蘇聯文學界爭論的一些問題，如描寫戰爭、人性論、反對個人迷信等，人民文學出版社確定了一批選題，列選了部分在蘇聯或受表揚或受批評

〔註23〕黎之《文壇風雲錄》，河南：河南人民出版社，1998年，第402頁。
〔註24〕黎之《文壇風雲錄》，河南：河南人民出版社，1998年，第402頁。
〔註25〕據2008年9月17日張福生訪談記錄。
〔註26〕孫繩武《關於「內部書」：雜憶與隨感》，載《中華讀書報》2006年9月6日。

的文學作品，大部分都是蘇聯當代的文學作品，首先是蘇聯「解凍」文學的代表作，如愛倫堡的《解凍》，索爾仁尼琴以集中營爲題材的中篇小說《伊凡·傑尼索維奇的一天》，以及被譽爲「俄羅斯版的《麥田守望者》」的阿克肖諾夫的《帶星星的火車票》；同時也有戰爭題材小說如西蒙諾夫的長篇小說《生者與死者》。理論方面正是當時蘇聯自蘇共二十大以來論爭的一些重要問題，如文學與人道主義，寫眞實、寫戰爭問題，對「無衝突論」的批判等。除此之外，「文革」前出版的「黃皮書」還列選了其他國家的作品，包括當時西方「垮掉的一代」、「憤怒的青年」的作品，如美國小說家傑克·克茹亞克（即凱魯亞克）的《在路上》，英國劇作家奧斯本的電影劇本《憤怒的回顧》等。

同時，「皮書」在書目選擇上還存在等級劃分。「甲」、「乙」、「丙」、「丁」分別代表這些「皮書」的「毒性」等級與相應的發行範圍。據張惠卿回憶：「『灰皮書』分甲、乙、丙三類，限定發行範圍：甲類最嚴，表示『反動性』最大，如伯恩斯坦、考茨基、托洛茨基等人的著作，購買和閱讀的對象都嚴格控制」。〔註27〕這一點黎之先生也談到過：「先由人民文學出版社訂了計劃。選題範圍分甲、乙、丙三類，發行範圍嚴格一些。第一批出的大都是蘇聯的新創作，如潘諾娃的《感傷的羅曼史》等十餘種。」〔註28〕「黃皮書」中「甲」類有《親身經歷的故事》等；「乙」類有《藍筆記本》、《我們生活在這兒》、《艾伊特瑪托夫小說集》、《蘇聯青年作家小說集》等；「丙」類有《等待戈多》、《老婦還鄉》等；「丁」類則有《日本的黑霧》等。雖然部分「皮書」並未清楚標注等級，但實際選擇過程中是存在思想認識上的等級劃分的。

「黃皮書」的出版發行受到嚴格控制，「出版過程有很多環節，決策者，傳達者、編輯、出版者這些要分開。各環節是脫節的，每個人只做自己那一段，不能隨便問。」〔註29〕而爲了整個工作的上通下達，李曙光等成爲了各環節的聯絡人。據葉水夫介紹：「李曙光是中宣部周揚、林默涵派來與作協、文學所、人文社合作編輯翻修內部書刊的聯絡人。作協和文學所領導劉白羽、何其芳聽取情況彙報時他總到會。他是一個筆桿子，寫文章、整理材料、起草文件都是快手。」〔註30〕

〔註27〕 張惠卿《「灰皮書」的由來和發展》，載《出版史料》2007 年第 1 期。
〔註28〕 黎之《文壇風雲錄》，河南：河南人民出版社，1998 年，第 402 頁。
〔註29〕 據 2008 年 9 月 17 日張福生訪談記錄。
〔註30〕 葉水夫（《我與人民文學出版社——以一些人與事》，見《我與人民文學出版社》，北京：人民文學出版社，第 72 頁。

（二）國家化的出版制度

毋庸諱言，文學期刊和出版物在 1940～50 年代之交，表現出了明顯的「斷裂」特徵。高度意識形態化的出版制度取代了以自由和公開爲基本特點的現代出版制度。文學雜誌和出版由國家統一控制和管理。

1、出版機構的選擇

20 世紀 50 年代，出版文學書刊的主要出版社，北京有人民文學出版社。在很長時間裏，人民文學出版社都帶有「國家級」的文學出版社的權威性質。人民文學出版社 1951 年成立，當時在北京東四頭條胡同文化部大院，馮雪峰任社長兼總編輯、樓適夷任副社長兼副總編輯。人民文學出版社建社之初，確定四字方針：古今中外。出版社設五個編輯室：1、第一編輯室（中國現代文學編輯部），2、第二編輯室（中國古典文學編輯部），3、第三編輯室（蘇聯東歐文學編輯部），4、第四編輯室（歐美及其他外國文學編輯部），5、魯迅著作編輯室。1957 年成立的作家出版社在五六十年代其實是人民文學出版社的「副牌」。在分工上，人民文學出版社出版更具「經典」性的著作。上海出版文學書刊的則有新文藝出版社。該出版社 1958 年又和上海文化出版社、上海音樂出版社等合併爲上海文藝出版社。1963 年 4 月到 1966 年上半年，上海文藝出版社改爲人民文學出版社上海分社，1971 年人民文學出版社上海分社又作爲一個編譯室加入大社。大社即這時成立的上海人民出版社。除此之外，作家出版社 60 年代在上海還成立了「作家出版社上海編輯所」。

「黃皮書」的翻譯、編輯最早即由人民文學出版社負責蘇聯東歐文學的第三編輯室承擔。孫繩武先生即在此編輯室。在來人民文學出版社之前，孫繩武在上海的時代出版社工作。這家出版社名義上是蘇聯在華的出版機構，實際上是當時黨的重要地下機構。一九五三年初，遵照新中國的出版法，蘇聯把時代出版社移交中國。時代出版社從事文學翻譯的人才對於新中國來說是一筆難得的財富。據葉水夫回憶，時代社的「編輯人員一部分留滬，加入新文藝出版社（後演變爲上海譯文出版社）。一部分進中國作協《譯文》編輯部。一部分留時代社（後併入商務印書館），一部分進入人文社，其中有孫繩武、蔣路、許磊然、伍孟昌等。」〔註31〕可見「黃皮書」編輯的選擇是遵循了「又紅又專」的標準。

〔註31〕葉水夫《我與人民文學出版社——以一些人與事》，見《我與人民文學出版社》，北京：人民文學出版社，第 72 頁。

　　「文革」前，「黃皮書」雖由人民文學出版社負責，但主要以其副牌——作家出版社和中國戲劇出版社的名義出版。小說、詩歌、理論著作主要由前者出版，劇本則大多以後者名義出版。60 年代，作家出版社上海編輯所成立後也加入到「黃皮書」的出版工作中。值得一提的是，加繆的《局外人》、《托·史·艾略特論文選》等則是上海文藝出版社出版。這在第一階段的「黃皮書」出版工作中應該是個別現象。雖然 1958 年上海文藝出版社還出版過《十日談》，但畢竟是極少的例子。「黃皮書」最早的出版權力主要是地處北京的「國家級」出版社——人民文學出版社擁有。

　　「文革」中，人民文學出版社出版的「黃皮書」不再用「副牌」的名稱，而是直接用「人民文學出版社」社名。至 1971 年，全國出版工作會議後，上海的出版工作開始復蘇。1971 年秋上海人民出版社（即所謂大社）宣告成立，原來的各個出版社局作為大社的一個編輯室逐步恢復出書。上海人民出版社加入到「黃皮書」的出版發行事務中。蘇聯沙米亞金的小說《多雪的冬天》，後來被稱為「文革」期間上海出版的一系列外國譯作的第一本。

　　之外，還有一個情況需作說明。即當時還內部出版了一些其他藝術種類的書籍，包括音樂方面的，如歌劇腳本《阿依達》，四幕歌劇《哈爾卡》等，由音樂出版社（北京）出版；電影文學劇本如（法）讓－保羅·勒·夏諾阿的《爸爸、媽媽、女僕和我》、（法）讓·雷諾阿的《南方人》，以及多部美國電影文學劇本如《左拉傳》、《卡薩布蘭卡》等，則由中國電影出版社出版。按張福生的說法，其實這些也是人民文學出版社的副牌，只是另起名字而已，編輯組織者都是在一起開會研討，然後以一個出版社名義出版，譬如中國電影出版社當時其實就是一個小小的電影資料室。〔註32〕

2、「集體翻譯組」的出現

　　「集體翻譯組」的大量出現是在「黃皮書」的「文革」出版時期。這也應是「文革」文學體制的典型體現，與「領導出思想，群眾出生活，專家出技巧」的「三結合」寫作方式有本質上的相似。1971 年後加入「黃皮書」出版工作的上海人民出版社，組織出版的「黃皮書」大多以這種方式進行翻譯出版。著名的翻譯組包括上海新聞出版系統「五·七」幹校翻譯組，上海人民出版社編譯室，上海師範大學外語系俄語組，上海外國語學院俄語系等；

〔註32〕據 2008 年 9 月 17 日下午張福生訪談記錄。

人民文學出版社也有類似情況，主要有吉林師大日本研究室文學組，北京大學俄語系蘇修大學批判組，北京外國語學院俄語系研究組，人民文學出版社翻譯組、天津外語學院俄語組等等。但人文社與上海人民出版社不同在於，單個翻譯者仍占大多數。

翻譯組具體的操作過程大體相同。當時著名的上海新聞出版系統「五·七」幹校翻譯組的大致情形是這樣的：「全組由 15 人組成，業務負責人是著名的翻譯家草嬰，負責最終的統稿。一些『靠邊站』，在幹校『接受改造』的翻譯家、作家如豐一吟、李俍民、任溶溶、榮如德等和各出版社、報社、大學懂外文的人（各個語種都有）被集中起來，翻譯的方式是三個人一組，一共五組，將一本書拆開來，讓大家分頭看，然後在一起講故事，用這樣可笑的方法瞭解整本書的故事，統一人名、地名的譯法，然後分頭開始，最後由草嬰統稿。」〔註33〕

「文革」前出版的「黃皮書」也有不少是合譯的。如《艾特瑪托夫小說集》，每篇小說由不同翻譯者翻譯，或一人或二人。這與「翻譯組」的多人合譯顯然是有質的區別的。

3、封面設計由初具個性化走向整齊劃一

部分「黃皮書」出現了封面設計者，譬如《在路上》、《往上爬》的封面設計是張守義、《椅子》的封面設計者是石丙春，柳成蔭則是《第四名》的封面設計者。這種情形主要出現在「文革」前的五六十年代。但這種明確署名，強調個人化設計的行爲很快消失了。至「文革」中後期由於上海加入到大量出版「黃皮書」的行列，部分圖書在封面色彩等方面又有所變化。需要注意的是，「序曲」階段「黃皮書」風格的不統一和後來「文革」中上海人民出版社、上海譯文出版社等加入「黃皮書」出版後出現的與標準「黃皮書」風格的不統一是有區別的。張福生先生認爲：「後來加入的上海的出版社跟『黃皮書』剛出版時是有偏差的。60 年代『黃皮書』出版時，上海的出版社都是作爲人文社分社出現的，比如《軍人不是天生的》，還是黃皮的。70 年代上海的這些出版社獨立了，要自己出書，風格上就和 60 年代不一樣了，比如《你到底要什麼》、《白輪船》。而且，當時出版的性質也有所改變，五六十年代出『黃皮書』那是『反修』，中蘇分歧，是兩個黨之間出現意識形

〔註33〕鄒振環《20 世紀上海翻譯出版與文化變遷》，桂林：廣西教育出版社，2000年，第 291、326～330 頁。

態的分歧。七十年代則是『批修』，蘇聯被稱之爲『社會主義帝國主義』，國家間成了敵人。」〔註34〕

　　但大量的「黃皮書」封面是整齊統一的。從「皮書」風格的統一考慮，個人化特色的設計似乎的確在某種程度上破壞了其一致性和嚴肅性。然而透過這一小小的歷史細節，我們不難發現這樣兩個問題，第一，「皮書」出版之初還未有特別明確的規劃；第二，封面設計以及封面設計者的消失，是對個體色彩的逐漸漠視與抹殺。封面設計屬於現代出版制度中不可或缺的一環。個性化、富有設計感的封面是現代出版物在流通、閱讀過程中無聲的宣傳者與闡釋者。隨著整個現代出版制度在新中國的轉型，版稅等被視爲是資產階級物權的體現而被取消。個人性的設計自然也變得無足輕重。

　　統一的顏色、標準化的版式成爲主導。「黃皮書」的得名即來自這整齊劃一的顏色。在一切政治化的時代，書籍封面的顏色是否另有深意？是否是所謂的「顏色政治」？關於這一點，筆者曾向張福生先生請教。他說：「這個問題我問過當時的幾位老先生，他們說當時絲毫沒有某種意識考慮，出黃皮的，就是因爲這種紙比較便宜，裝幀也很簡單，封皮就是稍微厚點，以區別於正文。」〔註35〕紙張的便宜導致了書頁的粗糙。如1961年上海文藝出版社出版的《局外人》，紙張就極差，幾乎可從書頁中看到未完全熔漿的草稭稈。這與1958年出版的精裝本《十日談》已是天壤之別。

　　顏色，在階級鬥爭日漸激烈的時期，是否眞能保持其中性客觀的屬性而不被賦予政治意味？人民出版社張惠卿先生提出了不同的看法。他舉例到：「如人民出版社出版的『《紅旗》叢刊』，是成套書，正反面材料都有，用的是白色封面，書名用紅綠兩種顏色來區別『正』還是『反』，凡是『反面材料』都應歸入『灰皮書』的範圍。」〔註36〕鄭凡異曾參加「灰皮書」的編輯出版工作。據他瞭解，「『灰皮書』的形式和發行辦法由康生提出來。康生說，這些「壞書」用灰皮做封面，一看就知道不是馬克思主義的。『灰皮書』由此而得名。」〔註37〕而據《新中國出版五十年紀事》中記載：「1967年11月29日～12月6日，中央文革宣傳聯絡員於11月29日、12月4日、6日三次電話

〔註34〕據2008年9月17日下午張福生訪談記錄。
〔註35〕據2008年9月17日下午張福生訪談記錄。
〔註36〕張惠卿《「灰皮書」的由來和發展》，載《出版史料》2007年第1期。
〔註37〕王巧玲《艱難誕生灰皮書》，載《新世紀周刊》2008年第19期。

通知毛主席著作出版辦公室，傳達中央文革小組的決定，緊急布置出版所謂《劉少奇修正主義言論集》，『發有關部隊、機關、紅衛兵組織中有批判能力的人，內部發行。』並通知：『馬上調紙，要差一些的，封面深灰色，共印 3 萬部，12 月初一本，1 月、2 月份各出一本。』」〔註38〕

由以上資料佐證，作爲批判對象出現的書籍在顏色選擇上還是具有一定政治指向的，至少遵循了人們慣常對顏色的文化接受心理，譬如紅色代表革命、犧牲、正義等，而灰色或黑色等灰暗的色調則表示某種負面或「反動」的價值傾向。

整齊劃一而又簡單粗糙封面的取而代之，再次印證了現代出版制度的淪陷和國家集體意識的全面勝利。

4、國家規定的有限發行渠道

「皮書」作爲「內部書」，其突出特點就是其非公開的內部發行方式。「文革」前，「皮書」主要通過內部書店流通，也有通過新華書店銷售，但也並不在賣場上，而大多是賣場後面的辦公室等地。所謂內部書店，是專門供給一定級別的高幹使用的書店。在北京，被經常提及內部書店有：北京西絨線胡同內部書店，和平門的內部書店，王府井 213 號等。

內部書店有不同的等級，不同級別的高幹去不同級別的書店。自然，不同級別的幹部所拿到的「內部購書卡」也有級別的不同。「這種購書卡，必須由持有人所在單位在規定的時間裏，到新華書店總店登記購買。而且，對持有人是有資格限定的，地方限定在副部級以上的幹部，軍隊限定在副軍級以上。」〔註39〕這一點朱學勤的《省軍級與「娘希匹」》一文可作印證。老詩人屠岸「文革」前在中國戲劇家協會工作，「曾經有一張卡，級別比較低，只能買『三言』、『二拍』之類。」〔註40〕

20 世紀 60 年代初「黃皮書」問世時，每本只印大約 900 冊，讀者很有針對性：司局級以上幹部和著名作家。「但也不是所有這個級別上的人都能看，而是那些與文藝有關、並且是掌握政策的那一些人。『內部書』的發行雖沒有

〔註38〕劉杲、石峰主編《新中國出版五十年紀事》，北京：新華出版社，1999 年，第 108 頁。

〔註39〕王曉《有關「黃皮書」的不完全報告》，見張立憲主編《讀庫》，北京：新星出版社，2007 年第 3 期。

〔註40〕參見王曉《有關「黃皮書」的不完全報告》，見張立憲主編《讀庫》，北京：新星出版社，2007 年第 3 期。

明確的地區限定，但主要集中在北京。」〔註41〕這種嚴格控制傳播路徑、閱讀群的政策方針，給「皮書」增添了不少「神秘」色彩。「據當年負責『黃皮書』具體編輯工作的秦順新先生講，他曾在總編室見過一個小本子，書出版後，會按上面的單位名稱和人名通知購買。曾在中宣部工作，後調入人民文學出版社任副總編輯的李曙光先生也講，這個名單是經過嚴格審查的，他參與了擬定，經周揚、林默涵等領導過目。俄蘇文學的老編輯程文先生回憶說，他在國務院直屬的對外文化聯絡委員會工作時，具體負責對蘇調研，所以他們那裡也有一套「黃皮書」，閱後都要鎖進機密櫃裏。」〔註42〕

因此直到 20 世紀 70 年代，因為特殊的歷史政治環境，一些普通讀者才有機會一睹「皮書」之風采。

二、隱藏的「個體意志」

「黃皮書」作為政治文化鬥爭下的產物，國家意志、黨的意識形態需求是其存在的根本理由。但是在涉及到「黃皮書」翻譯、出版等具體事務時，是否能有些微的「個體意志」滲透其中呢？面對國外多如牛毛的作品，如何取捨？是誰來選擇確定「黃皮書」眾多的篇目？再者，翻譯作為二次創作，翻譯者應該持怎樣的價值態度和情感態度，如何處理政治目的和文學文本中的情感因素及審美性之間的關係？另外，幾乎出現在每本「黃皮書」上的「出版說明」又該如何寫？

在不容置疑的體制規約下，在抽象的政治意圖轉向具體實施過程時，體制總會留下一些空隙。高度的限制和控制，並不一定導致所有自主的表現都銷聲匿迹。尤其是「黃皮書」這一龐雜的系列工程，總要化解為若干的具體環節，而每一環節則不可避免地要由具體個體來操作。絕對的整齊劃一即便是政治化時代也是不可能存在的。這促使我們懷著更大的歷史好奇心去進一步探究「黃皮書」誕生過程中細微複雜的細節，考察宏大的政治國家話語之下個體的掙扎與選擇。

（一）文本選擇上的個人化因素

直接參與了「黃皮書」編輯工作的孫繩武先生的回憶，使我們有幸獲取

〔註41〕據 2008 年 9 月 17 日下午張福生訪談記錄。
〔註42〕張福生《我瞭解的「黃皮書」出版始末》，載《中華讀書報》2006 年 8 月 23 日。

了一些「黃皮書」具體操作上的寶貴細節。

孫繩武回憶道：「60年代初，也即1960年後，原作家協會的領導曾召開了二、三次外國文學情況交流會。……我記得參加會議的有羅大岡、楊憲益、曹靖華等老先生，以及世界文學社、人民文學出版社的少數同志。會議初期的中心議題是西方文學的新現象，因爲四、五十年代文學界對蘇聯、東歐瞭解較多，同西方接觸極少。這幾次會上談到了英、法、美的一些作品及傾向，例如反映這些國家中青年（尤其是工人）對社會頗爲不滿的情緒，即所謂「憤怒的一代」的代表性作品，並決定選幾種譯出，由人民文學出版社負責出版。其中有《往上爬》、《憤怒的回顧》、《在路上》，後來還加上了《星期天晚上和星期日白天》。這些就是不公開發行，還不作宣傳的所謂『內部書』出版的開始。但當時不稱爲『黃皮書』。參加這些會議的都是這方面的專家、學者，有各自的研究興趣和專長。」〔註43〕

據當年負責「黃皮書」具體編輯工作的秦順新先生講：「孫繩武先生當時全面負責這套書，他對送來的每一期《進口圖書目錄》都仔細閱讀，挑選出一些蘇聯當時最有爭議或得獎的圖書訂購。那時編輯部也訂了許多蘇聯文學雜誌和報刊，如《文學報》、《旗》、《星》、《十月》、《新世界》、《我們同時代人》等。大家分頭閱讀，提出建議，最後由孫繩武先生批准。」〔註44〕

雖然，出版「黃皮書」的初衷是非常明確的，目的性也很強。但是究竟哪些作品適合這樣的目的，符合這樣的初衷，每一個編輯的認識終究是很難完全達成一致的。「分頭閱讀，提出建議」的過程，其實正是個人的政治認識水平，學識修養，文學趣味等因素綜合起作用的時候，「個人性」不可避免地會產生影響。即便有交流會這樣「統一意見，達成共識」的方式存在，也很難說最終大家對文學作品的認識就是鐵板一塊。最終哪些作品需要翻譯，哪些不需要，也難免是一個多數戰勝少數的過程。即便是最後由像孫繩武先生這樣的「權威」確定，然後再上報審批，也是難以完全消弭書籍選擇中的個人因素的。

「文革」後，上海人文社加入「黃皮書」的出版工作。雖然譯者大多爲翻譯組，但其實決定「選本」的情形和六十年代孫老先生提及的決定過程是有相似之處的。「都是『四人幫』信得過的懂外文的人，他們來自上海社會科

〔註43〕 孫繩武《關於「內部書」：雜憶與隨感》，載《中華讀書報》2006年9月6日。
〔註44〕 轉引自張福生《我瞭解的「黃皮書」出版始末》，載《中華讀書報》2006年8月23日。

學院和大學，他們有權直接翻閱外文報刊，決定選用哪一部分書進行翻譯，負責人是一個被稱爲『王老師』的人。」〔註45〕兩個階段的不同之處在於，選本確定後，是找單個的個體從事翻譯工作還是由集體翻譯組合譯。自然後者的翻譯顯得粗暴些，完全破壞了文本翻譯過程中翻譯家個體的二次創作。

由此可見，大多數「黃皮書」的文本選擇並非上層直接規定，而是由長期從事蘇聯、西方文學研究、翻譯、編輯工作的資深專家、編輯來完成。不容置疑的抽象的政治意圖在轉化爲具體的一本本的文學作品時，個體存在的某種不確定性總會留下一定的思想空際的。我們甚至可以設想，如果當年不是孫繩武先生來負責，而換作其他人，「黃皮書」可能大致方向不會變的，但是涉及到每一本具體的選本，可能仍會呈現出不一樣的面貌。

施咸榮先生的一段話給了我們一個可能例外但卻寶貴的事實例證。當李景瑞問施老先生當年參與翻譯西方當代文學類「黃皮書」，是如何選擇篇目時，施先生回答道：「那時大家對西方文壇所知極少，譯什麼書，主要由譯者自己選。」〔註46〕而施先生「選」書的根據則來源於平時經常上北京圖書館借書看書，對英美當代社會和文化情況的瞭解。他認爲：「對美國的認識，不能老停留在『紙老虎』這種印象上，有必要讓領導和更多的人瞭解更加眞實的美國。而《麥田裏的守望者》，正是當時美國社會思潮的一種反映。」〔註47〕當李景瑞問「禁錮那麼多年，選譯這種書，你就沒有壓力？」時，施老先生則答道：「有是有，但搞翻譯就好比在中外文化之間架橋，幫人跨橋溝通了，架橋人擔當一點算不了什麼。這本書在美國很有影響，戰後年輕人的反叛思想是股世界性潮流，中國也會受影響。翻譯這本書，就是希望中國讀者批判地看待這種社會現象，多少起一點警示的作用。」〔註48〕

由此可見，「選本」「選」的過程是有某種不確定性的，而這種不確定性則來自選家的個體意志。

（二）文本翻譯中的「信」「達」「雅」問題

徐友漁在談到當年閱讀《分析的時代（二十世紀的哲學家）》的印象時毫

〔註45〕轉引自鄒振環《20世紀上海翻譯出版與文化變遷》，桂林：廣西教育出版社，2000年，第325頁。
〔註46〕李景端《眼光敏銳的翻譯家》，載《中華讀書報》2005年2月23日。
〔註47〕李景端《眼光敏銳的翻譯家》，載《中華讀書報》2005年2月23日。
〔註48〕李景端《眼光敏銳的翻譯家》，載《中華讀書報》2005年2月23日。

不吝嗇讚美之詞：「這是一本 20 世紀西方哲學的選集，編者的介紹之精到有趣，中文譯文的優美，令人歎爲觀止。」〔註 49〕上海譯文出版社編輯周克希則回憶說：「白皮書我在印象中看過《落角》，……只是還記得它的譯文，那是相當清新流暢的譯文，比現在許多翻譯者要出色得多。」〔註 50〕作家劉緒源則認爲：「我印象最深的是一本摘譯叢書，叫《蘇修短篇小說集》，……我當時非常震動，這種對人物內心複雜性的描寫，在中國小說裏非常少，幾乎沒有達到這樣的精確和有力」「我想，在八十年代以後，在讀到大量的西方心理學和現代哲學時，像弗洛依德的心理學，會很快接受，是白皮書時代打下的基礎」〔註 51〕

從筆者的閱讀體驗來看，不少「黃皮書」的譯文是經得起時間檢驗的。譬如日本作家三島由紀夫的《春雪》，描寫得就非常細緻、到位。當然，因爲不懂日文，我很難判斷翻譯上「信」的問題，但從自身閱讀感受而言，中文譯文的確十分優美。雖然這本書在封面上就赫然寫著「日本反動作家三島由紀夫」，扉頁上標明「反面材料，供批判用」，但是在翻譯上並未看到譯者刻意或故意的歪曲。遺憾的是，書中各處均沒有找到該書的翻譯者信息。

這裡摘抄兩段《艾伊特瑪托夫小說集》（即艾特瑪托夫）裏的譯文，一窺這類翻譯上較爲上乘的「黃皮書」面貌。

「查密莉雅像是忘記了世界上的一切，久久地望著落日。河那邊，在哈薩克草原的邊沿上，勞累了一天的割草時候的夕陽，像正燒著的烙餅爐的竈眼一樣發著紅光。它緩緩地向地平線外遊去，一面用霞光染紅天上柔軟的雲片，向淡紫色的草原透射著最後的夕照，草原上低窪的地方已經籠罩起薄暮時藍灰色的陰影。查密莉雅望著落日，帶著一種極大的靜謐無言的歡欣，像是在他面前出現了一個童話世界。她的臉上放射著溫柔的光採，那半張開的嘴唇孩子般柔和地微笑著。」〔註 52〕

「在那個藍色的、明亮的夜晚，大地也同我們一起覺得很幸福。它也充分享受著這種涼爽和寂靜。整個草原上呈現著一片深沉的靜謐。灌溉渠裏水聲淙淙。盛開的零陵香散發著蜜一樣的馥鬱，沁得人薰薰欲醉。偶爾從某處

〔註 49〕 徐友漁《寫作背後的另一種閱讀經驗》，載《南方周末》2007 年 10 月 11 日。

〔註 50〕 陳丹燕《上海的風花雪月》，北京：作家出版社，2008 年，第 272 頁。

〔註 51〕 陳丹燕《上海的風花雪月》，北京：作家出版社，2008 年，第 273 頁。

〔註 52〕 （蘇）艾伊特瑪托夫《查密莉雅》，力岡譯，見《艾伊特瑪托夫小說集》，北京：作家出版社，1965 年，第 14 頁。

襲來一股充滿艾蒿氣的熱風，於是麥穗就在田界上搖來擺去，悄聲絮語。這樣的夜晚一生也許只能遇見一次。」〔註53〕

另外，如愛倫堡的《人、歲月、生活》中對巴黎的描寫：「巴黎啊，我夜夜等著你，你卻像一個靠妓女生活的嫖客似的來了。」〔註54〕有讀者認為，如果將愛倫堡小說中的這些句子按詩歌的樣式排列起來，就是很好的現代詩。

「皮書」出版的目的是為了批判，但是譯文的質量卻能達到如此的高度，實在是一件別有意味的事情。

究其原因，政治壓力當然是一個非常重要的因素。張福生曾就此翻譯問題問及張道真（《十九世紀文學主流》的翻譯者之一）。張道真回憶說：「這批人當時有兩點優勢：一個是當時的政治壓力，使他們不敢翻錯，或者粗製濫造。在那種環境下，能被選中參與這個事情，那是政治上的最高待遇，認為你是一個好人，那才找你來做這個事；第二個優勢就是『年富力強』，精神體力上夠好，才能完成這件事。當然在當時那種環境下，不自由，限制了發揮，可能文采上要差一些。但是肯定沒有黑白錯誤的。有，那也是細小的一些。當時這批譯者，今天都是大家了。」〔註55〕

人民文學出版社一次古典部編輯室會上，一青年編輯向馮雪峰請教：在整理古典文學作品的工作中，究竟怎樣體現批判？馮雪峰答覆說：「批判就是弄清楚；並不是把一個東西批判成別的樣子，才是批判了。你把它解釋清楚，還它本來面目，就是批判。《資本論》把資本主義徹底弄清楚了，就是對資本主義徹底批判了。」〔註56〕馮雪峰這段何謂「批判」的解釋，應該代表了當時文藝界基本的藝術準則，即不溢美，不扭曲，「還他本來面目」。而對於「黃皮書」而言，除了堅持這樣的「批判」準則，強大的政治壓力也是保證其翻譯上「信」標準的關鍵原因。

但僅僅以政治壓力來解釋「皮書」的譯文水平能有如此高度，似乎難以完全令人信服。我們發現，「黃皮書」第一階段的翻譯者主要以個人署名，少

〔註53〕（蘇）艾伊特瑪托夫《母親——大地》，王家驤譯，見《艾伊特瑪托夫小說集》，北京：作家出版社，1965年，第345頁。

〔註54〕（蘇）愛倫堡《人、歲月、生活》（第一部），王金陵、馮南江譯，北京：作家出版社，1962年，第124頁。

〔註55〕據2008年9月17日下午張福生訪談記錄。

〔註56〕舒蕪《大壽薄禮——祝人民文學出版社建社五十週年》，見《我與人民文學出版社》，北京：人民文學出版社，第285頁。

部分是由兩人或多人翻譯。也就是說,這一階段的「黃皮書」大多還是屬於個人的翻譯作品,是個人二次創作的成果。「文革」期間參與了「翻譯組」翻譯的很多名家譬如著名翻譯家草嬰,之所以不願提及「皮書」這段經歷,除了因爲與「四人幫」政治有關,另一重要原因當是翻譯過程中作爲「翻譯機器」而非個人創作,因此很難體現或展現出個人的藝術水準。

翻譯過程是文本的二次創造,翻譯者的個體意識,總是有意無意滲透到再創造的過程中。如果沒有對作品相當的同情與理解,是很難做到信、達、雅的。翻譯者在細心推敲原文,精心翻譯的同時,也一定不時從翻譯對象上獲得一種隱秘的閱讀快感和從事專業工作的認同感。翻譯者的實際閱讀感受以及體現在翻譯文字上的情感態度與主流政治意識的判斷之間是會存在一定的裂縫的。

「黃皮書」的代表性翻譯者包括孫繩武(即孫瑋)、黃雨石(即黃愛)、馮南江、秦順新、施咸榮,文潔若、藍英年、曹蘇玲、王金陵、草嬰、榮如德、豐一吟、施蟄存、徐懋庸、汝信等。「灰皮書」的代表性翻譯者則有如李愼之、董樂山、費孝通等。

第二章 「皮書」與社會主義文藝建設（上）

　　在 20 世紀五六十年代國際國內複雜政治環境下，新中國最高領導層提出「反修反帝」口號。這反映了決策者兩方面的警惕與擔憂——階級問題和民族問題，一方面是對所謂馬克思主義經典的確認與堅守，另一方面則是對民族主體性的塑造和維護。階級鬥爭是其主導，監督制約著民族問題，二者糾纏裹夾，內外交織。社會主義文藝建設，必須解決兩個問題：如何面對自身的思想文化傳統以及外來思想文化的衝擊。「皮書」，尤其是「黃皮書」，作「外來文化」的表徵，既要接受來自政治意識形態的審查，同時也將遭遇與新中國自身文化的矛盾衝突。本章將從文學本體論出發，考察「黃皮書」自身的思想文學特質以及由此對社會主義文藝建設所造成的文化衝擊；第三章則以宏觀政治文化視角，將「黃皮書」這一文化現象置於整個社會主義文藝框架之中，以「黃皮書」爲切片，觀察思考新中國文化建設的方向、路徑以及可能出現的危機。此二章，由具體而抽象，從微觀至宏觀，全面考量「黃皮書」的思想文化內層。

第一節　「黃皮書」與「修正主義文藝」

　　1956 年 2 月蘇共二十大召開，赫魯曉夫做秘密報告，從而在全蘇掀起了層面廣泛的大討論。同時，東歐各社會主義國家也隨之出現一系列社會革新運動。其實蘇聯文藝界早在五十年代初即已湧動著一股反思思潮。他們修正文藝與革命、文藝與階級關係的認識，悄然調整著社會主義的文藝理論與政策。

1953 年斯大林逝世後，蘇聯基本結束了文化領域內的「斯大林——日丹諾夫時代」。敏感的文藝界領風氣之先。1954 年，愛倫堡的中篇小說《解凍》發表。西方評論界借用《解凍》的書名，將文藝界出現的這股新傾向稱爲「解凍」思潮，這一時期的文學則被稱之爲「解凍」文學。「解凍」文學的中心主題實際上是要求在社會主義現實主義創作原則中表現人性和人道主義，並對社會主義現實主義創作原則的某些內涵提出了疑議，要求允許暴露社會的陰暗面。1954 年 12 月，蘇聯作家第二次全國代表大會召開，對社會主義現實主義的創作原則作了反思探討，刪去了「藝術描寫的眞實性和歷史具體性，必須用社會主義精神從思想上改造和教育廣大勞動人民的任務結合起來」一語；嚴厲批判了「無衝突論」傾向，提出「積極干預生活」口號，重提「寫眞實」口號。大會還對《解凍》及由此出現的「解凍」文學進行了討論。蘇聯文學自此恢復了批判現實主義傳統。蘇共二十大後，阿赫瑪托娃、茨維塔耶娃、左琴科等作家的名譽得到恢復，蘇共當局 40 年代後期發佈的四個決議得到糾正。1961 年 10 月蘇共二十二大提出「一切爲了人，爲了人的幸福」和「人與人是朋友、同志和兄弟」等口號。這就促使 50 年代以來文壇上形成的人道主義傾向進一步得到發展，更加重視人的價值，重視對人的關懷和愛護，並以此作爲評價人的道德和人性的標準。

蘇聯以及東歐社會主義國家文藝出現的這一系列新文藝傾向，即被稱之爲「修正主義文藝」。「黃皮書」中的「修正主義文藝」，即主要來自這類作品及相關的文藝理論類書籍。理論書籍主要包括：《蘇聯一些批評家、作家論藝術革新與「自我表現」問題》、《蘇聯文學與人道主義》、《蘇聯文學中的正面人物、寫戰爭問題》、《蘇聯青年作家及其創作問題》、《戲劇衝突與英雄人物》、《人道主義與現代文學》（上、下兩冊）等，約 13 種。這些理論書很少被人們提起，其實它們是「黃皮書」極重要的組成部分。

一、「黃皮書」中「修正主義文藝」在主題與題材上的突破與豐富

（一）主題上的突破

1、「黃皮書」文學作品中的修正主義思想主要表現爲：以人道主義思想爲指導，描寫人性，尊重人，理解人，展現人與人之間的關心與友愛。具體到人物形象，則往往體現出與新中國社會主義政治倫理道德相區別的道德倫理和價值傾向。

　　爲了更好地呈現這類「修正主義文藝」「皮書」的異質性，我們不妨先將新中國文藝特點做一概述。社會主義新中國對社會成員的道德要求核心是「鬥私批修」，要求個體「忘我」「無我」，頑強、勇敢、服從，爲偉大的無產階級理想不怕犧牲，勇於獻身，其實就是一種斯巴達式的社會形式。這種道德標準體現在普羅大眾的日常生活中。大慶人的豪言壯語是：「離「我」遠一寸，幹勁添一分；離「我」遠一丈，幹勁無限漲；「我」字若全忘，刀山火海也敢上。」大寨人的則是：「私字作怪，思想變壞；私字不走，公字不來；私字不倒，江山難保。」在嚴峻的國際形勢下，革命事業需要培養接班人，破壞帝國主義「和平演變」的預言。因此，青年人作爲新中國事業的接班人，被要求將絕對主義的道德律令內化爲道德信念和道德動機，再外化爲道德行爲。1964 年，毛澤東撰寫了「接班人」的五項標準。一代人的政治道德品性被歷史鑄就。

　　這種道德主義同時也被要求體現在他們所接觸、閱讀的各類書籍中。作爲新中國的接班人，青年一代被要求或能看到的書籍是哪些呢？「1、比重最大的是蘇聯和我國現當代的文學作品，也即革命文學作品。革命的標準決定了閱讀的範圍，因此我們無法讀到索爾仁尼琴的作品，無法讀到帕斯特爾納克的作品，也無法讀到昆德拉的作品，更不要說資本主義國家的一些現代文學作品了。我們甚至不知道有諾貝爾文學獎，這不僅僅是因爲諾貝爾獎也有階級性，還因爲在我們的閱讀範圍內根本就沒有獲獎作品。2、像聖經那樣似懂非懂，但又是爲了一種神聖使命而拼命閱讀的馬恩列斯和毛澤東的著作。3、有趣而有吸引力的科普作品。4、中國和西方的古典文學作品，包括 19 世紀以前的西方資產階級的古典文學作品。」〔註1〕

　　當然，這份書單還僅限於「文革」前，「文革」中則連這樣的閱讀都成爲妄想，除了馬恩列毛的著作可以公開閱讀外，其他幾類則已很難接觸到，可能的方式就是「秘密閱讀」。這張書單中，馬恩毛的著作自然是作爲一種政治需要而存在。而以蘇聯爲主的科普類作品，之所以能夠閱讀，一方面是要顯示社會主義的科技力量和優越性，一方面則是在青年中普及科學知識，以利於社會主義建設。書單中涉及到文學作品的是第一和第四類。第一類作品包括諸如《鋼鐵是怎樣煉成的》、《青年近衛軍》、《卓婭和舒拉》等蘇聯文學作

〔註 1〕 李新華《時代的見證：接班人與「第三代人」》，載《中國青年研究》1995 年
　　　　第 3 期。

品以及新中國「十七年」以「三紅一創，山青保林」爲代表的主流文學作品。

那麼這些主流意識形態允許閱讀的文學作品將給閱讀者描繪怎樣的人與世界呢？以下就以這一時期新中國的代表作品爲例略作分析。

作爲「十七年」主流文學的代表，「三紅一創，山青保林」八部作品中，《紅旗譜》，講述革命的起源；三部描寫爲奪取革命勝利進行的艱苦卓絕的戰爭──《保衛延安》、《紅日》、《林海雪原》，《紅岩》則展示了殘酷的後方地下敵我鬥爭。五部作品，一樣的思維模式：對峙的階級關係，涇渭分明的意識形態雙方，二元對立的戰爭文化思維，都要求絕對的忠誠，大無畏的犧牲精神和「捨小我爲大我」的集體主義精神。

《青春之歌》中的林道靜是一個與子君一樣有著「五四」青年氣質的知識女性。然而林道靜並非子君。在「精神導師」兼「精神戀人」盧嘉川的指引下，林道靜走上了更廣闊的自救與他救之路──革命。林道靜與余永澤分道揚鑣，也是與自身所謂「小資產階級性」告別；她對余永澤的厭惡，其實即是對曾經的自我的厭憎。林道靜最終在黨的領導下走上革命道路，成爲「黨的女兒」。文本以明白無誤的結構模式告訴讀者，這才是知識分子真正的「青春之歌」。

柳青的《創業史》是描寫社會主義現實生活的代表作。作品通過「典型環境」中的「典型人物」──梁生寶，詮釋了何謂「社會主義新人」。在兩條道路（社會主義道路和資本主義道路）的鬥爭中，無論是自己的繼父梁三老漢的不理解、阻撓，還是與戀人徐改霞的不同選擇帶來的片刻困擾，都不能動搖他帶領廣大農民走社會主義合作化道路的決心。由一個「無父」的孩子，成長爲「黨的兒子」，梁生寶最突出的品質就是──大公無私，公而忘私，自我犧牲。這裡「私」包括兩方面：物質利益上的一己之私和精神上的私人情感、小我感受。也即是說這兩種「私」都被梁生寶所擯棄。而這正是社會主義道德倫理所期許的高尚境界。《創業史》完成了社會主義文學以道德完美主義隱喻政治純潔性的內在歷史任務。

我們發現，在無產階級（社會主義）/資產階級（資本主義），階級性/人性，暴力革命/改良主義，階級鬥爭/日常生活，集體主義/個人主義，樂觀主義/悲觀主義，精神（道德）/物質（欲望）等關係組合中，肯定前者，否定、批判後者，是這一時期主流文學的基本敘述方式，也是文本的內在結構模式。而這種模式的確立得利於新中國初期對電影《武訓傳》、蕭也牧的《我們夫婦

之間》、路翎的《窪地上的「戰役」》等的批判，以及對「胡風集團」的清算。
主流意識形態以「鋤草」的方式確定並強化了上述結構模式和模式背後的社
會主義文學的道德倫理。

　　雖然上述書單中列有西方古典文學作品，包括 19 世紀以前西方資產階級
的古典文學作品，但是這類被主流允許的閱讀在特定時期也會受到質疑。周
揚在 1960 年第三次文代會上的報告《我國社會主義文學藝術的道路》中一方
面肯定了 19 世紀歐洲進步文藝作品，但同時也指出，它們「雖然批判了資本
主義社會，但它們絕大多數是用資產階級民主主義，資產階級人道主義和改
良的觀點進行批判的。雖然那些作者們的世界觀中有進步的一面，有樸素的
唯物論和進化論，但他們的局限性究竟限制了他們，使他們不能徹底揭露社
會矛盾的根源，更不能指出解決矛盾的出路」。對文學藝術遺產特別是 19 世
紀資產階級的文學藝術的盲目崇拜，「在我國文藝界和知識青年中間產生了惡
劣的影響」。〔註2〕

　　當這些在社會主義政治道德文學薰陶下的「接班人一代」逐漸成長為「文
革」中的「紅衛兵」時，他們二元對立式的戰爭思維方式，他們純潔，高尚、
禁欲主義的道德情懷，就驅使著他們身不由己地滑向更加極端而盲從的摧毀
「舊世界」，建設「新世界」的狂想中。李輝曾在評點《苦難與風流──「老
三屆」人的道路》一書時說：「紅衛兵性格絕不僅僅只是屬於那一代青年，作
為一種歷史存在，作為一個時代的特殊產物，它已滲透於整個民族的精神，
是整個民族精神缺陷的集中體現。當年不正是父輩兄長的生存方式，處世哲
學才薰陶出一代紅衛兵的性格嗎？」〔註3〕

　　「皮書」顯然解構乃至顛覆著新中國的政治道德文學，並在一定程度上
加劇了閱讀者的人格裂變與成長。

　　「黃皮書」第二階段大部分作品都是蘇聯「解凍」文學作品。這些作品
充滿了對人性的呼喚，對人與人之間互相尊重、友愛的呼籲，對親情、友情、
愛情的歌頌與讚美。這無疑震驚了長期生活在只講階級性、鬥爭性環境下的
中國青年，讓他們從所謂神聖革命生活中，反省、審視「人性」的缺失。

　　作為「解凍」文學的代表作，愛倫堡在小說《解凍》裏形象地表現了社
會變革如春風解凍一般排除了禁錮著人們思想的障礙，伏爾加河畔一座小城

〔註2〕周揚《我國社會主義文學藝術的道路》，載《人民日報》1960 年 9 月 4 日。
〔註3〕李輝《走出歷史的影子》，載《讀書》1995 年第 4 期。

裏的一群普通人終於獲得了精神上的「解凍」。人與人之間開始了眞誠、友善、溫暖的生活。作品通過老教師表達了要將關愛「每一個人」和關愛「千百萬人」統一起來的思想，反對爲了「千百萬人」而拋棄個別人。而瓦·柯熱夫尼科夫的《這位是巴魯耶夫》則通過父子倆的對話探討了如何看待個人的價值以及個人與社會關係的問題。兒子柯斯嘉援引古希臘聖地一塊大理石壁上鑴刻的一句題詞「人是一切事物的尺度」，強調以個人爲本位的價值體系，並認爲「藝術是人類自我意識的最高形式。」〔註4〕父親巴魯耶夫則認爲：「勞動是一切東西的根本。」「如果人對勞動缺乏正確的理解，那就不會熱愛勞動，——壞事就是由此產生的：不尊重別人，貪污，打壞主意。」並對兒子說：「……每個人心裏都應當理解這點，愛護每一個人，爲了自己愛護每一個人，因爲每個人都爲別人工作，也就會對別人表示關切。道德就是從這裡產生的：我的物質和生活幸福決定於每個人的道德品質。所以要像爲自己的個人幸福而奮鬥一樣，爲大家的幸福而奮鬥！」〔註5〕

這一時期的戰爭小說，則將殘酷鬥爭下人性的複雜，以及由此帶來的猶豫、感傷等情感做了生動細緻的呈現。肖洛霍夫的短篇小說《一個人的遭遇》將「解凍」以來的人道主義精神推向了新的高度。西蒙諾夫從 1955 年開始創作《生者與死者》三部曲（《生者與死者》，《軍人不是天生的》，《最後一個夏天》）也是其中力作。

內部出版的詩作同樣高度重視「人」的主題。立陶宛詩人梅熱拉伊蒂斯的詩集《人》收入 31 首哲理抒情詩，從多方面對人類心靈和人的價值進行歌頌和讚美。葉甫杜申科是「大聲疾呼派」最重要的代表人物之一。詩歌《娘子谷》既控訴了衛國戰爭期間德國法西斯大規模屠殺猶太人的暴行，也披露了蘇聯國內的反猶情緒。另一重要代表人物沃茲涅先斯基在長詩《奧孔》中揭示人性與其敵對勢力的衝突，闡發對愛情、歷史、技術文明等的思考。他和葉甫杜申科、阿赫馬杜琳娜的詩合爲《娘子谷及其他》內部出版。

進入 60 年代以後，蘇聯小說的創作傾向由 50 年代的「問題分析」轉化爲「心靈分析」，形成「道德探索」思潮，延續了 50 年代對「人」眞實、複

〔註 4〕　（蘇）瓦·柯熱夫尼科夫《這位是巴魯耶夫》，蒼松譯，北京：作家出版社，1964 年，第 72 頁。

〔註 5〕　（蘇）瓦·柯熱夫尼科夫《這位是巴魯耶夫》，蒼松譯，北京：作家出版社，1964 年，第 72～74 頁。

雜的呈現方式和價值立場。如果說索爾仁尼琴以一種直接對抗的方式消解著主流話語構築的烏托邦神話，那麼此時大多數作家則以對道德問題的關注，以對人的道德殿堂的構建來抵禦政治話語的侵入，以間接、潛在的方式與主流意識形態形成分野。

維·謝·羅佐夫可以說是戰後最先將筆觸伸向道德領域，並最先把「做一個什麼樣的人」這一問題提出來的劇作家。劇本《晚餐之前》，描寫了格里沙如何擺脫「理智的束縛」，本著如何才是「最有人性」的原則，與他過去的情人，現已與別人結過婚的薇洛奇卡恢復愛情的故事。當格里沙面對母親的質疑時，他做出了如此的回答：「……我決不願意充當自己思想的奴隸，即令是最最偉大的思想……假如我會有最最偉大的思想的話……即便是母雞也會按照自己的方式思想的……人之所以有別於動物，並不是由於理智，而是另一種更有意義的東西……一種高於理智，純於理智的東西，它能夠把人提升到最高的高度，它能夠使人最有人性，簡直高得你不能想像。……涉及到某種使得人成為人的東西的時候，我就不願意控制自己。我憎恨那種逐漸成為不合理的理性。」〔註6〕羅佐夫的抒情心理劇《四滴水》則涉及到反對「拜金主義」、反對虛假的知識分子小市民情趣、內心空虛這一主題系列。特里豐諾夫創作了「反市儈」系列小說：《交換》、《初步總結》、《長別離》、《另一種生活》和《濱河街公寓》，以其獨特新穎的視角粉碎了當代蘇聯人道德面貌的神話。其中，《濱河街公寓》在中國內部出版。艾特瑪托夫的《白輪船》中，小主人公眼見被尊崇為族群拯救者的長腳鹿被打死，爺爺莫蒙也無力拯救，小主人公只能傷心地變成了一條魚，順著艾涅賽河遊走，去尋找他心中的白輪船。作品表達了人對「善良」的追求與對「惡」的仇恨。這類作品還包括：《白比姆黑耳朵》、《伊爾庫茨克故事》等。

由於文學的「解凍」的影響，蘇聯當時也譯介了一些國外宣揚人道主義精神的作品。「黃皮書」對此也做了譯介。譬如阿列克西斯·巴爾尼斯的劇本《愛與美之島》，杜倫馬特的《老婦還鄉》等。

《老婦還鄉》中一個62歲的億萬富婆克萊安衣錦還鄉，回到非常貧窮的小城。克萊安同意捐贈一百萬，一半給政府，一半給全城的人均分，但條件是要回公道——殺死她的初戀情人伊爾。當初她曾和伊爾熱戀並懷上了伊爾

〔註6〕 （蘇）維·羅佐夫《晚餐之前》，王金陵譯，北京：中國戲劇出版社，1964
年，第33～34頁。

的孩子，但伊爾否認，並找人做僞證。起初人們還抵制著克萊安的捐助維護伊爾，但慢慢地大家因爲克萊安許諾的「未來」救濟金而紛紛賒賬，生活因此改善，連伊爾的兒子都買了汽車。伊爾成了全城人過上富裕生活的「全民公敵」。最後，全城決定審判伊爾，伊爾死了。克萊安留下了支票後滿意地帶走了伊爾的屍體。該劇上演後不僅在西方獲得了戲劇評論界的高度肯定，甚至有人把他與阿里斯托芬、易卜生和蕭伯納相比，而且在蘇聯和東歐國家也受到推崇，認爲杜倫馬特「以其獨特的尖刻而俏皮的諷刺手法揭露了資本主義社會，客觀上起了極好的作用。」〔註7〕一九六四年八、九月號的《新德意志文學》發表長文《人道主義者弗里德里希‧杜倫馬特》，認爲他是「值得尊敬的人道主義者」，作品通過諷刺揭露了資本主義社會的假仁假義，淫亂、殘暴。〔註8〕

2、「黃皮書」中的「修正主義文藝」，還有部分是表現「和平主義」、反對「個人迷信」、以及表現經濟政治方面改革等的作品。

譬如反映蘇聯反戰、和平主義等政策的作品：邦達列夫的《岸》、奧列希‧岡察爾的《小鈴鐺》、西蒙諾夫的《第四名》等。反對斯大林「個人迷信」的作品：如《病房》，《暴風雨過後的痕迹》，《暴風雪》、《保護活著的兒子》等。反映蘇聯國內農村改革的作品：《木戈比附精力旺盛的人們》。該作品被認爲與新中國的農村合作化道路政策相左；被認爲是反映蘇聯推行社會主義帝國主義的作品，如《藍色的閃電》。該書正文開始之前有來自北京部隊畢星星、張雨生撰寫的《他們在製造軍國主義的炮灰──評蘇修小說〈藍色的閃電〉》，認爲該部作品「適應了勃列日涅夫叛徒集團推行社會帝國主義路線的需要」〔註9〕；美化格瓦拉，爲其機會主義路線進行鼓吹的《點燃朝霞的人們》。另外《反華電影劇本〈德爾蘇‧烏札拉〉》、尼古拉‧納沃洛奇金的《阿穆爾河的里程》、《正午的暮色》等也被視爲在政治上有問題的小說而內部出版。

〔註7〕轉引自（瑞士）杜倫馬特《老婦還鄉‧譯後記》，黃雨石譯，北京：中國戲劇出版社，1965年，第142頁。

〔註8〕轉引自（瑞士）杜倫馬特《老婦還鄉‧譯後記》，黃雨石譯，北京：中國戲劇出版社，1965年，第142頁。

〔註9〕畢星星、張雨生撰寫《他們在製造軍國主義的炮灰──評蘇修小說〈藍色的閃電〉》，見阿‧庫列紹夫《藍色的閃電‧前言》，伍桐譯，北京：人民文學出版社，1976年。

　　而被認爲是支持、印證了新中國「反修反帝」政治立場、觀點的作品則有：柯切托夫的《葉紹爾夫兄弟》、《州委書記》、《你到底要什麼》。在《你到底要什麼》的「內容說明」中，編者寫道：作品「敘述了作者自己對蘇修社會中許多問題的看法，並在一定程度上暴露了蘇修社會的黑暗和墮落。」「實際上，這本書對蘇修社會黑暗的現實雖有所暴露，但根本沒有觸及社會帝國主義的反動本質」。謝苗・巴巴耶夫斯基《現代人》被認爲「描繪了一幅醜惡的蘇修現代生活圖景和一批靈魂墮落、無惡不作的『現代人』——蘇修領導階層。」〔註10〕而（南斯拉夫）姆拉登・奧里亞查的《娜嘉》則被認爲：「在一定程度上暴露了南斯拉夫新型官僚買辦資產階級的驕奢淫逸、腐化墮落、精神空虛的醜相，暴露了南斯拉夫文藝界的混亂和黑暗，以及資本主義文化對南斯拉夫社會的腐蝕。」〔註11〕（日）松本清張的《日本的黑霧》是「反美帝國主義」的作品。另外像《先人祭》、《阿維馬事件》、《不體面的美國人》等也屬於這類作品而內部出版。

（二）題材日益豐富

　　題材多樣化，是文藝繁榮的基本要素。隨著文藝觀念的革新，蘇聯等國的文藝題材日漸豐富。這些題材包括：揭露並反思「個人迷信」、「個人崇拜」問題的，譬如《在人間》、《娘子谷》等；反官僚主義題材：《拖拉機站站長和總農藝師》、《解凍》、索爾仁尼琴的《爲了事業的利益》（《索爾仁尼津短篇小說集》）等；農村題材：《被開墾的處女地》，拉斯普京的《活著，但要記住》；以衛國戰爭爲主要表現對象的戰爭題材的大量出現，包括《生者與死者》、《一個人的遭遇》等；科技革命題材：維・李巴托夫的中篇小說《普隆恰托夫經理的故事》等。「解凍」時期還出現了一個重要的文學現象——「集中營」題材的誕生。索爾仁尼琴的《伊凡・傑尼索維奇的一天》是這方面的代表作品。「集中營」題材的創作，以其題材本身而與主流意識形態形成某種對抗，並以眞實的描述消解，解構了主流意識所構築的理想國。類似作品還有季亞科夫的紀實性小說《親身經歷的故事》等。另外還有諸如青年人問題、愛情題材、兒童題材等等。

〔註10〕 （蘇）謝苗・巴巴耶夫斯基《現代人・前言》，上海人民出版社編譯室譯，上海：上海人民出版社，1975 年，第 1 頁。

〔註11〕 （南斯拉夫）姆拉登・奧利亞查《娜嘉・譯後記》，楊元恪等譯，北京：作家出版社，1964 年，第 295 頁。

這裡摘錄一段當年的閱讀者回憶，一窺「黃皮書」所具有的藝術衝擊力：「當年的中國的讀者看慣了戰爭題材、建設題材、工農業生產題材等模式化的小說，哪見過《你到底要什麼》這種描繪文化界眾生相的軟綿綿的作品，何況還有這麼濃厚的西方色彩！儘管是柯切托夫想像中的資本主義世界，那也是當年的中國青年從未見識過，充滿了不可言喻的魅力，因此《你到底要什麼》一時風頭無兩，折服了尚處於精神困境中的中國青年讀者群。」〔註12〕

二、「黃皮書」中「修正主義文藝」在藝術形式上的革新

（一）「非英雄化」處理與日常生活的細緻描寫

隨著人道主義觀念的復蘇，創作上出現了關注普通人、關注日常生活，開掘英雄人物普通性的創作傾向。「普通性」實際即是對「人性」的尊重，對人性善良的肯定，對其脆弱性的同情和理解。這是蘇聯「解凍」文學的一個突出特點。

女作家潘諾娃的長篇小說《感傷的羅曼史》以平淡含蓄的筆觸，將日常生活中各種瑣事的真實狀態原原本本地展現出來，對重大歷史事件則保持冷靜旁觀態度。這種洋溢著濃鬱生活氣息的藝術風格，被評論界稱為「新現實主義」。在人道主義思潮的影響下，老作家卡札凱維奇寫了《藍色筆記本》和《仇敵》。《藍色筆記本》描寫了列寧「十月革命」前夕在拉茲里夫湖畔寫《國家與革命》時的情況。作者描述了列寧作為一個革命家羨慕普通人的生活，經常擔心遭到特務暗算等心理活動。通過一系列細節描寫，作者突出了列寧的質樸和富有人情味。而符·沃伊諾維奇的《我們生活在這兒》當時作為「黃皮書」出版，很大原因即在於該小說對人物進行「非英雄化」處理，描寫所謂的「自然人」，這在當時蘇聯國內引起了爭議。索爾仁尼琴的《馬特遼娜的家》則展現了平凡、普通而貧窮的馬特遼娜在窘迫生活境況下，卻仍保有一顆無私而善良的心，與馬特遼娜的「善良」相對的卻是冷漠的官僚主義與冷酷的親情。肖洛霍夫的短篇小說《一個人的遭遇》，不僅開闢了戰爭題材創作的新天地，還開創了注重日常生活描寫和強調塑造普通人形象的新傾向。一批親身經歷過戰爭的青年作家紛紛對肖洛霍夫作出響應，形成了「戰壕真實派」，他們中包括：邦達列夫、貝科夫、阿斯塔菲耶夫、瓦西里耶夫等。

〔註12〕數帆老人《伏爾加河上的燈火——漫話蘇聯小說（1）》http://blog.sina.com.cn/s/blog_4d793f4201000c3g.html

關心普通人，表現複雜的人性也成爲文藝理論家們評價作品時的一個重要標準。譬如在評價特瓦爾多夫斯基的《山外青山天外天》，瓦·科熱夫尼科夫的《這位是巴魯耶夫》等作品時，就認爲這些作品「最充分地傳達出時代的這種獨特的道德氣氛，傳達出對普通人的關懷、精神和情感的集中、心靈的善良和人性、高度的道德要求。」〔註13〕

這種對普通人的關注，對生活細節的注重，對於當時的中國讀者而言，無疑是新奇而親切的。著名學者劉納在談到閱讀「黃皮書」的經歷時說：「在高中時看過《葉紹爾夫兄弟》，對《你到底要要什麼》更加喜歡。小說對生活細節的展示，在當時我們的作品中是不可能出現的。」〔註14〕在新中國文學中，「日常生活」已日漸被視爲革命鬥爭的對立面而淡出作家們的文學視野。取而代之的是對輝煌的革命歷史和如火如荼的現實鬥爭的反覆書寫。這一方面又尤以革命歷史小說爲甚。作家們被要求以革命英雄主義精神、樂觀主義精神來塑造英雄人物，而盡量摒棄他們「普通人」、「日常化」的一面。吳強的《紅日》被批判的主要原因之一即是：過多描寫了大後方的生活，尤其是戰士的愛情生活。另外小說中對石東根醉酒、著國民黨軍服等行爲的描寫，也被認爲歪曲了解放軍軍人的形象。實際上，這些描寫正是對戰爭文化影響下二元對立思想的突破，還原「人」複雜眞實的面目。然而，這恰恰是主流文藝所不允許的。發展至「文革」時期，以革命樣板戲爲代表的「文革」文學則將「三突出」作爲文藝創作的重要方法，由此將「人」推向「英雄化」直至「神化」的極端反常狀態，抽象化、象徵化的「人」最終乾癟爲政治符號。正因爲如此，如茹志鵑《百合花》這樣的作品，才像一朵「百合花」一樣，以其清新、優美的氣息獨樹一幟。那個說話紅臉，與女同志保持距離，槍筒裏插著野菊花，卻又在戰爭中爲掩護別人而犧牲的小交通員，爲人性化的「英雄」作了極美的詮釋。

（二）表現手法、敘事技巧的多樣化

敘述人稱上：以阿克肖諾夫的《帶星星的火車票》爲代表的「青年自白小說」一般採用第一人稱敘述的方法，展現青年人內心的惶惑、迷茫。愛倫堡的《人、歲月、生活》，則將現實與回憶交叉，敘、議、抒情相結合，在第

〔註13〕現代文藝理論譯叢編輯部編《蘇聯文學與黨性、時代精神及其他問題》，北京：作家出版社，1964 年，第 174 頁。
〔註14〕來自 2008 年 9 月 19 日劉納訪談記錄。

一人稱敘述中娓娓道來。而《普隆恰托夫經理的故事》則以過去、現在、未來三維時間線索結構故事，文本中不斷穿插敘述著「現在的故事」、「後來的故事」、「過去的故事」以及「續現在的故事」。也可謂是探索之一種。

心理描寫：在「關心人」，「一切爲了人」的人道主義思潮要求下，對人的內心活動、心理發展過程成爲表現人的重要方法和手段。索爾仁尼琴的《伊凡・傑尼索維奇的一天》中以白描筆法敘述一個普通犯人在勞改營中度過的漫長而乏味的一天，通過回憶，聯想等心理活動描寫，展現了人物一生的坎坷遭遇；並且通過夾敘其他人物的經歷，概括地勾勒出了蘇聯社會特定歷史時期觸目驚心的全景。索爾仁尼琴的《克列切托夫卡車站上的一次事件》則借一個小小的外部事件展現、剖析人物的內心世界以及微妙的意識流動變化，可視作是一部心理小說。而特里豐諾夫的作品則被稱爲「城市心理小說」。

哲理性與抒情性：梅熱拉伊蒂斯的詩集《人》共 32 首詩，均爲哲理抒情詩。艾特瑪托夫、特羅耶波利斯基等則把社會問題放到自然環境中展開，使作品富有了哲理色彩和抒情意味。譬如艾特瑪托夫（當時譯爲「艾伊特瑪托夫」）的《艾伊特瑪托夫小說集》中的六部小說，如一首首的抒情詩，透著日常的美與善，蘊含著對人的尊重和深沉的愛，並且幾乎每部小說都有大量的景物描寫。這些如油畫般的草原風景，同時成爲人物情感變化的對應物，從而使人、情、景三者較完美地融合在一起。而他的仿童話小說《白輪船》則將神奇美麗的長角鹿媽媽的古老傳說和冷漠的人世與殘忍的現實相交織，以其鮮明的民族神話色彩和關於人性的淡淡哀愁，深深感染了無數讀者。

三、「修正主義文藝」對新中國主流文藝之影響

（一）主流文藝對「修正主義文藝」的批判

自 1942 年毛澤東《在延安文藝座談會上的講話》以來，無產階級左翼文藝成爲解放區乃至新中國的最高文藝樣式。文藝的階級性得到進一步強調，由此引申出一系列的主張與原則：作爲文學主要創作者的知識分子需要深入生活，接受改造；文學爲工農兵服務，作品以工農爲表現主體，表現其積極進步的階級性；文學批評則以政治標準第一，文藝標準第二。在戰時文化的影響下，文藝爲革命服務，文藝是階級鬥爭的工具的思想被強化。這一思想亦成爲新中國文藝的指導思想。因此，蘇聯及東歐社會主義國家政治、文藝界發生的一系列「異動」引起了新中國高層的高度關注。1957 年 11 月 14 日

～11 月 16 日在莫斯科召開的 12 個社會主義國家共產黨和工人黨的會議上通過了《莫斯科宣言》。《莫斯科宣言》認爲修正主義是「當前形勢下最主要的危害」。毛澤東參加了此次大會，大會對「修正主義」思想的高度警顯然得到了毛澤東的認同。

因此，在蘇聯文藝「解凍」的同時，新中國則展開了對修正主義文藝理論與創作實踐的雙重批評。周揚是這樣解釋「修正主義」和「修正主義文藝」的：「修正主義是資產階級思潮在工人階級內部的反映，它的特點是打著馬克思主義的招牌，在反對『教條主義』、『宗派主義』的口實下來反對馬克思主義、反對黨的領導。修正主義文藝路線的主要內容就是否定文藝爲勞動人民服務，爲革命的政治服務的崇高使命，否定在階級社會中文藝的階級性，否定或歪曲民族的文化傳統，否定作家的思想改造，否定黨對文藝事業的領導作用。」〔註 15〕周揚說：「社會主義文學藝術是最眞實的文學藝術。因爲工人階級是最先進的階級，它從來不害怕揭示生活的眞實狀況。」而右派分子和修正主義者則認爲「似乎只有揭露陰暗的作品才是『眞實』的，而『歌頌光明面』的作品就都是『粉飾現實』的，『不眞實的』。他們的所謂眞實是那種消極的、落後的、停滯的、死亡著的東西，他們不能或者不願意用革命的，發展的觀點來觀察社會主義的眞實，否認革命的浪漫主義是社會主義現實主義的一個必不可少的方面。」〔註 16〕周揚的這段論述，強調用「革命的，發展的」眼光來看待社會主義的眞實，這當然是對蘇聯「社會主義現實主義」概念內涵的再次重申，並且他還直接點明了這個概念中所潛含的「革命的浪漫主義」的主導思想。正是這點劃出了社會主義現實主義與批判現實主義的界限。邵荃麟認爲修正主義者之所以一再強調文學描寫陰暗面是文學反映現實的重要任務，是因爲他們「抹煞了批判現實主義和社會主義現實主義文學不同的時代和不同的任務的區別，片面地強調兩者的一致性，從而企圖取消或修正社會主義現實主義的基本原則。」究其根本，這是因爲他們自己「站在資產階級的立場」。〔註 17〕

〔註 15〕周揚《文藝戰線上的一場大辯論》，載《人民日報》1958 年 2 月 28 日和《文藝報》1958 年第 4 期。

〔註 16〕周揚《文藝戰線上的一場大辯論》，載《人民日報》1958 年 2 月 28 日和《文藝報》，1958 年第 4 期。

〔註 17〕邵荃麟《修正主義文藝思想一例──論〈苔花集〉及其作者的思想》，載《文藝報》1958 年第 1 期。

　　1960 年 7 月 22 日～8 月 13 日，中國文學藝術工作者第三次代表大會召開，即第三次文代會。周揚作了《我國社會主義文學藝術的道路》的報告。在報告中，周揚稱修正主義者拼命鼓吹資產階級人性論、資產階級虛偽的人道主義、「人類之愛」和資產階級和平主義等謬論，這是修正主義的政治觀點和哲學觀點在文藝上表現。他說修正主義者試圖以此來調和階級對立，否定階級鬥爭和革命，散佈對帝國主義的幻想。〔註 18〕大會期間，陳亞丁發表了《斥偽裝的社會主義文學》。文章指出戰爭文學中的人道主義觀念非常有害，批評了劉眞的《英雄的樂章》、海默的《人性》、王群生的《紅纓》等作品。文章中，他引用斯大林致高爾基信中的一段話支持自己的觀點：「書市出現了許多描寫戰爭『可怕』的文學作品，這導致了對所有戰爭的厭惡（不僅帝國主義戰爭，而且還包括各種其他戰爭）。也有一些沒有多大價值的資產階級和平主義者的小說。我們要做的就是把讀者從對帝國主義戰爭的恐懼中拉出啦，而讓他們讀另一種小說，這樣的小說鼓舞他們推翻發動這種戰爭的帝國主義政府。」〔註 19〕

　　在與「現代修正主義」的鬥爭中，馬克思、恩格斯、列寧、斯大林和毛澤東的相關論述成為鬥爭的武器。因此，在第三次文代會籌備之際出版了一批馬恩、列寧等論文學及相關主題的著作。1960 年第 1 期《文藝報》封底刊登了出版《論藝術》一書的廣告，它是馬克思、恩格斯相關論述的彙編；列寧、斯大林和毛澤東的相關著作則彙編為《論文學與藝術》一書。〔註 20〕

（二）「修正主義文藝」對「百花文學」之影響

　　如果說新中國決策層是從政治文化角度觀察、反思蘇聯等國的政治動蕩、文學變革，那麼，新中國的文藝工作者們則顯然從蘇聯文學界的「解凍」中汲取了力量與自信。在「雙百」方針的推動下，國內隨即出現了一批「干預生活」，表現「家務事，兒女情」的青年作家作品。部分成熟的文藝理論家則圍繞「社會主義現實主義」、「文學與人情、人性」等文藝問題展開討論，參與其中的有巴人、徐懋庸、秦兆陽、錢谷融以及青年作家劉紹棠等。理論

〔註 18〕周揚《我國社會主義文學藝術的道路》，載《文藝報》1960 年第 13～14 期。

〔註 19〕陳亞丁《斥偽裝的社會主義文學》，載《光明日報》1960 年 8 月 6 日。

〔註 20〕均由人民文學出版社出版。四卷本馬克思、恩格斯《論藝術》第一卷 1960 年 6 月出版；列寧的兩卷本《論文學與藝術》1960 年 4 月出版；斯大林論文藝的小冊子首版於 1959 年 10 月；毛澤東的《論文學與藝術》首版於 1958 年 11 月，1960 年 4 月第 4 次印刷。

上的討論主要在兩方面展開：一方面是對「社會主義現實主義」中的「歌頌」與「暴露」關係的質疑，進而提出批判現實主義傳統的恢復問題；一方面是以人道主義思想爲基礎，對馬克思主義經典問題中的「階級及階級鬥爭」問題提出質疑。這其中涉及到社會主義社會是否存在「異化」，「共同人性」與「階級性」之關係，以及藝術作品是否具有永恒魅力等極重要的問題。

1、「社會主義現實主義」經典概念受到質疑

建國後新中國仍然以《講話》爲文藝建設的最高指導原則，繼續向蘇聯學習。1953 年 9 月第二次全國文代會正式確認了「社會主義現實主義作爲我們文藝界創作和批評的最高準則」。社會主義現實主義的經典定義，始見於 1934 年蘇聯第一次作家代表大會通過的《蘇聯作家協會章程》。章程指出：

社會主義的現實主義，作爲蘇聯文學與蘇聯文學批評的基本方法，要求藝術家從現實的革命發展中眞實地、歷史地和具體地去描寫現實。同時，藝術描寫的眞實性和歷史具體性必須與用社會主義精神從思想上改造和教育勞動人民的任務結合起來。

概念中具有決定性意義，並與以前的「現實主義」區別開來的是「現實主義」之前的修飾限定語「社會主義」，它決定了這一創作方法的性質——無產階級性。「藝術描寫的眞實性和歷史具體性必須與用社會主義精神從思想上改造和教育勞動人民的任務結合起來」，正是其具體表達。它所潛含的思想化、典型化、樂觀主義精神等要求不言而喻。它要求作家：「看到一幢正在建設的大樓的時候應該善於通過腳手架將大樓看得一清二楚，大樓還沒有竣工，他決不會到後院去東翻西找。」〔註 21〕通過「腳手架」看到大樓，也就看到了社會主義遠景和本質，這樣的藝術才是「寫眞實」；而到「後院」去「東翻西找」，就只能寫出生活七零八落的細節，因爲沒有表現出生活本質，因此這種創作就可能僅僅表現了生活的「陰暗面」，甚至「誹謗」了生活。

因此，「社會主義現實主義」概念的討論中，社會主義與現實主義的內在邏輯關係成爲理論家們審視重點。而蘇聯「解凍」文藝思潮中西蒙諾夫、肖洛霍夫等老作家的言論及創作，成爲了新中國文藝理論家們的主要援引對象。

秦兆陽《現實主義——廣闊的道路——對於現實主義的再認識》一文的第二部分，談到社會主義現實主義定義時，就直接援引了西蒙諾夫在第二次

〔註 21〕奧甫恰連柯致格隆斯基的信，參見倪蕊琴主編《論中蘇文學發展進程》，上海：華東師範大學出版社，1991 年，第 341 頁。

蘇聯作家代表大會上的報告——《蘇聯散文發展的幾個問題》中的主要觀點。西蒙諾夫在報告中指出，蘇聯文藝界出現「無衝突論」的根本原因是在於不少庸俗論者認爲社會主義現實主義與舊現實主義相反，它「只是肯定的現實主義」而不同時是批判的現實主義。由此，西蒙諾夫表示了對「社會主義現實主義」概念的質疑：「是的，社會主義現實主義要求藝術家眞實地描寫現實，但是『同時』（重點符號爲引文原文所有）這種描寫必須與用社會主義精神從思想上改造人民的任務結合起來，那就是說，好像眞實性和歷史具體性能夠與這個任務結合，也能夠不結合；換句話說，並不是任何的眞實性和任何的歷史具體性都能夠爲這個目標服務的。正是對這條定義的任意的瞭解在戰後時期在一部分我們的作家和批評家和批評家的作品裏特別經常地發生，他們藉口現實要從發展的趨向來表現，力圖『改善』現實。」〔註22〕

引用了西蒙諾夫的觀點後，秦兆陽又對這一定義的不合理性作了幾點補充。他指出如果認爲「藝術描寫的眞實性和歷史具體性」裏沒有「社會主義精神」，而必須要另外去「結合」，那它就「只是作家腦子裏的一種抽象的觀念」。而這樣的結果，「就很可能使得文學作品脫離客觀眞實，甚至成爲某種政治概念的傳聲筒。」因此，他認爲：「作家的思想——世界觀，是在探索、認識、反映客觀眞實時，伴隨著形象思維，起其能動性的作用。」是「有機地表現在藝術的眞實性裏面，而無須再加進去或『結合』」。〔註23〕顯然，秦兆陽在借用西蒙諾夫的觀點基礎上，有效闡述了自己對「社會主義現實主義」概念的質疑，進而提出了「社會主義時代的現實主義」這一概念。正是在對「社會主義現實主義」概念質疑的基礎上，秦兆陽在文章的第三部分繼續提出了文藝和政治的關係問題。他一面指出文藝界存在著對《在延安文藝座談會上的講話》的庸俗化理解和解釋，一方面談道：「文學藝術爲政治服務和爲人民服務是一個長遠性的總的要求，……必須考慮到如何充分發揮文學藝術的特點，不要簡單地把文學藝術當作某種概念的傳聲筒，而應該考慮到它首先必須是藝術的、眞實的，然後它才是文學藝術……」〔註24〕

〔註22〕（蘇）西蒙諾夫《蘇聯散文發展的幾個問題》，見《蘇聯人民文學》（上冊），北京：人民文學出版社，1956年，第34頁。
〔註23〕秦兆陽《現實主義——廣闊的道路——對於現實主義的再認識》，載《人民文學》1956年第9期。
〔註24〕秦兆陽《現實主義——廣闊的道路——對於現實主義的再認識》，載《人民文學》1956年第9期。

在談到現實主義塑造、表現普通人的精神品質和典型的、正面的特質時，秦兆陽例舉了肖洛霍夫的《被開墾的處女地》，《靜靜的頓河》，認為這些作品，由於作者發揮其獨特的獨創性，也使得普通的人具有了特異的色彩和獨特而深沉的東西。因此，秦兆陽在第五部分討論：「什麼是典型，怎樣創造典型，怎樣處理典型環境中的典型性格等問題」時，再次舉到了肖洛霍夫《靜靜的頓河》中的葛利高里，認為肖洛霍夫寫了一個革命到底的中農形象，同樣是真實的、典型的，並引用尼古拉耶娃在《論藝術文學的特徵》中的話對這部作品及其主要人物的意義作了闡述。

由秦兆陽在文章中對西蒙諾夫、肖洛霍夫、尼古拉耶娃等人的觀點或作品的援引來看，秦的確是深受這些蘇聯作家影響的。而青年作家劉紹棠的《我對當前文藝問題的一些淺見》也同樣充分肯定了《靜靜的頓河》、《苦難的歷程》等作品，認為「作品的價值，最終並不決定於題材和主題的重大與否，而是決定於作品通過藝術形象所表現的思想意義和藝術感染力。」文章最後一部分談道：「繼承現實主義傳統，就必須真正地忠實於生活真實。這種忠實於生活真實，就是忠實於當前的生活真實，而不是應該在『現實底革命發展』的名義下，粉飾生活和改變生活的真面目。」〔註25〕

其實，秦、劉二人都在對現實主義傳統的清理、辨析中質疑了「社會主義現實主義」，提出了「寫真實」這一核心命題，由此衍展開來的是題材、人物、典型性等問題。錢谷融雖然在《論「文學是人學」》一文中對「社會主義現實主義」概念的理解與秦兆陽有所不同，他認為「社會主義現實主義」的文學的確存在著、發展著，要承認它是一種新的創作方法，它與過去的現實主義的區別並不能「完全歸之於時代的不同的」。〔註26〕但錢谷融同樣引用了西蒙諾夫對「社會主義現實主義」概念的質疑，並指出：「在蘇聯一度流行過的粉飾生活的『無衝突論』，以及在社會主義陣營各國較為普遍地存在著的公式化、概念化現象，不能不說就是與這定義裏面的後一句的規定有聯繫的。」〔註27〕

雖然秦、錢二人在要不要「社會主義現實主義」這個概念問題上存在分歧，但二人在援引西蒙諾夫的觀點時，都看到了這個概念所帶來的文學弊端。

〔註25〕劉紹棠《我對當前文藝問題的一些淺見》，載《文藝學習》1957 年第 5 期。
〔註26〕錢谷融《論「文學是人學」》，載《文藝報》1957 年第 5 期。
〔註27〕錢谷融《論「文學是人學」》，載《文藝報》1957 年第 5 期。

他們的理論倡導一方面內含著對人道主義的呼籲，一方面則是在努力恢復批判現實主義傳統，以此規約和糾正「社會主義現實主義」概念中片面強調歌頌，強調描寫光明面而形成的僞浪漫主義傾向。

在不久到來的「反右」運動中，他們的觀點被視爲了「修正主義文藝」觀點，但實際上「社會主義文學」卻是他們都一致遵奉的。譬如在錢谷融的《論文學是人學》中這樣寫道：「……我們對於那些頹廢派的和自然主義者的作品，難道還需要先從裏面找尋一下，等到看出其中的確並無人民性，並無愛國主義精神才能加以否定嗎？他們的作品的非人性和反人道主義性，是這樣的鮮明、觸目，每一個正常而善良的人看了，都會立即發生極大的反感而加以唾棄的。」〔註28〕這與周揚、茅盾等文藝界主流觀點是完全一致的。

因此，我們不難理解爲什麼他們的文章沒有直接引用像葉甫杜申科和沃茲涅先斯基等更趨激進的作家的言論或作品，而是援引了蘇聯「解凍」文學中更趨主流的西蒙諾夫、肖洛霍夫等人的言論、作品，甚至像劉紹棠，其創作還明顯受到了肖洛霍夫的影響。他們的這種選擇，與他們自身的政治立場、文學淵源有關，但同時也與國家在介紹蘇聯「解凍」文學時採取的「公開與隱藏」，「宣傳與迴避」的政治文化策略密切關聯。從他們援引的對象——西蒙諾夫、肖洛霍夫、尼古拉耶娃等來看，這些作家都是當時國內公開宣傳或介紹了的，是官方文藝界所認同和肯定的。

如此，秦兆陽等人就其本質而言，是與胡風一樣的體制內質疑者與批判者。他們試圖站在「社會主義文學」的本質規定中，爲「社會主義文學」的「文學性」爭得幾許自由的空間而已。

2、對人道主義思想與經典馬克思主義文藝思想之聯繫的討論

毛澤東《在延安文藝座談會上的講話》（以下簡稱《講話》）中明確否定了階級社會存在超越階級界限的人性，並反對不顧階級立場去愛所有的人。《講話》確立了新中國文藝對人性／階級問題的基本立場。但「雙百」方針的提出，激發了中國文藝理論家們對馬克思主義文藝思想討論的勇氣與激情。人道主義思想成爲其重要的思想資源。1956 年余振曾提到陀思妥耶夫斯基的人道主義，一年後蕭三詳細闡述了朗費羅呼籲全體人類兄弟相待的思想。〔註

〔註28〕錢谷融《論「文學是人學」》，載《文藝報》1957 年第 5 期。

〔註29〕見他在紀念布萊克（William Blake）和朗費羅活動上的講話，載《文藝報》1957 年第 6 期。

29〕徐懋庸發表論『同志之愛』的文章〔註30〕，潛含對毛澤東《在延安文藝座談會上的講話》的質疑。

1960 年巴人在短文《論人情》中引用了馬克思在《神聖的家族》一書中有關人性（早期）的觀點：「有產階級和無產階級同樣是人的自我異化。但有產階級感到自己在這種自我異化中是滿足的和穩固的，……而無產階級則感到自己在這種異化中是被毀滅的，並在其中感到自己的無力和非人生活的現實。」巴人的文章還寫道：「文藝必須爲階級鬥爭服務，但其終極目的則爲了解放全人類，解放人類本性。」〔註31〕李希凡當時就撰文指出，巴人引用的馬克思和恩格斯的著作寫於 1844 年，當時他們剛剛開始形成科學社會主義理論，……此處的『人性』概念恰巧就借用自費爾巴哈，馬克思恩格斯在後來的著作中對費爾巴哈的人本主義進行了批判。〔註32〕佛克馬認爲巴人所做的「就是要割斷文學中最偉大的作品與產生作品的階級之間的關係……這裡他就觸及了馬克思主義美學的一個兩難問題：美學價值是否像上層建築一樣隨著經濟基礎的變化而改變，或者並不受歷史進程的支配，因而可以理所當然地談論文藝的『永久價值』？巴人似乎傾向於支持後者。」〔註33〕

人道主義思想自中國現代文學始，就已成爲中國新文學重要的思想資源。於徐懋庸、巴人等受「五四」新文化薰陶的知識分子而言，人道主義價值已成爲其文藝哲學思想不可或缺的一部分。進入新中國後，馬克思主義爲指導的社會意識形態將人道主義逐漸擯棄於社會思想價值體系以外。但高度抽象的社會理論與社會實踐之間難免罅隙。即便到了 1957 年社會主義改造已基本完成，西方的人道主義思想也並未徹底退出知識分子的思想範疇，因由黨的「雙百」方針這一開放式政策的鼓舞而再次浮出水面。當然，蘇聯作爲社會主義國家，作爲新中國建國以來一直模仿尊崇的馬克思主義指導下的國家，它的「解凍」則給了新中國的文藝理論家們進一步探求的勇氣，於那些年輕作家如王蒙、劉紹棠等，則更是直接的思想資源和動力。因此，1958 年及之後的數年中，中國意識形態鬥爭的兩極逐漸明晰：一邊是馬列主義，另一邊是存在於文學哲學領域內的所謂「修正主義」。

〔註30〕徐懋庸《同志》，載《文藝報》1957 年第 3 期。
〔註31〕巴人《論人情》，載《新港》1957 年第 1 期。
〔註32〕李希凡《駁巴人的「人類本性」的典型論》，載《文藝報》1960 年第 7 期。
〔註33〕（荷）佛克馬，季進、聶友軍譯《中國文學與蘇聯影響（1956～1960）》，北京：北京大學出版社，2011 年，第 221 頁。

3、作品個案研究──以《組織部新來的青年人》為核心考察新中國各 階層文藝思想之差異

上海文藝出版社 1979 年初版的《重放的鮮花》，收錄了 1957 年「反右運動」中被重點批判的短篇小說，其中涉及幹部和群眾關係的有 12 篇，包括王蒙的《組織部新來的青年人》、劉賓雁的《本報內部消息》、劉紹棠的《田野落霞》等。這些所謂「反官僚、反特權」的「干預生活」類小說的出現，與蘇聯的「修正主義文藝」及由此在中國影響產生的「百花文學」密切相關。

「雙百」方針出臺後，文學上即出現了短暫的「百花文學」時期。雖然主流意識在介紹蘇聯的「解凍」文學時批評了那些有爭議的作品，有意略過了蘇聯文學對歷史的反思，規避了「人性」、「人道主義」、文人意識等話題。然而，文學事實難免會越出決策者最初的設想。「百花文學」難得的出現了多樣化的格局，無論從發表作品的作家範圍，還是在題材上，審美精神上都對主流文學有所突破。

這裡試將該小說作爲典型個案，剖析當時各階層、群體對「雙百」方針的不同理解，以及由此顯現出對「修正主義文藝」接受、理解之差異。

作者王蒙，1934 年生人，中學時代即與地下黨員接觸，受其影響。50 年代後擔任青年團幹部，小說發表時，不過二十二歲，是典型的少年布爾什維克。小說《組織部新來的青年人》發表於《人民文學》1956 年 9 月號，是「百花文學」代表作之一。〔註 34〕不過王蒙的《組織部新來的青年人》卻命運多舛。發表之初，經過了刊物編輯的修改，發表後受到一般評論者的批評和高層的肯定，後卻又因決策層政令的改變而被批判，作者因此被打成「右派」。

《組織部新來的青年人》明顯受到蘇聯「解凍」文學的影響，尤其是小說中提及的尼古拉耶娃的《拖拉機站站長和總農藝師》對王蒙的創作產生了很大影響。而尼氏小說則是國內較早譯介的蘇聯「解凍」文學作品之一。

小說中的林震被很多人認爲有王蒙自己的影子，正值青春，單純，有著堅定的共產主義信仰，懷抱革命理想與激情，同時似乎又有些文藝青年的感傷和浪漫情懷，對生活有著某種詩意的要求。可以說，在林震的身上，年輕的王蒙寄予了對新中國新氣象的美好期待。或者說，林震是王蒙對新國民性

〔註34〕小說原標題爲《組織部來了個年輕人》，發表時編輯部將其改爲《組織部新來的青年人》，但後來收入 1956 年的《短篇小說選》和其他集子時，作者使用了原標題。

想像的投射。而諸如劉世吾、韓常新、王清泉等則作爲新中國社會有缺陷的國民形象出現，暴露社會的陰暗面。

當作品投到《人民文學》後，編輯秦兆陽對小說進行了修改。「百花文學」時期，秦兆陽主持的《人民文學》發表了一系列青年作家的探索作品，其中包括荔青的《馬端的墮落》（1956 年 2 月號），白危《被圍困的農莊主席》（1956年 4 月號），耿簡的《爬在旗杆上的人》（1956 年 5 月號），1957 年 7 月的特大號則刊登了宗璞《紅豆》，李國文的《改選》，豐村的《美麗》，並刊登了穆旦、汪靜之、康白情的詩。某種意義而言，《人民文學》成爲了秦兆陽革新的「陣地」。

1957 年 4 月 30 日和 5 月 6 日，中國作協書記處召開了北京的文學期刊編輯工作座談會，討論怎樣改進文學刊物、編輯部和作家的關係等問題。《人民文學》編輯部對《組織部新來的青年人》的修改被作爲重點討論的實例。〔註35〕秦兆陽檢討了在小說修改上的不妥之處。第一，原稿結尾時林震多少有些覺悟，意識到僅憑個人的力量是不行的，這段文字被刪去了。第二，原稿並未明確區委書記是好是壞，結尾處曾寫到他派通訊員找過林震三次，在前面，趙慧文曾說過區委書記是個「可尊敬的同志」，修改時由於把這些都刪去，這個人物就有可能給人官僚主義者的印象。第三，明確了林震和趙慧文的關係。〔註36〕

這些修改之中，結尾處的修改被認爲是最重要的。筆者認爲原稿結尾中最能顯示王蒙與秦兆陽區別的是這段話：「區委書記找林震了嗎？那麼，不是從明天，而是從現在，他要盡一切力量去爭取領導的指引，這正是目前最重要的。他還不知道區委書記是贊成他，斥責他，還是例行公事地找他「徵求徵求」意見完事；但是他相信，他的，趙慧文的，許多的共產黨員的稚氣的苦惱和忠誠的努力，總會最後得到領導英明和強力的瞭解，幫助，和支持，那時我們的社會就會成爲眞正應該成爲的那個樣子。」〔註37〕

這段話其核心內涵就是要表達希望與光明的存在。而這種希望又分兩層，一層「希望」是指得到更高領導的支持和理解；一層則是終極目的，那

〔註35〕這次會議的部分發言，刊於《人民日報》1957 年 5 月 8、9、10 日上。

〔註36〕王蒙《關於〈組織部新來的青年人〉》，載《人民日報》1957 年 5 月 8 日。

〔註37〕王蒙《組織部來了個年輕人》（原稿），見《王蒙代表作》（修訂本），北京：人民文學出版社，2002 年，第 212 頁。

就是「我們的社會就會成為真正應該成為的那個樣子」。「該成為的那個樣子」，這其實是林震也是王蒙對理想社會的想像。王蒙雖沒有給我們描繪未來的藍圖，但我們卻可以透過作品瞭解，在這一想像中，如林震這樣的「少年布爾什維克」的「稚氣」和「忠誠」是至關重要的精神氣質，也是他所屬政黨、政權歷久彌新的不二法門。

而秦兆陽修改後的結尾則是：「人，是多麼複雜啊！一切一切事情，決不會像劉世吾所說的『就那麼回事。』不！絕不是就那麼回事。正因為不是就那麼回事，所以人應該用正直的感情嚴肅認真地去對待一切。正因為這樣，所以看見了不合理的事情，不能容忍的事情，就不要容忍，就要一次兩次三次地鬥爭到底，一直到事情改變為止。所以決不要灰心喪氣。」「『我要更積極，更熱情，但是一定要更堅強……』最後，林震低聲對自己說了兩句，挺起胸脯來深深地吸了一口夜的涼氣」〔註38〕

秦兆陽的修改，顯然淡化了王蒙原稿中「少年布爾什維克」的「稚氣」，單純的青春氣息和樂觀態度，也消解了林震對生活的詩意要求，卻多了幾分少年成人後的「深思熟慮」，以及對人性更客觀更現實的認識──鬥爭可能會很複雜，也更艱難。「人，是多麼複雜啊！」秦兆陽借林震之口道出了自己對制度下人性複雜與扭曲的認識。劉世吾正是「扭曲」之表徵，是人性萎縮、喪失的典型。與之相對，在為林震脫去「稚氣」的同時，秦兆陽為其精神氣質增加了「堅強」。「堅強」這種精神氣質的產生，本身就意味著主體正在或已經經歷了之前未曾預料、遭遇過的事件，尤其是精神事件。具有了「堅強」的精神氣質，意味著主體已經由單純感性的認識處理事件上昇到了理性思考、控制自己行為的階段，「稚氣」可能帶來的天真與脆弱將被沈穩與擔當取代。「要一次兩次三次地鬥爭到底，一直到事情改變為止」，〔註39〕體現的正是成熟知識分子深入生活、干預生活的韌性戰鬥精神。

小說的改動還有一處值得關注，那就是秦兆陽將小說中林震與趙慧文關係的明朗化。其實，就王蒙而言，作品是獻給青春的一曲戀歌，是對青春美好品質、情感的歌頌，是對詩意生活的嚮往與憧憬。秦兆陽的修改，將年輕人羞澀朦朧的感情萌動推演為共經風雨、志同道合式的愛戀，將曖昧而詩意的青春情愫轉化為成熟而性感的成年戀情。這種修改，自然要破

〔註38〕王蒙《組織部新來的青年人》，載《人民文學》1956 年 9 月號。
〔註39〕王蒙《組織部新來的青年人》，載《人民文學》1956 年 9 月號。

壞稚氣的詩意感，但老練的編輯自然知道這會增強閱讀效果，而更重要的是由此會釋放出更趨完善也更豐富的人性內涵。愛情，之所以在當時被列爲禁忌話題，關鍵原因即在於其中必然彰顯的人性內容——兩性之間靈與肉的掙扎與交融。而眞正的愛情必然建立在個體意識的覺醒和作爲世俗人的身體覺醒。這恰恰是當時主流文化所規避的對象，而將其稱爲小資產階級情調、修正主義思想。

秦兆陽對作品的修改，顯示了一個成熟的文藝理論家對社會主義文學的思考——恢復現實主義文學傳統，恢復「人性與人情」在文學中的合法地位；重提知識分子介入生活、干預生活的意識和啓蒙責任；這是比年輕的王蒙更深沉的期待與想像。

經秦兆陽修改後的小說發表後，受到了很多批評家的質疑。作品中社會環境的描寫，特別是涉及到對執政黨的領導機關的「陰暗面」的描寫問題是批判重點。李希凡和馬寒冰是其中的代表人物。時任《人民日報》文藝部編輯的李希凡在《評〈組織部新來的青年人〉》中寫道，作品「激烈地批評了一個黨委機關，一個具體化到北京的一個區委，甚至在它隱射的鋒芒上，還不止於此。」李希凡說，作者用羅列現象的方法，「用黨的生活個別現象裏的灰色的斑點，誇大地織成了黑暗的幔帳」，「歪曲了社會現實的眞實」。〔註40〕馬寒冰則認爲：「王蒙勇於揭發這種不良現象敢於尖銳地對那些官僚主義者進行批評，是很好的。但必須指出，具有這種現象和傾向的人終究是少數，而不是普遍的。……也許這種官僚主義者滿天飛的，幹部的衰退現象到處都是的黨的區委會，在離開中央較遠的地區，或是離開其直接上級領導機關較遠的地區，還有若干可能性，但在中共中央所在地也是難於理解的。」〔註41〕

顯然，小說構造的社會環境被當作了現實世界，而這樣的「社會」對於經歷了建國後一系列政治運動、文藝批判的文藝工作者來說是「陌生」而不可想像的。然而，最高領袖毛澤東並沒有認同這些批評之聲，反倒成爲了一個最有力的支持者。他認爲這些批評者對「雙百」方針有牴觸，是教條主義。他談到王蒙會寫反面人物，可是正面人物寫不好。寫不好，有生活的原因，有觀點的原因。王蒙的小說有小資產階級思想，他的經驗也還不夠。但他是新生力量，要保護。毛澤東還批評李希凡吃黨的飯，聽黨的命令當了婆婆，

〔註40〕李希凡《評〈組織部新來的青年人〉》，載《文匯報》1957 年 2 月 9 日。
〔註41〕馬寒冰《準確地去表現我們時代的人物》，載《文藝學習》1957 年第 2 期。

寫的文章就不生動了，使人讀不下去。〔註42〕李希凡因此被調離了原來的工作崗位。馬寒冰則因承受不了來自高層的壓力而自殺。

姚文元 1957 年發表《文學上的修正主義思潮和創作傾向》一文，重點批判了所謂的「反官僚主義」。姚文指出：「我們反對無衝突論。但官僚主義並不是社會主義制度的產物也並不占主要地位或統治地位，因此，不能夠把凡有官僚主義錯誤的人都醜化成人民的敵人，或者把官僚主義描繪成統治一切的力量，彷彿現在我們社會中已經被官僚主義壓迫的喘不過氣來了。」〔註43〕雖然姚文元的這篇文章同樣從「官僚主義」入手，但是他卻提出了一個重要的問題：社會主義制度本身是否會生產自身的否定力量——官僚階層，而該階層又是否有可能與人民形成敵我矛盾，即階級矛盾。

毛澤東看重王蒙小說的重要原因同樣是源於他當時的認識：社會主義中國正在興起一個新的官僚階層。這一階層恰恰缺失了青年精神，他們日漸老朽、不思進取，掌握著國家的權力機構，擁有至高的權力，這將導致新政權的變色和墮落。這是否意味著否定了姚文元「官僚主義並不是社會主義制度的產物」的說法？如果是，官僚主義的產生是否又意味著社會主義社會存在「異化」，是否可以避免？如果存在「異化」，「繼續革命」的動力資源從何而來。在毛澤東看來，阻止這種階層產生或者更準確來說推翻或顛覆這個階層的主要力量來自群眾，尤其是青年。因此，對新生力量的保護和支持，這在毛澤東已不是第一次。李希凡就曾是毛澤東「保護新生力量」的一個典範。在當年批判俞平伯的《〈紅樓夢〉研究》運動中，毛澤東同樣批評了「壓制新生力量」的《文藝報》主編馮雪峰，而「新生力量」則是剛剛大學畢業的李希凡和藍翎。對王蒙，毛澤東的主要出發點仍然是「保護新生力量」。「文革」的爆發，與毛澤東期望利用群眾運動，尤其是青年力量來推翻官僚階層有莫大的關係。當然另一個重要原因則是，這個官僚階層已經讓毛澤東感到了對自身權力的威脅。

時隔五年，王蒙的小說卻部分的出現在了一本「黃皮書」中。這就是艾德蒙·斯蒂爾曼主編的《苦果——鐵幕後知識分子的起義》（1962 年）。全書

〔註42〕轉引自洪子誠《「外來者」的故事：原型的延續與變異》，載《海南師院學報》1997 年第 3 期。

〔註43〕姚文元《文學上的修正主義思潮和創作傾向》，載《人民文學》1957 年 11 月號。

共分七部分：病態的感覺，社會主義的目標，道德的論點：目的、手段和犯罪的本性，黨、國家和新階級，沉默的土地，藝術，科學和自由知識分子，國家共產主義——國家本身。主要收錄了蘇聯、匈牙利、波蘭等國的作品或政論文章。王蒙的小說被安排在第四部分「黨、國家和新階級」。這是筆者翻閱見到的唯一一部由西方作家編輯，收錄了新中國自身文學作品的「黃皮書」。書前《世界文學》編輯部撰寫的「出版說明」這樣寫道：「作者有的是叛徒，有的是修正主義分子，有的是思想立場有錯誤的作家。中國的只有一篇，就是王蒙的《組織部新來的青年人》（只摘錄八到十一節）。這些文章是被編者當作『蘇維埃世界知識分子運動的一些實例』向西方讀者介紹的。」〔註44〕王蒙當然不是叛徒，但究竟屬於「修正主義分子」還是「思想立場有錯誤的作家」，「說明」並未明言。

「新階級」的概念，來自德熱拉斯的著作《新階級》。德熱拉斯早年和鐵托一起革命，領導南斯拉夫人民進行反法西斯武裝鬥爭，是南共主要領導人之一。1953 年以後，德熱拉斯主張在南斯拉夫實行多黨派競爭的民主制，成為黨內異見人士。因為他堅持不可妥協的「人類個人精神的自由」，批評南斯拉夫共產黨黨內的斯大林思想，被撤銷一切職務，於 1956 年 11 月被捕。他的《新階級》被人帶到西方出版，後在中國作為「黃皮書」出版。該書從「起源」、「革命的性質」談到了「新階級」的產生、目的、手段，本質及其在經濟上、思想上存在的問題。

法朗梭瓦·蓬迪為《苦果》撰寫的序言中有這麼一段話：「有創造性的人和官僚主義者之間的牴觸的主題特別受到官方評論家的責難，因為它表現了一種『不可調和的矛盾』，而這種矛盾是在一個沒有階級的蘇維埃社會力所不能存在的。」〔註45〕這段話的確道出了如李希凡、馬寒冰等批評家的政治理論出發點，當然這也是大多數時期社會主義中國所秉持的基本立場。如若沒有出現「百花」文學這一短暫的「解凍」，是不太可能出現如王蒙《組織部來了個青年人》這樣「干預生活」類作品的。《苦果》的編者將王蒙的小說安排在「黨、國家、新階級」部分，顯然是認為小說中描寫的劉世吾、韓常新、

〔註44〕（英）艾德蒙·斯蒂爾曼主編的《苦果——鐵幕後知識分子的起義·出版說明》，北京：作家出版社，1962 年。

〔註45〕（英）艾德蒙·斯蒂爾曼主編的《苦果——鐵幕後知識分子的起義·序言》，北京：作家出版社，1962 年，第 18 頁。

王清泉等是「新階級」的代表。《苦果》這本集子，可視作西方人眼中的「社會主義」鏡像。

我們不知道這部「黃皮書」的出版，是否影響了王蒙的命運。事實是，1957 年王蒙被打成「右派」，1958～1962 年在北京郊區勞動，1962 年曾到北京師範學校任教，這一年王蒙仍有發表作品的權利，譬如《眼睛》、《夜雨》等小說。但 1963 年後即赴邊疆思想改造，舉家遷至新疆伊犁，至 1978 年始調回作協北京分會。

雖然隨著短暫的「百花文學」的結束，「干預生活」類的「反官僚、反特權」作品很少再出現於主流文學之中，但「文革」中年輕的一代，尤其是所謂的「六八年生人」，卻在民間一直延續著對這一問題的思考。文學青年，譬如徐曉等則以作品表達了對這一主題的思考。這一點將在第五章中詳細論述。

第二節　「黃皮書」與「現代派」文藝

「黃皮書」中還有非常重要的一部分是西方當代的現代主義文學，國內也習慣將之稱爲「現代派」文藝。如果說「修正主義文藝」至少還有可與新中國社會主義文藝相交錯討論的基礎，那麼西方「現代派」文學則與新中國文藝徹底南轅北轍。在「反修反帝」的口號下，這些與新中國社會主義文藝「異質」的作品被內部譯介出版，而新中國的文藝理論家們又通過在公共媒體上的辨析，使其「異質性」在變得更加神秘的同時也更加突出。

一、「皮書」中的「現代派」文藝

自新中國確立毛澤東《在延安文藝座談會上的講話》爲當代文學的最高準則後，以「頌歌」爲主調的現實主義成爲統領文藝的唯一合法的創作方法，「五四」以來的及西方的現代派文學，被統稱爲「頹廢文學」而遭到貶斥與疏離。以「階級鬥爭爲綱」的極左時期，竟把 20 世紀爲世界進步文學作出過重要貢獻的現代派作家也打成「帝國主義的御用文閥」。「文革」時期，由於一切「封資修」均在掃蕩之列，「現代派」自然也在劫難逃。

但現代主義文學在新中國成立至「文革」結束近三十年的歷史過程中，並非未曾留下一點文化痕迹。一批「五四」老作家們或身陷囹圄或被擯棄在社會最底層，但他們中仍然有不少人在體悟時代風雲，咀嚼人生況味之時，

提起手中之筆，寫下了具有現代主義意味的優秀作品，譬如綠原，穆旦，無名氏，等等。而一批年輕人則從有限的公開出版物和更機密的「皮書」中獲得域外文化信息，從而滋養並促動了他們渴求新知的年輕靈魂。郭世英等人創作的現代主義詩歌即是一例，且他們並非文化孤例。之後，更多的青年開始了現代主義文學的創作實踐。

新中國曾通過「皮書」的形式譯介了 20 世紀五六十年代成爲世界青年熱捧對象的存在主義哲學的部分著作，以及部分具有代表性的西方現代主義作品。

存在主義哲學著作包括《存在主義哲學》（現代外國資產階級哲學資料選輯）、（法）讓‧華爾的《存在主義簡史》、（法）R‧加羅蒂的《人的遠景（存在主義、天主教思想、馬克思主義）》，（波蘭）沙夫的《人的哲學——馬克思主義與存在主義》、盧卡契的《存在主義還是馬克思主義？》以及薩特的《辯證理性批判》（第一卷‧關於實踐的集合體的理論）（第一分冊　方法問題）等。

以存在主義哲學爲思想基礎的文學作品也得到相對集中的譯介，包括（法）讓－保爾‧薩特的《厭惡及其他》，〈法〉亞爾培‧加繆的《局外人》等。荒誕派戲劇代表作：（英）薩繆爾‧貝克特的《等待戈多》，（法）尤奈斯庫的《椅子——一齣悲劇性的笑劇》等。

另外還出版了表現存在主義哲學中「荒誕」意識、異化等的高手——奧地利弗朗索‧卡夫卡的《審批及其他》以及存在主義在美國的延伸而產生的「垮掉的一代」文學：（美）傑克‧克茹亞克的《在路上》（節譯本），傑羅姆‧大衛‧塞林格的《麥田裏的守望者》，以及它在蘇聯的影響之作——阿克肖諾夫的《帶星星的火車票》等。「二戰」後英國「憤怒的青年」的實驗文學作品也得到譯介。他們也常常與「垮掉的一代」文學並提比較。具體作家作品已在前文作過介紹。

此時之所以如此規模地以「皮書」形式出版存在主義哲學、文學方面的著作、作品，筆者分析其原因大致有二：一是存在主義哲學在戰後西方的影響日益越出文學和哲學，滲透至社會科學多個領域，產生了廣泛的社會影響。部分馬克思主義者也因此開始關注這一「熱門」哲學，並著書立文辨析其與馬克思主義哲學間的本質差異。比如上文提到的沙夫的《人的哲學——馬克思主義與存在主義》、盧卡契的《存在主義還是馬克思主義？》和加羅

蒂的《人的遠景》（存在主義、天主教思想、馬克思主義）》等。二是薩特在1956年以後，將存在主義與馬克思主義融合起來的傾向愈加強烈。他在1957年開始寫作的《辯證理性批判》便是反映這一傾向的代表作。薩特由此成爲西方馬克思主義思潮中所謂「存在主義的馬克思主義」最主要代表。薩特本人還曾於 20 世紀 50 年代到過中國，表示對中國社會主義革命的理解與支持。錢谷融在《論「文學是人學」》中就寫道：「象徵主義、超現實主義、存在主義等等，作爲一種文學流派來說，是頹廢的；是蔑視現實，遠離人生的。但象徵主義者的巴勃羅·聶魯達，超現實主義者的路易·阿拉貢，存在主義者的保爾·薩特，卻終於脫離了他們原來的流派，而被融合到社會主義現實主義的陣營裏來了。」〔註46〕

另外，文論方面「皮書」則譯介了後期象徵主義詩人（英）T·艾略特的《托·史·艾略特論文選》。可以說，這些「皮書」幾乎將同時期西方現代主義文學的主要流派、思潮的代表性作品都作了譯介。

二、主流文藝對「現代派」理論的辨析

第一，哲學基礎不同。社會主義文藝是以辯證唯物主義和歷史唯物主義爲基礎的現實主義文學。「現代主義」則是主觀唯心主義，是「非理性的」。茅盾談到「現代派」時，這樣評價道：「這是從 19 世紀後半期以來，主觀唯心主義中間一些最反動的流派（叔本華、尼采、柏格森、詹姆士等）等共同特點；這是一種神秘主義，否定理性和理性思維的能力，否定科學認識眞理的能力，否認有認識周圍世界的可能性，卻把直覺、本能、意志、無意識的盲目力量，擡到首要地位。」〔註47〕在社會主義文藝理論家看來，這些現代派作家們是不可知論的悲觀主義者和唯我主義者，他們逃避現實，把現實描寫成爲瘋狂混亂的漆黑一團，把人寫成只有本能衝突的生物。因此，茅盾把這些「現代派」創作方法統稱爲「反現實主義」。

第二，「爲誰服務」的問題。不同的哲學基礎，自然導致作家們世界觀、價值觀、文學觀的迥然相異，在「文藝何爲」，文藝「爲誰服務」的根本性問題上也必然出現分歧。茅盾這樣談到二者的差異：「我國的現實主義文學是從遠古開始的，創造並發展現實主義方法的，首先是被壓迫的人民大眾。」

〔註46〕錢谷融《論「文學是人學」》，載《文藝報》1957年第 5 期。
〔註47〕茅盾《夜讀偶記》，載《文藝報》1958年第 10 期。

「階級的對立和矛盾是產生現實主義的土壤。」「……這種文藝就其內容來說是人民性的、眞實性的，就其形式來說是群眾性的（爲人民大眾所喜聞樂見的）。」而「現代派的文藝是反動的，不利於勞動人民的解放運動，實際上是爲資產階級服務的。」〔註48〕周揚則直接將兩者呈現爲劍拔弩張的緊張關係：「我們要求文學是社會主義的文學，而不是資產階級的文學，要求文學爲廣大勞動人民服務，而不是爲少數『上等人』服務。對於資產階級的作家，對於右派分子和修正主義者來說，這的確是限制了他們的自由。他們不能自由地鼓吹資產階級反動思想，不能自由地寫反黨、反人民、反社會主義的作品了。」〔註49〕這一論述顯然是列寧「一個民族內部有兩種文學——統治階級的文學和被統治階級的文學」的延續和深化。階級意識視閾下，是否具有「人民性」，是否是爲「人民」服務的，這是判斷文藝存在價值的根本標準。

第三，「寫眞實」的問題。

現代主義文藝能否反映歷史、現實的「眞實」呢？茅盾認爲小資產階級知識分子由於他們的階級立場、世界觀所決定，是無法把握住歷史和現實的眞實的，而且「脫離現實，逃避現實，歪曲現實，模糊了人們對於現實的認識。」〔註50〕要認識本質的眞實，抽象思維起著非常重要的作用。馬克思列寧主義的美學指出形象思維與抽象思維的辯證統一，藝術主要地依靠形象思維，但並不排除抽象思維，藝術不但反映現實，而且要憑一定的世界觀去評判現實。「現代派」則被認爲是將形象思維與抽象思維割裂開，孤立化、絕對化，而否認了藝術中的抽象思維，也就否定了「典型」。「典型」是類型與個性的辯證統一。「現代派」則著重於個性、個體，「信任一霎時的飄忽無常的感覺」。「這種風氣反映出資產階級社會沒落期文化思想上反理性的總的傾向。」〔註51〕

因此，現代主義文藝被認爲是脫離了理性和抽象思維控制的「形式主義」的藝術。朱光潛在《我的文藝思想的反動性》一文中「深入挖掘」了自己美學思想中「形式主義」的根源：「我標榜形式主義，這是與『藝術即直覺』說

〔註48〕茅盾《夜讀偶記》，載《文藝報》1958年第10期。
〔註49〕周揚《文藝戰線上的一場大辯論》，載《人民日報》1958年2月28日和《文藝報》1958年第4期。
〔註50〕茅盾《夜讀偶記》，載《文藝報》1958年第10期。
〔註51〕朱光潛《我的文藝思想的反動性》，載《文藝報》1956年第12期。

分不開的。直覺據說是『脫盡了意志和抽象思考的』。（『談美』，10 頁）這句話首先就把形象思維和抽象思維完全割裂開來，因而就是世界觀和一切思想在藝術中不起作用。」〔註52〕另一方面，「現代派」還被認爲是「爲藝術而藝術」的形式主義，認爲藝術的好壞不在它的內容而在表現內容的形式，藝術本身就是藝術的目的。茅盾就曾談道：「『現代派』諸家（主義），……反對描畫事物的外形，而自詡他們能夠揭露事物的精神而『魁然不群』的；但是實質上，他們（現代派諸家）的所謂『揭露事物的精神』只是在歪曲（極端歪曲）事物外形的方式下發泄了作者個人的幻想或幻覺，……只是在反對『形式的貌似』的掩飾下，造作了另一種形式主義。」〔註53〕

社會主義文藝則特別重視藝術的政治、教育功能。藝術對教育人民與進行革命鬥爭都是有力的武器，它不但要反映社會現實，而且要改造現實。蘇聯斯大林時代，藝術家被譽爲「人類靈魂的工程師」，即是緣於這樣的思路。相對「現代派」的「爲藝術而藝術」，社會主義文藝則是「爲人生的藝術」或者說是「藝術的政治化」直至「政治的藝術化」。

三、「黃皮書」中「現代派」文藝的特徵

（一）思想主題特徵

如果說來自蘇聯等社會主義國家的文學作品因爲對個人迷信、專制的反思和批判、對人權利的尊重與維護，對人性多樣化的尊重和倡導，而與新中國社會主義文藝具有了「異質性」，那麼，來自西方資本主義國家的「黃皮書」則因社會性質區別而先在地區別於新中國所要建設的社會主義文藝。作品本身所體現出的現代思想、意識，價值立場是其「異質性」的眞正組成部分。

現代主義文學是 20 世紀文學發展的重要潮流。自近代以來，科技的飛速發展，雖然給西方世界帶來了高度發達的工業產業和商品極其豐富的時代，但人卻日漸變成機器與商品的奴隸，越來越不能掌握自己的命運。而第一次世界大戰的爆發以及經濟危機的產生，則加劇了西方世界對理性精神的懷疑。一方面是社會的快速進步，一方面則是人日益嚴重的精神創傷，這一悖謬式生存境遇讓人陷入無可解釋的荒誕感之中。非理性哲學思潮隨之崛起。及至「二戰」前後，西方世界社會矛盾進一步加劇。現代主義文學將關注重

〔註52〕朱光潛《我的文藝思想的反動性》，載《文藝報》1956 年第 12 期。
〔註53〕茅盾《夜讀偶記》，載《文藝報》1958 年第 10 期。

心轉向人的內心世界，尤其是非理性意識，表現人與自我、人與人、人與社會、人與自然四重關係上的悖逆和扭曲，以及異化帶來的精神創傷與危機。悲觀、絕望、虛無主義成為現代主義文學作品的基本情緒。「黃皮書」中的現代主義作品包括受到存在主義哲學影響的存在主義文學、荒誕派戲劇和美國的「垮掉的一代」文學，以及「二戰」後英國「憤怒的青年」的文學實驗。

存在主義哲學發展為當時重要哲學流派，並隨之誕生了一批以此為思想基礎的現代主義文學新思潮、新流派。

存在主義哲學家從個人存在出發解釋現實世界，而不再傾向於社會、公眾、理想等絕對價值。克爾凱戈爾認為「群眾乃是虛妄」，「為真理而作判斷的公眾集會已不復存在。」要「去尊重每一個人——確確實實的每一個人」〔註54〕，關注個人內心、個性生命體驗、個體生存狀況，可以說存在主義是「關於個人、關於自己存在的哲學」〔註55〕。同時，存在主義哲學及受其影響的文學創作，極力揭示了世界的不真實、不合理，歷史的虛無飄渺，人被異化扭曲，「荒誕」成為世界的本體存在。薩特主張「存在先於本質」、「自我選擇」、「自由」，並宣稱「存在主義是一種人道主義」，但他仍認為人生和世界是「虛無」的。「他人即地獄」，「每個人都是其他人的劊子手」，正是薩特對世界以及人與人關係的形象表達。《厭惡》、《禁閉》等作品即是他哲學理念的文學化。這些學說與作品大大解構了中國青年對人、自我、自然、社會的原有認識，打破了於此基礎上構建起來的道德準則與政治理想。

《局外人》是加繆的成名作，也是存在主義文學的代表作品。作品通過敘述莫爾索經歷的喪母、戀愛、殺人、坐牢和被處決等事件，表現了莫爾索對親情、愛情、政治、法律、宗教的冷淡漠然，形象地體現了存在主義哲學關於「荒謬」的觀念：由於人和世界的分離，世界對人來說是荒誕、無意義的；而人因為對荒誕世界的無能為力，而對一切事物都無動於衷。

尤內斯庫是荒誕派戲劇的創始人，「黃皮書」譯介了其代表作之一《椅子》。劇中，一座孤島的一間屋子裏住著一對九十多歲的老夫婦。他們覺得生活很無聊，於是找事情來做，比如看窗戶外的水，玩兒時的遊戲，講膩味的

〔註54〕（丹）克爾凱戈爾《「那個個人」》，引自考夫曼編著《存在主義》，上海：商務印書館，1987年，第93～95頁。

〔註55〕（日）今道友信《存在主義美學》中譯本前言，崔相錄、王生平譯序，遼寧：遼寧人民出版社，1987年。

故事，回憶過去的生活。講著講著，老頭兒突然哭起來要找「媽媽」，因為覺得自己壯志未酬，像個孤兒。老太太勸慰說他是有偉大的才能，得到了有關人生秘密的消息，要將這個消息向人類宣佈，就一定得活下去。於是，他們決定請一個演說家來宣告這個消息，並邀請名流來參加演講會。隨著門鈴的不斷響起，舞臺上擺上了一把又一把的椅子，最後擺滿整個舞臺。然而演說家卻是一個咿咿呀呀的啞巴。老夫婦面對著不真實的客人宣告完自己的心願後，跳海自殺。戲劇固然表現了老人的孤獨無依，同時也表現出世界的不真實感和不合理性，以及人被扭曲異化的荒誕感。

貝克特的兩幕劇《等待戈多》是荒誕派戲劇另一部代表作。故事發生在兩個黃昏，兩個流浪漢在一棵樹旁等待一個叫戈多的人。在等待戈多的過程中，他們一會兒聞聞臭靴子，一會兒又是語無倫次的夢囈。第一個黃昏，他們碰到了波卓、幸運兒主僕二人。後來一個男孩來說戈多先生不來了，第一幕結束。第二幕二人依然一面作著無聊的事，一面等待戈多。然而男孩又來說戈多不來了。於是二人準備上弔，結果褲帶卻斷了，於是他們又繼續無聊地等待下去。戈多究竟是誰？他究竟會不會來，沒有人知道，只能無止盡等待。然而在這種等待中，卻讓人明顯感到時間的無聊和無窮盡，人生的不可知與荒謬空虛。

另外這一時期還內部出版了現代主義文學大師卡夫卡的《審判及其他》。

美國「垮掉的一代」（The Beat Generation）興起於 20 世紀 50 年代的美國。戰後美國經濟的復蘇，經濟大發展，商品經濟日益發達，物質主義和利己主義盛行。而麥卡錫主義又使美國國內陷入一片肅殺與恐懼的政治氛圍之中。「垮掉的一代」即產生於這樣的社會文化背景之下，主要作家包括克茹亞克、金斯伯格、巴羅斯和科爾索等人。「黃皮書」翻譯出版了克茹亞克的《在路上》（節譯本）。另外還包括塞林格的《麥田裏的守望者》〔註 56〕

〔註 56〕本書將《麥田裏的守望者》也放入「垮掉的一代」，主要是考慮到當時的中國讀者對「垮掉的一代」的閱讀和瞭解是有限的，他們的回憶中，往往是將兩部作品並提。在他們的接受心理上以及實際效果上已經將兩者視為一體了。而《麥田裏的守望者》的最早翻譯者之一李文俊先生也認同將塞林格歸於「垮掉的一代」，因為二者在表現主題上是十分接近的，共同反映了 20 世紀五六十年代美國人從青少年期到成年期的孤獨、反叛、絕望的心路歷程。另外，《麥田裏的守望者》在蘇聯翻譯出版後，蘇聯文藝評論家迪姆希茨在一九六○年十二月十四日的《文學與生活》報上，發表了《這種話決不能同意……》，文章指出「塞林格是美國所謂『被打垮的一代』作家的代表，在美國是以『不滿』

　　「垮掉的一代」否認產生於人類文明的一切精神價值：從倫理、道德、宗教一直到政治、法律等等。他們拋棄所有世俗的名利觀念，不爲名利奔走，不爲通常的人世問題擔憂。他們將自己以外的生活稱之爲「狗打架的人世生活」，自己逍遙於外，決不參與其中。他們只相信現在，因爲他們認爲對於人和宇宙，人都無能爲力，人就是孤獨的存在。塞林格的《麥田裏的守望者》與《在路上》等作品有極相似的精神因素：同是 20 世紀 50 年代美國青年亞文化的產物，以青少年爲主體，反抗家庭、社會等一切既定秩序。他們厭憎富足但卻保守的中產階級生活，有強烈的反物質主義傾向。他們抽煙、喝酒、罵髒話、聽爵士樂、談論女人和性，不再相信占主導地位的傳統宗教，開始鍾情於他們眼中的東方神秘主義宗教。上路，成爲他們一致認同的理想生活，做一個「麥田裏的守望者」或一個「白種黑人」、或走向死亡是他們對靈魂歸宿的設想。

　　從《在路上》的「後記」我們可以看到新中國是如何看待「垮掉的一代」文學的：「我們出版這本所謂『被打垮的一代』代表作的『節譯本』的目的，則是使讀者看看所謂「被打垮的一代」這種社會現象，看看資本主義社會的更進一步的沒落和反動，以及美國資產階級文學已經墮落到何種地步，它所宣揚的是些什麼腐爛、發臭的東西。」〔註 57〕而受到「垮掉的一代」文學影響的蘇聯作家阿克肖諾夫所寫的《帶星星的火車票》則同樣遭到了新中國文藝的批評：「小說描寫一群蘇聯阿飛青年跨出十年制學校以後，爲追求刺激，追求西方糜爛的生活方式，竟離家出走，結夥各處流浪。作者在書中宣揚了資產階級頹廢的人生觀，美化了腐朽的資產階級生活方式。」〔註 58〕

　　「憤怒的青年」作爲戰後英國出現的實驗文學，也常常與「垮掉的一代」文學並提比較。「憤怒的青年」是 20 世紀 50 年代出現的一個現代主義文學流

和『搗亂』出名的。」（轉引自塞林格《麥田裏的守望者‧譯後記》，北京：作家出版社，1963 年，內部出版，第 284 頁。）阿克肖諾夫的《帶星星的火車票》則被譽爲「俄羅斯版的《麥田裏的守望者》」，阿克肖諾夫則被認爲是蘇聯「垮掉的一代」文學的代表作家。可見當時無論蘇聯還是中國都有將兩部作品視爲「垮掉的一代」的文學的傾向與判斷。雖然這在今天會認爲是一個誤會，然爲尊重當時的歷史，本書也將《麥田裏的守望者》納入「垮掉的一代」文學範疇中。

〔註 57〕 （美）克茹亞克《在路上‧後記》，石榮、文惠如合譯，北京：作家出版社，1962 年，第 322 頁。

〔註 58〕 （蘇）阿克肖諾夫《帶星星的火車票‧關於作者》，王平譯，北京：作家出版社，1963 年，第 280 頁。

派，該派作家大都出身於社會下層，作品主要以下層社會生活爲主要表現對象，從而批判社會的不公，表現了青年人的抗爭和某種程度上的悲觀失望情緒。「黃皮書」中出版了奧斯本的成名作《憤怒的回顧》，約翰・勃萊恩的《往上爬》。另據孫繩武先生回憶還出版了《星期天晚上和星期日白天》〔註59〕

（二）藝術形式特徵

蘇聯等東歐社會主義國家文學藝術上所具有的革新意義是相對於新中國文學而言的；從世界文學範疇看，這些「革新」則變得稀鬆平常，即便是與之前的俄羅斯文學相比，也只是對文學本身部分特性的回歸。西方現代主義文學藝術上的創新對新中國文學而言，則具有更強烈的衝擊性和根本意義上的「異質性」。

「黃皮書」中現代主義文學以小說和戲劇兩種文體爲主，幾乎未涉及詩歌。相對於傳統小說，現代主義小說沒有了漸次發生的故事情節，有的只是碎片式的片斷；沒有所謂的典型環境，只有抽象變形或誇張怪誕的細節描寫；人物性格不再是塑造人物的不二法門，紛繁混亂的內心世界，非理性的意識流動成爲展示人物的重要方式；而人物的精神體驗往往是孤獨、迷茫、焦慮、無助、悲觀、絕望、虛無主義等等。

這類小說以「垮掉的一代」和「憤怒的青年」的作品爲代表。但「憤怒的青年」在藝術形式的創新顯然不及前者，主要採用現實主義與現代主義相結合的技法，大都情節單純、線索分明，沒有異乎尋常的矛盾衝突，塑造人物主要運用對白、獨白、議論等手段。

「垮掉的一代」在藝術上的探索和革新則要深入得多。他們倡導「自發創作」，宣稱「酒、毒品、女人」是一切藝術創作的靈感和源泉，寫作就是即興發揮，自我參與體驗的一種方式。克茹亞克在寫作《在路上》時，爲了不被換紙而打斷寫作的思路和速度，將五張各長二十英尺的紙卷黏連在一起捲進打字機，然後連續三個星期坐在打字機旁，寫完了這部沒有標點的長篇小說。爲了出版，編輯才對作品進行了刪減，加注了標點。後來，克茹亞克把這次的寫作經驗進行總結並理論化，提出「自發創作」概念。它要求寫作者將自己的生活、個性和創作統一，尤其要忠於自身最直接的、瞬間的生活體驗和意識。《在路上》

〔註59〕 參見孫繩武《關於「內部書」：雜憶與隨感》，載《中華讀書報》2006年9月6日。該作品疑爲艾倫・淅瀝托的《星期六晚上和星期日早晨》，但《全國內部發行圖書總目 1949～1989》中沒有列出。

即是記錄了作者多次上路的過程，以及對生活現實的參與。

　　尚且不論「自發創作」對於當時的美國文學界而言也屬先鋒試驗，僅僅就文本中這些髒語、色語來說，它也與新中國嚴肅、明確而乾淨的主流文學語言大異其趣。

　　戲劇方面則有以存在主義爲思想基礎的荒誕派戲劇。其創始人尤里斯庫提出了「反戲劇」理論，它要求打破傳統戲劇中規中矩的表演模式，通過變形的現實、鬧劇式的場面，漫畫般的人物、滑稽的語言和動作來表現現實的荒誕、人生的空虛和人類毫無意義的存在。

　　恰恰相反，此時新中國的戲劇則正在爲「千萬不要階級鬥爭」而精心設計著話劇的人物身份、結構模式，政治化的生活細節。在《霓虹燈下的哨兵》、《千萬不要忘記》、《年輕的一代》等社會教育劇中，人物和故事嚴格按照社會主義道路和資產階級道路的鬥爭模式進行設置：資產階級思想的代表人物影響了涉世未深的社會主義戰士或青年工人，他們或者在穿著上日漸講究，或者漸漸喪失了革命前輩的革命鬥志，但最終都在由上級、父母或朋友扮演的精神導師的規勸下，認識到自己的錯誤，重新回到了人民中間。日常生活尚且政治化，更遑論文學。教育改造，正是這時包括戲劇在內的所有文學的基本功能。

　　饒有意味的是，「黃皮書」中的這些現代主義文學作品，譯者通常都會在「譯後記」或「關於作者」等文章中對其流派產生的社會背景、思想文化因素，流派特點作基本的介紹；流派中的代表性作家則會詳細介紹其生平、經歷、創作特點；然後援引當時西方或蘇聯等國文學界對作品的不同評價，產生的爭論；最後則是新中國文藝界對以上觀點，作家作品的分析和評價。這些介紹其初衷自然是爲內部閱讀的高層領導、知識分子提供基本的資料信息，便於完整瞭解文藝思潮的來龍去脈。但是，對於後來大多數的意外「入侵者」——青年人而言，這些文字實在是封閉年代裏難得一見的「文學史」。他們可能會接受新中國文藝的價值判斷，也可能會接受那些「歪曲」、「反動」的言論。這實在是難以用「政治」來全面整飭的「個體接受」差異。

四、「黃皮書」中的其他文學作品

　　除了「修正主義文藝」和「現代派」文藝兩類代表性作品，「黃皮書」中還有部分文藝作品是在「反帝」、「批資」口號指導下出版的。

　　「黃皮書」第三階段出版的部分日本文學作品即是此類典型代表。這些作品被認爲表現了日本的軍國主義。三島由紀夫作爲「復活軍國主義」的代表，新中國內部出版了他的《憂國》〔註60〕《豐饒之海》（共四部：《春雪》（第一部）、《奔馬》（第二部）、《曉寺》（第三部），《天人五衰》（第四部））。三島小說雖然是作爲宣揚軍國主義的作品而「內部」出版，但像《憂國》這樣的小說，把武山夫妻間無論是精神還是肉體上的脈脈溫情，描寫得纏綿、動人，這對禁欲主義中的中國讀者來說也算是一部「反動」的教科書了。

　　爲了瞭解日本國內的最新思想動態新中國還出版過幾部關於日本「危機論」的作品，包括小松左京的預言式長篇小說《日本沉沒》、堺屋太一的《油斷》等。除此之外，「黃皮書」中還有部分日本作品：有吉佐和子的《恍惚的人》、戶川豬左武的《吉田學校》、《黨人三脈》、《角福火山》等。《日本沉沒》1973 年在日本出版時創下了上、下集 400 萬冊的銷售記錄，成爲當年日本第一暢銷書。該書描述地質學家通過深海調查，發現日本將在 300 天內陸沉。而《油斷》也表達了同樣的「危機感」。書中稱，日本石油進口中斷一個月內，就會有 50% 的企業倒閉，兩個月內將發生社會動亂，半年內國家將崩潰。這些看似聳人聽聞的說法，卻表明了日本民族對自己生存條件有限這一殘酷現實的清醒認識。再譬如五味川純平的《虛構的大義──一個關東軍士兵的日記》。該書「出版說明」將其定性爲：「一部反動的政治小說」。「出版說明」如此寫道：「作者……從資產階級的觀點出發。顛倒歷史，歪曲戰爭的根源，模糊戰爭的性質，妄圖替法西斯分子翻案。……以批判關東軍爲名，行替侵略戰爭的元兇開脫罪責之實，將發動戰爭的責任推給了幾個關東軍的參謀。作者還用『光榮傳統』、『精銳聞名』一類字眼，對關東軍這個侵華日軍的急

〔註60〕　《全國內部發行圖書總目 1949～1989》中沒有列出《憂國》。但孫繩武先生在《關於「內部書」：雜憶與隨感》（載《中華讀書報》，2006 年 9 月 6 日）曾提及該書。經筆者查閱，該書由人民文學出版社，1971 年，內部出版，未標注譯者。其封面色彩與《春雪》等類似，封面、扉頁格局也類似。封面擡頭爲「日本反動作家三島由紀夫」，接下來爲小說名「憂國」，扉頁上除了與封面相同的內容外，標注了「反面教材，供批判用」，及出版社、出版時間等信息。在封面、扉頁、封底、版權頁等常出現「供內部參考」等字樣的地方，並未有標注。但是在出版說明中有這樣一句：「現在內部出版三島有代表性的反動作品的譯本，作爲反面材料，供批判用。」而《春雪》等的出版說明也是如此。因此，筆者認爲，《憂國》也應屬於內部書，而《總目》遺漏了該書目。因此，文章也將該書放入討論範圍。

先鋒加以美化。」〔註 61〕其實，這是一本帶有小說性質的歷史記錄，作者曾經是關東軍士兵。作品站在生命價值的立場上控訴和譴責了那些以「忠君愛國」的名義讓無辜的士兵作戰，赴死的戰爭論者。作品因被稱爲「積極的和平擁護者和侵略的敵人」而成爲了需要「警惕」的「皮書」。我們不得不說這實在是「極左」政治下的歷史誤會，也是政治意識形態視閾下的必然誤讀。

另外，「黃皮書」中還有部分比較零散的西方作家作品，內容上被認爲是反映資本主義社會的骯髒、冷漠，拜金主義，低俗愛情和小市民情趣等問題：譬如《兩個打秋韆的人》、《費魯米娜‧馬爾土拉諾》、《約斯蒂娜》、《樂觀者的女兒》，《美國小說兩篇——〈海鷗喬納森‧利文斯頓〉和《愛情故事》》、《接頭人》、《甜酒與可口可樂》等等。藝術方法上大多運用現實主義創作方法，其「異質性」未越出上述作品範疇，故不再贅言。

〔註61〕　（日）五味川純平《虛構的大義——一個關東軍士兵的日記‧出版說明》，人民文學出版社翻譯組譯，北京：人民文學出版社，1976 年。

第三章　「皮書」與社會主義文藝建設(下)

　　「皮書」，知識層面上包括了「解凍」以後蘇聯等東歐國家的文藝和西方現代主義哲學、文學思潮在內的異域文學、文化思想。政治層面上屬於修正主義和資產階級文化；從民族文化主體性的塑造與維護而言，「皮書」是相對於新中國「中國作風」和「中國氣派」建設的「他者」文化。不同視野下的「皮書」呈現出多元化的功能與意義。如果說對非「馬克思主義經典」文學、文藝理論的拒斥是階級意識指導下的高度自覺，那麼，潛在的民族主體性意識的進一步復蘇則是階級因素背後又一考量要素。階級與民族這兩重話語決定著社會主義文藝建設的方向與路徑。「皮書」的出版，映射出新中國文學——文化建設在雙重話語掣肘下的艱難探索以及可能出現的危機。

第一節　階級話語制約下社會主義文藝的悖謬式探索

　　任何一個現代民族國家除了要具備現代民族政治、經濟，還需要建設自身的文化體系。體系的構建，除了民族國家本身所擁有的傳統文化外，還必需借鑒、參照現代的、外來的思想文化。譯介文學所架起的文化橋梁，使本民族得以瞭解世界各個文化體的思想文化，進而擴大自身的文學視野與文化胸襟。因此，作為主流文化的建構與監督者，國家意識形態對譯介文學的選擇就頗為重要和關鍵，它將影響本國文化的構成和精神指向，並涉及到國家決策者對「文化領導權」的掌握與應運問題。

　　葛蘭西首先提出了「文化領導權」問題。理解葛蘭西「文化領導權」的關鍵在於，他的國家觀中對「市民社會」的獨特認識。他從黑格爾的國家學

說中批判吸收了「市民社會」概念，擴大了「國家」所指範圍，構成廣大的「完全國家」（integral state）：「國家的一般概念中有應該屬於市民社會概念的某些成分（在這個意義上可以說：國家＝政治社會＋市民社會，換句話說，國家是受強制盔甲保護的領導權）。」〔註1〕這樣，市民社會中的教會、工會、學校等各種組織，以及公民生活中的團體和「私人」結構，也成爲國家的重要組成部分。正是認識到市民社會在文化思想領域存在不可估量的影響，葛蘭西才提出文化領導權的問題。統治集團要維持統治，不僅要依靠暴力國家機器，還要行駛建立在市民社會基礎上的文化和意識形態的領導權。被統治集團要建立新國家，也需要爭奪文化領導權，確立新的世界觀。葛蘭西甚至指出，一個社會集團可以、甚至應該在奪取國家政權之先就以領導者的身份出現，這也是奪取政權本身最重要的條件之一。而且這個集團一旦取得政權，及時很牢固地掌握著它，成了統治者，同時也應該是一個「領導的」集團。這樣，文化領導權的爭奪就成了對統治階級與被統治階級而言都至關重要的問題。同時，葛蘭西通過深入研究意大利和歐洲知識分子的歷史揭示了一個驚人的秘密：正是因爲了知識分子，他們生產複雜的觀念體系，鎔鑄成社會集團的「集體意志」，才建立起統治集團的文化霸權。因此，知識分子問題與文化領導權密切相關。他認爲「文化領導權」是以自願的方式爲前提並最終得以實現的。它是政治民主的根本原則，是民眾同意的領導權。而這與決策者如何掌握和運用「文化領導權」密切相關。作爲一個內憂外患、經歷無數戰爭、革命才得以成立的新興社會主義國家，新中國無論是政治體制、經濟制度還是文化體系，都更多停留在理論層面，一切還需從頭學習與摸索。因爲「社會主義」先在意識形態的規定，新中國天然地將世界文化劃分爲無產階級文化和資產階級文化。文學亦作如是觀。所謂資產階級文學又沿著不同時期劃分爲古典現實主義、浪漫主義、批判現實主義以及 20 世紀以來的現代主義文學。在新中國的不同時期，隨著政治風向的變動，新中國對這些域外文學採取了不同的政策方針。因此，譯介文學在區域、時段、規模、數量和接受態度上的變化不僅清晰印證了政治的波詭雲譎，也客觀映射出新中國文藝眞實而曲折的探索之路。

　　「黃皮書」是翻譯文學史上一段特殊的歷史存在，是政治意識形態鬥爭

〔註1〕 （意）安東尼奧‧葛蘭西《獄中札記》，葆煦譯，人民出版社，1983 年，第222 頁。

在中外文學關係上結出的「怪胎」。因此，本節將「黃皮書」放在中外文學關係之中，考察基於階級意識的制約，社會主義文藝是如何對外來文學進行有目的地選擇性翻譯與接受的。

一、公開的「解凍」

　　所謂公開的「解凍」，是指在「雙百」方針指導下，中外文學交流史上出現的短暫鬆動。「外來文學」主要包括蘇聯、歐美文學以及亞非拉文學。在這次「解凍」中，三類外來文學在受重視程度、作品數量上都各有不同。同時，新中國對自身文藝在域外的宣傳在此期間也有所增強。

　　蘇聯作為第一個社會主義國家，無論是政治抑或文藝制度都是新中國學習和模仿的對象，對蘇聯文藝作品及理論的紹介是新中國譯介文學中最重要的組成部分。就國別而言，「十七年」間譯介最多的是蘇俄文學。俄國文學的譯介在我國已有很長的歷史。據戈寶權先生考證，最早進入我國的俄國文學作品約在1900 年，是發表在上海廣學會校刊《俄國政俗通考》中的 3 篇克雷洛夫寓言。而上海學者陳建華先生通過考證，發現最早的漢譯俄國文學作品應該是由美國傳教士丁韙良翻譯的《俄人寓言》，該譯文載於《中西聞見錄》1872 年 8 月的創刊號上。「五四」時期，《新青年》、《晨報》譯介的各國小說中，俄國小說數量均占第一。20 世紀 20 年代，馬克思主義在中國進一步傳播，蘇聯文學作為重要資源開始影響中國，魯迅、馮雪峰等都曾翻譯蘇聯的文學論文。

　　進入新中國後，由於意識形態的需要，俄蘇文學作為新中國的學習範本而被大量譯介也就是一種合乎邏輯的選擇。「從 1949 年 10 月至 1958 年 12月，中國共譯出俄蘇文學作品達 3526 種（不計報刊上所載的作品），印數達8200 萬冊以上，它們分別約占同時期全部外國文學作品譯介種數的三分之二和印數的四分之三。」「其總量大大超過前半個世紀譯介數的總和，其作品被翻譯成中文的俄蘇作家多達上千位！」〔註 2〕由此可見，在對外文學交流上，蘇聯文學的翻譯引進在新中國是占絕對優勢的。與此同時，成千上萬的中國青年刻苦學習俄語，其中許多人開始閱讀原版俄蘇名著。

　　二十世紀五六十年代蘇聯國內一系列的政治動蕩與文藝變革以及後來的「波匈事件」也很快在新中國得到介紹，蘇聯第二次作家代表大會的主要報

〔註 2〕陳建華《20 世紀中俄文學關係》，上海：學林出版社，1998 年，第 184 頁。

告、決議和一些發言，被收輯在《蘇聯人民的文學》（上下兩冊）中出版。新中國最高決策者根據國際國內情勢，提出「雙百」方針，這可視爲新中國文藝的一次公開的「解凍」。這次「解凍」是對一味學習蘇聯的反思，也促進了國內文學界對世界文學，尤其是歐美文學的關注。

據國家出版事業管理局版本圖書館不完全統計，1953～1955 年翻譯俄國文學計 120 種，1956～1959 年翻譯數減至 97 種。而「十七年」中翻譯歐美古典文學（主要包括德國、英國、法國、美國等國）1949～1954 年總數僅爲 265 種，1955～1959 年高達 475 種，之後的 1960～1966 年則跌到 103 種。〔註3〕在蘇聯譯介作品逐漸減少的過程中，卻是歐美譯介作品大量增加的時期。而這一時期恰恰是「雙百」方針醞釀實施的階段。

《文藝報》就曾於 1957 年 5 月下旬邀請了十幾位西方文學方面和蘇聯、東歐人民民主國家文學方面的研究家、翻譯家和教授們舉行座談會，討論應不應該向世界文學打開大門，以及怎樣向世界打開大門的問題，這些專家包括羅大岡、楊周翰、朱光潛，王佐良、蔣路、曹靖華等。時任《文藝報》記者的馮鍾璞以討論會內容撰寫文章《打開通向世界文學的大門》，表達了文藝界與世界文學學習、交流的期望。公開刊物上也斷斷續續刊有西方新思潮的簡短紹介。譬如《譯文》的 1958 年 6 月號有《五十年代的英國文學》，8 月號有《世界文藝動態》（21 則）、11 月號有《世界文藝動態》（25 則）等；《文藝報》1963 年 2 期有費爾慕的《法國「新浪潮」電影（資料）》；1963 年 5 期有趙少侯的《法國的「新小說派」（資料）》。1964 年 7 期《文藝報》則有《美國戲劇事業日益沒落（資料）》。

而更爲明顯的變化來自專門譯介外國文學的《譯文》。《譯文》雜誌每期封三都登載一則稿約，1957 年 1 月號之前的約稿對象是蘇聯、人民民主國家和其他國家。1957 年 1 月號「稿約」則轉爲面向世界各國，即是說，蘇聯等社會主義國家不再是唯一的參考和學習對象。歐美現當代作品在數量上大有趕超蘇聯等國作品之勢。

《譯文》1957 年全年只有 11、12 月號爲蘇聯文學專號，其餘均爲歐美與亞非拉作家作品。《譯文》1957 年 3 月號有馮至選譯的歌德的詩歌《維廉·麥斯特》，以及《世界文藝動態》（15 則）；4 月號除第 1 篇小說爲肖洛霍夫的《一

〔註 3〕 國家出版事業管理局版本圖書館《1949～1979 翻譯出版外國古典文學著作目錄》，北京：中華書局，1980 年。

個人的遭遇》（草嬰譯）外，接下來四組都是美國作家作品，並選登了法國印象派畫及王琦撰寫的介紹文章《印象派的繪畫》。5 月號有德國小說 2 篇，法國貝郎傑和繆塞的一個小專輯。7 月號則意外地刊登了陳敬容選譯的波德萊爾的《惡之花》，蘇聯列維克的《波特萊爾和他的「惡之花」》，法國愛・德羅阿作的石版畫波特萊爾圖像以及波特萊爾親自校訂的《惡之花》初版封面等。同時還有（法）讓・弗萊維爾撰寫的《法國文學的幾個問題》；9 月號刊登了奧地利作家斯・茨威格的《一個女人一生中的二十四小時》（紀琨譯）、「布萊克誕生二百週年紀念」；10 月號刊登了（美）赫加瀾的《在魔爪下》（李文俊譯）、布萊希特的獨劇《卡拉爾大娘的槍》（姚可崑譯）等；

亞非拉文學作品此時也開始比較集中地出現。《譯文》1957 年 1 月號設埃及文學特輯，2 月號設拉丁美洲詩輯；8 月號為亞洲文學專號，其中包括紫式部的《源氏物語》（節譯，錢稻孫譯）；《文藝報》1958 年第 19 期同時刊發了茅盾和周揚在亞非作家會議上的報告：《為民族獨立和人類進步事業而鬥爭的中國文學》和《肅清殖民主義對文化的毒害影響，發展東西方文化的交流》。至 1958 年，亞非拉文學在《譯文》雜誌受到持續關注。4 月號設「悼念日本作家德永直」專欄；8 月號設「迎接亞非國家作家會議」專欄；9、10 月號均為「亞非國家文學專號」，11 月號則設有「現代拉丁美洲詩輯」專欄。12 月號設「亞非國家作家會議」專欄；1959 年《譯文》更名為《世界文學》，2 月號仍以亞非拉文學為主，4 月號則開闢「黑非洲詩選」欄目。

歐美文學譯介數量上的增加，與「雙百」方針的解放思想有關，表現出一種自信而開放的民族意識與文化姿態。對亞非拉文學譯介的重視，則是階級立場與民族主義訴求共同作用的結果。

在譯介外來文學的同時，新中國也十分關注自身文學文化在國外的紹介、傳播情況。例如《文藝報》1957 年 1 期刊載消息《中國文學作品在蘇聯》，稱「翻譯了二百餘部作品，印行數約達兩千萬冊」。《文藝報》1960 年 20 期刊載兩則消息：一則是《倫敦舉辦我國電影節，我國影片獲得很高評價》，另一則是《美國〈主流〉雜誌出版現代中國文學專號》。同時，針對國外批判新中國文藝的情況，主流文藝界也組織了相關文藝理論家進行反駁。1962 年 10 月號英國《電影和電影製作》雜誌發表了格・丘赫萊依題為《他們固步自封》的文章。丘赫萊依的文章認為「中國電影是教條主義和反藝術思想的標本」。為了反擊批評者，組織決定由張光年撰寫《現代修正主義藝術的標本——評

格‧丘赫萊依的影片及其言論》進行反駁，以丘赫萊依爲主要對象兼評當時蘇聯風行的幾部影片，如《雁南飛》、《一個人的遭遇》等。〔註4〕就文學交流而言，此種批評與反批評應屬正常現象。而新中國對文藝在域外聲名的重視，也反映出此時國內文藝建設心態還未完全走向自以爲是，自我中心和自我封閉。雖然對外來文學的警惕與批判一刻也未放鬆。

二、內部的「皮書」

雖然新中國提出了「百花齊放，百家爭鳴」的「雙百」方針，由此增強了新中國文藝與外來文學的交流。但值得注意的是，新中國的決策者們並沒有由此全面展開對外來文學的學習與接受。

即便如蘇聯這樣的社會主義老大哥，新中國對其「解凍」文學亦是選擇性翻譯介紹，並未將蘇聯文學界這期間發生的所有事情透露給公眾。肯定與否定，公開與不公開，新中國面對蘇聯文藝界的變革採取了兩個原則。

第一個原則，蘇聯肯定的作家作品，我們部分肯定。當時新中國翻譯出版了在蘇聯受肯定的「解凍」文學代表作——奧維奇金的《區裏的日常生活》和尼古拉耶娃的《拖拉機站站長和總農藝師》。奧維奇金的文章和有關他的訪問經常出現在如《文藝報》等重要刊物上。1956 年 1 月 21 日，中國作家協會創作委員會小說組對三部蘇聯譯介作品展開討論，分別是尼古拉耶娃的中篇小說《拖拉機站站長和總農藝師》、奧維奇金的特寫集《區裏的日常生活》和肖洛霍夫的長篇小說《被開墾的處女地》（第二部）的頭幾章。參與討論的有馬烽、康濯、郭小川、劉白羽等。《文藝報》1956 年第 3 號以「勇敢地揭露生活中的矛盾和衝突」爲標題，發表了討論會的發言紀錄。馬烽在發言中談道：「《拖拉機站站長和總農藝師》和我們的主題相同的一些作品比較起來，這篇小說所接觸的矛盾鬥爭還是要深刻得多、尖銳得多」。〔註5〕他認爲，尼古拉耶娃和奧維奇金的作品，「大膽地揭露了生活的矛盾」。康濯也對奧維奇金的特寫「勇敢干預生活」給予了充分的肯定。而我們的創作中存在的嚴重問題之一正是「粉飾生活和迴避鬥爭」。〔註6〕團中央發出關於推薦《拖拉機站站長和總農藝師》的通知，號召全國青年向作品主人公娜斯嘉學習。

〔註4〕 參閱黎之《文壇風雲錄》，河南：河南人民出版社，1998 年，第 403 頁。
〔註5〕 《勇敢地揭露生活中的矛盾和衝突》，載《文藝報》1956 年第 3 號。
〔註6〕 《勇敢地揭露生活中的矛盾和衝突》，載《文藝報》1956 年第 3 號。

　　但即便是公開翻譯介紹，也是具有選擇和傾向性的。譬如《譯文》就主要關注出生於 19 世紀、20 世紀二三十年代開始發表作品的作家群。而這些作家中，與中國共產黨信仰一致的作家會得到更高的讚譽，在蘇聯國內他們可能並沒有得到同等高度的肯定。蘇聯年輕一代的作家作品也有機會在新中國得到譯介，但是「為讀者挑選的作品並沒有表現出多少自由或新穎的觀點。」〔註7〕譬如特瓦爾多夫斯基的中譯本就顯得相當保守。尼林熱情呼喚誠實和信任，卻以悲劇告終的《殘忍》沒有被翻譯，被翻譯的卻是情感較弱的講述集體農莊問題的《認識了季什科夫》。〔註8〕

　　蘇聯文學界以另一種方式肯定的作家作品，新中國則採取了在公開場合完全避而不談的態度。曾被開除出蘇聯作家協會的女詩人阿赫瑪托娃恢復了作協會籍；一批 30 年代後被批判、清洗的作家，如巴別爾、布爾加科夫、科爾卓夫、雅申斯基、華西里耶夫等「平反」了；蒲寧、布爾加科夫、阿赫瑪托娃、茨維塔耶娃等的作品重新出版和發行。這些事實，中國普通民眾，包括一般作家如要通過公開媒體、雜誌來瞭解知悉是不太可能的。

　　對待西方文藝，中蘇之間同樣存在差異。蘇聯文藝「解凍」，曾公開翻譯介紹了大量西方現代主義文藝，譬如 1960 年就公開出版了塞林格《麥田裏的守望者》的俄文譯本，而該書在中國則是以「黃皮書」形式出現。

　　第二個原則，蘇聯否定的作家作品，我們也基本持否定態度。作為「解凍」文學名稱來源的愛倫堡小說《解凍》發表後在蘇聯國內引起激烈的爭論。《共青團真理報》發表專論《肯定生活——這是我們文學的力量所在》，認為《解凍》「沒有刻畫出一個真正先進的、強有力的、朝氣勃勃的蘇聯人的形象。小說裏的人物都是些受過創傷的、受過委曲的、『精神失常』的追名逐利者和阿諛奉承的人。」〔註9〕負責編輯「黃皮書」的孫繩武老先生在回憶當初出版情況時曾這樣談道：「愛倫堡可謂是自由化的一面旗子。為了瞭解和研究他的思想的形成經過，出版社不久又請譯者陸續譯出他的長篇回憶錄《人、歲月、生活》。」〔註10〕弗·杜金采夫的《不是單靠麵包》，被赫魯曉夫認為是「懷

〔註 7〕（荷）D·佛克馬《中國文學與蘇聯影響（1956～1960）》，季進、聶友軍譯，北京：北京大學出版社，2011 年，第 206 頁。

〔註 8〕參閱（荷）D·佛克馬《中國文學與蘇聯影響（1956～1960）》，季進、聶友軍譯，北京：北京大學出版社，2011 年，第 207 頁。

〔註 9〕《關於《解凍》及其思潮》，北京：北京大學出版社，1982 年，第 142 頁。

〔註 10〕孫繩武《關於「內部書」：雜憶與隨感》，載《中華讀書報》2006 年 9 月 6 日。

著偏見引用了一些反面的事實，並且從對我們不懷好意的立場作了歪曲的敘述。」〔註11〕1962 年 12 月 17 日，蘇共領導人會見文藝工作者，提出「抑制自由化的呼聲」。詩人葉甫杜申科的詩《斯大林的繼承者》，被認爲是醜化斯大林，遭到各方面的批評。詩人特瓦爾多夫斯基的長詩《焦爾金遊地府》，也受到文藝界和社會輿論的普遍譴責。

新中國並未公開譯介出版這批在蘇聯被批評的作品，只是轉載或另外撰寫了批評文章在報刊上公開發表。例如《文藝報》1955 年 1 期就刊登了蘇爾科夫的報告，報告中批評了愛倫堡的《解凍》；1958 年 2 期又刊登陳冰夷的《關於杜金采夫的〈不是單靠麵包〉》。文章引用了赫魯曉夫對小說的批評，並寫道：「前年下半年和去年上半年，蘇聯出現了一些歪曲現實的作品，把蘇聯現實生活描寫成一團漆黑，有意無意地對蘇聯社會進行了誹謗。這些作品發表後，特別是杜金采夫的長篇小說《不是單靠麵包》，在蘇聯國內外都引起了很大的反響。」〔註12〕

但蘇聯的否定與新中國的否定在範圍、程度上仍存在不小的差異。在蘇聯，部分作家雖然被批判但仍能公開發表作品，甚至在另一層面上被肯定，但在中國則可能被完全否定。譬如愛倫堡在蘇聯受到批評，其作品甚至被認爲與社會主義現實主義毫無共同之處，但在他 70 歲生日時因「服務蘇聯文學發展」而獲得列寧勳章。這在新中國主流文藝看來，蘇聯政府似乎是過於寬容了。蘇聯作家巴克拉諾夫的《一寸土》1959 年 5、6 月份發表後，被認爲是「戰壕裏的眞實」，與社會主義現實主義要求的「黨性的眞實」相衝突。儘管遭到否定性批判，但該小說仍於 1960 年初公開出版了單行本。1960 年 1 月新中國的《世界文學》譯介了四篇評論該小說的文章，其中三篇都是譴責性的。這些文章使該小說在中國呈現出片面歪曲的形象，從而使讀者相信該小說在蘇聯受到了普遍的譴責。新中國對待蘇聯作品《一寸土》的方式，在文學譯介中是具有代表性的，即只有某書的評論，且主要是否定式批判文章出現於公眾視野中，作品本身的「廬山眞面目」則隱匿不現。即便以後出版，也大多以內部形式的「皮書」出現。例如《世界文學》1959 年第 11 期刊就發過有關安・庫茲內佐夫的《傳說的繼續（一個年輕人的筆記）》的評論，但直至 1964 年 2 月才由白祖雲翻譯，

〔註11〕轉引自陳冰夷《關於杜金采夫的〈不是單靠麵包〉》，載《文藝報》1958 年 2期。

〔註12〕陳冰夷《關於杜金采夫的〈不是單靠麵包〉》，載《文藝報》1958 年 2 期。

北京作家出版社內部出版爲「黃皮書」。

　　與此相對的是，蘇聯否定或不重視的作家作品，在新中國則因某種特殊的階級立場、政治思想等因素而得到肯定。譬如布萊希特在蘇聯長期得不到重視，其劇作也沒有被搬上舞臺，他去世後中國卻推出他的選集〔註13〕，他的一部戲劇 1959 年 10 月在上海上演，一時聲名鵲起。

　　由此可見，新中國公開介紹的蘇聯「解凍」文學，其態度基本保持了與蘇聯的一致性。這一政策行爲，在中蘇關係尚密切之時實是出於意識形態的需要，也是維護社會主義陣營團結的必需。但同時，新中國卻隱藏了蘇聯「解凍」時期的大部分作品，這些作品稍後都以「皮書」的形式出現。上文提及的「平反」、恢復名譽的那部分作家作品，則連「皮書」也未紹介。但無論是否定還是肯定，新中國都大大縮小了蘇聯「解凍」文學在國內的傳播數量與範圍。這些被隱藏或避而不談的作品，大多正是第二章討論的「修正主義文藝」，也正是關於人性，人的境遇，知識分子啓蒙責任這一脈文學傳統。由此可見，新中國執行著較之於蘇聯更爲嚴格而激進的社會主義文藝標準。

　　對待西方資產階級文藝，新中國則採取了較爲簡單明確的態度。

　　隨著「雙百」時期的實際結束，「反右」鬥爭的開始，歐美文學譯介工作隨之減弱，直至重新回歸被批判的角色。「自 1960 年起，對英、法、德、美等國古典文學的翻譯出版呈直線下降趨勢，如對美國文學的翻譯，1957 年 18 部，1960 年 5 部，1961 年 4 部，1962 年 1 部，1963 年 2 部，1964、1965 年均爲 1 部，1966 年 0 部。」〔註14〕《譯文》1958 年 12 號設「帕斯捷爾納克事件」專欄；1959 年《世界文學》1 月號發表了曹庸的《英國的「憤怒的青年」》；1960 年 2 月號，戈哈發表《垂死的階級，腐朽的文學（美國的「垮掉的一代」）》，6 月號發表了張佩芬的《帝國主義的土壤，帝國主義的「花」》，批判了西德當代資本主義文學；9 月號上發表李文俊的《美國反動文人賽珍珠剖視》，駁斥了美國文學。《文藝報》1962 年 2 期有王佐良的《艾略特何許人》，1963 年 9、10 期則有黎之的《「垮掉的一代，何止美國有！」》，袁可嘉的《腐朽的「文明」，糜爛的「詩歌」——略談美國「垮掉派」、「放射派」詩歌》等。

　　於政治文化而言，這些來自西方的資產階級文藝，其「毒素」是非常嚴

〔註13〕《布萊希特選集》，馮至譯，北京：人民文學出版社，1959 年。
〔註14〕方長安《論外國文學譯介在十七年語境中的嬗變》，載《文學評論》2002 年第6 期。

重的，自然不宜公開出版。但是這些被公開批判的西方作家、作品，或文藝思潮幾乎同一時間卻以「黃皮書」形式出現了。如 1962 年就內部出版了奧斯本的《憤怒的回顧》（電影劇本）、《托‧史‧艾略特論文選》，傑克‧克茹亞克的《在路上》等；1963 年內部出版了傑羅姆‧大衛‧塞林格的《麥田裏的守望者》以及法國電影劇本：讓－保羅‧勒‧夏諾阿的《爸爸、媽媽、女僕和我》和讓‧雷諾阿的《南方人》等。即是說，西方當代文學一方面以被批判的面目出現在公開出版物上，另一方面則以內部「皮書」的形式出場，供相關領導和文藝界人士閱讀瞭解，以便進行「有的放矢」的批判。「黃皮書」的政治參考價值得到充分發揮。極富戲劇性的是，那些「有的放矢」的批判有可能起到政治文化「宣示」的作用，也可能在某些接受者那裡成為瞭解世界文學新動態、新潮流的狹窄途徑之一。雖然他們只能聽到來自主流批評家們的「一面之詞」，而沒有機會或資格真正接觸到這些作品。

階級意識對「文革」中後期開始的「皮書」出版工作，仍然影響明顯。「蘇修」文藝作品依然佔據主導地位。西方當代的現代主義文藝雖然減少，但是作為「帝國主義」代表的日本文學在數量上猛增，僅次於蘇聯。由此觀之，階級鬥爭意識貫穿了「黃皮書」的出版始終。

第二節　民族話語訴求下社會主義文藝的艱難建構

一、社會主義文藝「民族性」的理論探討

「民族」是一個西方概念。據考證，漢語裏的「民族」一詞是從日文裏借引過來，最早使用「民族」一詞的，有人認為是王韜的《洋務運動在用其所長》，該文載於 1882 年出版的《洋務運動》第一冊。〔註 15〕也有人認為是1899 年梁啓超在他的《東籍月旦》一文中最早使用了民族一詞。在這篇文章中，出現了「東方民族」、「泰西民族」、「民族變遷」和「民族競爭」等新名詞。〔註 16〕一般認為，近代世界的民族主義產生於歐洲，尤以法國大革命為

〔註15〕參閱賈英健《全球化與民族國家》，長沙：湖南文藝出版社，2003 年，第 19頁。

〔註16〕金天明、王慶仁《「民族」一詞在我國的出現及其他使用問題》，轉引自《中央民族學院研究論叢》編委會編《民族理論和民族政策論文選（1951～1983）》，北京：中央民族學院出版社 1986 年，第 63～64 頁。

其形成的最主要標誌，nation 開始成為 country（國家）的同義詞。美國著名學者卡爾・多伊奇說得更明白：「一個民族（nation）就是一個擁有國家的人民（people）。」〔註 17〕

　　西方現代民族主義理論中，影響較大的是安德森對「民族」的界定。他認為民族「是一種想像的政治共同體──並且，它是被想像為本質上有限的（limited）同時也享有主權的共同體」〔註 18〕安德森對「想像的共同體」做了如下理解：其一，民族被想像為有限的，「因為即使是最大的民族大團結，就算他們或許涵蓋了十億個活生生的人，他們的邊界，縱然是可變的，也還是有限的。沒有任何一個民族會把自己想像為等同於全人類」。〔註 19〕其二，從「民族」的誕生歷史考察，民族總是夢想著成為自由的，而「衡量這個自由的尺度與象徵的就是主權國家」〔註 20〕。其三，「儘管在每個民族內部可能存在普遍的不平等與剝削，民族總是被設想為一種深刻的，平等的同志愛。最終，正是這種友愛在過去兩個世紀中，驅使數以萬計的人們甘願為民族──這個有限的想像──去屠殺或從容赴死」。〔註 21〕

　　安德森指出：「第二次世界大戰後發生的每一次成功的革命，如中華人民共和國、越南社會主義共和國等，都是用民族來自我界定的；通過這樣的做法，這些革命紮實地植根於一個從革命前的過去繼承來的領土與社會空間之中。」因此，安德森支持埃里克・霍布斯鮑姆的說法：「馬克思主義運動和尊奉馬克思主義的國家，不論在形式還是實質上都有變成民族運動和民族政權──也就是轉化成民族主義──的傾向。沒有任何事實顯示這個傾向不會持續下去。」〔註 22〕

　　1953 年，中國逐漸理順了國內政治秩序並從「抗美援朝」的沉重負擔中

〔註 17〕　轉引自王聯《世界民族主義論》，北京：北京大學出版社，2002 年，第 5 頁。
〔註 18〕　（美）本尼迪克特・安德森《想像的共同體：民族主義的起源與散佈》，上海：上海人民出版社，2003 年，第 5 頁。
〔註 19〕　（美）本尼迪克特・安德森《想像的共同體：民族主義的起源與散佈》，上海：上海人民出版社，2003 年，第 7 頁。
〔註 20〕　（美）本尼迪克特・安德森《想像的共同體：民族主義的起源與散佈》，上海：上海人民出版（美）社，2003 年，第 7 頁。
〔註 21〕　（美）本尼迪克特・安德森《想像的共同體：民族主義的起源與散佈》，上海：上海人民出版社，2003 年，第 7 頁。
〔註 22〕　（美）本尼迪克特・安德森：《想像的共同體：民族主義的起源與散佈》，上海：上海人民出版社，2003 年，第 2～3 頁。

解脫出來，有計劃的國內建設即將展開。建設的內容既包括經濟方面，也包括整個文學、文化體系。世界「冷戰」格局下，新中國切斷了與以西方國家爲代表的世界現代化國家的政治文化交流，蘇聯成爲新中國經濟、文化建設的主要參照體。早在 1952 年馮雪峰就發表了長文──《中國文學中從古典現實主義到無產階級現實主義的發展的一個輪廓》。文中他力圖證明，「無產階級現實主義」這個概念是在現代中國具體的文學實踐中概括出來的，是中國本土文學實踐的產物，是對中國古典現實主義和西方批判現實主義在批判中繼承、改造、再創造的結果。〔註 23〕

　　1953 年 1 月左右，周揚即爲蘇聯《紅旗》雜誌撰寫論文──《社會主義現實主義──中國文學前進的道路》。文章明確指出：「社會主義現實主義，現在已成爲全世界一切進步作家的旗幟，中國人民的文學正是在這個旗幟之下前進。正如中國新民主主義革命是無產階級社會主義世界革命的組成部分一樣，中國人民的文學也是世界社會主義現實主義文學的組成部分。」〔註 24〕1953 年 9 月，第二次全國文代會正式確認以社會主義現實主義作爲我們文藝界創作和批評的最高準則。這是共同的意識形態下自覺的文化選擇。但維繫於意識形態的學習模式因爲沒有其他選擇的可能，也就潛藏著某種脆弱性與危險性。它意味著一旦中蘇兩黨關係緊張或惡化，新中國就將失去唯一的參照體。但有利的是，遮蔽在意識形態下的民族國家的文化意識則會浮出地表，一直潛隱的質疑與反省則會得到重視。

　　蘇聯的「解凍」，推動了中國決策者對中國式道路的探索。1956 年 3 月，毛澤東在一次討論赫魯曉夫秘密報告的會上說：「現在看來，至少可以指出兩點：一是他揭了蓋子，一是他捅了漏子。說他揭了蓋子，就是講，他的秘密報告表明，蘇聯、蘇共、斯大林並不是一切都是正確的，這就破除了迷信。有利於反對教條主義，探索在我們國家裏建設社會主義的道路。」〔註 25〕1956 年 4 月 5 日，《人民日報》發表了根據中共中央政治局擴大會議的討論、由該報編輯部撰寫並經毛澤東審閱的文章《關於無產階級專政的歷史經驗》。文章

〔註 23〕 馮雪峰《中國文學中從古典現實主義到無產階級現實主義的發展的一個輪廓》，載《文藝報》1952 年第 14、15、17、19、20 期。

〔註 24〕 周揚《社會主義現實主義──中國文學前進的道路》，載《人民日報》1953 年 1 月 11 日。

〔註 25〕 參閱夏杏珍《「百花齊放、百家爭鳴」方針的形成過程的歷史回顧》，載《文藝報》1996 年 5 月 3 日。

寫道：「我們有不少的研究工作者至今仍然帶著教條主義的習氣，把自己的思想束縛在一條繩子上面，缺乏獨立思考的能力和創造的精神，也在某些方面接受了斯大林個人崇拜的影響。」〔註 26〕實際上，這是在總結國內思想文化領域內一味追隨蘇聯模式的經驗教訓。

陸定一 1956 年 5 月在懷仁堂作了關於「百花齊放，百家爭鳴」的講話。講話第一部分「爲什麼提出這樣的政策？爲什麼現在才著重提出這樣的政策？」中談到此時新中國已經完全有條件實行「雙百」政策。而具體「條件」是這樣四點：「第一，社會主義改造在全國基本地區內已在各方面取得決定性的勝利。……我國即將成爲沒有剝削階級的社會主義國家。第二，知識界的政治思想狀況已經有了根本的變化，並且正在發生更進一步的根本變化。第三，我們還有敵人，國內也還有階級鬥爭，但是敵人特別是國內的敵人已經大大削弱了。第四，全國人民政治上思想上的一致性大大增強，而且還在繼續增強之中。」〔註 27〕第一個條件實際上談到了現代民族國家的主權問題，而後面三點則都圍繞著現代民族國家的「人民」問題。無論是國內敵人的大大削弱，還是知識界思想狀況的根本性變化，其所要強調表達的都是民族國家的「人民」已經達成了某種統一性。而現代民族國家的「領土」問題早已經通過「解放戰爭」得到大部分解決。有了這三點作保障，「現代民族國家」才算初步建立起來。但我們也注意到，陸定一的報告中，關於主權、人民問題都用的是「進行時」，而非「完成時」。這似乎也就意味著「雙百」方針的提出，正是爲了協助、促成現代民族國家建設的最終完成。這在報告的第二部分「加強團結」的論述中能夠得到某種印證：「『百花齊放，百家爭鳴』，既是爲了動員一切積極因素，所以又是一個加強團結的政策。……團結起來幹什麼？建設社會主義的新中國……」〔註 28〕報告把「團結」分爲了兩種，一種是機械服從的團結，一種是自覺自願的團結，顯然，「雙百」方針所要達成的效果正是「自覺自願的團結」。

1956 年 5 月，陸定一在闡釋「雙百方針」的報告第三部分「批評問題和學習問題」時，低姿態地談到了民族意識與學習的問題：「我們要有民族

〔註 26〕《人民日報》編輯部《關於無產階級專政的歷史經驗》，載《人民日報》1956 年 4 月 5 日。

〔註 27〕陸定一《百花齊放，百家爭鳴》，載《人民日報》1956 年 6 月 13 日。

〔註 28〕陸定一《百花齊放，百家爭鳴》，載《人民日報》1956 年 6 月 13 日。

自尊心，我們決不能做民族虛無主義者。我們反對所謂『全盤西化』的錯誤主張。但這決不是說我們應該自大，拒絕學習外國的好東西。我國還是一個很落後的國家，我們要花很大的努力向外國學習許多東西，我們的國家才能富強。」〔註29〕同年 8 月，毛澤東在談到如何對待外來文化與民族傳統時指出：「什麼都學習俄國，當成教條，結果是大失敗」，「應該越搞越中國化，而不是越搞越洋化」，將「社會主義的內容，民族的形式」結合起來，以創造「中國自己的、有獨特的民族風格的東西。這樣道理才能講通，也才不會喪失民族信心」〔註30〕。又如周揚 1957 年說：「社會主義文學只能在自己民族的土壤上產生和發展，它必須批判地繼承民族的傳統，具有民族的風格。」〔註31〕1958 年，在中共河北省委宣傳部召開的全省文藝理論工作會議上的講話中，周揚明確提出：馬克思主義文藝理論與批評，必須同我國的文藝傳統和創作實踐密切結合。這個講話在《河北日報》發表時，題爲《建立中國化的馬克思主義文藝理論體系》。後來周揚自己說這個標題「不恰當」。但他又說：「當然，我們要有雄心大志是對的。可以講馬克思主義與中國的實際相結合，要總結我們本國的經驗。」他主張根據馬克思主義普遍眞理總結中國的文學遺產和「五四」以來的文學經驗，「再從中得出我們的馬克思主義理論——中國化的理論。」〔註32〕1958 年第 1 期的《紅旗》發表了周揚的《新民歌開拓了詩歌的新道路》。文章對「革命的現實主義與革命的浪漫主義相結合」的新提法做了如此闡釋。周揚認爲現實主義與浪漫主義相結合的先聲出現在屈原等偉大詩人的作品中，同時周揚還把「兩結合」與中國民歌的復蘇及毛澤東詩詞聯繫起來，稱毛澤東的詩詞爲新理論「提供了好榜樣」。這樣周揚就不僅將「兩結合」與中國文學史聯繫起來，而且還將其與領袖崇拜結合起來。這樣，新理論的提出背景完全中國化，並獲得倫理道德的支持。周揚甚至提出了「東方文藝復興」的口號。1960 年中國文學藝術工作者第三次代表大會上，周揚作了題爲《我國社會主義文學藝術的道路》的報告，正式以「革命現實主義和革命浪漫

〔註29〕 陸定一《百花齊放，百家爭鳴》，載《人民日報》1956 年 6 月 13 日。

〔註30〕 毛澤東《同音樂工作者的談話》，轉引自謝冕、洪子誠主編《中國當代文學史料選》，北京：北京大學出版社，1995 年，第 226～232 頁。

〔註31〕 周揚《文藝戰線上的一場大辯論》，載《人民日報》1958 年 2 月 28 日。

〔註32〕 周揚《對編寫〈文學概論〉的意見》，《周揚文集》第 3 卷，北京：人民文學出版社，第 229、231 頁。

主義相結合」的創作方法最終取代了「社會主義現實主義」這個非本土概念，雖然二者在內涵上仍是一脈相承的。

因此，無論是政治決策者還是文藝理論闡釋者、宣傳者，都十分強調文學話語與民族國家話語統一的重要性，並時刻警惕著民族文學話語被政治意識形態話語遮蔽或顛覆的危險。他們一致認為「民族性」是新中國社會主義文學的重要特徵並起主導性作用。

追溯這些論述的基本理論來源，其實即是毛澤東的《新民主主義論》和《在延安文藝座談會上的講話》。在民族主體性的基礎上建設「新文學」，一直是毛澤東文藝思想中極關鍵的部分。如果說 20 世紀 40 年代解放區文學強調「民族性」，有出於革命鬥爭的需要，並以此區別於「五四」新文學這一主要受歐洲資產階級文學影響的文學傳統；那麼，新政權建立後，對文學「中國化」、「民族性」的強調，則延續了「革命戰爭」思維，同時也是對民族主體性以及自身領導合法性的維護。這是一個有著悠久民族傳統，在近代又備受欺凌的國家的必然選擇，這也是長期處在外界壓力下所形成的「自衛式」民族文化意識。因此，任何意識形態話語必與民族利益相統一，才能取得合法性。而建立合法的文化領導權又是穩固其政治意識形態領導權的堅實基礎。

李揚在討論「現代性知識」的傳播方式時，曾有這樣的論述：「對『民間』、『傳統』的借用正是現代性知識傳播的典型方式。現代政治是通過共同的價值、歷史和象徵性行為表達的集體認同，因而無一例外具有自己的特殊的大眾神話與文化傳統。在『民族國家』、或『階級』這些『想像的共同體』的製造過程中，傳統的認同方式如種族、宗教、倫理、語言等都是重要的資源。當這個『想像的共同體』被解釋為有著久遠歷史和神聖的，不可質詢的起源的共同體時，它的合法性才不可動搖。也正是通過這樣的方式，現代政治才被內化為人們的心理結構、心性結構和情感結構。」〔註33〕

由蘇聯「解凍」文學帶來的反思到「兩結合」的提出，這一過程無不表明新中國的決策者將民族文學傳統與馬克思主義經典理論相結合，意在建立自己的一套文化體系。對民間傳統文學的徵用，正如李揚所言，是為其新政治理論的合法性奠定基礎，為社會主義文藝建設尋找民族根源。

〔註33〕李揚《50～70 年代中國文學經典再解讀》，濟南：山東教育出版社，2003 年，第 288 年。

二、「他者」形象出現的「皮書」

相對於新中國文藝自身，「皮書」則是一個具有異質性的「他者」形象。對社會主義文藝民族性的追求，可以通過正面的、積極的對自身民族文化進行挖掘和借用而達成。而通過「否定」外來譯介文藝──「皮書」所代表的文學、文化話語以及暗含的政治意識色彩，則是另一路徑。

定居美國的中國學者陳曉梅曾在文章中這樣寫道：一種話語實踐通過建構它的西方他者而使東方得以積極地、帶著與生俱來的創造力參與到自我轉換（self-appropriation）的過程中去，甚至是在它已被西方的他者們轉換和建構起來之後。這樣，陳曉梅就把中國對西方的各種各樣的認識歸結爲中立的思想建構，這些思想建構根據實際的環境來接納肯定的或否定的含義。〔註34〕

就這個意義而言，新中國正是通過「黃皮書」建構起了「蘇聯」、西方的「他者」形象──修正主義、資本主義及帝國主義。新中國以「批」、「反」的方式宣告了蘇聯文學模式以及西方「資產階級文學」的「他者」性。在否定「他者」的同時，也是在爲新中國文學「祛蘇化」或「祛西化」，從而規訓、塑造自我，建立以自我爲本位的文化體系。但這種探索往往因爲決策層認識和政令的改變而出現波動。

當時專門介紹外國文學的《譯文》雜誌在稿約上的「調整」就是這其中的一次「波動」。《譯文》1957 年以前的稿約大致是這樣的：1、蘇聯，人民民主國家和其他國家反映人民的現實生活、思想和鬥爭的現代文學作品以及富有代表性的古典文學作品的譯稿，體裁不拘，小說，詩歌，戲劇，特寫，隨筆、回憶、遊記、童話、寓言等均所歡迎。2、蘇聯，人民民主國家和其他國家先進的文藝理論和文藝批評論文的譯稿；3、關於文學翻譯理論和文學翻譯批評的文章；4、各國文藝動態（字數請勿超過二千字）。而 1957 年 1 月號的稿約爲：1、世界各國優秀的現代文學作品以及富有代表性的古典文學作品的譯稿；詩歌，小說、散文、特寫、政論、劇本、諷刺文學、遊記、書簡、回憶、兒童文學、童話、寓言、民間文學等體裁均所歡迎。2、世界各國先進的文藝理論和文藝批評論文的譯稿；關於外國文學研究、翻譯和介紹工作評論文章；3、各國文藝動態（字數請勿超過二千字）。至 1958 年 8 月號起，雜誌不再刊登 1957 年 1 月號以來的新稿約。新稿約最重要的改變就是稿約對象由「蘇聯」轉爲了「世界」，

〔註34〕 轉引自（荷）D‧佛克馬、E‧蟻布思《文學研究與文化參與》，俞國強譯，北京：北京大學出版社，1996 年，第 137 頁。

並且文體上更加多元，例如增加了諷刺文學、民間文學等。

這自然不單單是一個文學雜誌「稿約」的調整問題，它透露出的是我們在建設自身文化體系時的困惑與探索：自我文學的參照對象是單一的蘇化，還是整個世界文學？我們究竟需要怎樣的民族文學？新稿約的出現，一方面應得力於此時「雙百」方針帶來的解凍力量，另一方面則因為長期以來新中國面對蘇聯的複雜心態。由「蘇聯」而到「世界」，既可看作是此時新中國文學胸襟與視野的擴大，也是試圖通過對世界文學的瞭解、學習，來擺脫依賴、模仿蘇聯單一文學模式的嘗試。這與孫繩武先生因對「西方瞭解太少」而決定在「黃皮書」中對西方文學做一定的介紹的說法是一致的。

《譯文》1958 年 1 月號進行了版面調整，新闢了《在文藝思想戰線上》欄目，以配合所謂有關國際修正主義思潮的文藝論戰。與 1957 年通過「面向世界」來擺脫「蘇聯文學」的模式不同，欄目的調整以「批修」的「批」的方式，表達了對所謂蘇聯修正主義文學的警惕和遠離。「皮書」即是這種「警惕」和「遠離」的表徵。而就民族文學而言則對自我塑造起到了有效的反面規約作用——「黃皮書」所代表的文學樣態、思想內涵即是禁忌所在，從而激起民族自我選擇，自我塑形的激情。

在民間，尤其是閱讀「黃皮書」的年輕人，則大多以「肯定」方式認同了「黃皮書」建構起的「他者」形象——人道主義的博愛、寬容，追求個性解放、自由、民主等。

因此，透過「黃皮書」，我們可以看到階級、民族、文學三重話語相互糾結的狀況。就主流文化而言，階級話語和民族話語在對「黃皮書」的「排斥」上達成了一致。「黃皮書」作為文學類圖書所具有的文學話語功能雖然在主流文化中遭到「否定」，但卻借階級、民族話語的遮蔽，在民間發揮了巨大的文學魅力。這一複雜文學現象，將在最後三章著重論述。

第三節　「皮書」映射出的國內文藝政策及可能的危機

上兩節，我們將「黃皮書」置於中外文學關係中，考察「黃皮書」在社會主義文藝建設中所凸顯的階級鬥爭、民族意識、文化話語三維間的關係。接下來我們則要追問「黃皮書」這一複雜現象所彰顯的國內政治文藝政策的思維方式、策略及可能導致的危機。

一、文藝政策上「區別對待」

在面對外來「他者」時，以對「黃皮書」「批」與「反」的政治鬥爭方式，新中國維護了民族主體意識和自我文學體系。而「皮書」所反映出的「區別對待」，造成城市與鄉村、城市與城市、群體與群體之間文化資源的種類、多寡、時間先後等差異，則映射出新中國文化具體政策的制定與理論探索過程。

「黃皮書」等「皮書」的出現，除了國際因素外，還有一個原因是不容忽視的，那就是當時國內的經濟文化狀況。在經歷了 1958 年經濟、文化「大躍進」之後，20 世紀 60 年代初中國實行了「退卻」式調整，試圖在一定程度上恢復和修補遭到破壞的國內經濟文化，文化界一度出現了短暫的「復興」現象。文化上的短暫「鬆動」，促動了圖書的出版發行，以滿足讀者的文化需要；但經濟捉襟見肘，卻又不得不對此進行控制和削減。因為此時稿費制度的取消，作家的制度化等因素，經濟對作家生存方式、寫作方式等微觀性、個人化問題的影響，幾乎成為可以忽略的問題。此時經濟對文學諸環節最直接的影響就是宏觀上影響文學圖書的出版發行，由此間接影響其閱讀與傳播。當然，在特定的年代，經濟的影響力常常無法與政治權力相抗衡，甚至後者決定前者，但經濟的客觀決定性在某些時候還是會產生一定的制約力量，從而影響文學文化的存在方式。

1960 年 1 月 19 日，中央宣傳部部長會議討論有計劃地出版中外文化遺產問題，會後起草了《關於加強和改進出版中國古籍和翻譯出版外國學術和文藝著作問題的意見》（草稿）。《意見》提出，要在 10 年左右的時間內，即從 1960 年到 1970 年，把中外歷代有價值的哲學、社會科學和文藝作品，全部整理和翻譯出版。但是這個宏偉的出版計劃到了這年的 7 月 15 日就不得不由於紙張緊張而作出調整。文化部報經中央批准，調整了 1960 年新聞出版用紙的分配計劃。自 6 月份起，地方報刊用紙壓縮了 20%至 50%；圖書用紙重點保證馬列著作、毛澤東著作、大專教材；……其餘各類圖書用紙比去年實際用紙削減約 45%，有些門類和品種如文藝書籍削減更多。1961 年 2 月 25 日，文化部又發出通知，由於造紙原料、電力不足等困難，經中央批准，1961 年全國報紙和刊物用紙數量壓縮 35%，一般書籍壓縮 40%。10 月 15 日，鑑於圖書報刊出版用紙的供應十分緊張，且紙張的質量很差，文化部黨組向中央報告，提出保證課本印刷，報刊、圖書必須進一步壓縮的建議。由於出版用紙供應不足，出書減少，使大多數書籍不能充分供應，1961 年

12 月 11 日，文化部為此發出通知要求合理分配圖書。《通知》提出四條措施：（1）嚴格區分城鄉、地區之間的不同需要；（2）按對象計劃分配的和門市自由選購要統籌兼顧，合理安排；（3）加強郵購業務；（4）加強調查研究和改進同各方面的聯繫協作，不適合一般群眾閱讀的古籍、外國學術著作、外國文藝作品等，只發中等以上城市，一般縣城一律不發；有些對象更窄的甚至只發大城市；年畫、曆書和各種通俗讀物優先供應農村等〔註35〕。1962年 5 月 14 日，文化部又發出《關於試行〈新華書店北京、上海發行所圖書分配辦法〉的通知》。《辦法》中規定：根據圖書的不同內容和城鄉地區間的不同需要，劃分圖書發行範圍。京滬版圖書按五大類劃分發行範圍：（1）不分地區，城鄉兼顧；（2）主要發城市，酌發和不發縣城，不發農村；（3）主要發省會以上城市，酌發其他較大的省轄市；（4）主要發農村和縣城，酌發城市；（5）只發有關地區。在貨源不足的情況下，對各類不能充分供應的圖書制定分配比例。〔註36〕京滬兩地是當時圖書出版的重鎮，這兩地圖書發行的分配規定無疑是給全國樹了一個典範。

　　經濟上的衰退帶給文化最明顯變化就是圖書出版量的壓縮以及由此而來的閱讀和傳播範圍的有限性。當然「黃皮書」的內部出版與經濟因素是否有直接聯繫，還有待考證。但當時部分「黃皮書」紙張的確非常粗糙，甚至能看到未完全融漿的稭稈；封面也只用稍微比內頁厚一點的黃皮紙來做。這些簡陋的紙張無法不讓我們隱約感受到新中國經濟上的困窘。另一方面，我們也發現，經濟壓力下出現的思維模式與「黃皮書」的出版思維有著一脈相承的地方。

　　1963 年 11 月 11 日，文化部黨組、對外文委黨組、國家科委黨組《關於進口和發行蘇、捷、德、波等八國圖書問題的請示報告》中寫道：「但是從目前形勢看，還存在以下的問題：有些圖書的進口控制不嚴，數量太大；發行的地點太多；圖書零售的品種太多；供應的對象太廣；為了控制修正主義圖書和帶有修正主義觀點的圖書在我國內傳播，對蘇聯等八國出版的圖書的進口發行，今後擬作如下調整：（一）減少發行地點：社會科學和文學藝術圖書

〔註35〕 劉杲、石峰主編《新中國出版五十年紀事》，北京：新華出版社，1999 年，第70 頁，72 頁，77 頁。

〔註36〕 劉杲、石峰主編《新中國出版五十年紀事》，北京：新華出版社，1999 年，第81 頁。

只在 27 個城市（包括省會所在地、自治區首府和直轄市）發行（包括門市和通過預訂供應機關團體），其餘城市不再發行這類圖書。（二）清理門市部現存的圖書，減少公開陳列出售的品種：1、1956 年 2 月蘇共 20 大以前出版的社會科學、文學藝術圖書，在規定可以發行這類圖書的城市，基本可以繼續公開出售。1956 年 3 月以後出版的社會科學、文學藝術圖書，基本上不再公開出售。但是在規定可以出售社會科學、文學藝術圖書的城市，可以繼續公開出售下列圖書：未經修正主義主義分子篡改或加工的馬克思、恩格斯、列寧、斯大林的著作；未經修正主義分子加工的古典文學作品和現代作家有定評的優秀作品；沒有修正主義毒素的語文書、字典。（三）進一步控制進口數量、緊縮供應範圍、改變發行辦法：⋯⋯3、社會科學書籍，一般可進口 30〜50 冊，通過預訂，供應省級以上領導機關、學術團體和研究部門。個別確有參考價值需要較多的，還可以酌量多進一些。原則上不得在門市部公開出售，個別好的可在門市少量零售。4、⋯⋯現代文藝作品的進口和發行，按社會科學書籍的辦法辦理。」〔註 37〕

　　至「文革」以後，國內文化環境已近於荒蕪，農村尤甚，恐有滅頂之災。而此時農村正聚集著對文化渴求最大的群體──下鄉知青。這一文化狀況引起了主政者的警覺，文化上開始一定程度的「恢復」建設。著手調整的第一步依然是從文化事業的第一環節──出版開始。

　　1971 年 3 月 15 日〜7 月 31 日全國出版工作座談會在北京舉行。會議制定相關的出書計劃，並要求動員和組織各方面的力量寫作，重印部分舊書，清理開放圖書館。1973 年 6 月 20 日出版界就出版適合上山下鄉知識青年的讀物問題提出四條措施，「推動中央一級出版社積極爲農村知識青年編書出書；從全國已出版或將要出版的圖書中，選拔一批適合農村讀者需要且比較優秀的讀物，經過必要的編輯加工，作爲『農村版圖書』向農村推薦，廣泛發行。爲推動此項工作，決定成立一個『農村版圖書編選研究小組』，並在人民出版社內恢復農村讀物編輯組，作爲小組的常設辦事機構，具體承辦『農村版圖書』的選拔編輯出版工作；建議共青團中央，早日批准恢復中國青年出版社」。〔註 38〕

〔註 37〕劉杲、石峰主編《新中國出版五十年紀事》，北京：新華出版社，1999 年，第209〜211 頁。
〔註 38〕劉杲、石峰主編：《新中國出版五十年紀事》，北京：新華出版社，1999 年，

前文曾談到，六十年代初曾因經濟壓力對圖書出版進行過地域上的「區別分配」，重點是對城市，尤其是大城市實行政策傾斜，保證城市用書。僅幾年後，出版界的傾斜對象轉向了農村。追溯其原因，有三點值得注意：第一「文革」以來全國性的文化荒蕪狀態；第二前幾年的「區別分配」加劇了農村文化生態的滯後與荒蕪；第三也是最直接的原因，就是此時農村正聚集著中國大部分的知識青年。他們面臨著無書可讀的窘境，這可能造成他們對主流意識規定以外書籍的「大量佔有」。這是主政者所不願看到的。1971 年 2 月 11 日，周恩來接見出版口領導小組時就談到，《資治通鑑》《天演論》、四書五經、《紅樓夢》等書可以出版，說中學生都能看懂，你把它封存起來不讓青年人看，他們就到處找書看，找許多黃色書看。應該用歷史唯物主義和辯證法來研究問題。〔註 39〕但我們必須注意到這一時期「農村版圖書」這個概念。它要求「適合農村知識青年，經過必要的編輯加工」，這意味著圖書的出版仍然有城/鄉的區別，有對讀者群身份等級的劃分。

按照出版界這種等級分類、區別對待的思路思考下去，「黃皮書」其實就是所有圖書中分配等級最高、密級最高，閱讀、傳播範圍最小的圖書之一。「皮書」的出現，並非某人或某個權力群體為了某個特定目標的突發奇想，實在是自延安以來「區別對待」思維的延續，是等級秩序與資源不對稱的極端體現而已。如果說經濟在這種「區別對待」政策中扮演了一個最易被察覺的「罪魁禍首」，那麼，來自政治文化上的專業化、等級化思想則是隱藏其後的關鍵因素。

二、文藝政策背後可能存在的危機

（一）平等原則的被破壞

「平等」是社會主義社會的重要原則之一，而「黃皮書」的出現則透露了城市與鄉村，城市與城市之間的不平等，更由此影響到社會群體、個體間的平等原則。

就城市與鄉村而言，城市顯然在文化建設上具有先天的優勢。五六十年代時期，「區別對待」由於經濟因素有不得已而為之的無奈，但城鄉的不對等具有一定的先天性與長期性，也是中國現代化發展模式所決定的。隨著新中

第 116 頁、117 頁，130 頁，140 頁，147 頁。
〔註39〕劉杲、石峰主編：《新中國出版五十年紀事》，北京：新華出版社，1999 年，第 129 頁。

國社會主義初級階段改造的初步完成，城市經濟以及城市文化得到一定發展，城市逐漸成爲社會文化建設的重鎮，這是「城鄉」分野中偏向「城市」的重要原因。雖然主流意識形態對城市文化的警惕時刻都沒有放鬆，1962 年的「千萬不要忘記階級鬥爭」，城市即作爲「資本主義」象徵首當其衝。農村或者廣大的「農民」從政治意義上說極其重要，決策高層也試圖在農村開展文化運動，譬如 1958 年的新民歌運動，但無法迴避的是鄉村（農民）還無法成爲文化建設主體。七十年代初，因爲大量知識青年聚集於農村，農村在政治和文化上的重要性凸顯出來，文化政策也才隨之作出相應調整與傾斜。所以「區別對待」，其實反映了決策者某種矛盾心理——對鄉村和城市在不同時期顯示出來的政治與文化重要性的不同倚重，由此造成文學生態的等級化和不對稱性——城鄉文化生態環境的嚴重失衡，農村文學環境的逐漸荒蕪，這一點在「上山下鄉」運動中得到凸現。

就「黃皮書」出版發行範圍而言，主要集中在北京、上海兩個大城市。這是圖書出版倚重城市的慣性思維的體現。但這兩座城市在「黃皮書」的出版過程中也並非一直並駕齊驅。它們地位的變化進一步體現了城市與城市之間因政治文化原因而導致的不對等關係。對造成這種不對等關係的原因，我們在此略作分析。

北京是中國現代文學的肇始地。《新青年》正是借助於北京得天獨厚的天時、地利、人和而蓬勃發展，成爲中國現代文學里程碑式的刊物。雖然至二十世紀三四十年代，北京、上海成爲中國現代文學的雙子星座，並駕齊驅，但新中國成立後，北京挾政治中心之重，獲得了其他城市無可比擬的特權。

與此同時，上海這座曾經輝煌無比的現代化城市則一落千丈。雖然自 1949 年新中國成立以後，國家的治國方略基本上是放在大力推進現代化，經濟重心明顯偏向工業和城市建設，到六十年代初社會主義中國迎來了一個城市化迅速發展時期。但此後至 1977 年，由於意識形態上的左傾激進，中國出現了一個逆城市化階段。1961 年到 1965 年，城鎮人口被大批精減，前後共動員約 3000 萬人返回農村。到 1965 年底城鎮人口降至 1957 年的水平；「文革」中知識青年上山下鄉和幹部下放農村勞動，前後累計約有 3000 萬城市知識青年、職工及其家屬、政治上有「問題」的人被強制性地前往農村。城市化水平下降。〔註 40〕因爲城市文明注定具有一種「資本主義性

〔註40〕李潔非《現代性城市與文學的現代性轉型》，見陳曉明主編《現代性與中國當

質」。正如美國學者弗雷德里克·詹姆遜所指出的：「……城市在傳統上允諾多樣性和冒險，並且常常與犯罪相關，就像伴隨享樂和性滿足的想像不可能與越軌和犯法相脫離一樣。」〔註41〕

　　因此，新中國在推進城市化（現代化）的過程中，對於城市化所帶來的認知方式和價值形態上的變化是保持高度警惕的。正如李潔非所言，毛澤東「願意中國擁有和發達國家同樣的生產力和科技水平（超英趕美），卻同時希望將現代生產方式、現代科技所附帶的社會後果——經濟、金融和政治體制、生活方式、倫理道德、文化及審美意識形態等——拒之門外。」〔註42〕這樣的現代化方案其實是割裂的（相對於普遍性的現代化模式），或者說是艱巨的中國式現代化的探索。上海因此成為「資本主義」的代表而頻繁出現於文學作品中充當被批判的對象。「曾經的江海之通津、八面來風的國際大都會的上海（筆者注：七十年代初），不僅再不能『得風氣之先』，反而成為孤陋寡聞的邊陲城市，只有少數外國的影展、畫展或音樂會能稍微兼及上海。人們像農民那樣傳播和輕信那些由於距離太遠而嚴重失真的來自北京的『小道消息』」。〔註43〕

　　學者高華也曾談到當時北京和其它省市，尤其是他生活的南京在文化資源上的巨大差別：「那個時候的北京，在大改組、大動盪之後，還有許多『空隙』，也有較多的文化資源，劫後未毀的『黃皮書』、『灰皮書』以及散藏在各家未及被毀的書籍，音樂唱片成了催生新思想的鼓風機。被打散的新、老『貴族』的孩子們（大院子弟、知識名流的子弟）和一些平民子弟們，在經歷了『文革』的狂熱後，又重新聚攏，因而有地下讀書沙龍，有郭路生（食指）的詩篇《相信未來》，就是在分佈全國的北京下鄉的知青中，也有許多思想群落。」〔註44〕而這個時候的南京，卻因為軍人高度一元化的治理，「其文化留存只剩下民國建築和夏日遮陽的林陰道；大院子弟都去當兵了，至於知識名流，本來人數就很少，『文革』中已被折斷了脖子，只剩下一口活氣兒，他們

　　　代文學轉型》，昆明：雲南人民出版社，2003 年，第 34〜35 頁。

〔註41〕（美）弗雷德里克·詹姆遜《文化轉向》，胡亞敏譯，北京：中國社會科學出版社，2000 年，第 68 頁。

〔註42〕李潔非《現代性城市與文學的現代性轉型》，見陳曉明主編《現代性與中國當代文學轉型》，昆明：雲南人民出版社，2003 年，第 42 頁。

〔註43〕楊東平《城市季風：北京和上海的文化精神》，北京：東方出版社，1994 年，第 428 頁。

〔註44〕高華《革命年代·後記》，廣東：廣東人民出版社，2010 年，第 390 頁。

的子弟就更談不上文化反叛了，在貧瘠的文化土壤上是不會產生新思想的，……人們都在爲最基本的生存而奮鬥，沒有書，沒有眞正意義上的詩，極少思想可交流的志同道合的朋友。」〔註45〕

其實，關於文化資源與城市政治等級間的乖謬關係，吳祖光早在20世紀50年代就曾指出：「就組織而談組織，組織是有等級的……但是我想：文學藝術假如亦是這樣分成等級的話，那我們的事業就是非常可悲的了。那麼中央以外的地方就永遠出不了好作品、好人材。由於等級的限制，他再好亦不能漫過中央一級去。因爲近些年來，文藝界已經養成了這樣的風氣：縣裏看省裏，省裏看中央；中央有所舉動，全國肅然京從。……現在就好像不到北京來，就連說話也不夠響亮。」「……我看在文藝工作上面我們必須消滅『大都主義』和『大官主義』。從文藝思想而言，中央和地方都是平等的。我們只講是非，不講等級；我們只追求眞理，追求正確，而不論什麼上級，什麼權位。」〔註46〕

等級限制與大都主義、大官主義相結合，造就了「黃皮書」特殊而有限的閱讀群。按策劃出版者的初衷，「黃皮書」每冊發行量最初只有幾百本，後增至到千本左右，限黨內少數高層幹部、知識分子和少量的黨外民主人士閱讀，而這些閱讀者主要集中於北京。由此造成的文化影響可以說一直延宕到了二十世紀末。及至二十一世紀初，詩人翟永明回憶起「文革」閱讀狀況時仍不禁感歎：「四川在歷史上就是一個山高皇帝遠的盆地，啓蒙的星星之火，燒到成都來時，已經滿了半拍。成都也沒有那麼多的高幹子弟，能夠通過特殊的渠道，搞到那些內部出版的白皮書和政論書籍，使那些有近水樓臺之便的人，率先得到精神上的洗禮。」〔註47〕與翟永明形成對比的是北京籍作家徐星。徐星回憶文章中提及70年代曾與彭剛在一個高幹子弟帶領下去了內部書店。臨走的時候，偷了一本哈耶克的《通向奴役的道路》。接著他說道：「不久前，我在網上看到許多人在熱炒這本書，突然覺得很好笑。這本書，早在上世紀70年代初，我就看過了，現在我家裏還有這本書，不過是60年代出版的。」〔註48〕從這段敘述，我們可以明顯感受到徐星骨子裏的驕傲——地

〔註45〕高華《革命年代·後記》，廣東：廣東人民出版社，2010年，第390頁。

〔註46〕吳祖光《談戲劇工作的領導問題》，載《戲劇報》1957年第11期。

〔註47〕翟永明《青春無奈》，見《七十年代》，北島、李陀主編，北京：生活、讀書、新知三聯書店，2009年，第507頁。

〔註48〕徐星口述，張映光採寫《徐星：我與當年那個「藝術瘋子」》，載《新京報》

緣、政治身份的驕傲以及由此帶來的文化上的傲慢。論文第四章將具體討論不同地域青年人「皮書」閱讀的等級化和不對等性表現。

「皮書」背後的這套「區別對待」邏輯，顯然違背了社會主義的「民主、平等」原則。蔡翔認爲新中國成立後的「社會主義實際上是一個非常複雜的概念。一方面，它強調平等，另一方面在現代性的制約下，又同時對社會重新分層。這個社會分層實際包括了三個方面：第一是幹部和群眾的差別；第二是腦力勞動和體力勞動的差別；第三是城市和鄉村的差別。」〔註 49〕社會主義內部產生著與它自相矛盾的社會分層。他認爲，這種等級制「它實際上包含了 1949 年之後的兩個根本性的現代特徵：即專業化和分工化，」〔註 50〕本書認同蔡翔社會主義內部分層的概括，但其產生原因的論述則並不贊同。「皮書」所映像的「差別」，一方面是源於經濟發展而產生的分化，而另一方面，也是至關重要的一點，這一「差別」並非社會發展的自然產生，而是來自權力政治的主動干預。它帶著強烈的對歷史過渡干預的人爲痕迹，實際切斷了「群眾」參與政治社會的道路。這背後，是日益「左傾」的思潮和對普通百姓政治上的不信任——會被「毒草」侵蝕。

（二）文化權力的控制與知識分子話語權的喪失

等級的劃分，是閱讀權力有無的標尺。這既是政治身份甄別與認同的過程，也是「話語權」的重新分配。「皮書」作爲特定時代密度級別最高的文化符號象徵，即意味著政治、文化話語權的進一步集中與縮小。「皮書」閱讀群內部，亦同樣存在更加精細化的等級區分。面對紛紜複雜的國際國內情況，社會成員，尤其是知識分子要做出與黨的路線方針一致的選擇和評價，既要全面瞭解黨的方針政策，又必須知悉具體的文學文化事件的來龍去脈。這種情形下，「皮書」作爲重要的思想文化資源，很大程度上就成了社會文化成員能否「說話」的重要根據。因爲「皮書」的限制性發行與閱讀，於作家、批評家、學者而言，從根本上限制或阻斷了他們攝取政治文化信息的渠道。渠道的阻斷，信息的空白或被扭曲，話語權也就隨之喪失。蘇聯曾爲了削弱「莫

2005 年 2 月 2 日。

〔註 49〕蔡翔《革命／敘述：中國社會主義文學——文化想像（1949～1966）》，北京：北京大學，2010 年，第 367 頁。

〔註 50〕蔡翔《革命／敘述：中國社會主義文學——文化想像（1949～1966）》，北京：北京大學，2010 年，第 367 頁。

斯科分會」，而鼓勵成立「俄羅斯聯邦共和國作家協會」，其目的就是要通過強化外省力量以控制首都的「先鋒派」。〔註51〕如果說新中國開展的下放運動和開展民間文化運動是迫使精英知識分子大眾化，知識祛魅化，那麼「皮書」對大部分知識分子更致命的打擊則是文化資源佔有權的被剝奪，從而導致話語權的自動喪失和政治權力資源的被迫放棄。而通過「皮書」所進行的這場文化話語權剝離運動，於主流文化而言則是爲規範社會信仰，統一哲學文藝思想所必須進行的思想整合。新中國政治文藝高層一面嚴格控制「皮書」所代表的國外敵對勢力「帝」、「修」思想的傳播範圍，另一方面則全面佔有這一思想資源，對國際思想文化動態做到「知己知彼」的同時，也繳械了國內不同意見者批判之武器。這可視爲領導層試圖全面掌控「文化領導權」的一次政治冒險。

透過六七十年代圖書出版以及「黃皮書」等「內部書」的出版政策，我們可以看到當時國內文藝決策在政治與文藝上的博弈。這場博弈在以後的政治、文化發展中所產生的影響是不容忽視的。之後青年對新中國政治文藝體制的反思，「文革」地下文學及新時期文學格局的形成都與此密切關聯。第四、五、六章將對此進行詳盡論述。

〔註51〕（荷）D‧佛克馬《中國文學與蘇聯影響（1956～1960）》，季進、聶友軍譯，北京：北京大學出版社，2011 年，第 171 頁。

第四章 「皮書」與「文學場」的分化

　　「皮書」對「文學場」的分化有兩種途徑：一是從政治角度而言，「皮書」所代表的「權力場」將「文學場」強制分化為政治的「內部」與外部；二是「皮書」本身的文學、文化特質對「文學場」潛移默化的分野。本章著重討論後一種情形。因為伴隨新中國一同成長的「接班人一代」對「皮書」的閱讀、接受與國內當代文學的發展走向有著深刻的精神聯繫。從青年文化的接受實際來看，「皮書」意味著文學現代性的另一種可能，它代表了民間青年知識分子對民族文化的建設與參與。

　　所以「青年人」及其「青年文化」又是「文學場」分化中的討論重點。

第一節　布迪厄「文學場」概念論析

　　皮埃爾‧布迪厄在《藝術的法則：文學場的生成和結構》一書中，對「文學場」進行了細緻的論析。他認為：「權力場是不同權力（或各種資本）的持有者之間的鬥爭場所」，「由於建立在各種不同的資本及其持有者之間的關係中的等級制度，文化生產場暫時在權力場內部處於被統治的地位。為了從外部限制和要求中解放出來，包羅萬象的場如利益場、經濟場或政治場必不可少。因此，文化生產場每時每刻都是等級化的兩條原則之間鬥爭的場所，兩條原則分別是不能自主的原則和自主的原則（比如「為藝術而藝術」），……這場鬥爭中的力量關係狀況取決於場總體上掌握的自主權，也就是場自身的律令和制約在多大程度上加諸全體文化財富生產者和暫時（臨時）在文化生產場中佔據統治地位的人（成功的劇作家或小說家）以及有待佔據統治地位

的人（唯利是圖的被統治的生產者），暫時佔據統治地位的人和有待據統治地位的人最接近權力場中相似位置的佔據者，因而對外部需要最敏感，同時是最不自主的。」〔註1〕

　　如果以布迪厄的這段論述觀照新中國成立後的中國文學、文化狀況，我們會發現此時的文學場「不能自主原則」佔了上風。文化場自身的「律令」「制約」在政治力量關係下被規避、壓制、乃至變異、消失。文化的生產者以及文化場的統治者極大地受到了來自政治力量的制約。現代文學時期就已成名的作家早在建國前及建國之初的一系列運動中即被打倒或隱沒，而即便是「十七年文學」中成長起來的作家，亦大多在「文革」之初「文藝黑線論」的攻擊下被下放改造或罹難。正如布迪厄所言：「文化生產場對經濟和政治權力的依賴採取的形式無疑大大取決於各個空間之間的真正距離（它可以通過客觀指數進行衡量，比如相互之間特別是從一個空間到另一個空間內部各代之間的交流頻率，也可按照社會出身、形成地點、聯姻或其他等等，以兩類人之間的社會差距進行衡量），也取決於雙方表現中的差距……）」。〔註2〕此時，作家能獲准公開發表作品，這一行爲本身即被視爲政治榮譽的象徵。中國的文化生產場與政治權力之間的距離已幾乎達到了「親密無間」的程度。由建國後「十七年文學」的「文學政治化」發展到「文革」時期的「政治文學化」，是新中國主流文學的基本發展趨勢。

　　當然，這只是對主流文學的一種概說，卻並非這個時期文學的全部事實。

　　自新中國成立至「文革」結束，主流文化形態在核心價值立場上是趨於一致的，由此形成的主文化場大體上也是穩固的，但這並不意味著整個文化嚴絲密封，鐵板一塊。在任何時代，文化都存在著多層樣態的可能。事實是，某種次文化場正在日益左傾激進的文化主場下潛行遊走，默默生成。正如布迪厄所說：「……自主不能簡化爲權力留下的獨立：一個留給藝術世界的高自由度並不自動通過自主的表現顯示出來；相反，高度的限制和控制——比如通過嚴格的審查——不一定導致所有自主的表現都銷聲匿跡，只要特定傳統、根本制度（俱樂部、報紙，等等）、自身模式的集體資本還足夠重要。」

〔註1〕　（法）皮埃爾・布迪厄《藝術的法則：文學場的生成和結構》，劉暉譯，北京：
　　　　　中央編譯出版社，2001年，第263～264頁。
〔註2〕　（法）皮埃爾・布迪厄《藝術的法則：文學場的生成和結構》，劉暉譯，北京：
　　　　　中央編譯出版社，2001年，第325～326頁。

〔註3〕這就意味著，文化場的「自主」是可以通過一定的傳統、制度與自身資本得以存在和表現，而與場的「不自主」構成某種對立。因此，如果「不能自主原則」是「主」，那麼「自主原則」則為「次」，由此分別導致主文學場與次文學場的形成。

事實證明，「皮書」的青年閱讀群就構成了這樣的「次文學場」。雖然這個「場」隨時有可能被主文學場湮沒、收編乃至消失，但它仍以其微弱而綿長的生命韌性存在並傳遞著自身的文化精神。

第二節　主流文化與青年思想解放之關係

意識在任何時候其實都難以達成完全的統一，即便是最嚴格的控制、高壓或禁令。非主流的、邊緣的、地下的甚或是潛在的，最初的緣起可能正是從貌似強大的主流、中心開始；反思、批判的思想起點往往蘊藏於正統本身。這其中，青年人以其自身生理、心理與精神普遍的「年輕化」特徵而具備了成為時代思想文化先鋒者的最大可能。

從文化流變與更替的本質而言，青年人從反思、偏離、到反抗，往往是主流與民間兩種力量合力而為的結果。這裡，我們主要討論主流文化與青年群體之間的關係。誠如莫里斯・狄克斯坦所言：「每一個時代都傾向於（正如黑格爾和鮑拉圖早就表明的）培養它自己的衰敗原則和養育最終將推翻它的精神。」〔註4〕時代的更替如此，文化思想的遷移前進，亦是相似的路徑。只是主流文化的「衰敗」與「養育」可能存在初衷與實際效果分裂的情況：初衷並不在於推動與時代意志相反精神的誕生，然而在客觀上卻促成了另一思想路徑的開拓，從而最終成為了質疑自身的反作用力量。而在具體的歷史進程中，主流本身的遊移不定或者決策層的探索徘徊也會被敏感的知識群體所感知，引起他們的反思，從而啟動自身的內在驅動力和運行邏輯。

作為革命接班人培養的新中國一代青年，他們滿懷革命激情，一心要為共產主義的偉大事業奉獻青春甚或生命。他們積極參與到一系列的政治文化活動當中，真誠希望以此推動社會主義建設。但也正是在激情高漲的參與過

〔註3〕（法）皮埃爾・布迪厄《藝術的法則：文學場的生成和結構》，劉暉譯，北京：中央編譯出版社，2001年，第326頁。
〔註4〕（美）莫里斯・狄克斯坦《伊甸園之門：六十年代美國文化》，方曉光譯，上海：上海外語教育出版社，1985年，第54頁。

程中，他們目睹社會現實、廣泛瞭解各階層的生活、思想狀態，同時也反觀自己，有人由此走上質疑與反思的道路，逐步形成自己的價值判斷甚至思想體系。禮平（原名劉輝宣）就曾談到他創作小說《晚霞消失的時候》與自己「紅衛兵」經歷的關係。他曾參與一次查抄北京基督教青年聯合會的事件。他和他的「紅衛兵」戰友在清理聯合會樓頂倉庫時發現了許多照片，內容是教會在年節中的活動的。禮平說，當他看到這些照片時「意識到宗教生活竟然是那麼多彩多姿，充滿了友愛和美好。」〔註5〕另一次則是查抄段祺瑞的中將閣長的家。「他的風度、威嚴把我們每個人緊緊地攝住了。我們猶如面對一個古人，傾聽他講述自己的英勇事迹。在一個國民黨人身上流露出這樣的氣質，使我驚訝」。〔註6〕這兩次經歷和精神上的震動，爲禮平寫作帶有濃厚宗教色彩的《晚霞消失的時候》，提供了重要的思想資源與情感基調。

一、五六十年代短暫鬆動期主流文化與青年思想解放之關係

新中國文藝在五六十年代曾出現過兩次短暫的鬆動期，分別是1956年至1957年上半年和1961年至1962年。

蘇聯的「解凍」以及社會主義陣營中的「波匈事件」，是促使新中國執政者思考民主問題、知識分子問題，以及思想文化開放的重要契機。新中國主流文化在「赫魯曉夫秘密報告」，「雙百」運動、六十年代初的「退卻式」調整這三大事件中所映射出的政治姿態以及略微偏離的思想文化探索，無形中影響並攪動了日漸一致的意識形態，部分青年人則從中獲取了零星而寶貴的民主思想養料。

蘇共二十大召開時，《人民日報》全文刊登了包括米高揚發言在內的蘇共公開發表的所有重要文件……外文書店甚至公開出售刊有秘密報告（*赫魯曉夫的秘密報告）的美共英文報紙《工人日報》，北京各大學的學生競相購買，以至搶購一空。〔註7〕決策層之所以這樣公開通告蘇聯政治文化上的變動，是出於對當時蘇聯國內政治變動的關注，對以赫魯曉夫爲代表的新領導層的某種認同，或者是出於對自我的自信抑或是警醒，又或者幾者兼而有之，我們

〔註5〕梁麗芳《從紅衛兵到作家——覺醒一代的聲音》，臺北：萬象圖書股份有限公司，1993年，第432頁。

〔註6〕梁麗芳《從紅衛兵到作家——覺醒一代的聲音》，臺北：萬象圖書股份有限公司，1993年，第432頁。

〔註7〕沈志華主編《中蘇關係史綱》，北京：新華出版社，2008年，第157頁。

不得而知。但能肯定的是，當時的最高領袖毛澤東並沒有完全禁塞言路，從而使得國內普通大眾幾乎同步獲悉了這一社會主義陣營的重大歷史事件。就當時中蘇關係來看，大眾是仍然沉浸在中蘇友好的「事實」之中的，對於高層內部外交決策上的變化無從知曉。因此，這些重要文件尤其是秘密報告通過各種渠道流向普通民眾包括年輕學子，對他們而言無疑有石破天驚的效果。畢竟，蘇聯長期以來都是新中國的同盟軍和學習對象。年輕的學生們「大多為蘇聯衛國戰爭文學中的男女英雄人物所鼓舞，這類作品當時已被大量譯成中文。一些學生起了俄氏別名，……在斯大林逝世之時，許多年輕人禁不住失聲痛哭。」〔註8〕因此，秘密報告，尤其是涉及反斯大林個人迷信等問題，應會引起大眾尤其是大學生們的思考。

　　1956 年「雙百方針」提出，中央承諾要保障知識界的言論自由。陸定一甚至在他的報告中明確提出：「我們所主張的『百花齊放，百家爭鳴』是提倡在文學藝術工作和科學研究工作中有獨立思考的自由，有辯論的自由，有創作和批評的自由，有發表自己的意見、堅持自己的意見和保留自己的意見的自由。」〔註9〕毛澤東更是多次在高層會議上強調「雙百」方針。1957 年 2月 27 日毛澤東發表《關於正確處理人民內部矛盾的問題》的講話，指出人民內部矛盾可以用討論、批評、說服和教育等等「民主方法」使之公開化，並得到解決。〔註10〕1957 年 3 月 12 日，在對宣傳部的講話中，毛澤東再次號召「放手讓大家講意見，使人們敢於講話，敢於批評，敢於爭論」。〔註11〕

　　知識界在經歷了一段時間的觀察和猶豫後，到了這一年的五六月，包括作家、畫家、教師等在內的各界人士通過各種方式，開始向黨開載布公，指出黨內的若干問題。1957 年「大鳴大放」階段，大量民主人士以開座談會的形式積極諫言。筆者查看這一時期的《光明日報》發現，1957 年 5 月的報紙幾乎都是有關「鳴」、「放」的報導，並且系列介紹了全國各地各階層、各領域，諸如教育界（包括高等院校、中等學校，甚至幼兒園）、工商界、農業

〔註 8〕 （美）羅德里克‧麥克法誇爾、費正清主編《劍橋中華人民共和國史 1966～1982》，海南：海南出版社，1992 年，第 733 頁。

〔註 9〕 陸定一《百花齊放，百家爭鳴》，載《人民日報》1956 年 6 月 13 日。

〔註10〕 毛澤東《關於正確處理人民內部矛盾的問題》，載《人民日報》1957 年 6 月 19 日。

〔註11〕 毛澤東《在中國共產黨全國宣傳工作會議上的講話》，選自《毛澤東選集》第 5 卷，第 412～414 頁。

部門等等，尤其是上海、武漢、南京、西安、蘭州等地知識分子、民主黨派人士的的「鳴」、「放」言論。知識分子、民主人士在報刊和座談會上眞誠而尖銳的批評言論很快被青年大學生們採用。北京大學的一名學生甚至用拉丁文寫了一項聲明，要求研讀拜倫的詩篇，而不是沒完沒了地學習二流的蘇聯作家的作品。〔註12〕北京大學的學生們將大字報貼在眾所周知的民主牆上，批評官員和學術工作的政治化。他們同時還湧向其他校園，鼓動那裡的學生。〔註13〕廣大青年學生成爲「鳴放」運動中的生力軍。「雙百」方針所帶來的文藝上的「解凍」，在前文已作詳論，此處不再贅述。然緊接而來的「反右」運動迅速扼殺了這場熱烈而眞誠的思想文化批判運動。

經歷了大躍進的「狂飆突進」和中蘇關係的日益惡化之後，黨調整了發展的方針政策，需要在「反右」運動中被重挫的知識分子重新活躍起來，爲社會建設提供思想與建設上的幫助。因此從 1961 年到 1962 年，全國範圍內出現了繼「雙百」運動以後的又一個短暫鬆動時期。時任副總理的陳毅在 1961 年 8 月發表的講話中談道：「只要專家們在他們的專業中證明是有成果的，對社會主義建設作出了貢獻，就不應當反對他們少參加政治活動。」他宣佈：「知識分子並不需要全面精通馬克思列寧主義和完全受黨的思想意識的約束。」他甚至認爲「如果對知識分子的態度沒有這種變化，國家的科學和文化將永遠落後。」〔註14〕周恩來在 1961 年 6 月 19 日的一次講話中也強調要有更大的言論自由。《光明日報》則指出：「不要拿科學家在哲學思想上是唯物論者或唯心論者作爲標準來判斷他在自然科學上有成就或無成就。一個在哲學上是唯心論的科學家可能在自然科學上有很大的成就，這在科學界是極多的」〔註15〕

此次的短暫鬆動所允許的自由和寬容更多限定在科學與學術問題範圍內，年輕的學生由此接觸到更廣闊的理論科學教育。此時，全國興起學哲學運動，介紹馬克思主義基本原理的著作是其重點。但對於部分學者而言，則

〔註12〕（美）史景遷《天安門：知識分子與中國革命》，北京：中央編譯出版社，1998年，第 347 頁。

〔註13〕參見（美）R.麥克法誇爾、費正清編《劍橋中華人民共和國史 1949～1965 年》，北京：中國社會科學出版社，1992 年，第 266 頁。

〔註14〕陳毅《對北京市高等院校應屆畢業學生講話》，載《光明日報》1961 年 9 月 3 日第 2 版。

〔註15〕嚴希純《談談在學習自然科學的青年中存在的幾個思想問題》，載《光明日報》1961 年 11 月 5 日。

是借由對馬克思主義的深入研究來反思現行社會意識形態，或者試圖將自己的思想學說包容進馬克思主義理論之中，從而讓「一家之言」獲得存在的合法性。在學術界專業的理論探討之外，青年學生亦成立了許多學習馬列主義原理的小組。至「文革」，當社會政治環境與自身命運遭際發生錯位與逆轉時，所謂六八年「思考的一代」中，不少青年的思想起點即是從官方倡導學習的馬列主義原理開始的。譬如遇羅克。葉式生回憶遇羅克曾看過的書時提到：他「讀完了《馬克思主義哲學原理》、《哲學筆記》、《反杜林論》、《世界哲學原著選讀》叢書等。」〔註16〕

　　就文藝界情況而言，區別於「百花運動」時期以中青年作家、文藝理論家為主，此次主要是一些中老年學者、幹部。以史為喻，是他們創作的總體特徵。戲劇方面，左翼戲劇家田漢以戲劇《關漢卿》傳達出知識分子「富貴不能淫，貧賤不能移，威武不能屈」的自我價值追求。劇中的關漢卿直至面臨死亡的威脅，仍不改為人民立言的初衷：「我們的死不就是為了替人民說話嗎？人家說血寫的文字比墨寫的更貴重，也許，我們死了，我們說的話更響亮。」〔註17〕。田漢借關漢卿形象塑造了一個社會良心的代表，一個不向任何外在壓力屈服的「真正的人」。陽翰笙的戲劇作品《李秀成之死》重新上演；曾經的「淺草——沉鐘」社成員陳翔鶴則發表了《陶淵明寫〈輓歌〉》、《廣陵散》等歷史小說。這其中格外引人注目的是《燕山夜話》與「三家村」札記的出現。北京市委的鄧拓、吳晗、廖沫沙三人以「吳南星」的筆名，在名之為「三家村」的專欄上共同發表雜文，這些文章後被統稱為「三家村」札記。鄧拓的《燕山夜話》以及三人的札記，引經據典，借史諷今，針砭時弊，體現出傳統知識分子「鐵肩擔道義，妙手著文章」之精神。而「高層幹部」的身份，又促使他們展現出類似於屈原「信而見疑，忠而被謗」，「九死而猶未悔」的理想主義色彩。「雜文」自魯迅始，就扮演著「投槍匕首」的社會文化功能。因此，從解放區文藝時期開始，關於是否還需要雜文這一文體，就產生過激烈的討論，「雜文」甚至一度在新中國文藝中消失。六十年代初雜文的再度出現，本身即說明了此時文藝環境的相對寬鬆。文藝理論上，1962 年 8 月召開的「大連會議」上，邵荃麟提出「中間人物」論；張光年則撰文提倡

〔註16〕葉式生《我所結識的遇羅克》，見徐曉、丁東主編《遇羅克遺作與回憶》，北京：中國文聯出版社，1999 年，第 190 頁。
〔註17〕田漢《關漢卿》，《田漢文集》第 7 卷，北京：中國戲劇出版社，1983 年。

「題材多樣化」。

如果說「雙百」運動的開啓，主要是受到社會主義陣營內部，尤其是蘇聯「解凍」思想文化的影響，那麼六十年代初的短暫鬆動，其思想文化資源則是原教旨馬克思主義與中國傳統文化資源。前者的學習與研究，有助於學者及青年從主流哲學原理內部去探討社會主流價值觀念與精神信仰的合法性與合理性，進而從哲學高度對新中國意識形態進行審視與反思。這是新中國主流哲學思想的一次「正本清源」的冒險。這樣的學術探索不免有小心翼翼、如履薄冰之感，然而蠢蠢欲動的學術「爭鳴」精神卻是極寶貴的思想資源。它向成長於新中國紅旗下的年輕一代展現了學術質疑與批判的精神，以及可以參照的方式與路徑。而文藝界對中國傳統文化資源的再借用，則彰顯出左翼知識分子一定程度上對獨立精神人格的堅守。他們作品中提及或描寫的屈原、東林黨人、關漢卿、陶淵明、嵇康等人物，本就是歷史上對抗或疏離權力中心，堅持自身精神信仰這一文化傳統的代表。作家們對他們的推崇與肯定，使得 60 年代的公開文學中難得的保存了一脈知識分子的獨立批判精神。

二、「文革」中政治文化制度及政治事件與青年思想解放之關係

（一）「結社」與「報禁」的有限自由

「文革」前，除了黨領導的組織外，任何一個自治的群眾組織都可能被視爲「反動組織」而被取締。「文革」開始後，大規模的「文攻武衛」導致了國家機器的混亂甚至部分的癱瘓。國家對民眾、民間社會的控制因而有所減弱，群眾由此獲得了相當程度的結社自由。宋永毅認爲：「『文革』中出現的數以百萬計的群眾組織，如果將這些組織都視作一種「社團」存在方式的話，其數量的巨大在中國歷史上是空前絕後的。『結社』，意味著群體中產生了某種認識、思想或立場的同一性，由此生成派系。而群體成員的權利意識和保衛這種權利的意識開始覺醒。」〔註 18〕派系之間對理論問題展開辯論，或以殘酷武鬥維護派系利益與權力，正是這種意識的正常與非正常表現。這一點在諸多「文革」回憶史中隨處可見。部分青年正是在這些「結社」組織中，通過學習、閱讀、不斷的辯論、思考，逐漸由「接班人的一代」轉化爲「思考的一代」。譬如當時北京大學的學生何維凌與王彥、胡定國等人組成了「共

〔註 18〕宋永毅，孫大進《文化大革命和它的異端思想》，香港：香港田園書屋出版社，1997 年，第 7 頁。

產主義青年學社」；武漢有「北、決、揚」（全稱是「北斗星學會」和《揚子江評論》。湖南長沙的「省無聯」則是「一個由湖南省二十多個群眾組織組成的，作爲官方的湖南省革命委員會籌備小組（簡稱「省革籌」）對立面的群眾組織。『省無聯』的規模並不大，其主要思想與領袖人物均爲學生，有楊曦光（長沙一中高二學生，現改名楊小凱），張家政（長沙銀星電影院工人），周國輝（湖南大學電機系學生）等。」上海則有從 1967 年至 1971 年，復旦大學炮司的胡守鈞、周谷聲等人組織的「讀書會」，「開展對於『文化大革命的意義』、『政治鬥爭的黑暗』等等問題的討論。」〔註19〕

「文革」初期，由於全國陷入一片「造反」高潮之中，社會秩序，政治控制相對減弱，對民間辦報的限制反而較「十七年」有所鬆動。自一九六六年底至一九六八年夏，各類群眾組織，尤其是青年學生組織自行撰寫文章，自己創辦、油印各類報紙、刊物。一時間，全國上下成千上萬份刊物在民間流傳，這其中就有曾刊載過遇羅克《出身論》的著名報紙──《中學文革報》。1968 年下半年開始的「上山下鄉」運動將青年分而治之，實際上也就一定程度上控制了「結社」和「辦報」的自由散漫狀態。但這並不意味著「結社」與以報刊爲陣地發表自己言論的形式就此銷聲匿迹，它們中不少轉爲地下，繼續自己的探索之路。

（二）「九‧一三」事件後全國性反思活動，青年讀書運動等與青年 思想解放之關係

「林彪事件」後，「文革」相對進入低谷時期。國家的政治、經濟、文藝政策都有所調整和改善。1971 年 9 月 19 日《人民日報》發表了郭沫若的幾首詩。這一年 11 月還出版了郭沫若的《李白與杜甫》。這意味著個人文學創作的被允許以及歷史研究的恢復。在主流意識形態進行調整的同時，全國範圍內則出現了一股反思思潮，促進了青年的思想覺醒。曾在黑龍江當知青的何志雲回憶道：「1972 年最大的特點是經歷了 1971 年──那一年林彪折戟沉沙，全國人民就像是昏天黑地做了一場大夢。夢定之際，遠在黑龍江上山下鄉的我們開始有了點獨立思考的意識。」〔註20〕

〔註19〕 參見宋永毅《文化大革命中的異端思想》，轉引自劉青峰《文化大革命：史實與研究》，香港：中文大學出版社，1996 年，第 251～258 頁。

〔註20〕 《何志雲致＊＊（5 月 15 日）》，見徐曉主編《中國民間思想實錄──民間書信：1966～1977》，合肥：安徽文藝出版社，2000 年，第 183 頁。

　　荒誕的歷史與生存環境，往往也是孕育反思與覺醒的土壤。一場雜糅著「左傾」激進思想與中世紀封建復古思想的「文化大革命」，攪動起各種思想的塵埃，衝擊、顛覆著一個時代的思想文化基石。也正是在這塊奇異的歷史土壤上，「思考的一代」開始了他們懷疑、反思、覺醒的精神自覺過程。對人道主義的呼喚，反特權、反官僚，追求人生而就有的平等權利——政治權利、受教育的權利等，要求民主等思想正是十年「文革」最積極的副產品。而這些副產品一旦與表達此類正面訴求的精神文化產品相契合時，建設新歷史文化場域的渴望就會愈加強烈。

第三節　「皮書」的讀者分類與青年「讀書」狀況考察

一、「讀者」分類：從政治角度和年齡角度考察

　　「皮書」的誕生本是政治的緣故。它首先是一把政治思想文化的標尺，辨識出國內外修正主義思想與經典馬克思主義之分野，社會主義與帝國主義思想文化之本質不同。因此，閱讀者政治身份的分野就成爲「皮書」接受史研究中首要考察的因素。從政治階層的分層而言，「皮書」的讀者可以分爲兩類：高級幹部、高級知識分子與普通民眾，高幹、高知子弟作爲附生物，介於兩者之間。在中國從常理而言，「高幹」一般年齡都在四十五歲以上，在此年齡以下是很難進入該政治階層的。當然，不排除少數年輕人特殊情況下的特殊陞遷而進入這個階層，但畢竟不是常態。所以，「高幹、高知」這個政治階層，從年齡文化而言是中老年文化的代表之一。「皮書」的普通閱讀者就現有資料來看，青少年居多，且以擁有干部、知識分子家庭背景的青少年爲主，就年齡文化而言屬於青年文化。因此，從年齡角度而言，「皮書」的「讀者」包括中老年與青少年人兩大群體。需要特別指出的是，這裡的「年齡」是以「皮書」較大規模出現的二十世紀六十年代初爲劃分的基準線。即在該時間點上，「讀者」是處於中老年階段還是青少年階段。自然，年齡段的劃分併不意味著文化心理上的截然對立。因爲每個文化年齡段亦有正統/異端，主流/邊緣之分。譬如懷抱共產主義理想的青年人王蒙（1934年生）、劉紹棠（1936年生）等；被主流文學判爲「異端」的中年人海默、蔡其矯、吳祖光、馮亦代等，他們曾分別與張郎郎、舒婷、北島、芒克等年輕人有過

文學思想上的交流。

　　本章對「皮書」閱讀與接受史的研究，將以青年人為重點考察對象。這主要基於兩點原因：第一，「高幹」等的閱讀，其目的、影響已在前文詳細論述。第二，高幹、高知讀者對「皮書」的態度雖並非全然是批判了之，不排除他們中有對「皮書」的「私人性」、「個人化」接受可能，更可能有潛在肯定甚至贊同者。正如姚斯所認為的那樣：「在閱讀過程中，永遠不停地發生著從簡單接受到批判性的理解，從被動接受到主動接受，從認識的審美標準到超越以往的新的生產的轉換。」〔註21〕且不論「皮書」的翻譯者大多是在自身領域卓有建樹的專家，正如前文所論，他們在翻譯過程中難免滲透個人意志，在譯文上透露出對作品的某種欣賞與肯定。此外，如吳宓在日記中也表達過對「皮書」的欣賞。但這既不能在閱讀的當時～20世紀六七十年代的主流文藝建設中表露出來，也不可能如青年人那樣接受、傳播進而形成一定的文學規模。並且不得不承認的是，經過政治甄選後，「皮書」的合法閱讀者——高幹、高知在公開文學場域對「皮書」所作出的否定性價值判斷已成為了群體閱讀的價值標準。這一內容在第二、三章已作論述，此處不再贅言。

　　青少年對「皮書」的接受，同樣不能一概而論。從中汲取養料，肯定、學習、模仿者有之，持拒絕批判態度者也可能存在。但從當下眾多回憶資料看來，肯定的聲音居多。至為關鍵的是，這些肯定者對後來尤其是新時期文學產生了重要影響。由此，本章主要研究對象即確定為青少年。又因為「皮書」的讀者既有明顯的代際間的分野，同時也存在個體間文化傳統、文學素養的差異，因此這些青少年「讀者」可分為兩類。第一，已有叛逆思想的「高幹」、「高知」子弟如郭世英、張鶴慈、孫經武、張郎郎、董沙貝、蔣定粵、戴永絮等。第二，「文革」中開始接觸「皮書」的青年人，他們當時的身份大多是知青，譬如芒克、北島、馬佳、根子等。

二、青年閱讀「皮書」狀況考察

　　青年人群閱讀「皮書」狀況的考察，主要從地域和時間兩個維度展開。地域上主要考察和辨析以北京和外省城市，譬如上海、西安等地的「讀書」情況。

〔註21〕　（德）H・R・姚斯《文學史作為向文學理論的挑戰》，見（德）H・R・姚斯、
　　　　（美）R・C・霍拉勃《接受美學與接受理論》，周寧、金元浦譯，遼寧：遼
　　　　寧人民出版社1987年，第24頁。

同時列舉成都文學青年當年的閱讀情況，與以上城市作一比較。時間上則以「文革」爲界，考察和辨析「文革」前與「文革」期間閱讀上的階段性區別。

之所以選擇北京、上海、西安、成都這四座城市，是因爲無論從地域還是從各城市的政治文化歷史而言它們都具有一定的代表性。北京，全國政治文化中心；上海，中國曾經的繁榮富庶之地，是歐風美雨薰陶過的現代化城市。新中國成立後這座城市作爲資產階級文化代表而被打倒在地，但長期積蓄起來的文化基調並不能一夜之間就灰飛煙滅。「文革」時期，上海成爲僅次於北京的第二個政治中心。因此，上海的城市文化品格就具有了複雜而曖昧的色彩。西安、成都同屬西部內陸城市，但兩座城市又有所不同。西安，對於新中國而言，是革命老區，是革命聖地，但相對北京而言，又不及後者在當下政治生活中那麼顯赫。成都則天高皇帝遠，所謂「天下未亂蜀先亂，天下已治蜀未治」。就「革命」意義而言比起西安來是稍遜風騷。所以，四座城市在地理位置、政治經濟、文化意義上大相徑庭，卻又可立此存照，一窺「皮書」在不同地域的傳播接受實情。

就目前查閱到的文獻來看，無論是正式出版的文學史還是當事人的回憶性文字，「皮書」的閱讀更多地來自北京文化圈。他們的回憶文字最多，採訪、訪談最多，進入文學史最多。要回答形成「三多」的原因，首先要回到「皮書」的閱讀事實本身。

我們的考察仍然從北京開始。

「文革」前能讀到「皮書」的青年人是不多的，且以「高幹」、「高知」子弟爲主。因爲這一階段「皮書」還處於極嚴格的管理之中，普通人很難接觸到這類書籍。就目前的資料來看，郭世英等的「X」小組和稍後張郎郎的「太陽縱隊」是「文革」前較早接觸到「皮書」的青年群體之一。

據張飴慈回憶，郭世英、張鶴慈等人的閱讀情況是這樣的：「他們到底是新中國培養的學生，當時還沒有發展到後來的『崇拜』西方，但是很欣賞蘇聯，喜歡蘇聯的電影、文學。那是 60 年大批蘇聯的時候，他們卻欣賞著蘇聯的修正主義，特別是當時挨批的小說，如《一個人的遭遇》等等。」「那是 1961～62 年，相對比較寬鬆，……他們利用高幹子弟的特權，還能讀許多內部讀物，我也從中看了不少，如《麥田裏的守望者》、《向上爬》之類的小說，《椅子》之類先鋒派的劇本，有些我看不懂，另外像哈耶克的《通向奴役之路》，薩特、維特根斯坦的著作等。他們接觸的面很廣，已不再嚮往

蘇聯了。」〔註22〕

　　與郭世英大學同班的周國平這樣回憶道：「當時有少量西方現代派作品被翻譯過來，用內部發行的方式出版，一定級別的幹部才有資格買，世英常常帶到學校來。我也蹭讀了幾本，記得其中有塞林格的《麥田裏的守望者》，凱魯亞克的《在路上》，荒誕派劇本《等待戈多》、《椅子》。愛倫堡也是世英喜歡的作家，由於被視爲修正主義者，其後期作品也是內部發行的，世英當時已讀《人，歲月，生活》，我在若干年後才讀到，當時只讀了《解凍》。在同一時段，世英還迷上了尼采，經常對我談起……有一回，他拿給我一本內部資料，上面有薩特的文章，建議我讀一下，我因此知道了存在主義。……通過自己閱讀，也通過世英的談論，我對現代西方文學和哲學有了零星模糊的瞭解。在當時的政治環境中，這已經很不容易，那些東西都被判爲反動，一般學生根本接觸不到，如果沒有世英，我也接觸不到。」〔註23〕

　　張郎郎談到他們的精神資源——書籍，首先來自家藏以及海默家的藏書。第二個來源是「憑藉其父親在北京圖書館的內部借書證，可以借許多當時中國的禁書，像《十日談》、《地糧》等。許多後來被稱之爲「黃皮書」和「灰皮書」在其父親買來後，成爲了他熱捧的對象。比如《麥田守望者》、《在路上》、《向上爬》、《憤怒的回顧》等作品。」張郎郎回憶說：「我拿《憤怒的回顧》到學校，熱情推崇，從頭到尾讀給朋友們聽。那時雖然也喜歡葉甫杜申科的《〈娘子谷〉及其他》、阿克蕭諾夫的小說《帶星星的火車票》等，總之，讀遍了當地的「內部圖書」，但最喜歡也最受震憾的還是《麥田守望者》和《在路上》。……當時狂熱到這樣程度，有人把《麥田守望者》全書抄下，我也抄了半本，當紅模子練手。董沙貝可以大段大段背下《在路上》。那時居然覺得，他們的精神境界的和我們最相近。」〔註24〕

　　「文革」時期，由於這一階段「黃皮書」在數量上從最早的幾百本到像《落角》一印就是五萬冊，增加了青年人閱讀的可能性。更重要的是，「文革」

〔註22〕張飴慈《詩海鉤沈：致邵燕祥的信》，載《新詩界》第三卷，北京：新世界出版社，2003年，第526～529頁。

〔註23〕周國平《歲月與性情——我的心靈自傳》，北京：人民文學出版社，2009年，第77～78頁。

〔註24〕張郎郎「太陽縱隊」傳說及其他》，見廖亦武主編《沉淪的聖殿——中國20世紀70年代地下詩歌遺照》，烏魯木齊：新疆青少年出版社，1999年，第36～37頁。

前，「皮書」通過內部書店發行，無論個人還是單位都必須嚴格通過內部借閱證或購書證、介紹信等方式才能獲得。而「文革」期間，社會既定秩序被打破，一切都處在失控狀態。個人收藏的「皮書」可能因為抄家等原因而流落社會；圖書館的藏書則常常因為疏於管理，或者因年輕人的「偷書」行為而流散於社會；也有的青年通過老師、相熟的朋友，或者良善的陌生人而獲得讀書的機會。這一點可以在很多人的回憶中得到印證。譬如學者高華，當年讀過的很多「灰皮書」（包括《第三帝國的興亡》、《赫魯曉夫回憶錄》等）就是通過原江蘇省歌舞團資料室一位淩老師借到的。〔註25〕

　　根據相關人士回憶，北京青年開始大量集中地接觸到「皮書」大概從1969年左右開始，也就是「紅衛兵」們開始變為「知青」「上山下鄉」以後。此時，青年們進入了思想迷惘、沉思和反省階段。書籍重新成為青年的思想源泉和精神支柱。

　　《中國知青文學史》、《文革時期的地下文學》的作者楊健先生也曾談道：「在1968～1969年間，我們經常在一起讀書……曾在這間書房的地毯上鋪席而臥，閉門讀書達兩周之久。除了偶爾外出採購食物，我們關起房門，不分晝夜地讀書。」〔註26〕潘婧在《心路歷程──「文革」中的四封信》中說：「經歷了一個全面的苦難，我們的精神陷入了一種困惑。而最終使我們衝破十幾年的教育灌輸給我們的思想模式，得益於兩本『灰皮書』的點撥，一本是托洛茨基的《被背叛的革命》，……托氏的書無疑是困惑之中出現的一縷明晰的光。那年（筆者注：1969）冬天，我又找到了德熱拉斯的《新階級》。至此，有關政治和社會的認識，我們終於擺脫了夢魘般的桎梏和愚昧。」「那時，我們狂熱地搜尋「文革」前出版的『灰皮書』和『黃皮書』；我的一個初中同學的父親是位著名作家，曾任文藝部門的領導，我在她的家裏發現了數量頗豐的一批『黃皮書』，記得當時對我有啟蒙意義的書是愛倫堡的《人·歲月·生活》，葉甫杜申科和梅熱拉伊蒂斯的詩集。」〔註27〕學者劉納回憶說：「我讀高中的時候對《葉紹爾夫兄弟》、《你到底要什麼》很喜歡，其中的一些情節、生活細節當時在我們的書中是不太可能出現的。這些書是站在斯大林的角

〔註25〕參見高華《革命年代·序》，廣東：廣東人民出版社，2010年，第5頁。
〔註26〕楊健《懷念阿南》，見徐曉主編《中國民間思想實錄──民間書信：1966～1977》，合肥：安徽文藝出版社，2000年，第309頁。
〔註27〕潘婧《心路歷程──「文革」中的四封信》，見徐曉主編《中國民間思想實錄──民間書信：1966～1977》，合肥：安徽文藝出版社，2000年，第72頁。

度，反赫反修出的。我讀到的一些內部書是從我妹妹的同學、朋友那裡借到的。我當時在順義教書（七十年代初），周末回去，就一兩天的時間看，然後星期一就要還回去。」〔註28〕

小說家徐星則談道：「那是一個信息極度匱乏的時代，誰掌握了信息，誰就衝沖在了時代的前頭。我和彭剛在當時有機會接觸到的思潮是非常新的，因為我們有機會接觸到一些只發行給少數人做研究用的出版物，幾乎與國外同步。美國五、六十年代的文藝思潮對我們的影響是最大的。」〔註29〕

以北京知青為主的「白洋淀詩群」的文學青年同樣在「皮書」中汲取了大量的養料，為他們日後的文學創作奠定了良好的思想文化基礎。詩人多多說：「1970年初冬是北京青年精神上的一個早春。兩本最時髦的書《麥田裏的守望者》、《帶星星的火車票》向北京青年吹來一股新風。隨即，一批『黃皮書』傳遍北京：《〈娘子谷〉及其他》、貝克特的《椅子》，薩特的《〈厭惡〉及其他》等，畢汝協的小說《九級浪》、甘恢理的小說《當芙蓉花重新開放的時候》以及郭路生的《相信未來》。」〔註30〕多多的回憶得到了其它白洋淀文學青年的印證。宋海泉的《白洋淀瑣憶》，林莽接受廖亦武等採訪時，都提及了這段書籍啓蒙下的精神成長往事。

上海：

學者李天綱大概在十四五歲左右看到「皮書」，而且認為「那些書比我同時陸續接到的古典外國文學作品要好看，因為那些書裏有許多貼近我們生活的地方。」「印象最深的是《多雪的冬天》和《人世間》，那裡面的惆悵給了我很大的震動。」〔註31〕劇作家張獻，大概在十五歲左右接觸到「皮書」：「在看《落角》、《你到底要什麼？》的時候，就覺得親切。在那時我記得自己的感覺是看到了精緻和有智力的說法，可以這樣來談論人的生活和精神。看到了對這樣的社會主義者生活的聰明的見解，那使我對修正主義刮目相看，覺得修正主義是聰明人。當時我還有些不解，這些書看起來有點異端的，怎麼

〔註28〕來自2008年9月19日劉納訪談記錄。

〔註29〕徐星口述，張映光採寫《徐星：我與當年那個「藝術瘋子」》，載《新京報》2005年2月2日。

〔註30〕多多《被埋葬的中國詩人（1972～1978）》，見廖亦武主編《沉淪的聖殿——中國20世紀70年代地下詩歌遺照》，烏魯木齊：新疆青少年出版社，1999年，第195頁。

〔註31〕陳丹燕《上海的風花雪月》，北京：作家出版社，2008年，第266頁。

會流傳到社會的各個角落而沒有被清洗出去呢？」〔註 32〕上海譯文出版社編輯周克希回憶：「白皮書我在印象中看過《落角》，……只是還記得它的譯文，那是相當清新流暢的譯文，比現在許多翻譯者要出色得多。」〔註 33〕

一位讀者回憶，在荒蕪的年代裏閱讀這些「皮書」「無異於荒漠之泉，那是一種近乎如醉如癡物我兩忘的閱讀。讀過的有歐美的政治著作，外國政要的回憶錄，西方現代派文學……於我來說，最親切最動人的還是蘇聯當代作家的那些中長篇小說。俄蘇作品曾是我青少年時代的桃花源，曾成爲我青春的夢鄉」〔註 34〕

西安：

高小淩，祖父是抗日將領，國民革命軍第二十二軍軍長高雙成。高小淩處的「皮書」有兩類，一是「文革」前出版的所謂「灰皮書」、「黃皮書」，如托洛斯基的《被背叛了的革命》，德熱拉斯的《新階級》，索爾仁尼琴的《伊凡——傑尼索維奇的一天》等。第二類是文化大革命中翻譯的外文書籍，如《光榮與夢想》，《第三帝國的興亡》，還有許多當代的文學作品，如蘇聯的《你到底要什麼》，《多雪的冬天》，《人世間》、《絕對辨音力》、《艾特瑪托夫短篇小說選》、美國的《愛情的故事》、《樂觀者的女兒》等。〔註 35〕

龍海東，父母是延安魯迅藝術學院培養的黨內文化人。其父時任西安話劇院院長，其母其時則爲省婦女聯合會的主任。龍海東處的「皮書」有《家庭、私有制和國家的起源》、費正清的《美國與中國》、基辛格的《選擇的必要》、斯特朗的《斯大林時代》、斯諾的《西行漫記》、普列漢諾夫的《論藝術：沒有地址的信》、車爾尼雪夫斯基的《怎麼辦》，三島由紀夫的《豐饒之海》系列，以及《赫魯曉夫回憶錄》、《朱可夫回憶錄》等。〔註 36〕

另據葛岩回憶，當時西安的地下讀書活動中還有現今著名的劇作家蘆葦，王岐山等。

〔註 32〕陳丹燕《上海的風花雪月》，北京：作家出版社，2008 年，第 268 頁。
〔註 33〕陳丹燕《上海的風花雪月》，北京：作家出版社，2008 年，第 272 頁。
〔註 34〕轉引自鄒振環《20 世紀上海翻譯出版與文化變遷》，桂林：廣西教育出版社，2000 年，第 343～345 頁。
〔註 35〕參見葛岩《七十年代：記憶中的西安地下讀書活動》，載《萬象》2007 年第 3 期。
〔註 36〕參閱葛岩《七十年代：記憶中的西安地下讀書活動》，載《萬象》2007 年第 3 期。

成都：

成都地下文學社團「野草」主要成員之一陳墨這樣回憶當年的讀書情況：「他（筆者注：右派分子葉子）借給我一本《佚名小說選》（兩個中篇小說《碧桃花下》和《塔裏的女人》），……據他介紹，『佚名』就是無名氏，係當局定為『資產階級反動文人』的『國民黨的文化走狗』。所以佚名的書在大陸是絕對禁書，任何圖書館都不得保存（也因此不敢拿去賣給舊書店）。」〔註37〕

「當時『黑書市』外國經典小說（巴爾扎克、雨果、羅曼·羅蘭等）價最高，中國古典文學次之，五·四新文學作品最擇買主，價也最低。因此，所有外國小說全分給了他倆，我獨留下對我作用甚巨的新文學作品及部分古典詩詞選集和單集。」〔註38〕

從這段敘述裏可以看出，閱讀什麼樣的書籍，除了有外在條件的限制——「有無」的問題，還與每個個體的閱讀興趣有關。在有限條件下，陳默顯然更傾心於選擇中國古代文學與現代文學，而捨棄了外國文學。

「野草」的另一成員樂加回憶：「1967年，正逢文化大革命高潮。……我和謝莊（「野草」成員之一）就在那時相識。……謝莊此時話多了，從詩人但丁、拜倫、雪萊直談到印度的泰戈爾。……徐坯（「野草」成員之一）朗誦了萊蒙托夫的詩歌《帆》。」〔註39〕同為「野草」成員，謝莊、徐坯的閱讀興趣相較於陳墨，則更傾向於外國文學。

但整體而言，這個地處西南邊陲的地下文學社團，其成員的文學閱讀對象是主要集中在中國現代文學和部分外國文學，幾乎無人提及當時的「皮書」。

當代川籍著名詩人翟永明「文革」時期閱讀書籍的供貨渠道則來自一個同學當收荒匠的父親。這位父親收了很多「文革」前、甚至解放前出版的書，但大多是些才子佳人的古代作品，還有部分西方十八九世紀的愛情小說。翟永明說：「至於現代文學的掃盲，那還都是在我大學畢業之後。讀到像《今天》這樣在當時全國校園中已經廣泛流傳的先鋒文學刊物時，已是我工作一年以後了。整個七十年代，在我的生活裏，除了這些不值一提的閱讀生涯，剩下

〔註37〕陳墨《書話——偶然得之》，見《野草之路》，成都野草文學社，內部資料，第 124 頁。

〔註38〕陳墨《書話——偶然得之》，見《野草之路》，成都野草文學社，內部資料，第 127 頁。

〔註39〕樂加《肖像兩幅》，見《野草之路》，成都野草文學社，內部資料，第 414 頁。

的，不過都是些『女兒家情態』，更加不值一提。」〔註40〕

而川籍學者徐友漁認為自己之所以能以正常心態對待「經典著作」，應得力於之前閱讀了大量的「皮書」。這些「皮書」包括兩類：一類是「文革」中廣泛流傳的一些內部發行的蘇聯小說，比如柯切托夫的《州委書記》、《你究竟要什麼》等等。在徐友漁看來，「這些書對年輕的學生有極大的吸引力，因為蘇聯作家的作品比中國的『八個樣板戲』之類的東西更有藝術性，顯得更有人情味，蘇聯小說往往會描寫愛情，這對於生活在禁欲主義環境中的中國青少年無異於久旱逢甘泉。」但這類書籍並沒有能夠帶給他情感上的興奮和激動。他主要閱讀政治書籍，涉及到的「皮書」主要有安娜·路易斯·斯特朗的《斯大林時代》，古納瓦答臘夫人的《赫魯曉夫主義》等；也讀到過如《杜魯門回憶錄》、《戴高樂回憶錄》等一些重要的西方政治家的自傳。徐友漁還談到他曾讀到過成套的《人道主義、人性論研究資料》（共五輯），以及《分析的時代（二十世紀的哲學家）》等。〔註41〕

除此以外，筆者還曾對身邊師長們的閱讀情況做過瞭解，他們中也曾有人閱讀過「皮書」，譬如曹萬生先生，何大草先生就曾提到過《絕對辨音力》、《多雪的冬天》、《你到底要什麼》等書，閱讀時間大致在 20 世紀 70 年代末。

從以上閱讀情況來看，我們不難發現這樣兩個現象。第一，閱讀時間的先後。北京以外其他地區閱讀「皮書」的時間多集中於「文革」中後期，尤其是 1971 年「九·一三」事件之後，在 1972～1973 年形成讀書熱潮，並由此結成了不少讀書圈。這一過程與當時全國範圍內青年思想反思的思潮幾乎是同步的。而北京的「皮書」閱讀史則可追溯至「文革」前，即「皮書」第一批出現時。第二，書籍類別的差異。我們發現西安、成都、甚至包括上海的很多讀者提及較多的有兩類文學書籍，一類是「文革」前出版的西方古典文學名著，如《復活》，《約翰·克里斯朵夫》；另一類則是「文革」期間 70 年代開始出版的一些「皮書」，以蘇聯作品為主。與此不同的是，北京地區提及較多的則是西方現代主義文學作品，譬如《麥田裏的守望者》、《在路上》、《椅子》等，然後就是洛爾迦、聶魯達、茨維塔耶娃等詩人的作品。這些書在其他地區的閱讀史中出現頻率明顯低於北京，甚至沒有提及。

〔註40〕 翟永明《青春無奈》，見北島、李陀主編《七十年代》，北京：生活·讀書·新知三聯書店，2009 年，第 507 頁。

〔註41〕 徐友漁《寫作背後的另一種閱讀經驗》，載《南方周末》2007 年 10 月 11 日。

究其原因，表面上看似乎是因爲出版社的緣故。因爲「文革」前的「黃皮書」大部分是在人民文學出版社主持下進行，「灰皮書」則主要由商務印書館出版。其實不獨「皮書」，很長一段時間裏，外國文學作品的翻譯出版，都主要集中在京、滬兩地。雖然「文革」前，上海的出版社也參與出版了少量的「黃皮書」，但都是在北京人民文學出版社的指導下進行。直至 20 世紀 70 年代再次開印「黃皮書」時，上海才成爲了能與北京並駕齊驅的第二齣版地，成爲翻譯蘇修小說的重地。而西安、成都這樣的二三線城市則無緣這樣的政治機會。出版權利的有無背後，卻是政治文化權力在具體城市區域角力的過程，表現爲宏觀現象是城市政治地位的高下。而對民眾而言，切身可感的即爲具體而微的物質、精神資源多寡的問題。這一點第三章第三節已作分析，此處不再贅述。

然而從既成事實而言，我們不得不承認，這些得風氣之先的北京青年們成爲最先盜得「普羅米修斯之火」的先行者，引領了文化的走向。尤其是新時期思想文化新舊交替時期，他們自然走在了其他地區青年的前列，此影響或導引著全國新文化的發展。譬如詩歌方面：以北京青年爲主的「今天派」詩歌到朦朧詩；小說方面開「現代派」之先的代表作家——劉索拉和徐星來自北京。改革文學中有柯雲路的《新星》，知青文學中則有張承志、史鐵生，阿城等；影視方面則有陳凱歌等。放眼新時期文壇，北京籍的作家就佔了半壁江山。而僅清華附中就有張承志、鄭義、史鐵生、甘鐵生等人。愈是封閉的環境下，有限的資源就愈顯得彌足珍貴。優先獲得者往往有幸成爲了時代思想文化的先鋒。

第四節　「讀書」與「次文學場」的最終形成

青年「次文學場」的形成，其必要前提是青年亞文化的出現，而後者的出現則必然要求青年主體意識的覺醒和文化意識的自覺。前文介紹和分析「主流意識形態與青年思想解放之關係」，以及青年們的閱讀情況，正是意在呈現青年文化意識建構所需條件的多樣性。當青年的個人文化意識逐漸成熟後，必要的文化陣地即應運而生，即五六十年代的城市文藝沙龍和「文革」期間各式各樣的「讀書會」、「讀書小組」，家庭文藝沙龍以及散佈在全國各地的農村「思想村落」。雖然兩個階段的青年文化樣態有所不同，但其內在精神脈絡

卻是相似的。青年亞文化的出現，加之「皮書」的催化啓蒙作用，最終促成了「次文學場」的形成。

一、城市文藝沙龍的出現

1960 年代前期，社會主義工業初步發展，中國的城市化進程得到進一步推進。中國出現了從積累時代開始轉向消費時代的某些症候。個人的欲望、時間、趣味、生活方式等等，通過種種方式表徵出來，並相應形成一種分散化的趨向。這一趨向一定程度上加劇了社會成員個人「生活世界」的獨立自足性。它與社會政治公共領域間雖然並非完全對立，但「始終有一個自足性的願望存在，並相應形成一種敘事幻覺。……這一幻覺隱含了種種反抗的可能性，尤其在文學中間。在某種意義上，文學需要處理的正是這樣一種幻覺，包括這一幻覺和實踐之間的矛盾和衝突。」〔註 42〕伴隨城市化進程所出現的個人生活世界，以及在文學上所形成的敘事幻覺，我認爲即是個人主義和以此爲基礎的現代文藝的再次萌生，城市文藝沙龍則是其最初實踐的文化陣地。

大約在 1961 至 1963 左右，北京，上海，成都等地相繼出現了城市文藝沙龍。沙龍成員大多 1949 年前後出生，是所謂「共和國的同齡人」。學者楊建認爲這些沙龍大致可以分成兩類，「一類是文化界知名人士的子弟，背景是延安知識分子和左翼文化人，主要接受『權力——知識分子』話語的影響；一類是社會關係複雜的平民子弟和『黑五類』子弟，具有更多的民間背景，主要從西方文學和近現代文學中汲取營養」。〔註 43〕

北京郭世英、張鶴慈等的「X」小組和以張郎郎爲代表的「太陽縱隊」是第一種類型的典型代表。成都「野草」文學社則有著明顯的民間色彩和平民意識，屬於第二種沙龍類型。該沙龍大致開始於 1963 年，最初的核心成員是陳墨和鄧墾。至 1968 年，二人周圍逐漸聚集了如九九、白水、蔡楚、吳阿寧、吳鴻、野鳴等人，愛好和創作日益趨同，最終形成一個地下文藝社團。他們編有刊物《野草》以及手書詩集《落葉集（1963～1967）》、《空山詩選》、《中國新詩大概選》等。從閱讀情況以及具體的詩歌創作來看，他們主要受到中國古典詩詞和現代文學中「新月派」以及以戴望舒爲代表的「現代派」的影響。

〔註42〕蔡翔《革命／敘述：中國社會主義文學——文化想像（1949～1966）》，北京：北京大學，2010 年，第 374 頁。
〔註43〕楊健《中國知青文學史》，北京：中國工人出版社，2002 年，第 55 頁。

　　下面以郭世英等為代表的「X」小組為重點，介紹分析最初城市文藝沙龍的樣態與創作情況。

　　根據公安部的材料記載，「X」小組正式成立時間是 1963 年 2 月 12 日，由北京大學哲學系 1962 級學生郭世英、社會青年張鶴慈、孫經武和北京第二醫學院學生葉蓉青等人組成。另外涉及的還有金蝶、周國平、101 中學初三學生牟敦白等。張鶴慈曾談及「X」的成立是「受愛倫堡《人，歲月，生活》的影響，一群反叛的青年藝術家聚會在巴黎的洛東達酒館，二月十二號在我家後的小樹林，聊天似的商定了 X 的成立。」談到為什麼取名為「X」，張鶴慈說：「X 在數學裏面是未知數，表示疑問、懷疑、探索。第二，X 像個叉，表示疑問，否定精神；此外的含義就是十字路口，徘徊。」〔註44〕

　　該團體以活頁雜誌《X》為載體，主要發表四位成員的詩歌、散文和雜文，雜誌共出了三期。具體操作過程是，首先大家分頭寫，寫完後將分散的稿紙裝訂在一起，沒有審稿，在成員之間傳閱交流，並拿出一部分在一些朋友和郭世英的同學之間傳閱，傳閱範圍並不大。文章不多，詩和雜文多一點。「《X》主要是一個文藝刊物，不涉及政治，詩歌比較朦朧，但小說可能都有一點懷疑的傾向。」〔註45〕

　　周國平曾看到過小組成員的手稿，他回憶說：「張鶴慈主要寫詩，藝術上精雕細刻，寫得精緻、唯美而朦朧。我相信，他不愧是北島、顧城這一代詩人的先驅，中國當代朦朧詩的歷史應該從他算起。」「郭世英和張、孫當時都是二十來歲的青年，並且屬於精神上十分敏感的類型，對西方的傳統文化和現代文化又有相當的接觸，因而格外感到生活在文化專制下的壓抑和痛苦，表現出強烈的離經叛道傾向。……他們使我看到，寫作還有另一種可能性，完全不必遵循時興的政治模式，而可以是一種真正的藝術創造和思想探索，一種個人的精神活動。」〔註46〕

　　我們在郭世英和張鶴慈留存不多的詩歌中的確可以感受到他們良好的現代主義文學素養與先鋒探索精神。下面我們將對二人的部分詩作做一簡略剖

〔註44〕 張鶴慈《曹天予到底走了多遠》，華人經典文化社區 http://www.cc611.com. 3index.asp。
〔註45〕 張鶴慈《曹天予到底走了多遠》，華人經典文化社區 http://www.cc611.com. 3index.asp。
〔註46〕 周國平《歲月與性情——我的心靈自傳》，北京：人民文學出版社，2009 年，第 93 頁、第 95 頁。

析，以窺其文學和思想探索過程。

郭世英的《一星期三天一天，兩天，三天》〔註47〕，全詩如下：

一星期過完

7 天？7 天！

3 天？3 天！

7 天等於 3 天

柵欄

木頭

　一根根

綠的漆

長隊

人

　一個個

藍的布

背著書包

莫名其妙

　挎著書包心發慌

挾著書

　一絲乾笑

頹傷地

　空著手

沙漠的

眼睛

還有他們

　嘰嘰喳喳……

兩道光

　又是兩道光

一趟

　又是一趟

〔註47〕郭世英的詩作均根據《詩歌月刊・下半月》1～2 期，安徽：詩歌月刊雜誌社，
2006，第 85～87 頁。

他吃了頓好飯
他看了個電影
他聽了音樂
他買了東西
……
忘了，忘了
　只有隱隱的心跳
絲絲的乾笑
搖搖晃晃
　熙熙攘攘
兩道光
　又是兩道光
一趟
　又是一趟
條件反射
　實驗室
鈴聲
　盤
鈴聲
　口水
鈴聲
　口水
鈴聲
　口水
鈴聲
　……
條件反射
　實驗室
不準確？
改造！
一架機器

怕壞一個螺絲釘

不準確

　　不能！

那種聲音？

　　——那種聲音

那種絲條？

　　那種絲條

到這兒去

　　到那兒來

到這兒去

　　到那兒來

向左

　　向右

白花花的

　　空間

紅彤彤的

　　空間

黑黝黝的

　　空間

黃蠟蠟的

　　空間

機器熱了

　　第三天

灰的臉

　　灰的臉

輕快的笑

　　心間

林蔭道

　　樹

一棵棵

風中搖擺

長隊

人

　一個個

嘴邊微笑

兩道光

　又是兩道光

一趟

　又是一趟

他要吃頓好飯

他要看個電影

他要聽音樂

他要買東西

……

灰的臉

　紅的笑

灰的臉

　紅的笑……

一天，兩天，三天

一星期過完

一星期一星期永遠

7 天？7 天！

3 天？3 天！

7 天等於 3 天

作於 1963 年 3 月 20 日 11：40

　　個人意識的覺醒以及由此導致對政治主流價值形態與公共空間的質疑，催生了這首具有現代反思精神的詩歌。「時間」成為詩歌內在衝突矛盾的構架點。「7 天等於 3 天」，原本中性的物理時間「7 天」由於政治世界的干預而成為個體被鍛造、固化的程序性過程。「3 天」喻指歷史時間維度中的「過去」、「現在」、「未來」，分別對應詩歌中個體三個精神蛻變過程：「柵欄」的圍困——「實驗室」的「條件反射」馴養——接受後的「笑」。因為內容的程式化、重複性，時間的三維過去、現在、未來不再呈現為線性關係，「一星期過完/一星期一星期

永遠/7 天？7 天！/3 天？3 天！/7 天等於 3 天」，個體在歷史時間中無意義的
持續循環著。時間軸的壓縮與凝固，加劇了物理空間對人的壓迫。一根根「柵
欄」構築起個體走不出的城堡。「實驗室」、「機器」、「螺絲釘」等意象冷酷呈現
出個體被改造、支配，動物化乃至工具化的生存境遇。「不準確？/改造！」這
是多麼嚴厲而不容置疑的聲音。「一架機器/怕壞一個螺絲釘/不準確/不能！」。
權威的聲音是多麼自信甚至傲慢。「莫名其妙」，「頹傷地/空著手」，「沙漠的眼
睛」，「絲絲的乾笑」，組合起被抽幹了活力與激情的生命空殼。「條件反射」成
為個體生命應對周圍世界的動物性本能。「他看了電影」「他聽了音樂」，「他買
了東西」，但這一切行為因為不斷的周而復始，到最後都「忘了/忘了」。然而似
乎為了反抗歷史大時空對個人的擠壓，詩人在詩歌末尾清晰記載下了的寫作時
間，由年及月再具體至分鐘。如此深刻的時間記憶導源於詩人對個體存在的敏
感以及潛意識中對個人世界的維護。歷史整體時空對個體的擠壓與異化感在郭
世英的《送給香山之行》中亦有同樣的表達。郭世英寫道：

> 有過的……沒有了
> 永遠……永遠
> 大的小的
> 斑斑點點
> 灰黃的牆
> 坐著坐著
> 屋頂上掛著的蛛網
> 坐著
>   蛛網呆著
> 風中輕蕩
> 坐著……
> 坐著……
> 眼睛
>   兩片秋天的落葉
> 眼裏燭火在風中搖曳
> 搖曳的燭火
>   我的心嗎？
> ……

作於 1963 年 3 月 28 日

　　詩歌基調是落寞、無聊、頹敗的。「有過的……沒有了/永遠……永遠」，同樣可以再次解讀爲「過去」、「現在」、「未來」這時間的三維關係。「過去」並不意味著終結，它是構成現在的一部分，「沒有了」既是「過去」的延伸，也是當下的眞實存在狀態，而「未來」並不單獨構成「未來」，「現在」「沒有了」的本質將蔓延成「未來」，「永遠……永遠」。歷史整體時間無始無終的循環關係，對個體再度造成壓迫。同時，「屋子」這一封閉的空間形式又一次進入郭世英的詩歌。隨著視線的流動轉移，屋子裏的牆、斑點、蛛網、燭火構成一個昏暗、沉悶的空間世界。而這一切的觀察者是一個坐著的個體。「坐著，坐著……」就這樣無休止地坐在頹敗落寞、沒有生氣的屋子裏。眼睛是空洞、衰敗的，如同秋天的落葉；心則如同搖曳的燭火，是猶豫、慌亂，沒有皈依的飄蕩還是如燭火般隨風而逝？凝固壓縮的時間，逼仄頹敗的空間裏，坐著一個衰敗的「我」。這無疑是一曲現代個體的精神哀歌。

　　我們再看看小組另一個成員張鶴慈當時的詩作〔註48〕。

《我在慢慢地成長》
坐標上的紙宇宙
條條線線和……
我

凸多邊形的玻璃殘片
滴淚的浮雕
影的遺忘

霜和鋁屑的鏡的屍體
珠水的鑲嵌
影的送葬

不要，那笑的迷惘
不要，那笑的蕭冷
不要，那永遠望著我的眼睛

瘋狂轉旋的地球儀
凝凍的星空

〔註48〕張鶴慈的詩歌均根據《新詩界》第三卷，北京：新世界出版社，2003年，第531～532頁。

冰月

搖籃外的一隻小手
向媽媽要著花的顏色
玫瑰的血，枝的刺

散亂的紙牌和
照片的碎片在
路上堆積

不知邊際的路
腳印
踏過紙的樓閣、城堡、墳墓

掙斷了蛛網般的血管
從我的心裏
我！站了起來

宇宙
伸展著的視線的
點的凝聚
無盡的無盡，點點上
鏡中的我？
我

1965.7.9～10

詩歌中的跳躍性思維，大量現代意象的疊加，其現代主義色彩明顯區別於同時代的政治抒情詩。詩中充滿了更鮮明的個人生命體驗與生命情緒。玻璃殘片、鏡的屍體、冰月、玫瑰的血，枝的刺、紙的樓閣、城堡、墳墓，這些冷色調的，甚至陰冷，死寂的意象與當時紅色、激情的政治抒情詩中的太陽、大江大河、青松翠柏等意象形成鮮明對比。個體切膚的精神傷痛隱藏於這些「頹廢」的意象之中。更甚的是詩人把這一切建築在「紙宇宙」這個一戳就破，不堪一擊的意象空間之上，讓原本就殘缺、帶著生命創痛的個體世界如空中樓閣一般縹緲起來。但詩人卻說，正是在這樣的世界裏，「我」掙脫了蛛網般的血管，從「我」的心裏，「站了起來」。「搖籃外的一隻小手/向媽媽要著花的顏色」，卻碰觸到玫瑰枝的刺，血的顏色代替了花的色彩，沒有溫

馨與浪漫，只剩下肉體的創傷和精神上的驚悸。成長的過程是艱難甚至殘酷的。「我」正是在經歷了肉體、精神的雙重毀滅之後得以重生。值得注意的是，詩人在詩歌中一直強調著「影」和「鏡」這兩個虛幻之物。「影的遺忘」、「影的送葬」，是詩人的影，也是世界的影，墳墓是它們最後的歸宿。魯迅先生的《影的告別》似乎啟迪了詩人。「鏡」，觀照自我之物。「影」的告別，其實也是「鏡」的破碎之時。打碎一面鏡子，就是打碎一個舊我，一個舊世界，然後在支離破碎的殘片之上，重鑄新的自我和世界。這就是「我」的「成長」，無人可代的生命歷程。詩人通過在詩歌的結尾突兀地矗立起一個堅定的詞——「我」，強調、肯定了個體之獨特體驗和精神意志。

> 張鶴慈的另外一首詩歌《生日》
> ……前天，昨天，今天，明天……
> ……明天，今天，昨天，前天……
>
> 日曆的雪，歪扭的數字
> 雪的雕塑和一束雪花
>
> ……昨天、昨天、昨天、昨天……
> ……明天、明天、明天、明天……
>
> 頓點的一滴淚
> 刪節號……的嗚咽
>
> 杯裏，四五塊閃閃的月
> 同讀著，無字的書
>
> ……昨天，昨天，昨天，前天……
> ……明天，明天，明天，後天……
>
> 死葉的血地和小花的白
> 髮的曲線和一顆淚
>
> 路的滯呆
> 電線桿和小樹的徘徊
>
> ……明天，今天，昨天，前天……
> ……前天，昨天，今天
>
> 1965.8.25

這首詩意象的選擇延續了張鶴慈現代主義詩歌冷色調意象的特點。尤其「死葉的血地和小花的白」讓人不禁想起李金髮那句著名的「死神唇邊的笑」。「生日」，生命的時間象徵，無數次「生日」構築起生命的歷程。詩人將時間抽象化爲昨天、今天、明天三維，並且還要將時間往前推——「後天」，往後追——「前天」。即便如此，詩人似乎都還不甘心，省略號執著地出現在這一系列時間名詞的前後，似乎在以無言的方式啓示著我們對時間更深更遠的探尋。同時，時間在詩人這裡呈現出線團式的纏繞，它們不斷出現在詩歌中間，不斷調換著位置，不安分地跳躍著，羅織出一個時間的蛛網。在這蛛網中，詩人嵌入「日曆的雪」，「刪節號」、「無字的書」等暗示時間消融的意象。而「死葉的血地和小花的白」則以死葉與花並提來暗示死亡與生命；血與白更構成色彩上的對比。這是現代詩常用的相反或相對內涵的詞語的組合方式。「髮的曲線和一顆淚」又將曲線與點並置，曲線蜿蜒綿長，點卻如同一個終止符，在閱讀上產生戛然而止的效果。「路的滯呆/電線桿和小樹的徘徊」則以反常規的矛盾式意象組合方式出現。「路」本是曲折變化，向前延伸，暗示著某種可能性。「電線桿」和「樹」相對於「路」而言，則是固定的。詩人卻說「路」是「滯呆」的，「電線桿」和「樹」在「徘徊」。顯然，這是詩人「個人情緒」在事物上的扭曲投射。

從張鶴慈這兩首詩的意象選擇、詞語運用，情緒表達等，都可以看出詩人有著較爲嫻熟的現代詩寫作技巧和良好的文學素養。

綜觀郭世英和張鶴慈的詩作，已經顯示出與主流文學面貌迥異的現代主義詩歌風貌。更重要的是，詩歌的情緒、思考和選用的意象都並非移植於西方現代主義文學，而是土生土長的中國式體驗、中國式意象。他們的文學實踐已超越了初級階段的模仿，而成爲了中國先鋒詩歌的先聲。

二、城市文藝沙龍與農村「思想村落」並蒂共生

「文革」開始以後，一代青年曾狂熱地追隨「紅太陽」，視「紅衛兵」爲自己的神聖使命，「文攻武衛」，革命造反，儼然時代寵兒，歷史驕子。在經歷了最初的歷史狂潮之後，1968 年，成爲青年思想轉折的重要節點。一些後來被稱之爲「老紅衛兵」的青年開始遠離「文化大革命」，他們讀文藝書、聽西方音樂，欣賞西方油畫，成爲所謂的「逍遙派」。這一年也因此被很多人稱爲「逍遙的一年」。同時也有部分青年開始了質疑「文革」，探求真理的道

路。他們學習、研究、爭論各種政治哲學問題，學者朱學勤將他們稱為思想史上的「六八年人」。

在北京，1968 年春各中學裏開始出現跨校際的研討會。曾參與「二流社」活動的魏光奇回憶：「『二流社』的活動方式是聚會討論各種問題。我記得在北海、紫竹院、中山公園都聚過，還去昌平的溝崖和十三陵水庫搞過一次郊遊。一去 3 天，自帶糧食油鹽，拾柴做飯。白天爬山游泳，晚上架起篝火，三五成群，說笑唱歌，探討問題，非常快樂。『二流社』探討的多是當時的政治問題，如『新二月逆流』、『工宣隊』進駐清華、毛澤東與五大學生領袖談話等等，但有時也討論理論問題……」〔註49〕在學者楊健看來，正是 1968 年秋冬北京「跨校際、城區的派系論戰、座談、沙龍中的思想交流，以及其後在全國廣大鄉村的走竄活動，促進了派系間的分化、組合」。〔註50〕

至 1968 年下半年，「上山下鄉」運動拉開序幕。大量城市裏的中學生、大學生或自願或被迫，如同種子一樣播散在祖國的四面八方。但他們有一個共同的政治文化身份——知識青年，簡稱知青。就當時的政治決策而言，「上山下鄉」一方面為緩解城市就業壓力和經濟困境，一方面則是為了解除日益強大的青年群體力量的威脅，將其「四分五裂」，分而治之。然這一決策的一個積極效應則是青年群體從社會秩序中剝離出來之後，聚眾而居，為青年彼此的思想交流、碰撞提供了絕佳的機會，並最終導致了知青亞社會的形成。

知青亞社會的形成，得力於三大原因。首先是政治原因：「上山下鄉」運動使大部分青年脫離了既定的社會軌道、人生路經，剝離了原有的家庭背景、社會地位、身份等級等政治歷史因素，成為了「純粹」而「單一」的「人」。這種以政治命令的形式消解原有身份意識的方式，無形中起到了整合身份意識的作用。「知青」成為青年新的自我身份規定。「……一種個人身份在某種程度上是由社會群體或是一個人歸屬或希望歸屬的那個群體的成規所構成的。……在所有這些對群體的忠誠當中，她能夠被賦予一部分身份，而反之則是，這些不同的對群體的忠誠各自構成了她身份的一部分。〔註51〕在「知青」這個身份規定中，既有行政命令所賦予的內涵——「廣闊天地，大有作

〔註49〕 轉引自古春陵《70 年代的詩歌火種——從知青文化到〈今天〉的誕生》，載《南風窗》2006 年第 15 期。

〔註50〕 楊健《中國知青文學史》，北京：中國工人出版社，2002 年，第 127 頁。

〔註51〕 （荷）D‧佛克馬、E‧蟻布思《文學研究與文化參與》，俞國強譯，北京：北京大學出版社，1996 年，第 120 頁。

爲」或接受農村再教育等；同時青年自身也在這個身份中加入了自己的認識——改造自我、「修理地球」，或者是擺脫紛繁複雜的派系鬥爭的方式之一，不一而足。

第二，地理因素。知青遠離城市（回鄉知青其實也是從城市重新回到農村），來到鄉村、戈壁、草原，農場，一定程度上遠離了當時的政治鬥爭中心。但另一方面他們大多數又並未完全融入到當地的社會秩序中（當然不排除少部分人「是塊金子在哪都能發光」而很快成爲被主流認可的標兵、模範），而形成一種飄蕩無根的狀態，這就使得他們產生某種「成群結隊」的心理願望。

第三，思想原因。經歷了「文革」最初幾年的革命風暴，轉而又被「拋棄」於社會底層，這種巨大的心理落差是很多知青都曾有過的。相似的經歷，一樣的創傷，使他們逐漸具有了相似的思想意識身份。這時，「知青」就不再只是外在的身份符號，而有了大致趨同的認識理念。當然，這並不意味著「知青」就是一個閉合的整體，其中仍然有趨於主流意識與獨立思考的分野。

知青亞社會的形成，爲青年亞文化的出現奠定了必要的社會基礎與思想前提。知識青年們在這個亞社會空間裏，奔襲於城市與農村，隨著主體意識的覺醒和思想的解放，以讀書、交流爲目的的「讀書圈」出現了，它們通常被稱之爲文藝沙龍或「思想村落」。這些「讀書圈」縱橫交錯，如蜘蛛結網般盤結起零零落落的思考個體。

以北京爲例，當時即出現了不少傾向於西方現代藝術的文藝沙龍。

在人大附中老紅衛兵徐浩淵的周圍就聚集了如根子、劉自立、依群、芒克、彭剛等人。〔註52〕與國務院宿舍的徐浩淵僅隔一條馬路，鐵道部第四住宅區的魯家，則有北京鐵路一中學生魯燕生主持的沙龍。徐浩淵將這兩個群體聯繫在了一起：「1972年夏天，我把根子一夥朋友領到魯燕生、魯雙芹

〔註52〕之所以不用通常的「徐浩淵文藝沙龍」，是因爲當事人徐浩淵對此有不同的說法：「……此後，人們的書籍、文章裏，不斷出現「徐浩淵地下沙龍」的句子。其實，當年在北京能稱得上是「沙龍」的地方，當屬黃元的家。我們的家都被抄沒了，常常是在公園、郊外聚會。只有黃元的家，還保留了「文革」前的樣子。那裡有畫冊、書籍、唱片、鋼琴，甚至酒櫃裏還有他父親保存的美酒。」「1971年1月，依群帶我到黃元家：北京乾麵胡同15號，是「學部」（社會科學院前身）教授們的住所……」參閱徐浩淵《詩樣年華》，北島、李陀主編《七十年代》，北京：生活・讀書・新知三聯書店，2009年，第57頁。依照徐浩淵的說法，則應有一個以黃元爲核心的文藝沙龍。

家。」〔註53〕同時，徐浩淵在插隊時認識了張郎郎的家人，由此結識張郎郎的弟弟張寥寥。張郎郎在出獄後也曾與沙龍中成員有過交流。1973 年前後，徐浩淵沙龍及一些「二流社」成員又與史康成、史保嘉、徐金波、曹一凡和趙振開等交流、來往。這自然就形成了一個連環套似的圈子。

除了這種依靠朋友紹介而形成的面對面交流，青年人之間當時還有兩種互動方式：「跑書」和「通信」。所謂「跑書」，是指在一群體中，書籍作爲共享物，以極快的速度（通常一兩天的時間）從一個人手中交換到另一個人手中。在這樣一個傳閱鏈條中，閱讀者可能相識的，也可能從未謀面，只是由著一本又一本的書籍將彼此串聯起來。一個「跑」字，道盡閱讀的饑渴與興奮，當然也夾雜著無奈與苦楚。而「通信」也往往圍繞著讀書而展開。「大氣候下年輕人的心大抵是相通的，於是我們就在通信裏交流談心。這種交往的朋友那時至少有一二十個，話題基本上只有一個——讀書。隨著信件往來，書也寄來寄去，每年還差不多有一次聚會……」〔註54〕在北京，這樣的「跑書」和「通信」過程中，有一個非常重要的人物——趙一凡。他如一個中轉站與收藏館，致力於收集各種各樣的民間小報、傳單，並收集文學青年們拿給他的地下詩歌、小說等。不同的人與他通信，然後他分別給他們回信，於是很多原本不相識的人從他這兒互相認識、瞭解，通過他傳閱不同的書籍。個體間原本單線的聯繫因此編織成網狀，成爲一個「小社會」。可以說趙一凡是北京青年亞文化圈的重要見證者和推動者。

這種小群體、或更小一點的「圈子」由於地理上的原因，而呈現出區域性特徵，如北京、上海、成都等地沙龍或文學群體都各有的特色。它們相互之間的互動不多。但由於身處亂世，「大串聯」或知青間的走動、通信等也可能使得可能相對「封閉」的文學世界崩裂出一些縫隙，各自伸出一些觸鬚來交相感知。譬如當年屠新樂（筆者注：上海小東樓沙龍成員）到北京見到徐浩淵後，回到上海開始『販賣』從徐浩淵處『批發』來的『存在主義』。〔註55〕這種「互動」無疑是形成青年亞文化的重要途徑。只是由於區域和

〔註53〕 徐浩淵《詩樣年華》，見北島、李陀主編《七十年代》，北京：生活・讀書・新知三聯書店，2009 年，第 56 頁。

〔註54〕 《何志雲致＊＊・附記》，見徐曉主編《中國民間思想實錄——民間書信：1966～1977》合肥：安徽文藝出版社，2000 年，第 181 頁。

〔註55〕 參閱楊健《紅衛兵集團向知青集團的歷史性過渡》（續一），載《中國青年研究》1996 年第 3 期。

實際條件的限制，再加上「圈子」本身的「地下」性質，這種跨省的大區域「圈子」交流並不是常態行爲。

另外，在非常時期，青年們則會通過一些非常之辦法以獲得精神交流的機會。譬如成都「野草」詩人們就通過「黑書市」和成都特有的茶鋪聚友求書。陳墨就曾憶及當年特殊的「文藝沙龍」形式：「『黑書市』不僅滿足了我們的求知欲，也滿足了我們的求友欲。因此它也就成了我們十分特別的『文學沙龍』。風聲緊時，我們就轉移到離『黑書市』不遠的『飲濤』茶鋪，一邊照常買書賣書換書，一邊『精神與情感』交流。」〔註56〕

以上所談皆是同時代文藝沙龍或「圈子」的「疊加」、互動情況。其實，不同時代的沙龍、「圈子」之間也存在著一定的精神聯繫，這種聯繫可能以「繼承」的方式出現，也可能是「背叛」或「挑戰」的方式。譬如「X」小組的郭世英與「太陽縱隊」的張郎郎認識，並互有文學交流。「X」小組出事後，其中年齡較小，涉案不深的车敦白被捕後不久釋放，隨即加入了「太陽縱隊」；「太陽縱隊」解散後，车敦白又與「文革」中北京文藝沙龍的成員交往。而「太陽縱隊」中的郭路生（食指），則成爲後來諸多知青詩人的啓蒙者，並直接影響了「白洋淀詩群」的大部分詩人；「白洋淀詩群」的主要詩人們，又成爲《今天》派的重要成員，比如北島、芒克、江河等。而《今天》既集中了「文革」時期北京地下文學的眾多文藝愛好者，譬如史康成、方含、史鐵生、葉三午、陳凱歌等，又是新時期朦朧詩的重要陣地，顧城、舒婷等都有詩作在《今天》發表。除此，《今天》作爲一份重要的民間文學刊物，也影響了新時期很多其他詩人、作家。「他們」文學社的韓東曾直言不諱地談到《今天》和北島對他的影響。南京的顧小虎、葉兆言等組成的文藝沙龍曾通過葉兆言到北京看望爺爺葉聖陶的機會得到《今天》雜誌，進而在南京的文藝沙龍中相互傳閱交流。韓東即通過這一沙龍讀到了北島等人的詩歌。〔註57〕

事實證明，這條綿延不斷的文學脈絡，扭結起了看似斷裂的現代主義文學。那些片斷式的、零落的青年群體、小組或「圈子」，在一種基本的精神向度上達成一致。

〔註56〕陳默《書話——偶然得之》,《野草之路》,成都野草文學社,内部資料,第126頁。

〔註57〕楊黎對韓東的訪談,http://www.ihongze.com/forum/viewthread.php 敘 tid=29147

　　北京以外，其他地區也出現了不少沙龍或文藝圈子。譬如 1970 年前後在四川西昌市周邊，周倫祐即開始詩歌寫作。攀西地區（即西昌、渡口）知青中廣泛傳抄了周倫祐以化名（假名）僞託所寫的詩歌。同時，周倫祐與其哥周倫佐及另外一些朋友：王寧、黃果天、王世剛（藍馬）、歐陽黎海、劉建森等開始了詩歌活動，爲 1986 的「非非」的橫空出世奠定了良好的基礎。〔註58〕廈門則有以黃碧沛爲中心的文藝沙龍，沙龍聚集起了廈門熱愛詩歌寫作的青年，其中就有後來著名的朦朧詩人舒婷。

　　當城市裏的地下文藝沙龍在專制主義的高壓之下頑強存在時，廣袤的農村大地上也出現了類似的讀書會，讀書小組，或稱「民間思想村落」（朱學勤語）。

　　「民間思想村落」更偏於哲學、政治的討論與探尋。譬如雷頤少年時代接觸到的河南鄭州的兩個「思想村落」。他們對「個人迷信」不以爲然，「廣泛而認眞地閱讀了大量馬列和其他如黑格爾等人的著作，對哲學、政治經濟學等都作了在當時可說是相當深入的研究和對比。」〔註59〕王東成在《人生的「諾曼底」：「民間思想村落」詠歎調》中談到長白山腳下的「民間思想村落」。〔註60〕北京四中學生趙京興在自己哲學手稿裏則借馬克思的口重申了費爾巴哈的命題：「神的本質就是人的本質。」「人關於神的知識就是關於自身的知識」。〔註61〕在對馬克思主義原教旨主義的研讀中，青年人開始了自己的獨立思考，進而與官方所倡導的意識形態相區別。在青年政治、哲學思想的覺醒過程中，「灰皮書」起到了巨大的引導作用。「灰皮書」中那些對專制、權力鬥爭的表現，尤其是對斯大林清洗內幕的揭露，引起了青年們的強烈共鳴。這些年輕的「革命者」在生活中深切體會到了書籍中所描述的那種翻手爲雲，覆手爲雨的歷史殘酷性和虛幻性。而那些研究性著作則直接爲他們提供了精神養料。而像 F・A・哈耶克的《通往奴役的道路》則是那個時期流傳度很高的「灰皮書」之一。哈耶克認爲「一個眞正的『無產階級專

〔註58〕發星《四川民間詩歌運動簡史（1963～2005）（未定殘稿）——爲紀念那個「狂飆理想時代」而收集整理的一些民刊資料》，原載大型民刊《獨立》2006 年卷，天涯社區 http://www.tianya.cn/New/PublicForum/Content.asp 敍 idArticle=76864 &strItem=poem

〔註59〕雷頤《難忘的 1968 年》，載《中國青年研究》1996 年第 2 期。

〔註60〕王東成《人生的「諾曼底」：「民間思想村落」詠歎調》，載《中國青年研究》1996 年第 2 期。

〔註61〕宋海泉《白洋淀瑣憶》，見廖亦武主編《沉淪的聖殿——中國 20 世紀 70 年代地下詩歌遺照》，烏魯木齊：新疆青少年出版社，1999 年，第 260 頁。

政』縱使在形式上是民主的，如果它集中地實行對經濟體系的管理，可能會和任何專制政權所曾經做的一樣完全地破壞個人自由」（第五章）。這樣的著作對於生長在新中國，卻又陷入對民族國家未來迷惘的青年人而言，具有正聲發聵的作用。一位現已是大學哲學系的教授這樣形容他在「文革」中讀到威廉・L・夏伊勒的《第三帝國的興亡：納粹德國史》一書的感受：「宛如閃電劃過夜空」，他一下子聯想到了『文革』同法西斯運動興起時一樣是一條『人民如癡如醉的擁護』的『毀滅之路……他還說：『那一夜的一閃念，對我的以往作了一次清算……〔註62〕

由於大部分知青的城市背景，他們不定期回城探親，或直接帶書、或從城裏郵寄書籍到農村，更有部分知青長期請假留在城市，參與同學、朋友組織的文藝沙龍。這就使得農村的「思想村落」與城市文化保存了千絲萬縷的精神聯繫。1971 年「九・一三」事件之後，隨著「批林批孔」運動的展開，全國各地的青年城市文藝沙龍以及鄉村的知青文化群落在數量上增加不少。

三、青年亞文化的出現

蔡翔認爲，社會主義時期所謂「無產階級文學」的尷尬位置，就是「政治上的強勢與文化上的相對弱勢。」〔註63〕他甚至指出，1960 年代的中國「無論是丁少純還是林育生，模仿或實踐的恰恰是一種『非統治階級』的趣味，而這一『趣味』才真正構成這一社會占統治地位的『合法趣味』，也即高雅趣味，並指導個人的私人生活。」〔註64〕丁少純、林育生出自 1960 年代著名的社會教育劇《千萬不要忘記》（原名《祝你健康》）和《年輕的一代》，他們被認爲是受資產階級文化腐蝕的青年代表。毛澤東 1962 年提出「千萬不要忘記階級鬥爭」正是基於這一「社會現象」提出的。其時，意識形態高層認爲無產階級的思想文化正在被所謂的資產階級文化所滲透，甚至被主宰。要實現真正的「文化領導權」，就不僅在政治上加強統治，更要通過對民眾日常生活

〔註62〕 轉引自蕭蕭《書的軌迹──一部精神閱讀史》，見廖亦武主編《沉淪的聖殿──中國 20 世紀 70 年代地下詩歌遺照》，烏魯木齊：新疆青少年出版社，1999 年，第 12 頁。

〔註63〕 蔡翔《革命／敘述──中國社會主義文學──文化想像（1949～1966）》，北京：北京大學出版社，2010 年，第 353 頁。

〔註64〕 蔡翔《革命／敘述──中國社會主義文學──文化想像（1949～1966）》，北京：北京大學出版社，2010 年，第 343～344 頁。

方式,也即生活「趣味」的調整、約束來達成。但形成一個社會「高雅」的趣味標準,除了有來自統治階層的權力限制,還有來自社會的諸多複雜因素,比如傳統、修養要求、思想、教育、習俗等。就社會主義文藝而言,它還處在建設普及的初級階段,如何有效借鑒、轉移傳統文化,如何「移風易俗」,從而被全體社會成員廣泛接受,仍是一個漫長的過程。

因此就這點而言,無產階級文學的確在文化上仍處於弱勢。「皮書」作爲新中國社會主義文藝中的異質性存在,當其被那些相對而言沒有過於強烈政治目的的青少年閱讀時,它也就有可能成爲主流文藝實現「一體化」目標的重要干擾因素。更何況,「皮書」最初的青少年閱讀者大多來自「高幹」、「高知」家庭,他們除了可能受到主流文藝的影響,還會接受家庭文化「趣味」的薰陶,尤其是父輩的文化傳統。張郎郎的母親陳布文博覽群書,曾從事魯迅研究。而作家海默則是經常出入張郎郎家的重要作家。再比如郭世英,其父郭沫若是「五四」新文化的主要參與者和建設者,「五四」文化的影響可能在其父表層言行中被有意遮蔽,然而「五四」期間的作品,家中藏書對郭世英而言卻無異於是重要的精神資源。郭世英甚至曾與父親討論「爲什麼當年父親可以寫《女神》,而現在他則只能寫那些枯燥空洞的文章」。無論是陳布雷、海默還是郭世英想像中「五四」時期的父親——郭沫若,他們的思想中都蘊藏著珍貴的人道主義思想和對個人獨立自由的理解與尊重。

接受美學主要代表姚斯認爲在作者、作品和大眾的三角形關係中,「大眾並不是被動的部分,並不僅僅作爲一種反應,相反,它自身就是歷史的一個能動的構成。一部文學作品的歷史生命如果沒有接受者的積極參與是不可思議的。因爲只有通過讀者的傳遞過程,作品才進入一種連續性變化的經驗視野。」〔註65〕姚斯的研究推動了文學研究由「作者中心」向「作品中心」再到「讀者中心」的轉移。姚斯對「讀者」能動作用的重視爲我們考察「皮書」的接受史提供了重要的理論支點。「皮書」,尤其是「黃皮書」,作爲特定時期特定政治環境下出版的文學文本,正是因爲有了不同時代不同階層讀者的進入,才成爲當代文學史上極爲重要的文學現象。相較於其他通過正常流通環節出版的文學作品,其讀者「接受史」顯得尤爲多層與複雜。這爲我們考量

〔註65〕 (德)H‧R‧姚斯《文學史作爲向文學理論的挑戰》,見(德)H‧R‧姚斯、
　　　　(美)R‧C‧霍拉勃,《接受美學與接受理論》周寧、金元浦譯,遼寧:遼
　　　　寧人民出版社 1987 年,第 24 頁。

一時代之文學閱讀的價值標準及變遷史提供了珍貴的歷史細節。

姚斯曾提出過接受美學的一個核心概念:「期待視野」。「期待視野」主要是指讀者在閱讀理解之前對作品顯現方式的定向性期待,包括人們的閱讀經驗、思維觀念、道德情操、審美趣味、直覺能力、接受水平等既往的審美經驗和生活經驗。「期待視野」既是閱讀理解得以可能的基礎,又是其限制。姚斯說:「一部文學作品,即便它以嶄新面目出現,也不可能在信息眞空中以絕對新的姿態展示自身。但它卻可以通過預告、公開的或隱蔽的信號、熟悉的特點、或隱蔽的暗示,預先爲讀者提示一種特殊的接受。它喚醒以往閱讀的記憶,將讀者帶入一種特定的情感態度中,隨之開始喚起『中間與終結』的期待,於是這種期待便在閱讀過程中根據這類本書的流派和風格的特殊規則被完整地保持下去,或被改變、重新定向,或諷刺性地獲得實現。」〔註66〕當一部作品與讀者既有的期待視野不一致甚至衝突時,它只有打破這種視野使新的閱讀經驗提高到意識層面而構成新的期待視野,才能成爲可理解的對象。這往往是閱讀所謂先鋒藝術作品時的狀況。

前文已著重論述過「黃皮書」中所謂的「修正主義」思想和現代派文藝思想,這裡不再贅言。我們依循這條線索,會發現「皮書」最初的青少年閱讀者正是在他們原有的、朦朧的文藝思想基礎上接納了「皮書」,並在「皮書」新的流派和風格的衝擊下,打破了原有的閱讀視野,並在意識層面構成新的期待視野。而「皮書」所體現的文藝思想,尤其是現代派文藝思想則被「諷刺性地獲得實現」,如郭世英、張鶴慈的創作。

D·佛克馬、E·蟻布思在其合著的《文學研究與文化參與》一書中,對雅各布遜在文學交往模式中提出的六種功能(1960)做了進一步闡釋。這六種功能分別是:1、集中於文本的認知功能的成規;2、集中於文本的情感功能的成規,強調寫作和閱讀的情感或表達功能的成規或許和強調文本的認知功能的成規作用同樣重大;3、集中於文本的勸說功能的成規;4、集中於文本的交際或協作功能的成規;5、集中於文本的元語言功能的成規;6、集中於文本的詩歌或審美功能的成規。〔註67〕

〔註66〕 (德)H·R·姚斯《文學史作爲向文學理論的挑戰》,見(德)H·R·姚斯、(美)R·C·霍拉勃,《接受美學與接受理論》,周寧、金元浦譯,遼寧:遼寧人民出版社1987年,第29頁。

〔註67〕 (荷)D·佛克馬、E·蟻布思《文學研究與文化參與》,俞國強譯,北京:北京大學出版社,1996年,第194~199頁。

　　「皮書」作爲一種文學媒介，其所具有的認知、勸說、情感、元語言功能以及審美功能，進一步明確、強化了第一批青少年閱讀者對人道主義、個性主義甚至荒誕、虛無主義的認知，由此生成區別於主流文藝的文化「趣味」。進入到「皮書」出版的第二階段，即「文革」時期，由於社會秩序的被打破，更多知識青年閱讀到了「皮書」。「威爾・范・皮爾認爲，閱讀文學的主要功能之一是加強集體的緊密性和團結性（見賽爾，1992：134）。」〔註 68〕在閱讀了幾乎完全一樣的書籍，共享了一樣的信息來源之後，青年們的思想認知、價值判斷，情感傾向必然會有趨同的走向，「皮書」的最初青年閱讀者所形成的趣味一定程度上也會因爲「皮書」這個媒介而被重新定向，傳承下來。如果說前幾種功能主要作用於接受者個體，那麼，從更廣範圍來看，「皮書」所具有的交際與協作功能則在此基礎上整合了這些分散的青年個體，匯溪流爲江河，形成內涵更豐富、生命力更強大的「圈子」。當「圈子」本身成爲一個小文化場時，則會反過來潛移默化地影響規約身處其中的每個成員，使他們日漸呈現出閱讀趣味的趨同性與精神氣質上的相似性。佛克馬指出：「如果強調一個人的文化身份或國家身份或性別身份的傾向將進一步增強的話，那麼我們就會看到，對於經典的選擇將會更多地以潛在認同、自我肯定、熟悉感以及沙文主義這樣的標準爲基礎。」〔註 69〕

　　這些如星星般散落在祖國各地的「讀書圈」，顯示出可貴的獨立探索精神，同時也標誌著青年亞文化的出現。北京知青潘婧以其自身經歷證明了這一點：「『文革』是亂世，動亂造成了空隙，在這些窄縫一般的空隙中，形成了一些自由的小社會，當時俗稱爲「圈子」，不同的圈子相交疊，於是，莫名其妙地認識了許多人。這與我們以往的生長環境是大不相同的。在中國，有單位，有組織，有集體，但是沒有『社會』……」〔註 70〕

四、「皮書」次文學場特徵

　　這裡所指「次文學場」，是青年亞文化中產生的若干「次文學場」中的一

〔註 68〕（荷）D・佛克馬、E・蟻布思《文學研究與文化參與》，俞國強譯，北京：北京大學出版社，1996 年，第 198 頁。

〔註 69〕（荷）D・佛克馬、E・蟻布思《文學研究與文化參與》，俞國強譯，北京：北京大學出版社，1996 年，第 196 頁。

〔註 70〕潘婧《心路歷程——「文革」中的四封信》，見徐曉主編《中國民間思想實錄——民間書信：1966～1977》，合肥：安徽文藝出版社，2000 年，第 74 頁。

個；其次青年亞文化爲「次文學場」的形成奠定了極關鍵的文化和思想基礎。具體而言，這裡的「次文學場」是以閱讀「皮書」爲前提條件，由個體意識覺醒和文學意識自覺的文學青年所構成的一個與主文化場相疏離的小文學場。它具有如下幾個基本特徵：

第一，「次文學場」是主文化場次生、分裂出來的。

前文曾討論過主流文化與青年思想解放之間的關係，認爲青年的思想解放一方面來自民間力量的推動，一方面反思、批判的思想起點則往往孕育於主流文化這個母體本身。青年亞文化脫胎於這個母體，而作爲青年亞文化的一部份，「次文學場」也必與母體有著千絲萬縷的聯繫。

從該「次文學場」的產生來看，它與社會政治制度、政策方針之間的關聯遠甚過其他「次文學場」，因爲它與主流文化之間的聯繫首先是由血緣親情關係建構起來的。在政治決定一切的時代，每個個體在社會中所擁有的權利都緊密地與其政治身份相關聯。這些權利包括物質待遇，政治權利，受教育的權利，乃至談婚論嫁的權利。因此，在這種情形下，能首先讀到「皮書」的青年只能是處於社會金字塔頂層的「高幹」、「高知」子弟。他們的父輩因爲在革命戰爭年代或社會主義建設中「建功立業」而一躍成爲社會各領域的權威或掌權者。他們則是父輩特權的既得利益者。

這裡不妨列舉一二，窺其一斑。郭世英的父親郭沫若爲新中國成立後文化界樹立的新旗幟。張鶴慈的祖父張東蓀是著名的民主人士。其父親、叔叔、姑姑等均爲當時著名學者。孫經武是將軍孫儀之子，時任衛生部部長。張郎郎則是畫家張仃之子。徐浩淵的母親是 28 個半布爾什維克的那半個。芒克的父親是北京電影製片廠編劇，家中有 4000 冊藏書。劉索拉的母親則是小說《劉志丹》的作者李建彤。

直至「文革」中後期，「皮書」閱讀者的身份才日趨平民化。

另一方面，1949 年後中國的城市功能區劃分方式使黨、政、軍，文化教育的大院彼此相鄰，比如當時徐浩淵家所在的國務院宿舍，魯燕生家所在的鐵道部宿舍，以及北大、清華教師宿舍，就聚集起了不少的文藝沙龍。就學方面，「高幹」、「高知」子弟相對集中在幹部子弟學校，譬如北京 101 中學，清華附中等，且往往爲寄宿制。「據北京四中的一位老紅衛兵稱，六十年代初，在這所高幹子弟最爲集中的重點中學，幹部子弟、高級知識分子子弟和民主黨派、民主人士的子弟約各占 1/3。在位於郊區，軍隊系統的幹部子女

寄宿制學校，如八一學校、十一學校等，直到 1964 年才交給地方管理，並向附近群眾開放。『文革』時，幹部子女約占 80% 左右。」〔註71〕這種國家制度爲其提供的「群居」生活方式爲他們相互交往傳播書籍提供了便利，也促進了他們相互間的認同和交流。

可以說正是國家的政治政策與規劃爲這些青年人相互交流探索提供了最基礎的物質條件，而國家爲批判而出版的「皮書」則爲他們提供了寶貴的思想文化資源，爲他們觀察、反思種種社會現實、文化現象提供了參照物與批判的武器。「次文學場」的誕生，猶如非健康肌體上旁逸斜出的一根幼枝，從國家政治、主流文化中來，但卻走向了與母體生長不同的路徑。由是觀之，社會主義文藝在生產著自己的支持者的時候，同時也生產著自己的審視與反思者。社會主義文藝並非嚴絲密縫，鐵板一塊，它本身就是一場不斷探索、充滿自我否定因子的歷史運動。

第二，民間化存在方式。

「民間」與「主流」相比較而言，意味著非主流；與「中心」相較而言，意味著「邊緣化」；與「公開文學」比較，則是地下的、潛在的。這裡所指「民間」仍是需要細化的。正如楊健所區分：「『文革』時期的民間，可以分爲主流文化的民間，大眾的民間和知識分子的民間（是知識階層在民間天地中開拓出的現代空間，以幹校地下詩歌，沙龍文學、民間詩群爲代表）。」〔註72〕依據我們對「次文學場」的定義，這裡所謂的「民間」，即是民間知識分子的文學試驗場。因爲沒有嚴格的組織領導，沒有政治身份「入場券」的審查，也沒有最高政治意圖需要闡釋，因此具有了民主與自由的氣氛。相對於公開文學，它首先是地下的。他們以秘密傳閱、手抄本、甚至口耳相傳的方式獲得思想資源，再以同樣的方式傳播其文學思想、作品，並時刻處於被審查、查抄或者獲罪入獄的危險之中。譬如著名的「X」小組事件、「太陽縱隊」事件，以趙一凡爲中心的所謂「第四國際案」等。而在地下文學中，相較於沒有閱讀過「皮書」的其他次文學場，因爲幾乎同步接受了西方當代的哲學思想文化資源，「皮書」次文學場則處於更加邊緣化的狀態。

第三，「中國氣派」下的城市文化。

〔註71〕楊東平《城市季風：北京和上海的文化精神》，北京：東方出版社，1994 年，第 398 頁。
〔註72〕楊健《中國知青文學史》，北京：中國工人出版社，2002 年，第 218 頁。

宋海泉曾談道:「白洋淀詩群的根在北京。白洋淀詩歌群落這樣一個文化現象,其本質是一種城市文化。遠而言之,它繼承了五四以來吸收西方文化創建新詩學的努力。所不同的是它減少了以往所不可避免的工具主義的傾向,多了一些對人存在價值和存在狀態的終極關懷。」〔註73〕

不惟白洋淀詩群,整個「皮書」次文學場都具有城市化傾向。

中國現代文學有兩個重要傳統,五四新文學傳統與無產階級革命文學傳統。後者經過《毛澤東在延安文藝座談會上的講話》後,形成延安文學傳統,並成爲新中國文藝的最高準則。它要求新文學要具有「中國作風」和「中國氣派」,而「五四」文學傳統則被有意削弱,改造。這其中糾結的洋/土、城市/鄉村、現代/傳統等幾組關係,貫穿了整個中國現當代文學的發展過程,也是新中國社會主義文藝建設中一直艱難辨析的幾組問題。

建國後至六十年代初,是新中國城市化發展較爲健康的時期,也是新中國大力推行現代化的過程。文藝沙龍的產生即是城市化的結果。20 世紀 60 年代以後至 1977 年,新中國出現了一個逆城市化的過程。現代城市的一些基本要素遭到破壞,譬如現代工業、現代傳媒等。但是,從「次文學場」的具體情形來看,它卻具有了城市文化的面貌特徵。首先其成員大多出生、生長於城市,具有基本的城市生存方式與意識。其次他們所閱讀、傳播的書籍是城市文化的一部分,尤其是「皮書」。在前文論及新中國六十年代出版政策時,曾談到城市與鄉村書籍發行政策上的「區別對待」問題。根據這一政策,相對於城市,當時的鄉村是很難閱讀到大量的國內外經典文學著作的,更遑論「皮書」這樣的限制書籍。另一方面,就城市空間而言,交通、信息傳播相對便捷,是資源信息的「集散地」。這也爲青年的文學交往和傳播提供了便利。第三,他們所閱讀的書籍,其思想文化內容,包括形式具有現代性。最後,也是最重要的,他們有面向外來思想文化的開放性,並且在他們的文學創作中體現出了現代意識。以上因素決定了「次文學場」的文學面貌是城市化而非鄉土性的。

第四,年輕化與動態化。

城與鄉、鄉與鄉,凡有知青處必有新的文化信息在傳播衍生。而主文化場則在嚴格的政治律令統率下,固定由一批「政治合格」的作家進行創作。

〔註73〕宋海泉《白洋淀瑣憶》,見廖亦武主編《沉淪的聖殿──中國 20 世紀 70 年代地下詩歌遺照》,烏魯木齊:新疆青少年出版社,1999 年,第 247 頁。

這從新中國成立後對非延安左翼作家的排擠、壓制即可窺得一二。而即便是延安左翼作家，也隨時有可能因爲政治環境的變化而被剝奪創作權利，甚至被批判，譬如曾被作爲延安文學旗幟與方向的趙樹理。偶爾有極少數新創作者能進入到這個由權力操控的文化場，譬如《金光大道》、《豔陽天》的作者浩然。但就數量而言，新加入的成員數量遠遠低於被剝離出「場」的作家。而即便是獲得主文化場的「入場券」，也並不代表著就擁有了創作自由，「政治」仍然是最大的主題。文學被嚴格地操作過程所割裂。具體過程通常爲：最高領導的發言或批示經由文藝圈最高代言人（譬如周揚）通過報刊、雜誌的傳達、闡釋、宣講而被更低一層的文藝工作者獲悉，進而用他們的創作進行圖解。至「文革」，則直接簡化爲政治——文藝。這是一個不斷複製的過程，個體情緒、體悟被壓制到最低點。這種操控所導致的直接後果即是主文化場的日益封閉和固態化。何志雲致朋友的信中就曾談道：「目前的文藝創作，就數量而言，已出現了一個新的局面。在慶祝《在延安文藝座談會上的講話》三十週年的前夕，各報刊相繼出現了許多小說、散文、詩歌以及部分美術、攝影、音樂作品。然而在質量上，除極少幾篇能給人一些清新之感外，總體上仍未突破那種我們所議論的局面，這就不是技巧的原因所能夠解釋的了。」〔註74〕

　　「次文學場」則打破了這種僵化格局。第一，它的民間性決定了其組織上的鬆散和人員的變動不居。從成員來說，大多數是正值青春的年輕人，秉著自主自願的原則加入其中。第二，傳播方式則是自辦刊物、雜誌，通過手抄本、通信或者最原始的口耳相傳得以傳播。因此可以說這是一個生機勃勃，充滿無限可能的青春天地。

　　第五，現代個體意識的覺醒與現代文學意識的自覺。

　　絕對權威的社會體制，「極左」路線指導下的激進思潮，「一元化」的思想統治，這是主文化場的特點。權力陰影下的青年人，尤其是「文革」時期的年輕人，在經歷了由「紅衛兵」到知青的失落、迷惘，「九‧一三」事件後的幻滅、絕望後，開始思考國家、社會乃至個人的前途與命運。讀書成爲啓蒙的開始，而青春的叛逆本性又爲這份覺醒增加了揮灑不盡的激情與難掩的鋒芒。當全社會都在轟轟烈烈「學雷鋒」時，郭世英曾寫下這樣一組短文：「雷

〔註74〕《何志雲致**》，見徐曉主編《中國民間思想實錄——民間書信：1966～1977》，合肥：安徽文藝出版社，2000年，第181頁。

鋒是誰？他愛過嗎？她是誰？他的母親這下該高興了，又收了六億五千萬個兒子，……一切都是必然。愛倫堡萬歲！」〔註75〕當林莽被問及閱讀《帶星星的火車票》的感受時，他這樣回答：「耳目一新的感覺。……當時覺得他們那一代人，對社會的反抗意識和覺醒，確實和我們有相似的地方。而他們的年齡比我們還小，都是十六七歲，而我們已是十八九、二十歲。」〔註76〕而彭剛回憶道：「我是從徐浩淵那兒讀到《在路上》、《麥田裏的守望者》的……這些讀物使我在十七八那個生理叛逆期裏，追求個人自由，反對社會對個性的壓制。」〔註77〕

在「書」與「生活」的雙重啓發下，青年的身體與精神同時經歷著蛻變與自新的過程，新的主體結構正在建設中，新的價值觀正在成型。只有在個體意識覺醒的前提下，文學意識的自覺才成爲可能。從個人出發，從人道主義出發，成爲他們最初文學實踐的起點。北島回憶：「我們當時幾乎都在寫離愁贈別的舊體詩，表達的東西有限。而郭路生詩中的迷惘深深地打動了我，讓我萌動了寫新詩的念頭……他把個人的聲音重新帶回到詩歌中」。〔註78〕「個人聲音」的出現正是文學自覺最易辨識也最重要的標誌。

當然，不同個體所認識和體現的「個體意識」在具體內涵上存在一定差異。北島與彭剛可視作兩種個體意識的代表。將個體的存在、反抗始終與社會政治、歷史緊密聯繫起來，這是北島早期「個體意識」的特點。彭剛則迴避了政治籲求，歷史責任等社會問題，追求較爲純粹的個人解放、思想獨立。

第六，藝術形式上的繼承與革新

1、題材日趨多樣化。主流文學從時間維度劃分出革命歷史題材、反映社會主義農村合作化運動的現實題材；從當下的經濟範疇劃分出工業題材、農村題材。就整體面貌而言，主流文學題材顯得單一而枯燥。而「次文學場」隨著青年個體意識的覺醒，個人情感和體驗的復蘇，必然會在創作題材上更

〔註75〕周國平《歲月與性情——我的心靈自傳》，北京：人民文學出版社，2009年，第89頁。

〔註76〕廖亦武、陳勇《林莽訪談錄》，見廖亦武主編《沉淪的聖殿——中國20世紀70年代地下詩歌遺照》，烏魯木齊：新疆青少年出版社，1999年，第292頁。

〔註77〕廖亦武、陳勇《彭剛、芒克訪談錄》，見廖亦武主編《沉淪的聖殿——中國20世紀70年代地下詩歌遺照》，烏魯木齊：新疆青少年出版社，1999年，第190頁。

〔註78〕《北島》，見查建英主編《八十年代：訪談錄》，北京：生活・讀書・新知三聯書店，2006年，第69頁。

加多樣化。主流文學的禁忌內容，譬如揭露生活陰暗面的，愛情題材、知識分子題材等不再是不可逾越的政治障礙；更具革新意義的是，受西方現代主義哲學、文學影響，人的非理性、荒誕意識、異化感等亦進入到他們的文學表現表現領域，寫作重心日漸從外部世界轉向人的內心世界，預示著文學的「向內轉」。

2、表現手法上的繼承與革新。

前文曾論述「次文學場」是從主文化場次生、分裂而來，並非完全割裂。因此，「次文學場」不可避免地打上主流意識的烙印。反叛者的起點來源於被反叛者，也受制於被反叛者。所謂「繼承」，可能是已內化為青年主體的一種無意識，也可能是青年選擇性的接受。譬如郭路生的詩歌，就明顯受到了何其芳和「十七年」文學中著名的政治抒情詩人賀敬之的影響。

僵化的思想必然導致形式的陳舊，而思想的覺醒則會為形式的革新注入不竭的動力。知識青年們開始注重個人情感與體驗，關注人的內心世界，以真正的浪漫主義、批判現實主義取代了偽浪漫主義與偽現實主義。在西方現代主義文學的啓發下，象徵主義、意識流、電影蒙太奇，多聲部敘事、反諷等表現方式和技巧開始為青年人所接受和運用。

當然，「次文學場」並非是整齊劃一的「思想方陣」，同樣存在著個體接受快慢與認識上的差異。正如姚斯所言：「一部文學作品，並不是一個自身獨立、向每一時代的每一讀者均提供同樣的觀點的客體。它不是一尊紀念碑，形而上學地展示其超時代的本質。它更多地像一部管絃樂譜，在其演奏中不斷獲得讀者新的反響，使本書從詞的物質形態中解放出來，成為一種當代的存在。」〔註79〕

徐曉曾談道：「除了外國經典小說，還有當時內部發行的的灰皮書、黃皮書，《帶星星的火車票》、《麥田裏的守望者》、《鐵托傳》、《新階級》都是那時讀的。雖然其中有許多我不能理解，我以為理解了的也未必都真的理解了，但我都讀得興味十足。」〔註80〕趙長天回憶自己閱讀卡夫卡小說《變形記》

〔註79〕 （德）H・R・姚斯《文學史作為向文學理論的挑戰》，見（德）H・R・姚斯、（美）R・C・霍拉勃，周寧、金元浦譯，《接受美學與接受理論》，遼寧：遼寧人民出版社1987年版，第26頁。

〔註80〕 徐曉《無題往事》，見廖亦武主編《沉淪的聖殿——中國20世紀70年代地下詩歌遺照——中國20世紀70年代地下詩歌遺照》，烏魯木齊：新疆青少年出版社，1999年，第159頁。

的感受則是這樣的：「1987 年上海譯文出版社出版了奧地利小說家卡夫卡的中短篇小說選《審判》。我買來了這本書，讀到第二篇《變形記》的時候我記起來，這篇小說曾經看過，在文化大革命以前，在讀中學的時候。但小說的具體內容已經模模糊糊了，所以我還是繼續讀下去。……在閱讀的過程中，記憶漸漸被喚醒，我想起來了，《變形記》是篇類似童話的小說。至少，在十幾歲的時候，我是把它當童話來讀的。」〔註 81〕如果趙長天的記憶無誤的話，他在文化大革命前讀過卡夫卡的《變形記》，極可能就是 1966 年由上海作家出版社上海編輯所內部出版的《審判及其他》。這段話有兩點值得注意：第一閱讀的記憶與後來文學、生活的關係。有可能當年的閱讀並沒有在閱讀者身上產生明顯的影響，只是默默潛伏其中，可能一生都未曾被閱讀者意識到其作用與影響，但相信人的心性、品格會或多或少被影響。這是文學最美好的作用。第二，趙長天當年把《變形記》當童話讀，而這部作品可能在其他人眼裏則是一部沉重的先鋒之作。

在魯小芹致牟敦白的信中則談到自己對西方現代文學作品的不同看法：「西方國家的作家，有表達他們意思的方式，中國人不一定非要牽強，弄得不倫不類，所以我寫東西力求流暢、質樸、自然。中國傳統的文學，極講究修辭。這點可比現代派強不知多少倍，當然我也決不排斥所謂現代派，比方說我很喜歡《麥田裏的守望者》，可是對《在路上》、《往上爬》等等，便不好發表什麼意見了。幾年來，也看過一點現在年輕人寫的東西，包括堂堂正正出版銷售的和手抄私自傳遞的，基本上送他們一個字：『臭』，最起碼不自然不真實，別的就更不屑說了。」〔註82〕和她有相似觀點的還有潘婧。

〔註81〕 趙長天《〈變形記〉及其它》，見《作家談譯文》，上海：上海譯文出版社，1997年，第 183 頁。

〔註82〕《魯小芹致牟敦白的信》，選自徐曉主編《中國民間思想實錄——民間書信：1966～1977》，合肥：安徽文藝出版社，2000 年，第 369 頁。

第五章 「皮書」與新時期文藝復興

　　二十世紀五六十年代，「皮書」從計劃出書始即被納入到社會主義文學文化建設體系之中。它作爲新中國文學需要規避的「他者」出現，也作爲新中國文藝政策摸索建構的探測器而存在。隨著新時期的到來，「皮書」中所謂的「反動」文化思想，在相對開放、民主的政治文化環境開始散發出異樣光彩。周揚、王若水即是這種戲劇性變化極生動的例子。主流意識形態、主流文學對「皮書」的戲劇性運用，表徵出中國在現代民族國家文學建設過程中艱難的摸索過程。

　　另一方面，作爲「次文學場」的重要成員之一，以北島爲代表的「今天派」等也參與到新時期文藝「復興」中。這是成形於 20 世紀 70 年代的「次文學場」在新時期主流文學中的第一次亮相，短暫卻至關重要。

第一節　「皮書」與新時期「人道主義」大討論

　　沙夫在著作《人的哲學——馬克思主義與存在主義》伊始，就談到馬克思主義在很大程度上是起源於對「個人問題」的研究，後來的馬克思主義者忽視並遠離了個人問題。但是，在道德和政治發生「危機」的時代，這個問題又會被提到首要地位，譬如波蘭「斯大林主義時期」。「危機」加重，這個問題就迫切需要解答，第二次世界大戰以後，存在主義之所以在波蘭成爲時髦，原因也在於此。

　　我國新時期「人道主義」討論的興起與沙夫所言情形是具有相似性的。「十七年」極左思潮的愈演愈烈乃至十年「文革」的發生，正是「道德和政

治發生危機的時代」。這樣的時代過後，對「人」、對「個人」的關注勢必要提到首要位置。新時期文藝也自這最基本的問題出發，開始走向復興之路。在「人性」、「人道主義」以及「異化」等問題的討論過程中，禁錮已久的文藝界終於衝破樊籬，文藝工作者也從談「人」色變，噤若寒蟬的狀態中解放出來。

　　一直以來，我們在談到這場討論的「資源」時，都著重強調其「西方」資源，即西方的人道主義話語，遺忘或者刻意迴避了來自俄蘇文學傳統對新時期文學的影響。的確，西方話語在新時期潮水般湧入，帶給國人前所未有的思想衝擊。但不可否認的是，一代甚至幾代中國人身上深深烙下了俄蘇文學的印記，這些影響甚至內化爲許多人的文學觀、道德觀、人生觀。因此無論這段記憶是積極或負面，它都不會如潮水般瞬間退去。我們且不說新中國成立後中蘇兩國向在關係「蜜月期」時，中國對蘇聯文學的全面學習；就是兩國交惡時，出版發行的「黃皮書」中，蘇聯文學作品、文藝理論著作也是最多的。事實上，中國主流文藝界在新時期這樣一個百廢待興又海納百川的時期，可資借鑒並深受影響的仍然是俄蘇文學。

　　黎之曾談道：「蘇聯文藝界展開了關於『黨性』、『道德』、『人道主義』的討論……這些討論在我國文藝界潛在的影響是很大的、很深遠的。時隔20多年後，1983年馬克思逝世100週年紀念時周揚的《關於馬克思主義的幾個理論問題的探討》一文中關於『人道主義』『異化』的論述，與國際共產主義運動中，特別是蘇聯的這些問題的討論不無關係。在60年代這些問題在我國還很難深入地探討」。〔註1〕

　　那麼，二十世紀五六十年代新中國是如何面對國際共產主義運動中的人道主義、人性等討論的呢，這些討論又如何與若干年後新時期的「人道主義」討論發生關聯，「皮書」在其中究竟起到了怎樣的作用？

　　新時期「人道主義」討論從最基本的「人」的概念開始，逐步推進，不可避免地遭遇了「異化」、「人是不是馬克思主義的出發點」、馬克思主義與人道主義的關係，社會主義人道主義與資產階級人道主義的區別等問題。而文學界則要回答：文學藝術該不該表現人道主義，該表現怎樣的人道主義和如何表現的問題。如果說，西方的人道主義話語爲這場討論提供了基本的思想資源，那麼，二十世紀五六十年代國際共產主義運動中，尤其是蘇聯、東歐

〔註1〕黎之《文壇風雲錄》，河南：河南人民出版社，1998年，第311～312頁。

等國有關人道主義、人性論的研究，則爲二十年後社會主義中國思想文化的復蘇提供了可資借鑒的方向、範疇，以及具體而「親切」的資源。

要理清二三十年前後思想文化之間的傳承與變異，自非本書所能承擔。本書將追根溯源的切入口放在經歷了這二三十年歷史風雲變幻，並參與了新時期討論的個體身上，希圖以個體思想的變遷來揭開歷史的冰山一角。或許以此獲取的歷史信息是片斷式的、殘缺不全的，但它亦終究屬於歷史的一部分。

新時期「人道主義」討論的參與者中，譬如周揚、王若水等其實早在 20世紀五六十年代就開始關注、思考、研究人道主義，人性論等問題。只是時勢弄人，當時他們關注與思考的初衷是「批判」——爲了批判「有的放矢」，必須深入研究被批判者的理論主張。而批判的對象一是資產階級人道主義思想，另一重要內容則是以蘇聯爲代表的社會主義國家的修正主義思潮。因此，當年內部出版的有關人性論、人道主義的「皮書」成爲他們重要的閱讀研究對象。

此處，我們試以「十七年」文學時期文藝界的重要領導人周揚爲中心，考察新中國文藝界部分人員對 20 世紀五六十年代對人道主義、異化等問題的思考。

周揚是新中國成立後文藝界的重要理論闡述者和宣傳者。他曾毫不留情地執行和開展了一系列批判運動以保證文藝界思想的正統性和純潔性，當然其中還裹雜有宗派主義、私人恩怨等因素。到了六十年代初，即「文藝反修」時期，他仍然位居新中國文藝界高層領導位置。但據不少人回憶，這時的周揚似乎有意將精力轉到哲學、社會科學方面。黎之回憶說：「他多次講：今後文藝工作多找默涵同志，我想多抓哲學、社會科學方面的工作。」〔註2〕這一點也得到曾與周揚共事的于光遠的證實。于光遠回憶道：「在那段時間裏我覺得周揚對哲學的興趣的確很高，甚至比文藝方面更高。」〔註3〕

周揚「興趣」的轉移，可能一方面有來自高層政治壓力的原因。六十年代初，由周揚所領導的文藝界受到了最高領袖毛澤東的多次批評。1963 年，毛澤東看了中宣部文藝處編寫打印的關於上海舉行故事會活動的《情況彙報》後，借題發揮作了批示，他認爲：文藝界「問題不少，人數很多，社會主義

〔註2〕黎之《文壇風雲錄》，河南：河南人民出版社，1998 年，第 397 頁。
〔註3〕于光遠《周揚和我》，載《廣州文藝》1997 年 3 期。

改造在許多部門中，至今收效甚微。許多部門至今還是『死人』統治著，許多共產黨人熱心提倡封建主義和資本主義的藝術，卻不熱心提倡社會主義的藝術。」1964 年 6 月 27 日，毛澤東在《中央宣傳部關於全國文聯和所屬各協會整風情況報告》草稿上作了批示，他批評全國文聯和所屬協會，以及「他們所掌握的刊物的大多數」，「十五年來，基本上（不是一切人）不執行黨的政策，做官當老爺，不去接近工農兵，不去反映社會主義的革命和建設。最近幾年，竟然跌到修正主義的邊緣。」〔註4〕矛頭直指周揚領導的文藝界。

周揚「興趣」轉移的另一個原因，則可能與他本身的哲學興趣以及對文藝現狀的反思有關。自 60 年代始，周揚在激進的左傾思潮中試圖有所糾正和調整。他支持更具創造性的，更多樣化的風格和較少空論的題材。他還對大躍進時期表現出來的反知識分子、反專業的觀點有不同的意見。1961 年的全國故事片會議上，周揚批評了大躍進中某些影片的「概念化」問題。另外，周揚「還降低了階級傾向性作爲評價文學的標準的重要性。文學應當吸引除了反動分子以外的所有階級，而不只是工人和農民。〔註5〕

周揚「興趣」的轉移還有具體事例爲證。爲了籌備第三次全國文代會，曾成立了由周揚、林默涵負責的文藝理論小組，主要任務除了爲即將召開的第三次文代會作思想準備，另一重要任務就是有計劃地組織理論隊伍，編輯出版中外古典創作和理論叢書，促進理論研究工作。據黎之回憶，當時參與會議的文藝領導和專家「從歐洲的文藝復興到蘇聯文藝的演變，從孔夫子到毛澤東，從馬克思到梅林、葛蘭西，提出了一系列的翻譯、整理、出版計劃。」〔註6〕並且會上還提出一系列擬出版的其他馬克思經典作家的理論選集，而「周揚等人特別提到了葛蘭西。」因當時的「反修」文章中曾說普列漢諾夫是叛徒，所以當時討論到了普列漢諾夫著作如何編的問題。「記得何其芳說：『普列漢諾夫的論文太賣弄，周揚開玩笑地說：『你這是一家之言』。』〔註7〕「黎之回憶自己在讀到《文藝批評的準則》時，「頓覺耳目一新。」〔註8〕其

〔註4〕兩個批示當時都沒有公開發表。1966 年《紅旗》第 9 期重新發表《講話》所加的按語（《無產階級文化大革命的指南針》）中，首次在公開出版物披露這兩個批示。

〔註5〕參閱（美）R・麥克法誇爾、費正清編《劍橋中華人民共和國史 1949～1965年》，北京：中國社會科學出版社，1992，第 474 頁。

〔註6〕黎之《文壇風雲錄》，河南：河南人民出版社，1998 年，第 203 頁。

〔註7〕黎之《文壇風雲錄》，河南：河南人民出版社，1998 年，第 203 頁。

〔註8〕黎之《文壇風雲錄》，河南：河南人民出版社，1998 年，第 205 頁。

原因是葛蘭西開宗明義寫道：「『藝術就是藝術，而不是『預先安排的』和規定的政治宣傳，這一概念本身，會不會阻礙作爲時代的反映，並對一定的政治潮流產生積極作用的一定的文化潮流的形成？不會的。恰恰相反，這一概念以最徹底的方式提出問題，促使文學批評更加切實有效，更加生動活潑。』這與我們對政治與藝術標準的簡單的理解，以至長期提出文藝爲政治服務、爲生產服務、爲中心工作服務的口號相距太遠。」〔註9〕黎之作爲參與了六十年代一系列重要文藝事件的文藝工作者，第一次接觸到葛蘭西，讀到《文藝批評的準則》，居然產生這樣的震撼，可見國內主流意識形態多麼深入人心。而周揚等將其列入公開翻譯、出版計劃之中，從這一舉措我們仍可窺得周揚當時的某種思考與抱負。《普列漢諾夫哲學著作選集》的第一、二、三卷最終分別於 1956 年 6 月，1961 年 9 月，1962 年 7 月公開發行。另外，普列漢諾夫的著作還出現在了「灰皮書」中，如《普列漢諾夫的哲學觀點》和《論戰爭》等。

周揚興趣轉向哲學、社會科學方面以後，他的思考發生過什麼變化，有何具體表現呢？對此，黎之和于光遠都特別提到了 1963 年 10 月 26 日中國科學院哲學社會科學學部委員會第四次擴大會議。當時周揚作了題爲《哲學社會科學工作者的戰鬥任務》的報告。報告中談到了如何看待「人道主義」問題，並著重分析了「異化」概念。兩個問題在新時期人道主義討論中再次重提，並成爲爭論重點。這可能也是兩位老先生不約而同提到這份報告的原因所在。由於眾所周知的原因，領導的報告不一定出自報告人之手，可能是秘書或寫作班子的成果。那麼，周揚的這份報告是否是其本人的思想成果呢？我們有必要瞭解相關人事的回憶。

黎之：「這個報告起草和資料準備，文藝處未參與多少工作。只請有關單位編了兩本書藝上人道主義的資料（後作爲黃皮書由人民文學出版社出版），還找了部分『異化』的材料。……這個報告，系統地批判人道主義，並用一分爲二的觀點論述了『異化』論。」〔註10〕

于光遠：「周揚自己在講話前作了充分準備。在作了報告之後把講話整理成文章時我們科學處的同志作了一些文字工作。周揚一遍一遍地改，定稿後送毛澤東審閱。……周揚在這個報告中對人道主義與異化問題有很大的興

〔註 9〕黎之《文壇風雲錄》，河南：河南人民出版社，1998 年，第 205 頁。

〔註10〕黎之《文壇風雲錄》，河南：河南人民出版社，1998 年，第 399～400 頁。

趣。毛澤東看稿時對這沒有提不同的意見，對這周揚也一直很高興。周揚本人對這個報告是十分重視的。」〔註11〕

龔育之：「這個報告是由我們科學處起草的。但是，周揚……對我們起草的報告修改很多，改動大。報告是10月26日作的，10月31日為送審這篇講話稿給毛主席寫了一個報告。毛修改退回後，周揚很高興，告訴了我們這個情況。」「說是幫他起草，其實幫不上多少。不但先由他幾次詳細地講述設想要寫的內容，而且我們分別寫的一些初稿，他都詳細改過。還有許多完全是他自己寫的。我們只是對他寫的稿子做一些文字整理，提出一些修改意見。他用很清秀但有些難辨認的毛筆字，改得密密麻麻。我們謄清和稍加整理之後，排出清樣，他又改得密密麻麻。不但講話以前仔細修改，講完之後，還反覆修改。這次從講話到發表，又改了兩個月時間，直到發表的前兩天，他還要我們幫助他考慮一些修改的問題。」〔註12〕

至於報告中「異化」概念的提出，相關當事人的回憶則是這樣的：

王若水：「1963年他給學部委員們做報告《哲學社會科學工作者的戰鬥任務》，其中談到了人道主義和異化問題。毛主席對這個報告很感興趣。毛打電話找在北京的劉少奇，讓劉找人幫周揚修改好。結果，陳伯達、康生都來了。這個報告是龔育之起草的，我的貢獻就是關於異化的定義。」〔註13〕

龔育之：「那個時候他就提到了異化問題。我建議刪掉異化部分。周揚還是增加了。由批蘇聯的異化，確立異化的概念的「對立統一」。他講自然思維都有異化問題。我不同意。一度接受我的意見改過來，社會領域也存在，我很高興他同意我的意見。後來他又改過去，王若水講這是毛主席確立過的，異化是普遍概念。我沒有聽周揚自己講。這一部分主席沒有改，從稿子上可以看得出。」〔註14〕

對於周揚是否從這個時候就開始思考異化問題，龔育之認為那時「他並不明確。而且也不是後來達到的那種認識。80年代胡喬木批異化後，我問過

〔註11〕 于光遠《周揚和我》，載《廣州文藝》1997年3期。
〔註12〕 《與龔育之談周揚》，見李輝編著《搖蕩的秋韆——是是非非說周揚》，廣東：海天出版社，1998年，第185頁。
〔註13〕 《與王若水談周揚》，見李輝編著《搖蕩的秋韆——是是非非說周揚》，廣東：海天出版社，1998年，第157頁。
〔註14〕 《與龔育之談周揚》，見李輝編著《搖蕩的秋韆——是是非非說周揚》，廣東：海天出版社，1998年，第185頁。

周揚，毛主席當時怎麼講的異化問題，你還記得麼？他說我記不清了。回答含糊。」〔註15〕

　　無論是如王若水所言周揚同意了他的「異化」概念，還是如龔育之所說，開始思考「異化」問題但並不明確，可以肯定的是，周揚對這個問題必有自己的思考和研究。那麼，當時環境下，有哪些理論給了周揚思考的興奮點，或是某種觸動呢？

　　周揚對「人道主義」問題、「異化」問題的關注，與這時國際哲學、文學界的相關論爭其實有著很大的聯繫。

　　自「二戰」以後，無論是在資本主義國家或是社會主義國家，對人道主義都有廣泛的討論。社會主義國家的學者和政治家，以及資本主義國家裏的一些共產黨人，發表了許多關於人道主義的文章。為此，商務印書館於 1963 年始開始內部出版《人道主義、人性論研究資料》（共五輯）。第一輯（1963 年 3 月出版）是蘇聯學者的文章，包括：謝爾賓納的《黨性與人道主義》，阿尼西莫夫等的《生活——理論——文學》，奧澤羅夫《在為了人的鬥爭中》，謝爾賓納《文學的道德感召力》，沃爾欽科《馬克思列寧主義倫理學論良心》，古里亞《我們是人道主義者》，謝爾賓納《人和人類》，《文學問題》編輯部《人道主義和現代文學》等。第二輯（1964 年 9 月出版）所收都是東歐波蘭、德意志民主共和國、捷克斯洛伐克、羅馬尼亞、保加利亞和匈牙利等國學者的作品，共十六篇文章。其中有波蘭沙夫的《個人幸福的條件》，盧卡契論述文學中的人道主義的三篇文章；第三輯（1963 年 4 月出版）絕大部分是法國作家，此外波蘭、瑞士、西班牙作者各一人。其中有加羅蒂的《馬克思主義的人道主義》、《論異化》，比果的《馬克思的二重性》，馬賽的《人性觀念和現代人的擔心》，薩特的《存在主義是一種人道主義》等。第四輯（1965 年 1 月出版）共收論文十三篇，作者均為南斯拉夫人，文章內容涉及哲學、倫理學、憲法、文學藝術、科學技術等各方面。第五輯（1964 年 9 月出版）以英、美兩國學者的論文為主，有三篇論文作者為德國人，包括弗洛姆的《人的本性》、《異化》。另外收有赫胥黎的《人道主義的結構》等。

　　這些文章，有的把人道主義看作是共產黨人奮鬥的最高理想，有的認為「人道主義是馬克思列寧主義的核心」；或者有人提出「人道主義永遠是衡量

〔註15〕《與龔育之談周揚》，見李輝編著《搖蕩的秋韆——是是非非說周揚》，廣東：海天出版社，1998 年，第 185 頁。

人類進步的最高標準」等命題。

另外，一九六三年五月，在捷克里勃利斯宮堡舉行的「卡夫卡討論會」也是國際共運的一次重要會議。參加此次會議的有社會主義國家和法國、奧地利共產黨等近一百名卡夫卡研究專家。加洛蒂在會上發表了題爲《卡夫卡與布拉格的春天》的評論。他認爲卡夫卡的全部作品就是反對異化、卻又始終找不到擺脫異化出路的一種漫長的鬥爭，但是這並不妨礙卡夫卡的作品成爲道地的和偉大的作品。加洛蒂的這篇評論可視爲後來引起更大轟動的《論無邊的現實主義》的雛形。加洛蒂在其後發表的《論無邊的現實主義》（1963年）中，進一步闡述了他的觀點。他認爲：「卡夫卡不是一個革命者。如果說他喚醒人們對他們的異化的意識，如果說他的作品旨在用對壓迫的意識使壓迫變得更加難忍，他卻並未發出任何戰鬥號召，指出任何遠景。」〔註16〕但是加洛蒂接著評價道：「卡夫卡用一個永遠結束不了的世界、永遠使我們處於懸念中的事件的不可克服的間斷性，來對抗一種機械生活的異化。他既不想模仿世界，也不想解釋世界，而是力求以足夠的豐富性來重新創造它，以摧毀它的缺陷、激起我們爲尋找一個失去的故鄉而走出這個世界的、難以抑制的要求。」〔註17〕加洛蒂的觀點引起了不少與會者的爭議。當時民主德國的政論家和作家、德國統一社會黨政治局文化委員會主席庫來拉認爲，卡夫卡的作品的基本主題是「對沒有目的的道路和沒有道路的目的的恐懼」，因此「卡夫卡的作品不適宜於用來克服頹廢、并擴大和豐富現實主義的源泉」。〔註18〕蘇契科夫亦在自己的文章中否定了社會主義社會「異化」現象的存在。

前文黎之提到周揚在撰寫《報告》之前，給周揚提供了兩本關於「人道主義」的冊子、并提供了一些「異化」問題的資料。這些資料應該與當時國際哲學界、文學界的這些論爭有關。

根據于光遠的回憶，我們還可看到盧卡契等學者與周揚思考的關係：「那

〔註16〕（法）羅傑‧加洛蒂《論無邊的現實主‧義譯者前言》，吳岳添譯，天津：天津百花文藝出版社，2008 年，第 146 頁。（原作發表於 1963 年，但因未找到原作，因此參閱了現在這個版本。）

〔註17〕（法）羅傑‧加洛蒂《論無邊的現實主‧義譯者前言》，吳岳添譯，天津：天津百花文藝出版社，2008 年，第 167 頁。

〔註18〕轉引自（法）羅傑‧加洛蒂《論無邊的現實主‧義譯者前言》，吳岳添譯，天津：天津百花文藝出版社，2008 年，第 3 頁。

時，我感到周揚對西方馬克思主義者對馬克思早期著作的研究發生了頗大的興趣。他很看重盧卡契的著作。……盧卡契有一本書《歷史與階級意識》很有名，盧認爲社會革命的目的是剷除異化和實現『眞正的人性』。」〔註19〕

盧卡契當時在社會主義國家被視爲修正主義者而受到批判。盧卡契一直維護現實主義唯我獨尊的地位，而「匈牙利事件」後盧卡契被捕入獄，他開始體驗到卡夫卡所說的異化世界。我國編輯的《盧卡契修正主義資料選輯》（內部資料）的「編者按」中這樣寫道：「喬治·盧卡契爲現代修正主義者。他的修正主義觀點頑強地表現在政治、哲學和文藝上，對歐洲以及我國都起著極大的危害影響。特別是在文藝領域中，堅持反對馬克思主義觀點，強調批判現實主義是永恒不變的創作方法，否定世界觀對創作的決定作用。」〔註20〕匈牙利第一次作家代表大會則印發了《關於解放後匈牙利文學的幾個問題——匈牙利社會主義工人黨中央委員會文化理論工作組討論提綱》，全面批判了盧卡契的「右傾修正主義觀點」。

新中國建國後，國內學界在相當長時期內都不曾提到及盧卡契。但隨著1955年的反胡風鬥爭，1956年的「匈牙利事件」和1957年「反右」鬥爭的進行，盧卡契重新進入文藝理論界。1960年林默涵將巴人的修正主義與盧卡契的理論聯繫起來。周揚又把盧卡契「普遍人性」理論與胡風聯繫起來，他稱胡風爲「在我國最早販賣盧卡契這一套理論的。」出於對國際國內問題的雙方面考慮，周揚，這個胡風解放前在盧卡契等一系列問題上的理論對手，通過他在中國作家協會的代言人邵荃麟向《世界文學》雜誌社發出指示，開始編譯「供批判用」的盧卡契論文。〔註21〕這些論文後曾以活頁的形式在內部發行過，「文革」後期彙編爲兩卷本的《盧卡契文學論文集》行世。而在二十世紀六十年代我國還內部出版過盧卡契的哲學著作《青年黑格爾》（選譯）、《存在主義還是馬克思主義？》等。

在當時「批資反修」不斷升溫的情況下，周揚對「人道主義」、「異化」問題的關注，對葛蘭西、盧卡契的興趣，以及西方馬克思主義者對馬克思早期著作的研究引起周揚的極大興趣，都應該的確是出於文藝理論家對這類問

〔註19〕于光遠《周揚和我》，載《廣州文藝》1997年3期。
〔註20〕轉引自黎之《文壇風雲錄》，河南：河南人民出版社，1998年，第238頁。
〔註21〕參閱《盧卡契文學論文集》（一），北京：中國社會科學出版社，1980年，第6～7頁。

題深入研究的「興趣」——無論是爲了批判還是反思。至於周揚在此期間還閱讀過其他哪些著作，限於第一手資料的原因，我們不能妄加揣測或推斷。當然，我們也決不能武斷地下結論說周揚當時的理論資源完全來源於此時的「皮書」，而忽略掉他此前所接受的哲學、文學理論的影響。但是就周揚建國後一直所扮演的角色來看，我們又不得不承認這些「皮書」對於特定環境中的周揚所具有的重要理論啓發意義。

在《哲學社會科學工作者的戰鬥任務》的第二部分——「批判現代修正主義，重新學習和宣傳馬克思列寧主義，是當前哲學社會科學戰線頭等重要的任務」中，周揚對「人道主義」、「異化」進行了較爲充分地論述，批判了各種「人道主義」思潮、學說，清理了「異化」概念的源頭。報告中他談道：「『異化』，……意思是說，主體在一定的發展階段，分裂出自己的對立面，變成了外在的、異己的力量。……根據唯物主義的觀點來解釋異化，按照事物總是一分爲二、走到自己的反面這個辯證規律來理解異化，這就使黑格爾顛倒著的異化概念倒轉過來，兩腳著地了。這樣，就應當承認，異化是自然界和人類社會的一種普遍現象，而異化的形式是多種多樣的」〔註22〕。承認「異化是自然界和人類社會的一種普遍現象」，這在當時的政治文化環境下，應該說也是需要學術膽識和勇氣的。但囿於國際國內形勢，周揚在報告中認爲現代修正主義者和某些資產階級學者是「竭力利用『異化』概念來宣揚所謂『人道主義』。」「修正主義者和資產階級學者鼓吹的異化論，實際上是資產階級的人性論。」〔註23〕

周揚同時注意到「現代修正主義者和某些資產階級學者」把「青年時代的馬克思和成熟的，作爲無產階級革命家的馬克思對立起來。他們特別利用馬克思早年所寫的《經濟學——哲學手稿》一書中關於『異化』問題的某些論述，來把馬克思描寫成資產階級的人性論者。」〔註24〕

其實，在「他們」注意到早期馬克思著作、思想的時候，作爲批判者的周揚也因爲「批判」關注著這些作爲「內部資料」的修正主義者和資產階級

〔註22〕周揚《哲學社會科學工作者的戰鬥任務》，載《人民日報》1963 年 12 月 27 日。

〔註23〕周揚《哲學社會科學工作者的戰鬥任務》，載《人民日報》1963 年 12 月 27 日。

〔註24〕周揚《哲學社會科學工作者的戰鬥任務》，載《人民日報》1963 年 12 月 27 日。

學者的言論。在他提倡重新學習馬克思列寧主義的時候，他也一定重溫了馬克思早年的《1844年經濟學——哲學手稿》，並由此思考馬克思主義的「原教旨」究竟是什麼。

當歷史剝去特定時期的政治色彩，當「階級鬥爭」不再是主宰社會政治、經濟生活的唯一原則，當歷史中人親身經歷了歷史的波詭雲譎，最初處在萌芽狀態的思考開始逐漸成熟，不太明確的問題則愈來愈清晰地顯露出其本真的面目。1983年紀念馬克思逝世一百週年的大會上，周揚發表《關於馬克思主義的幾個理論問題的探討》一文。長文第四部分「馬克思主義與人道主義的關係」對1963年《哲學社會科學工作者的戰鬥任務》中相應問題作了修正與深化。

關於「人道主義」，周揚是這樣回應歷史的：「在『文化大革命』前的十七年，我們對人道主義與人性問題的研究，以及對有關文藝作品的評價，曾經走過一些彎路。這和當時的國際形勢的變化有關。那個時候，人性、人道主義，往往作爲批判的對象，而不能作爲科學研究和討論的對象。在一個很長的時間內，我們一直把人道主義一概當作修正主義批判，認爲人道主義與馬克思主義絕對不相容。這種批判有很大片面性，有些甚至是錯誤的。我過去發表的有關這方面的文章和講話，有些觀點是不正確或者不完全正確的。」〔註25〕接著他說：「我不贊成把馬克思主義納入人道主義的體系之中，不贊成把馬克思主義全部歸結爲人道主義；但是，我們應該承認，馬克思主義是包含著人道主義的。當然，這是馬克思主義的人道主義。在馬克思主義中，人佔有重要地位。馬克思主義是關心人，重視人的，是主張解放全人類的。」〔註26〕

顯然，之前對馬克思早期著作的研讀，對被批判者言論的批判閱讀，再加上「文革」時期的親身遭遇，周揚的思想得到了進一步深入。在《關於馬克思主義的幾個理論問題的探討》中，周揚終於承認：「關於人的問題，他（筆者注：馬克思）在早期著作中談得比較多，比較集中，其中有十分精闢的見解，當然也有不成熟之處。後期馬克思集中力量研究經濟問題，關於人

〔註25〕周揚《關於馬克思主義的幾個理論問題的探討》，載《人民日報》1983年3月16日。

〔註26〕周揚《關於馬克思主義的幾個理論問題的探討》，載《人民日報》1983年3月16日。

的問題談得少一些，但比之早期著作又有新的發展。只有把馬克思的早期著作和後期著作連貫起來研究，既看到兩者的區別，又看到兩者的聯繫，才能對馬克思主義獲得完整準確的瞭解。二三十年來，西方的馬克思主義者和馬克思主義研究者集中力量研究馬克思的《1844 年經濟學——哲學手稿》，寫出了不少著作。」〔註27〕

關於「異化」概念，兩篇長文的解釋是一致的。只是 1983 年的文章中，周揚寫道：「承認社會主義的人道主義和反對異化，是一件事情的兩個方面。……『異化』是客觀存在的現象，我們用不著對這個名詞大驚小怪。徹底的唯物主義者應當不害怕承認現實。承認有異化，才能克服異化。」周揚同時指出在經濟領域、政治領域、思想領域都存在異化現象。尤其是思想領域的異化，最典型的就是個人崇拜，「這和費爾巴哈批判的宗教異化有某種相似之處。」〔註28〕

不久，周揚因這篇頗具「前衛」思想的文章受到批判，並以自我檢討告終，但卻推動了新時期人道主義討論的深化。「異化」概念也漸漸不再是「大驚小怪」的禁忌話題。馬克思早期著作逐漸進入到新時期哲學、文藝界的研討範圍。

這裡需要著重指出的是，周揚 1963 年的報告和 1983 年的長文，王若水都參與並主要起草了「人道主義」部分。也就是說，周揚在對「人道主義」、「異化」問題進行思考的同時，王若水是重要的思想同行者。那麼，王若水對此一問題的思考，又是如何發端的呢？大概在 1963 年，由周揚負責、王若水、洪禹、汝信、邢賁思、王春元、羅國傑等在萬壽路集中討論，編一個批判人道主義的小冊子，並開始研究異化問題。王若水回憶：「……當時我看了一些外國書，包括蘇聯、東歐、南斯拉夫等國的。我們還編馬恩關於這個問題的語錄。當時我們在批判人道主義這一點上意見是一致的，但對異化有不同看法。我主張不能完全拋棄異化概念，認爲這是辯證法的概念，不是唯心主義的概念，後來周揚同意這個觀點。讓我分工寫有關異化的一章。」〔註29〕

〔註27〕周揚《關於馬克思主義的幾個理論問題的探討》，載《人民日報》，1983 年 3 月 16 日。

〔註28〕周揚《關於馬克思主義的幾個理論問題的探討》，載《人民日報》1983 年 3 月 16 日。

〔註29〕《與王若水談周揚》，見李輝編著《搖蕩的秋韆——是是非非說周揚》，廣東：海天出版社，1998 年，第 157 頁。

　　二十年後，新時期人道主義、異化問題的討論中，王若水發表了《人是馬克思主義的出發點》（1980 年 8 月），《為人道主義辯護》（1983 年 1 月）、《談談異化問題》（1985 年 8 月）等文章。他認為：「在社會觀點上，馬克思主義同以往的人道主義之間有批判繼承關係。」「社會主義人道主義應當突出人的價值，把人看作最寶貴的財富，看成是歷史的主體和社會的主人。社會主義人道主義也應當十分重視創造條件來培養和開發人腦的潛能，人不僅在品格方面而且在智力、體力、審美能力等方面得到發展。」王若水還認為：「馬克思主義世界觀既包含對社會歷史的科學解釋，又包含最徹底的人道主義價值觀念。正因為這樣，馬克思主義才不僅僅是解釋世界，而且要改造世界。……馬克思主義人道主義不僅體現在社會主義的原則中，還體現在解放全人類的綱領中，體現在『每個人的全面而自由的發展』這個共產主義社會的基本原則中。」〔註30〕

　　雖然 20 世紀五六十年代蘇聯及東歐各國關於人道主義、人性論的討論在後來者看來存在諸多局限，免不了時代的束縛。但是對新中國而言，它們已屬「異端」，並被打上「修正主義」的標識而被批判。王若水八十年代關於人道主義與馬克思主義的關係等問題的闡釋，讓我們依稀看到他六十年代閱讀內部資料所遺留下來的潛在影響。

　　我們不妨看看王若水提及的蘇聯、東歐等國在這些問題上的思考與研究。

　　沙夫是當時波蘭統一工人黨中央委員、波蘭科學院哲學研究所所長。他著名的《人的哲學——馬克思主義與存在主義》一書由三部分組成：《馬克思主義與存在主義》、《人的哲學》、《人道主義的矛盾》。作者認為馬克思主義在很大程度上是起源於對個人問題的研究的，後來的馬克思主義者忽視和遠離了個人問題。人道主義問題，「人性論」，以及與個人命運的關係等，的確包含在青年馬克思的著作中。沙夫認為，馬克思主義與存在主義的一切其他觀點的分歧都圍繞著「個人的概念」這個焦點聚焦起來。「人的問題」、「人道主義問題」是其中心問題，作者認為這是存在主義當時「轟動」的原因所在，青年馬克思問題的「轟動」也緣於此。

　　作者辨析了馬克思主義與存在主義關於「個人」的論述，從馬克思主義的立場批判了存在主義的基本觀點，但同時認為存在主義的出現也深化了對馬克思主義本身的認識。譬如他認為：薩特所理解的存在主義的對象，「是社

〔註30〕王若水《我對人道主義問題的看法》，見《為人道主義辯護》，北京：生活・讀書・新知三聯書店，1986 年，第 239～247 頁。

會環境、自己階級和集體客體中的單個的人以及其他的個人；這是異化了的、物化了的、神秘化了的個人；是勞動分工和剝削所創造的、同時又是借助於不適當的手段來反對異化並且越來越耐心地達到新的地位的個人。」而「馬克思主義者忽視了這個問題」，因此這是「值得尊重的研究對象」〔註31〕

　　而在談道「社會主義的人道主義」時，沙夫認爲社會主義的人道主義「不應只限於一般地追求普遍的善或對親人的愛」，而且要爲「這些要求去鬥爭」「社會主義，作爲一種理想，乃是這個人道主義的徹底表現，同時也是人道主義理想的物質化的實現。」「馬克思主義者，才能成爲最高形式的人道主義即社會主義的（著重號爲原文所加）人道主義的捍衛者。」〔註32〕

　　但沙夫在第三部分《人道主義的矛盾》中指出愈是著重指出和挖掘社會主義的人道主義的新（著重號爲原文所加），就愈應該同時著重指出社會主義人道主義與數世紀的人道主義思想之間的聯繫。如果離開這些先驅者，而一味地強調馬克思主義是「絕對」的新生事物，則會使社會主義人道主義的內容變得貧乏，從而縮小其社會影響。因此，就某種意義來說，「它非常之舊」。而社會主義人道主義與其他人道主義的區別在於：「社會主義的人道主義乃是戰鬥的（著重號爲原文所加）人道主義」「戰鬥的人道主義以個人的發展和爲個人的幸福創造最良好的條件爲目的。」〔註33〕「科學的社會主義的實質是它的人道主義，而這種人道主義的實質是它的個人幸福觀。馬克思主義中的一切（著重號爲原文所加），它的哲學，它的政治經濟學，它的社會觀點和政治觀點，都正是服從這個問題的。一切都是爲唯一的實踐目的服務的理論武器，這個目的就是爲了美好的、更幸福的人的生活而鬥爭。青年馬克思早已瞭解到這點，所以他說革命哲學是無產階級的思想武器。」〔註34〕

　　從以上論述中，我們不難發現王若水、沙夫在同樣問題上思考的相似性。

　　而蘇聯文學界關於「黨性」、「道德」、「時代精神」、「人道主義」等的討論資料彙集而成的「黃皮書」則包括《蘇聯文學與人道主義》、《蘇聯文學與

〔註31〕　（波）沙夫《人的哲學——馬克思主義與存在主義》，林波、徐懋庸、段薇傑、張振輝譯，生活・讀書・新知出版社，1963年，第38頁。

〔註32〕　（波）沙夫《人的哲學——馬克思主義與存在主義》，林波、徐懋庸、段薇傑、張振輝譯，生活、讀書、新知出版社，1963年，第64～65頁。

〔註33〕　（波）沙夫《人的哲學——馬克思主義與存在主義》，林波、徐懋庸、段薇傑、張振輝譯，生活・讀書・新知出版社，1963年，第117～121頁。

〔註34〕　（波）沙夫《人的哲學——馬克思主義與存在主義》，林波、徐懋庸、段薇傑、張振輝譯，生活・讀書・新知出版社，1963年，第145～146頁。

黨性、時代精神及其他問題》等。現代文藝理論譯叢編輯部編的《蘇聯文學與人道主義》1963 年 8 月由作家出版社內部出版。這本內部資料輯中的文章都屬於馬克思主義內部對人、人性、人道主義的不同認識。

下面摘抄其中部分文章觀點。

蘇羅夫采夫的《人道主義的敏銳性》。文章通過列舉當時蘇聯國內的文學作品，如西蒙諾夫的《生者與死者》、岡察爾的《人與武器》、蘇拉卡烏里的《驚濤拍岸》等，分析了文學作品中表現出的人道主義問題。尤其是格爾曼的長篇小說《你所服務的事業》（第二部），蘇羅夫采夫認為小說「囊括了一大組人道主義問題」，讀者通過不同人物檢驗了「同情憐憫的人道主義」和「『行政方式的』果斷的、不考慮被幫助者觀點的人道主義的價值」，而小說主人公沃洛季·烏斯季明科則走向了「真正人道主義的道路」。「社會主義的新人道主義的文學向世界表明，人是環境的積極改造者」。〔註35〕

謝爾賓納在《文學和個人的精神發展》一文中同樣列舉了許多作家的作品以資佐證——「從個人同人民群眾前進運動的聯繫中發現和體現個人的發展，這是蘇聯文學特有的革新者的本領。……確信個人的昇華和成長——這是社會主義人道主義的特徵。」「我們永遠不會忘記高爾基的這句永垂不朽的名言：『人的身上有著一切，一切都是為了人！』」〔註36〕

艾特瑪托夫的《善戰勝一切》寫道：「作家不僅應該在人道主義的高級領域中，例如在爭取和平、反對種族主義和法西斯主義的崇高使命方面看到、找到和揭示人道主義的本質，而且應該把人道主義當作人的普遍品質和本性在其日常生活中的表現而予以發現和歌頌。人道主義應該是人的天然的、不可分離的伴侶，應該像勞動需要一樣自然而簡單。」「……如果沒有人對廣義的美的不可抑制的嚮往，地球上就沒有美的概念了。發現這個世界的新色彩，探求這個世界的新奧秘，這就等於為人民服務，為藝術服務，就等於為人道主義的理想服務。」「號召人們對惡，對精神上的貧乏和庸俗採取不妥協的態度，號召人們具有反對社會的不公正的難以遏止的願望，這就是真正的人道主義，就是戰鬥的人道主義。」〔註37〕

〔註35〕 （蘇）蘇羅夫采夫《人道主義的敏銳性》，見現代文藝理論譯叢編輯部編《蘇聯文學與人道主義》，北京：作家出版社，1963 年，第 206～209 頁。

〔註36〕 （蘇）謝爾賓納《文學和個人的精神發展》，見現代文藝理論譯叢編輯部編《蘇聯文學與人道主義》，北京：作家出版社，1963 年，第 237～238 頁。

〔註37〕 （蘇）艾特瑪托夫《善戰勝一切》，見現代文藝理論譯叢編輯部編《蘇聯文學

　　以上這些研究論爭，都堅持了基本的馬克思主義立場，批判了抽象的人道主義，摒棄所謂超階級的愛，堅持社會主義道德原則。這正是他們能被新中國的馬克思主義文藝理論家們接受，並產生影響的先決條件，也是二者之間的共同點。只是因爲時勢弄人，這些研究和思考因爲在同時代的新中國成爲被批判的對象而無法展開和深入，但卻在二十年後終於有了回應。

　　周揚、王若水等人是首先接觸到以上這些內部資源的重要人物之一。從以上資料來看，可以說周揚、王若水等當年的思考興奮點或起點正是來自於那些需要批判學習的「內部資料」。正是這些「內部資料」，促動了他們某種程度的反思，被批判者的觀點也因爲「批判」而深深烙在了這些批判者的思想體系之中。世事變遷，風雲際會，二十年後（1983年），周揚、王若水成爲新時期「人道主義」討論的重要參與者，而周揚更是在他1983年的長文中補充並認可了當年被批判者（所謂現代修正主義者）的某些思想。這似乎與蘇契科夫的經歷有些相似。當加洛蒂寫出《論無邊的現實主義》時，第一個批判加洛蒂的蘇聯文論家即是蘇契科夫。然而正是他在20世紀70年代指出社會主義現實主義是一個「開放的體系」，這從反面證明了《論無邊的現實主義》的深刻影響。

　　從周揚對盧卡契等的興趣，對「人道主義」、「異化」問題的思考，我們看到了周揚艱難的思想歷程——曾權居高位，緊跟政治步伐。但其知識分子的稟賦同時又促使他在批判對手的同時，也從對手那裡反思、修正自己。周揚完全可以成爲20世紀左翼文藝思潮發展的一個象徵。

第二節　「皮書」與新時期批判現實主義傳統的恢復與發展

　　新時期文學「撥亂反正」，首先是從「文革」時期「極左」思潮影響下產生的僞現實主義和僞浪漫主義，尤其是「瞞」和「騙」的文學開始的。恢復現實主義傳統成爲新時期文藝界最響亮也最眞切的呼聲。人們早已厭倦甚至憎惡了虛假、虛僞的政治化文學，符號化文學，而迫切渴望文學回歸其本眞的面貌——對人、對生活的眞實描寫與展現。作家們在經歷了歷史的磨難和艱苦的底層生活後，對生活有了更眞切的體驗、認識和感悟。更重要的是，

與人道主義》，北京：作家出版社，1963年，第231～233頁。

在長期的反智主義、反知識分子化的精神磨礪之後，作家們身上的責任意識、啓蒙意識反倒在新時期得到昇華，譬如巴金、韋君宜等。他們希望通過自己的筆向更多的讀者眞實傳達、表現或宣泄鬱積於心的歷史體悟。

上文所論新時期「人道主義」大討論對現實主義傳統的恢復起到了思想理論上的鋪墊、解放作用。因爲，人道主義和現實主義總是相互促進，相攜相伴的。「人道主義爲了強調人的地位、肯定人的價值和謀求階級民族的解放，就必須進行人性解放和社會變革兩方面的鬥爭。這反映在文學現實主義方面，就形成它呼喚人性和社會批判兩大主題。所以人道主義無論作爲世界觀、歷史觀或是作爲倫理原則和道德規範，都可說是近代現實主義重要的思想依據和出發點，是近代現實主義的核心和靈魂」〔註 38〕二十世紀五十年代「百花文學」出現的「干預生活」和「家務事、兒女情」兩類作品恰好映證了「人道主義」思想對創作的影響。新時期現實主義文學的發展，同樣肇始於「人道主義」大討論。「皮書」與新時期「人道主義」大討論的關係前文已論及，此處我們還試圖進一步釐清「皮書」與新時期文學現實主義傳統恢復之間的直接聯繫，包括「皮書」在理論方面的影響，以及新時期文學發展路徑與「皮書」所代表的文學潮流間的相似性。

新時期文學現實主義傳統的恢復，離不開其理論上的正本清源與不斷發展。新時期之初，文學理論界就進行了一系列的「撥亂反正」。「十七年」、「文革」期間被批判的「寫眞實」論、「現實主義廣闊道路」論、「現實主義深化」論得以平反。曾以「三十萬言書」深刻闡釋自己現實主義理論主張的胡風通過兩次平反終於重新回歸文藝界，其理論重新受到重視。「文革」之初被批判爲走「文藝黑線」道路的周揚在第四次全國文代會上的報告中更重申了「眞實是藝術的生命」這一命題。經過概念的梳理與釐清之後，至八十年代，理論界關注重心轉向在新歷史條件下現實主義應如何發展的問題。這時理論界提出了「現實主義的開放體系」、「社會主義批判現實主義」和「現代現實主義」等理論主張。

我國新時期現實主義開放體系問題的提出，其重要原因自然是因爲文學界的實際創作實踐已漸漸越出了傳統的現實主義規範，需要有新的理論對此進行概括、闡釋與引導。就如當年加洛蒂提出的那個著名疑問一樣：「從斯丹達爾和巴爾扎克、庫貝爾和列賓、托爾斯泰和馬丁‧杜加爾、高爾基和馬雅

〔註38〕朱寨、張炯主編《當代文學新潮》，北京：人民文學出版社，1997，第 137 頁。

可夫斯基的作品裏，可以得出一種偉大的現實主義的標準。但是如果卡夫卡、聖瓊·佩斯或者畢加索的作品不符合這些標準，我們怎麼辦呢？應該把它們排斥於現實主義亦即藝術之外嗎？還是相反，應該開放和擴大現實主義的定義，根據這些當代特有的作品，賦予現實主義以新的尺度，從而使我們能夠把這一切新的貢獻同過去的遺產融爲一體？」〔註39〕

另一方面我們會發現，新時期現實主義開放體系問題爭論雙方的路徑與近二十年前國際社會主義文學界的討論是非常相似的。關於現實主義的開放體系，實際上早在布萊希特的《現實主義方法的廣度和多樣性》等著作中，就提出現實主義要在開放中發展的主張。20世紀60年代以社會主義國家文學界爲主的布拉格學術會議，也曾就現實主義理論問題進行論爭。1963年5月，在捷克里勃利斯宮堡舉行的「卡夫卡討論會」上，加洛蒂發表的題爲《卡夫卡與布拉格的春天》的評論，可視作日後引起更大轟動的《論無邊的現實主義》的雛形，加洛蒂在文章中亦提出了現實主義開放發展的主張。其時，蘇聯文藝理論家蘇契科夫與加洛蒂本人有過直接論爭。蘇契科夫認爲加洛蒂在《論無邊的現實主義》一書中，「否定現代藝術中的頹廢傾向，把藝術看作在其一切表現上都具有同等的思想——美學價值的現象。……這就意味著新的社會主義文化不可免地要接受現代藝術發展的全部成果。」〔註40〕蘇契科夫顯然並不認同這種觀點。他認爲充斥於二十世紀藝術中的一切非現實主義流派大部分是社會解體的一種產物——頹廢的產物。「頹廢派的『成就』不可能『豐富』現實主義，也不可能把現實主義的邊界擴大到可以囊括頹廢派藝術的領域。」因此，「如果我們徹底地把「『無邊的現實主義論』應用於藝術的話，那就不得不將任何藝術作品都看作是現實主義的，……從而取消了藝術認識現實和概括現實的必要性，即藝術成爲眞正現實主義藝術的必要性」〔註41〕

新時期，劉再復則提出：「改造和發展原來的現實主義創作模式，深化

〔註39〕（法）加洛蒂《論無邊的現實主義》，吳岳添譯，天津百花文藝出版社，2008年，第172頁。

〔註40〕（蘇）蘇契科夫《現實主義的爭論》，蘇聯《外國文學》雜誌1965年第1期，轉引自（法）加洛蒂《論無邊的現實主義》，吳岳添譯，天津：天津百花文藝出版社，2008年，第247頁。

〔註41〕（蘇）蘇契科夫《現實主義的爭論》，蘇聯《外國文學》雜誌1965年第1期，轉引自（法）加洛蒂《論無邊的現實主義》，吳岳添譯，天津：天津百花文藝出版社，2008年，第247～258頁。

現實主義精神，變現實主義的封閉體系爲開放體系，注意吸收世界上其他現
實主義體系（如魔幻現實主義、心理現實主義、結構現實主義）的創作經驗，
並用現代的眼光來審視現實，用現代意識來解釋現實，從而使現實主義具備
了現代意義。」〔註42〕而持反對意見者如張德林也提出了如當年蘇契科夫類
似的批評：「所謂的『開放的現實主義』，實際上就是『無邊的現實主義』的
翻版，這是個空泛的大而無邊的概念。形成這一概念的出發點，可能仍然是
由於把現實主義定於一尊，視爲可以包羅萬象、涵蓋一切的創作體系的緣
故。」〔註43〕

　　「社會主義的批判現實主義」命題在20世紀五六十年代的蘇聯就曾有過
討論。如蘇契科夫《現實主義的爭論》一文即肯定了批判現實主義的文學價
值，並主張：「把社會主義現實主義和批判現實主義結合在一起，以高爾基、
肖洛霍夫、羅曼・羅蘭、蕭伯納、高爾斯華綏、托馬斯・曼、羅歇・馬丁・
杜加爾、阿拉貢、海明威、馬丁・安德遜・尼克索等人的名字爲標誌的偉大
的現實主義傳統在今天還在發展，這證明了現實主義藝術及其創作方法的威
力和生命力。」「今天，維護和發展這一傳統的，有許多卓越的現實主義大作
家，有社會主義現實主義作家，也有批判現實主義作家。」〔註44〕這些討論
對新中國文藝的影響在「百花文學」的理論探討中就曾顯露端倪。譬如秦兆
陽在《現實主義——廣闊的道路》裏提出的「社會主義的現實主義」概念，
即試圖融合批判現實主義傳統於社會主義的現實主義文學中。新時期，黃偉
宗則在《論社會主義的批判現實主義》〔註45〕、《提倡社會主義文藝創作方法
的多樣化》〔註46〕等文中明確提出了「社會主義的批判現實主義」的口號。
這似乎可以視爲蘇契科夫「把社會主義現實主義和批判現實主義結合在一起」
主張的遙遠回響。

　　不惟理論方面，在文學實踐上，我們也發現新時期文藝出現了與以蘇聯

〔註42〕劉再復《新時期文學的主潮》，載《文匯報》1986年9月8日。

〔註43〕張德林《關於現實主義創作的美學特徵的思考》，載《文學評論》1988年6
　　　　期。

〔註44〕（蘇）蘇契科夫《現實主義的爭論》，蘇聯《外國文學》雜誌1965年第1期，
　　　　轉引自（法）加洛蒂《論無邊的現實主義》，吳岳添譯，天津：天津百花文藝
　　　　出版社，2008年，第256頁。

〔註45〕黃偉宗《論社會主義的批判現實主義》，載《湘江文藝》1980年第4期。

〔註46〕黃偉宗《提倡社會主義文藝創作方法的多樣化》，載《廣州文藝》1980年第4
　　　　期。

「解凍」思潮爲主要代表的社會主義文學之間驚人相似的發展路徑。

朱寨、張炯在《當代文學新潮》一書中曾感慨道：「五十年代蘇聯『干預生活』的口號傳到我國，歷盡風雨終於在新時期才顯示其生命力、創造力和戰鬥力。」〔註47〕其實，如果對整個「皮書」作全面考察，又豈止「干預生活」的口號才產生這樣的創造力和戰鬥力。新時期文學幾乎是從與蘇聯「解凍」文學同樣的主題開始的。「傷痕文學」、「反思文學」——控訴「文革」十年，以及建國以來「極左」思潮對人身心的傷害，反思造成悲劇的社會文化，倫理道德因素，民族心理等原因。這與「解凍」文學對斯大林統治時期「個人迷信」、「專制威權」的反思何其相似，與「解凍」文學尊重人，關心人的呼喚多麼接近。「改革文學」則與以《普隆恰托夫經理的故事》爲代表的蘇聯科技革命題材的小說有著相似的人物形象和思想主題。在「喬廠長」等一系列改革者人物身上，有著與普隆恰托夫相似的新型思維方式和價值觀念，是時代需要的「實幹家」和科技革命時代的「當代英雄」。他們傳達了共同的時代精神——突破傳統，銳意創新。索爾仁尼琴的「集中營」文學則直接啓迪了從維熙的「大牆文學」；以肖洛霍夫爲代表的「戰壕眞實」派則爲中國作家開創了全新的「戰爭文學」觀念。

理論與創作的復蘇過程中，一同覺醒的還有文學家們的文學意識與知識分子的啓蒙責任。洪子誠在論及蘇聯「解凍」文學的意義時這樣談道：「……對蘇聯發生的這種變革的估計，中國的文學界在當時可能還沒有把握其重要的含義。其實，這兩個國家在這一時期都有相似的演化趨勢，這就是企圖『復活』它們各自的近、現代文學的另一個『傳統』，一個被掩埋、被忘卻的『線索』。對於蘇聯文學來說，是由葉賽寧、布寧、阿赫瑪托娃、茨維塔耶娃、帕斯捷爾納克等所代表的傳統，一個關心人性、人的精神境遇的傳統。而對於中國文學來說，則是復活『五四』新文學，重新喚起『五四』作家的「啓蒙責任和『文人』意識，以及重建那種重視文學自身價值的立場。」〔註48〕這一論述切中要害。然「企圖」二字卻又道盡「求而不得」的艱難與無奈。直至新時期的到來，這種「復活」的企圖才逐漸有了實現的可能。

因爲「極左」思潮的影響，20世紀五六十年代的新中國既未能參與到國

〔註47〕朱寨、張炯主編《當代文學新潮》，北京：人民文學出版社，1997年，第146頁。

〔註48〕洪子誠《1956百花時代》，濟南，山東教育出版社，2001年，第12頁。

際共產主義一系列文藝理論的爭論和文學變革之中，自身也未能對這類問題有深入的研究（至少在主流文藝界的公開宣傳中未能見到），文學道路愈走愈窄。在遲到了二十多年以後，隨著新時期的到來，破除禁忌、打開國門的中國，必然要遭遇到曾經引起國際共產主義文藝界爭論的若干問題，也必然要補回這一課。這是作爲社會主義中國文藝發展道路中亟待解決的問題。只有回答好這些問題，社會主義中國的文藝才能進入基本正常的軌道之中。「皮書」在這一過程中，如同一面歷史的鏡子，鑒古而知今。

第三節　「皮書」與新時期文學復興之個案研究

　　說到俄蘇文學，普希金、葉賽寧、托爾斯泰、陀斯妥耶夫斯基、茨維塔耶娃、法捷耶夫、肖洛霍夫、艾特瑪托夫等大家，不一而足，而細數中國新時期的重要作家，我們會發現他們與俄蘇文學千絲萬縷的聯繫，譬如王蒙、張承志、張賢亮、史鐵生、路遙、張煒等等，在他們的身上都有著很深的俄蘇文學印記。

　　在此，筆者擇其一二，以考察「皮書」中蘇聯文學對新時期作家的影響。

一、簡論艾特瑪托夫的文學影響

　　有人曾說對新時期文學產生重大影響的俄蘇作家有三位：普希金、肖洛霍夫和艾特瑪托夫，猶以艾特瑪托夫的影響更甚。的確，在不少新時期作家身上我們都能看到艾氏的影子，其中包括路遙、張煒、張承志、史鐵生、意西澤仁等。這裡主要以張承志和史鐵生爲例作簡要分析。

　　艾特瑪托夫出生于吉爾吉斯斯坦，他深愛著養育他的那片廣袤的草原和大地。這也成爲他日後創作的重要源泉，其早期小說幾乎都圍繞著那片深沉而充滿詩意的大地展開。「黃皮書」內部出版了《艾伊特瑪托夫小說集》和艾特瑪托夫的仿童話小說《白輪船》。這些作品應該代表了艾氏前期的創作成就。

　　《艾伊特瑪托夫小說集》（以下簡稱《小說集》）共有六篇作品：《查密莉雅》、《我的包著紅頭巾的小白楊》、《駱駝眼》、《第一位老師》、《母親——大地》、《紅蘋果》。六篇小說後作爲「群山和草原的故事」系列，獲得 1963 年的列寧文學獎。

　　六部小說幾乎都以戰爭爲背景，但艾特瑪托夫從未在小說中正面描寫過戰爭前線的慘烈或悲壯。每篇小說如一首首的抒情詩，通過普通百姓日常生活中的美與善，揭示了人們對戰爭的憎惡，對和平的渴望，蘊含著對人的尊重和深沉的愛。戰爭背景下，每部作品又都寫到了愛情，尤其是愛情中的女性。這些愛情中有純眞的初戀，譬如《查密莉雅》中「我」對查密莉雅的童眞式的愛情，《第一位老師》中阿爾狄娜依對玖依申的愛戀；有經歷波折、變故甚至痛苦的愛情，比如《我的包著紅頭巾的小白楊》中「我」和阿謝麗的愛情，《母親——大地》中阿莉曼與那個不敢負責的牧羊人之間的感情。然而無論是查密莉雅、阿謝麗還是托爾戈娜伊、阿莉曼，這些女性身上都散發著動人的人性光輝，她們純眞，開朗，善良，承擔著苦難，又大膽追求著自己的愛情和幸福。她們既是草原的女兒，也是大地的寵兒。當查密莉雅沉醉在丹尼亞爾八月的歌聲中，當她一手提著包袱，一手攥著丹尼亞爾旅行包的皮帶，和丹尼亞爾涉水過河，奔向新生活時，作者沒有道德的譴責，卻只有對眞正愛情的歌頌與讚美。透過這些戰爭背景下的父親、母親，愛情中的男女，艾特瑪托夫爲我們展示了「人」對「眞」、「善」、「美」的追求，對幸福的渴慕與尋找。通過她們，作者呼喚著和平、幸福、安寧和諧的生活，歌頌了「人」高貴的信仰與意志，讚美著養育和承載了人民的草原大地的深沉與寬廣。這些作品爲艾特瑪托夫的文論——《善能戰勝一切》作了最好的注釋。

　　在藝術表現手法上，《小說集》的特點也很突出：往往採用第一人稱回憶式的敘述方式，將敘事、抒情、議論融爲一體，並喜歡運用兒童、少年視角，譬如《查密莉雅》、《駱駝眼》、《第一位老師》等，都呈現出兒童視角下難得的眞摯、清新和純淨感。小說的敘述語言則情感充沛，雖帶有淡淡的哀愁，卻不至使人沮喪。另外，《小說集》中大量的景物描寫，尤其是如油畫般絢爛的草原，增強了小說的抒情性，並同時成爲人物情感變化的對應物，從而使人、情、景三者較完美地融合在一起。

　　如果將艾特瑪托夫的《小說集》與張承志新時期以《黑駿馬》爲代表的創作做一比較，我們不難發現二者有很高的相似度：草原、純眞美好卻有缺憾的愛情，承載包容一切的大地——母親，充滿浪漫色彩的自然風物描寫以及敘事、抒情、議論融爲一體的敘述方式等等。以張承志的《黑駿馬》爲例。敘述方式上，張承志以帶有懺悔意味的回憶性敘述結構全文，並以草原古歌貫穿故事文本，以構成小說某種宿命色彩。這與《母親——大地》非常相似。

愛情模式上，《黑駿馬》則與《我的包著紅頭巾的小白楊》相仿：愛情產生——背叛——離開——尋找——開始新的生活。在具體細節上，《黑駿馬》與《母親——大地》也有相似之處：索米婭被黃毛希拉侮辱後有了身孕，阿莉曼則在丈夫犧牲後被迫與牧羊人發生關係而有了身孕。雖然孩子不是真正愛情的結晶，但她們都幸運地遇到了如大地般包容她們的額吉奶奶或婆婆，最終生下孩子。額吉奶奶告訴索米婭：這至少是一條命，如馬駒一樣的一條命；懷孕至少證明她可以生育，這對女人來說終歸是好的。而《母親——大地》中，母親——托爾戈娜伊認為應該告訴阿莉曼，叫她不必害臊，因為「所有的新生嬰兒都是無罪的。她的嬰兒跟我的親孫子一樣。……願她自豪地生活下去。敢於正視人們——她有權利當媽媽。」〔註 49〕而對如大地般承載苦難、熱愛生命的草原母親的歌頌與讚美則是張承志和艾特瑪托夫最深的情感共鳴。《黑駿馬》中的額吉奶奶，尤其是歷經磨難卻又堅韌生活的索米婭和《母親——大地》中的托爾戈娜伊，在生活的磨礪中由追求愛情、嚮往甜蜜生活的年輕姑娘漸漸成長為堅強而寬容的母親，展現了草原女性至善至美的人性。這也是張承志早期的「草原小說」系列最易讓人聯想到艾特瑪托夫的精神氣質。

史鐵生在「文革」期間也經常出入北京各地下沙龍，與趙一凡、徐曉、北島等有過密切來往，曾廣泛接觸過流傳於各沙龍的「皮書」。在史鐵生前期作品中，我們亦可以深深感受到艾特瑪托夫的影響，譬如他的早期小說《牆》〔註 50〕、《沒有太陽的角落》〔註 51〕以及《我的遙遠的清平灣》等作品。《牆》以「我」，一個女孩的回憶視角敘述了舅舅家與一牆之隔的于志剛、于志強兄弟家的故事。一天在法院工作的表哥邀請「我」去看槍決犯人，此人正是于志強。他因為哥哥修結婚新房而與鄰居發生矛盾，爭鬥中將對方打死。由此勾起了「我」少年時的記憶。那時「我」在學校裏和于志剛同桌，兩人的算術都很好。于家兄弟小時候曾因為摘棗與表哥發生矛盾，但舅舅並不計較，還邀請他們到家裏來玩。通過舅舅家、以及表哥新修的婚房與于家兄弟的對比，史鐵生以「牆」象徵了因社會不公所造成的人與人之間的隔閡以及由此帶來的不同命運。然而，面對這樣的社會題材，史鐵生並沒有「奮筆疾書」，

〔註49〕（蘇）艾伊特瑪托夫《艾伊特瑪托夫小說集》，陳韶廉等譯，北京：作家出版
　　　　社，1965 年，第 462 頁。

〔註50〕原載《今天》第四期，署名：鐵冰 http://www.jintian.net/today/敘 action-viewnews
　　　　-itemid-3068

〔註51〕原載《今天》第七期，署名：金水

而以舒緩的、回憶式的敘述方式，在不動聲色中透過一個女孩的眼睛探尋著人性的深度。小說結尾處那一聲「哎，眞可憐」爲這個看似簡單的故事抹上了淡淡的哀愁。《沒有太陽的角落》中，史鐵生以一句「她像一道電光，曾經照亮過這個角落，又倏地消逝了」開篇，將小說同樣置於回溯式的結構框架之中。接著史鐵生以第一人稱「我」講述了三個身有殘疾的小夥子們與王雪之間純眞美好的感情故事，彰顯出人物向「善」、向「美」的人性追求。然而，從小說標題、到小說回溯式的結構框架，以及貫穿小說的那首憂傷的歌曲，都爲這美好的情愫塗抹上了揮之不去的憂傷與哀愁。

如果說因爲一樣的草原生活，使得張承志與艾特瑪托夫的創作有了相似的草原故事與情感抒發方式，那麼身體殘疾的史鐵生則與艾特瑪托夫在人性的挖掘上、對「眞」、「善」、「美」的頌揚與追求上有著一致的價值立場。在愛情、親情、友情等倫理情感中挖掘人性的廣度，細緻敏銳地感知美好人性遭遇的磨損或漸漸逝去的過程，並由此生出淡淡的憂傷。這些傾向讓史鐵生的早期作品具有了與艾特瑪托夫相一致的透徹單純和詩意面孔。

二、「皮書」對北島早期詩歌創作的影響研究

「文革」時期地下文學青年對「皮書」的閱讀和接受已在第四章有整體上的論述。那麼，這種閱讀與接受如何影響他們的文學實踐呢？文學的接受與影響，實在是一個很複雜的過程，而要落實到具體作家間的影響與接受，則更是如此。「影響」可能是正面也可能是反面的；「接受」可能是學習也可能是反「學習」。

這裡試以北島早期詩歌爲例，考察「皮書」對其創作的影響。

北島在「文革」期間，曾和「白洋淀詩歌群落」有過交往與交流，並與其中「三劍客」之一的芒克一起創辦了民間刊物《今天》。新時期，北島則又成爲「朦朧詩」的重要詩人之一。可以說，北島是一位非常重要的歷史線索人物，也是中國當代詩歌發展在 20 世紀 60 至 80 年代的重要見證者。

關於北島的「皮書」閱讀史，他本人以及其他當事者有這樣一些敘述。北島曾談到在一次與艾倫·金斯堡見面時，他告訴艾倫·金斯堡，「我們青年時代曾爲《在路上》著魔，甚至有人能大段大段地背誦」。〔註 52〕而《彭剛》

〔註 52〕北島《艾倫·金斯堡》，選自《藍房子》，臺北：臺灣九歌出版公司，1998 年，第 24 頁。

這篇文章則再次印證了北島們「爲《在路上》著魔」的說法:「我們那時一個個像孤狼,痛苦、茫然、自私、好勇鬥狠……（筆者注：在白洋淀）酒酣耳熱,從短波收音機中調到搖滾樂……」〔註53〕而具體談到彭剛時,北島回憶起這樣一件往事:「有一回,他也試著參加官方的畫展,那是幅典型的表現主義作品,畫的是個菜市場的女售貨員,醜陋兇惡,一手提刀,一手攥著隻淌血的禿雞,池子裏堆滿了宰好的雞鴨魚肉。」〔註54〕從北島的回憶來看,北島是很喜歡當時在部分知青中流傳度很高,被視爲「垮掉的一代」的文學作品的,尤其是《在路上》。而從他提及「搖滾樂」、「表現主義」繪畫等情形觀察,北島當時的藝術觀念是開放而現代的。於此我們也就不難理解,在「北島」之前,那個創作《波動》的趙振開在小說思想與藝術方面所表現出來的大膽和超時代性了。

（一）葉甫杜申科政治抒情詩的影響

宋海泉是這樣回憶當時的趙振開的:「當時,（筆者注：1972 年底,1973年初）正是大家思想激烈轉變的時期,大家比較推崇思想力度更強的作品,振開的作品以其清新秀麗而別開生面。……振開早期比較喜歡葉甫杜申科的作品,他曾向我背誦過葉的詩作《娘子谷及其他》的片段。葉是蘇聯 20 世紀60 年代最有才華的青年詩人,他的創作涉及極廣,最有影響的是他的政治抒情詩。這一點可能也深深地影響了振開,在《今天》上發表的《回答》、《一切》、《宣告》等就其內容而言是對非人道的政治的抗議,是爭取人的基本生存權利的吶喊。」〔註55〕

閱讀與作家的寫作並非一定呈現出某種相似性,甚至可能出現某種對立。然而,在那個閱讀相對封閉的時代,有限閱讀資源的潛在影響是不容忽視的。筆者試圖從具體的詩歌入手,來尋找這些」內部書」與北島詩歌之間隱秘的聯繫,尤以北島早期詩歌爲重點。希望這並不是按圖索驥的生搬硬套。

北島背誦的葉甫杜申科的《娘子谷及其他》,應該出自 1963 年作家出

〔註53〕北島《彭剛》,選自《藍房子》,臺北：臺灣九歌出版公司,1998 年,第 108頁。

〔註54〕北島《彭剛》,選自《藍房子》,臺北：臺灣九歌出版公司,1998 年,第 109頁。

〔註55〕宋海泉《白洋淀瑣憶》,見廖亦武主編《沉淪的聖殿——中國 20 世紀 70 年代地下詩歌遺照》,烏魯木齊：新疆青少年出版社,1999 年,第 262 頁。

版社出版的《娘子谷及其它——蘇聯青年詩人詩選》這本「黃皮書」。該書共選了葉甫杜申科、沃茲涅先斯基、阿赫瑪杜林娜三位詩人的詩作。他們當時被通稱爲「蘇共二十大、二十二大的詩人」。〔註56〕葉甫杜申科說他是：「代表出生在三十年代，而道德的形成卻是在斯大林死後和黨的二十大以後的一代人。」〔註57〕在《娘子谷及其他》這部詩選關於葉甫杜申科的介紹中，譯者還引用了其他國家對葉的評價。「美國反動周刊《星期六評論》稱他是蘇聯創作中的新的異教徒，英國譽他爲『俄國垮掉的一代的領袖』，法國把他算作他們最時髦的『新潮派』中的一個，日本稱他是『太陽族』中的一員……」〔註58〕

我們不排除西方評論家在「冷戰」格局下的「意識形態」性，但我們也承認這些評價指出了葉甫杜申科在當時政治文學環境下所具有的「先鋒性」。我們就以他的詩歌來解開加諸於葉氏身上種種稱謂、命名的眞實涵義。

《娘子谷及其他》中，葉甫杜申科的詩歌可以分爲兩類：一類是對斯大林主義及其惡果的批評；一類是對國際政治的關注並由此表達其國際主義精神和人道主義精神。

第一類詩歌中的代表性作品如《斯大林的繼承者》、《恐怖》等，直指斯大林主義，並揭示其給人民思想帶來的傷害與禁錮。我們不難想像身處「文革」大風暴中的知青們，包括北島，讀到這些詩歌時所產生的共鳴感是何等強烈。

第二類詩歌則有《娘子谷》、《古巴和美國》等作品。

著名的《娘子谷及其他》一詩中，葉甫杜申科寫道：「這時我覺得——／我是猶大，／我徘徊在古老的埃及。／我也被釘死在十字架上，／如今身上還有釘子的痕迹。／我覺得——／我是德萊福斯。／市儈／是我的法官和告密者。／我關在鐵窗。／我陷身縲絏。／我被迫害，／受屈辱，／遭到污蔑。／而穿縐邊圍裙的貴婦人，／高聲尖叫，拿陽傘把我指指。……」〔註59〕

詩人將自己比作猶大，比作被誣告的法國猶太軍官德萊福斯，比作波蘭

〔註56〕（蘇）葉甫杜申科等著，蘇杭等譯《娘子谷及其它——蘇聯青年詩人詩選》，北京：作家出版社，1963年，第106頁。

〔註57〕（蘇）葉甫杜申科等著，蘇杭等譯《娘子谷及其它——蘇聯青年詩人詩選》，北京：作家出版社，1963年，第4頁。

〔註58〕（蘇）葉甫杜申科等著，蘇杭等譯《娘子谷及其它——蘇聯青年詩人詩選》，北京：作家出版社，1963年，第4頁。

〔註59〕（蘇）葉甫杜申科等著，蘇杭等譯《娘子谷及其它——蘇聯青年詩人詩選》，北京：作家出版社，1963年，第22～23頁。

東北部城市別洛斯托克的小孩——他們因其猶太人的身份而被污蔑和殺戮。詩人慷慨地在詩歌結尾處寫道：

「我，／是被槍殺在這裡的每一個老人，／我，／是被槍殺在這裡的每一個嬰孩。／我無論如何，／不能把這事忘懷！……／我的血液裏沒有猶太血液，／但我深深憎恨，／一切反猶分子，／像猶太人一樣。／因此，／我是一個真正的俄羅斯人！」〔註60〕

詩人在抨擊歷史上的反猶主義的同時，也大膽將目光聚焦到詩人身處的國度——俄羅斯，對俄羅斯的反猶運動給予了批評。「多麼卑鄙啊！／反猶分子不感覺臉紅，／冠冕堂皇管自己叫／『俄羅斯人民同盟』！」因此詩人呼籲：「我要愛。／我不需要詞句。／……／我們看不見樹葉，／望不見藍天。／但我們可以不斷／彼此親熱地擁抱／在這陰暗的屋裏。／……」〔註61〕

詩歌表現出強烈的政治熱情，展現出一個優秀詩人超越種族、國界以及意識形態的寬廣人道主義胸懷。這是對蘇共二十二大提出的「人和人是朋友、同志和兄弟」的深刻詮釋。這種對「人」及「人與人」關係的理解，也同樣體現在詩人另一首著名的政治抒情短詩《古巴和美國》中。詩人這樣寫道：

「古巴啊，親愛的，可心的！／……／你——／是我的偉大的愛情。／你的血液在我的身上沸騰。／人們並沒有枉然地微笑著／對我說：『古巴的詩人。』／但是我也愛美國，／因為透過虛偽和無恥，／我在她那裡看到了／這些姑娘和小夥子。／我相信他們心地的善良。／我不會隨便使他們難堪。／我憎恨／金元美國佬！／這些美國佬——／我卻喜歡！／……」

「於是古巴和美國／在一起，／像大地的未來一樣，／異常信任地摟抱著，／突然／出現在赫爾辛基的街上！／……／『要古巴！』／『要美國佬！』」〔註62〕

這裡，詩人將古巴人民的革命口號「要古巴，不要美國佬！」改成了「要古巴，要美國佬！」在世界「冷戰」格局下，詩人的改動無疑是石破天驚，在社會主義國家裏引起了很大的震驚，同時也充滿了質疑。

〔註60〕 （蘇）葉甫杜申科等著，蘇杭等譯《娘子谷及其它——蘇聯青年詩人詩選》，北京：作家出版社，1963年，第26～27頁。

〔註61〕 （蘇）葉甫杜申科等著，蘇杭等譯《〈娘子谷〉及其它——蘇聯青年詩人詩選》，北京：作家出版社，1963年，第24頁。

〔註62〕 （蘇）葉甫杜申科等著，蘇杭等譯《〈娘子谷〉及其它——蘇聯青年詩人詩選》，北京：作家出版社，1963年，第32～34頁。

　　當我們翻開北島早期的詩歌，不難看出「政治抒情詩」這一詩歌類型是其「無形」中運用最多的。對現實社會的不滿，尤其是對十年「文革」的質疑與反思，其鋒芒和勇氣絲毫不亞於葉甫杜申科。譬如其名篇《回答》中的開篇兩句：「卑鄙是卑鄙者的通行證，／高尙是高尙者的墓誌銘。」正是對黑白顚倒，文明倒置的「文革」社會現實的高度概括。而詩歌最後卻又重新燃起希望：「新的轉機和閃閃的星斗，／正在綴滿沒有遮攔的天空，／那是五千年的象形文字，／那是未來人們凝視的眼睛。」〔註63〕

　　這種愛恨交織的情感狀態正如葉甫杜申科在《娘子谷及其他》裏堅定地說：「我是一個眞正的俄羅斯人」一樣，理性，深沉而寬廣。而在《結局或開始》這首詩裏，我們甚至可以看到北島對葉甫杜申科詩句的某種直接借用。葉甫杜申科的《娘子谷》曾有這樣的詩句：「我，／是被槍殺在這裡的每一個老人，／我，／是被槍殺在這裡的每一個嬰孩。」〔註64〕而在《結局或開始》的開篇，北島寫道：「我，站在這裡／代替另一個被殺害的人。」在結尾，詩人再次重複道：「我，站在這裡／代替另一個被殺害的人／沒有別的選擇／在我倒下的地方／將會有另一個人站起。」而《結局或開始》中那句著名的詩句：「以太陽名義／黑暗在公開地掠奪。」〔註65〕似乎也能讓人聯想到葉甫杜申科《「把我當成共產黨人吧！」——紀念馬雅科夫斯基》中同樣著名詩句：「以革命的名義／槍殺著革命。」〔註66〕

　　但是，比較兩位詩人的詩作，其區別也是明顯的。北島早期詩歌除了有濃鬱的政治抒情意味，在詩藝上顯然已帶有現代主義詩歌的痕迹，借助意象，使用象徵、隱喩等手法。這在《娘子谷及其他》所選的十四首葉甫杜申科詩作中是較少的。總體而言葉甫杜申科的詩歌屬於現實主義風格的作品。

（二）梅熱拉伊蒂斯哲理抒情詩的影響

　　除了葉甫杜申科，北島的早期詩歌中，我們還會看到立陶宛詩人梅熱拉

〔註63〕　北島《回答》，閻月君、高岩、梁雲、顧芳編選《朦朧詩選》，瀋陽：春風文藝出版社，1988年，第1～2頁。

〔註64〕　（蘇）葉甫杜申科等著，蘇杭等譯《娘子谷及其它——蘇聯青年詩人詩選》，北京：作家出版社，1963年，第26～27頁。

〔註65〕　北島《結局或開始》，閻月君、高岩、梁雲、顧芳編選《朦朧詩選》，瀋陽：春風文藝出版社，1988年，第20～22頁。

〔註66〕　（蘇）葉甫杜申科等著，蘇杭等譯《娘子谷及其它——蘇聯青年詩人詩選》，北京：作家出版社，1963年，第61頁。

伊蒂斯的影響。梅熱拉伊蒂斯的詩集《人》。就目前查閱到的資料來看，無論北島本人還是其周圍朋友的回憶都未曾提及這部詩集在北島的閱讀寫作中的直接作用，只有宋海泉的《白洋淀瑣憶》可以讓我們大致推斷北島是讀過該詩集的。文章這樣寫道：「友澤給我們帶來一種新的文學性的背景。他全文抄錄了白朗寧夫人的《十四行詩集》，全文抄錄了梅熱拉伊蒂斯的組詩《人》，甚至臨摹了書中的木刻插圖。還帶來了內部出版的《現代資產階級文論選》。這些給我們留下了深刻的印象。」〔註67〕根據宋海泉的文章的全部內容來看，北島是包含在這裡所說的「我們」之中的。

就北島和梅熱拉伊蒂斯詩歌在內容與詩風特點來看，二者頗有相似之處。

梅熱拉伊蒂斯的詩集《人》共收入了 31 首詩歌，均為哲理抒情詩，主題緊緊圍繞「人」，從多方面對「人」進行歌頌。正如詩人所言：「我覺得，詩的使命正在於喚醒人身上的人，培養積極的善和高尚精神的感情，同一切妨礙人們稱之為人，使人們受奴役——物質上的和精神上的——東西鬥爭，同一切喚起遲鈍的獸性、對人的憎恨、玷污人的靈魂的意象的東西進行鬥爭。」〔註68〕而老詩人蘇爾科夫在《人的頌歌》一文中說：「……詩集《人》裏面的抒情詩是不同尋常的，是近年來我們詩歌中很少聽到的。這種抒情詩的源泉就是一個社會性（著重號為原文所加）的人對於世界和自己的思考。」〔註69〕庫茲米契夫則指出：「……梅熱拉伊蒂斯熱愛一切地上的東西，他屬於那些用農民的方式感受到大地的肉體之美的詩人之列。……他的詩歌號召人保衛自己的精神自由。」〔註70〕

值得格外注意的是，當年作為「黃皮書」出版的詩集《人》中，還有不少裸體人物的木刻插圖，畫面清新、自然，豐腴的肉體散發著健康優美的人性光輝。詩與畫交相輝映，對於長期處於「八個樣板戲」，身體與精神禁錮的

〔註67〕 宋海泉《白洋淀瑣憶》，見廖亦武主編《沉淪的聖殿——中國 20 世紀 70 年代地下詩歌遺照》，烏魯木齊：新疆青少年出版社，1999 年，第 250 頁。

〔註68〕 （蘇）梅熱拉伊蒂斯《自傳片段》，轉引自梅熱拉伊蒂斯《人·譯後記》，孫瑋譯，北京：作家出版社，1964 年，第 119 頁。

〔註69〕 （蘇）蘇爾科夫《人的頌歌》，載《新世界》1962 年第 4 期，轉引自梅熱拉伊蒂斯著，孫瑋譯《人·譯後記》，北京：作家出版社，1964 年，第 115～116 頁。

〔註70〕 （蘇）庫茲米契夫《人和太陽》，載《星》，1962 年第 5 期，轉引自梅熱拉伊蒂斯著，孫瑋譯《人·譯後記》，北京：作家出版社，1964 年，第 117 頁。

中國青年來說，無疑是一次美與善的洗禮，難怪江河當年會興致勃勃抄錄整部詩集，還全部臨摹了其中的這些插圖。

我們還是從詩集《人》的詩歌說起。　.

在著名的詩作《人》中，詩人這樣寫道：

「我雙腳踏住地球，／手托著太陽。／我就是這樣站著，站在太陽和地球兩個球體之間。……我的頭就是太陽球，／他放射出光和幸福，使大地上的萬物復活，使大地上住滿了人。／／沒有我地球會怎麼樣？死亡、乾瘠、發皺的地球　將在無邊的空間徘徊，／它會從月亮裏　像從鏡子裏一樣看見，／它是多麼的沒有生氣，多麼的醜陋。／／……大地創造了我，／我也改造了大地──改造成新的大地，／它從來也沒有這樣美好！／／我雙腳踏住地球，／手托著太陽。／我像地球和太陽之間的橋梁。／太陽順著我的身體　向大地落下，／而大地又順著我的身體升向太陽。／／……」〔註71〕

這是一個頂天立地的大寫的「人」，這個「人」擁有改造大地的偉力，可以貫通地球和太陽。這樣的「人」可以「放射出光和幸福，／使大地上的萬物復活」，為大地帶來生機，同時也為大地上的人爭取自由。──「我以自由的雙手的名義／接受／挑戰！／它們認為最最貴重的是：／耕作與種植的自由，／播種與收割的自由，／還有在手掌上托著／自由人民自由地培育的／一片麵包的自由。」〔註72〕

這個「人」同樣也願意與阻撓「人」的肉體和精神自由的一切事物作鬥爭，甚至是獻祭般的犧牲。

> 不論在哪裏槍斃人，
>
> 子彈──所有的子彈！──
>
> 都落在我的心上。
>
> ……
>
> 眼淚的河流流遍世界，
>
> 它們統統
>
> 　　流進

〔註71〕 （蘇）梅熱拉伊蒂斯《人》，選自梅熱拉伊蒂斯詩集《人》，孫瑋譯，北京：作家出版社，1964 年，第 5～7 頁。

〔註72〕 （蘇）梅熱拉伊蒂斯《人》，選自梅熱拉伊蒂斯詩集《人》，孫瑋譯，北京：作家出版社，1964 年，第 5～7 頁。

　　我的

　　　　心裏。

……

我甘願接受任何的死亡，

只要在未來的時代裏能響起

未來幸福的歌曲，像一陣回聲。

——《心》〔註73〕

這個「人」也可以如英雄一般承擔起所有苦難：

但是，人站起來了。他聳聳肩膀。

他用雙手托住淺灰色的天空。

烏雲因為水分而膨脹，惡狠狠地望著——

拋出像眼睛一樣的火花，用拳頭嚇人。

但是他站著，用雙手托著天。

雷聲震聾了他，他站著，支持著天空。

天空把海洋傾倒在他的頭上，

從所有的海岸上拋出巨塊。

拋在疲倦的、困乏的手上。

但是，他站著，舉起了最後的力量。

……

灑下彈雨吧，使天空倒塌吧，

使那布滿飛機的天空

塌在我的身上，塌在整個世界上吧！

但我不允許槍彈，風暴，火焰統治大地！

我要倒在地上，用自己的身體遮掩住寶貴的大地。

——《音樂》〔註74〕

　　爭取民主、自由的「社會性」大我與追求個人解放、個人自由的「小我」
在性質上是有所不同的，「大我」承擔著巨大的社會責任和使命，理性的力量

〔註73〕　（蘇）梅熱拉伊蒂斯《心》，選自梅熱拉伊蒂斯詩集《人》，孫瑋譯，北京：
　　　　作家出版社，1964年，第20頁。

〔註74〕　（蘇）梅熱拉伊蒂斯《音樂》，選自梅熱拉伊蒂斯詩集《人》，孫瑋譯，北京：
　　　　作家出版社，1964年，第69～72頁。

超越了個體的浪漫情懷。如果說「大我」的那個「人」鑄就的是英雄般的，殉難式的拯救者形象，那麼「小我」的「人」則更多散發出天馬行空般浪漫騎士的魅力。也正是如此的區別，讓我們辨識出北島與梅熱拉伊蒂斯詩中「大我」的淵源關係。「如果海洋注定要決堤，／讓所有的苦水注入我心中；／如果陸地注定要上昇，／就讓人類重新選擇生存的峰頂。」〔註75〕這與梅熱拉伊蒂斯在精神取向上是何其相似，那種英雄主義的激情，捨我其誰的悲壯情懷，以及給人心靈上的震撼是何其相當。

　　除了這種對「大我」的「人」的塑造，在梅熱拉伊蒂斯和北島的詩中，還有部分詩作是通過對「普通人」的權利的訴求來呼喚正義、理性和對人的尊重與關懷。

　　梅熱拉伊蒂斯的《聲音》這樣寫道：

　　　　母親們，讓你們的孩子迎著太陽擡起頭吧，不要害怕這樣就會
　　永遠失去太陽。

　　　　難道太陽應該熄滅嗎？我說：難道火焰應當吞沒
　　這片大地嗎？

　　　　看見清晨時刻大地輝煌燦爛，浴著旭日的光華，這
　　不是更好嗎？

　　　　不是應該有越來越多的孩子，抱著母親的脖子，把
　　他們的小手伸向太陽嗎？

　　　　人不應該有越來越多的麵包嗎？
　　　　草地上不應該有越來越多的花開放嗎？〔註76〕

　　而在《把我的眼睛解開》這首詩中，詩人更是借一個因爭取「人」的權利而被判刑的死刑犯之口強調了「人」的權利的重要：

　　　　他們讓他站在土坑旁邊，蒙上眼睛⋯⋯
　　　　等待著死刑犯在一生中最後一次說話。
　　　　可是他用被蒙著的眼睛望瞭望太陽、

〔註75〕北島《回答》，閻月君、高岩、梁雲、顧芳編選《朦朧詩選》，瀋陽：春風文藝出版社，1988 年，第 2 頁。

〔註76〕（蘇）梅熱拉伊蒂斯《聲音》，選自梅熱拉伊蒂斯詩集《人》，孫瑋譯，北京：作家出版社，1964 年，第 31～32 頁。

找到了太陽。他告訴敵人：
「把我眼睛上的布取下。

「把布取下吧。我要說個明白，
在紅色的太陽前面，我沒有一點罪過。
透過黑色的布條，我看見了這個太陽，
你們傷害不了我的目光，哪怕用一百條布纏著。

「把我的眼睛解開！我要看看太陽。
我永遠熱愛太陽，憎恨黑暗。
世界對於我也許會永遠沉睡不醒，
但是，讓這個世界裏有太陽吧，
縱然我現在馬上死亡……

「把布條取下吧。我想望望天空。
我想同一切的生物再同留片刻。
我想看見白色雲層下的小鳥，
我想看見比雪還要白的雲朵。

……」〔註77〕

北島的《結局或開始》中那段溫馨而悽愴的詩句表達了同樣的渴求與呼籲：「我是人／我需要愛／我渴望在情人的眼睛裏／度過每個寧靜的黃昏／在搖籃的晃動中／等待著兒子第一聲呼喚／在草地和落葉上／在每一道真摯的目光中／我寫下生活的詩／這普普通通的願望／如今成了做人的全部代價。」〔註78〕

葉甫杜申科在《〈娘子谷〉及其他》集中的詩與梅熱拉伊蒂斯的詩集《人》，其主旨有極強的相似性，即歌頌人，追求人的肉體和精神的自由、權利，而這個「人」同樣都是「社會性」的人。但兩位詩人的區別也是明顯的，相對而言葉氏與社會具體政治事件、政治人物結合得更為密切，而梅熱拉伊蒂斯顯然淡化了具體的社會政治事件或背景，而將其抽象化為一個大的歷史背景

〔註77〕（蘇）梅熱拉伊蒂斯《把我的眼睛解開》，選自梅熱拉伊蒂斯詩集《人》，孫瑋譯，北京：作家出版社，1964年，第81～82頁。
〔註78〕北島《結局或開始》，閻月君、高岩、梁雲、顧芳編選《朦朧詩選》，瀋陽：春風文藝出版社，1988年，第22頁。

——試圖禁錮、阻礙「人」獲得自由、幸福的社會環境。因此，梅氏往往是在對人的自由、權利的正面訴求中達成對斯大林時代，對阻礙力量的反思與批判。詩作帶有濃鬱的浪漫主義色彩。

可以說在詩歌表達方式上，北島其實與梅熱拉伊蒂斯更接近。

第一，兩位詩人都逐漸形成了具有個人色彩的意象系統，借助意象來傳達詩人的社會思考。在意象的選擇上，兩位詩人是頗有相似之處的。通讀梅熱拉伊蒂斯的詩集《人》，我們發現，詩人常用的具有正面價值內涵的意象大多都很闊大、壯偉、充滿力量感或者是一些美好而溫馨的意象，譬如天空、大地、太陽、暴風雨或者是月亮、星星、樹林、鳥兒等；而負面價值內涵的意象則有子彈（或鉛彈）、鮮血，黑色的烏雲、陡峭的山壁、石頭、帶刺的鐵絲網、鐵鏈、折斷的翅膀等。前一個意象系統代表了對正義的渴求、堅持，對人的權利的捍衛和對美好生活的憧憬；而後一個意象系統則是扼殺人，禁錮人的社會環境、思想、黑暗力量的象徵。尤其像「子彈」這個意象，作為惡的力量的代表，更是頻繁出現在詩人的作品中，譬如「不論在哪裏槍斃人，／子彈——所有的子彈！——／都落在我的心上」（《心》）；「如果我的心因為中了鉛彈／而變得沉重，／它遮蔽了大地，跟隨不上進行曲……」〔註79〕、「子彈打傷了這聲音，它跟蹌了一下，流著血的傷口直到現在還沒有長好」〔註80〕、「兩隻眼睛——／兩顆子彈——／一隻打中了敵人的心」〔註81〕（《眼睛》）等。

在北島的早期詩歌中，我們會發現諸如天空、雷聲、海洋、烏雲、暴風雨、星星、子彈、鮮血等亦是其常用的意象，而且在具體運用上也有異曲同工之妙。比如「眼睛」這個意象。梅熱拉伊蒂斯有一首詩即題為《眼睛》：

> 兩隻眼睛
>
> 像星星一樣注視著世界。
>
> 有時候，又像被擊中的小鳥，
>
> 它們顫抖，慢慢地死亡，

〔註79〕（蘇）梅熱拉伊蒂斯《腳步》，選自梅熱拉伊蒂斯詩集《人》，孫瑋譯，北京：作家出版社，1964年，第55頁。

〔註80〕（蘇）梅熱拉伊蒂斯《聲音》，選自梅熱拉伊蒂斯詩集《人》，孫瑋譯，北京：作家出版社，1964年，第29頁。

〔註81〕（蘇）梅熱拉伊蒂斯《眼睛》，選自梅熱拉伊蒂斯詩集《人》，孫瑋譯，北京：作家出版社，1964年，第22頁。

在眼珠裏隱藏起黑色的痛苦……

……

兩隻眼睛——

兩顆子彈——

一隻打中了敵人的心，

如果敵人暗暗地窺伺，

用死亡威脅著眼睛……〔註82〕

「眼睛」這個意象在北島的詩作中運用也是很頻繁的，並且詩人也常將「眼睛」喻為星星，或者借用「眼睛」作為審視人類、社會的媒介，來呈現人世的歡樂和痛苦。如：「新的轉機和閃閃的星斗，／……／那是未來人們凝視的眼睛。」〔註83〕「當浪峰聳起，／死者的眼睛閃爍不定／從海洋深處浮現」〔註84〕「在微微搖晃的倒影中／我找到了你／那深不可測的眼睛。」〔註85〕「而昨天那盞被打碎了的燈／在盲人的心中卻如此輝煌／直到被射殺的時刻／在突然睜開的眼睛裏／留下兇手最後的肖像」〔註86〕「假若愛不是遺忘的話／苦難也不是記憶／讓我們的眼睛／挽留住每個歡樂的瞬息。」〔註87〕

從梅熱拉伊蒂斯的《眼睛》到北島詩中這一雙雙「眼睛」，兩位詩人都抓住眼睛外形上的特點：像閃爍的星星、明亮的燈或者根據其審視、凝視的特點將其比作「子彈」等。而且在借助「眼睛」這個意象時，兩位詩人也都充分運用了「眼睛」觀察世界，表達主體情感的作用，所以雖然運用了隱喻，但也並不晦澀難懂。譬如梅熱拉伊蒂斯說：「在眼珠裏深藏著黑色的痛苦」，用「黑色」形容痛苦，極言其深重，但也部分貼合了「眼睛」的外觀特點的

〔註82〕（蘇）梅熱拉伊蒂斯《聲音》，選自梅熱拉伊蒂斯詩集《人》，孫瑋譯，北京：作家出版社，1964年，第22頁。

〔註83〕北島《回答》，閻月君、高岩、梁雲、顧芳編選《朦朧詩選》，瀋陽：春風文藝出版社，1988年，第2頁。

〔註84〕北島《船票》，閻月君、高岩、梁雲、顧芳編選《朦朧詩選》，瀋陽：春風文藝出版社，1988年，第18頁。

〔註85〕北島《迷途》，閻月君、高岩、梁雲、顧芳編選《朦朧詩選》，瀋陽：春風文藝出版社，1988年，第24頁。

〔註86〕北島《十年之間》，閻月君、高岩、梁雲、顧芳編選《朦朧詩選》，瀋陽：春風文藝出版社，1988年，第28頁。

〔註87〕北島《無題》，閻月君、高岩、梁雲、顧芳編選《朦朧詩選》，瀋陽：春風文藝出版社，1988年，第35頁。

——黑眼睛，而不會讓人覺得突兀。

第二，詩歌中具體與抽象詞語的組合，將實與虛、瞬間的感性印象與理性思考結合在一起，造成陌生化效果，同時也形成了詩作的哲思色彩。

如梅熱拉伊蒂斯的《聲音》:「子彈打傷了聲音，它踉蹌了一下，流著血的傷口直到現在還沒有長好。」〔註88〕「子彈」是可見的實在之物，而「聲音」則是可聽而不可見的，「子彈打傷了聲音」，將「聲音」具象化，擬人化，以「聲音」隱喻「人」的自由言論。而「子彈」則是扼殺人的自由的劊子手的象徵。相似的例子還有「用死亡威脅著眼睛」〔註89〕。而北島則在「從星星般的彈孔中將流出血紅的黎明」〔註90〕一句中通過「彈孔」與「黎明」的實與虛，具體與抽象的組詞方式，表達了在禁錮中升起光明與自由，在苦難中誕生希望的期待和渴求。當然這類似的例子在北島的詩歌中還有很多。

第三，句式上大量運用了判斷句、轉折句、假設句式和排比句。

為了比較的方便，我們將兩位詩人的每種句式分別放在一起。

判斷句式:

「我們不是跪在死亡和盲目的憎恨前面，我們也不呼喚復仇之神來援助——/我們是跪在一個嬰兒的前面，他宣佈:他已經來繼承這片大地。」〔註91〕

「一切都是命運/一切都是煙雲/一切都是沒有結局的開始/一切都是稍縱即逝的追尋……」〔註92〕

假設句:

「我甘願接受任何的死亡，/只要在未來的時代裏能響起/未來幸福的歌曲，像一陣回聲。」〔註93〕

〔註88〕 （蘇）梅熱拉伊蒂斯《聲音》，選自梅熱拉伊蒂斯詩集《人》，孫瑋譯，北京:作家出版社，1964年，第29頁。

〔註89〕 （蘇）梅熱拉伊蒂斯《眼睛》，選自梅熱拉伊蒂斯詩集《人》，孫瑋譯，北京:作家出版社，1964年，第22頁。

〔註90〕 北島《宣告》，閻月君、高岩、梁雲、顧芳編選《朦朧詩選》，瀋陽:春風文藝出版社，1988年，第19頁。

〔註91〕 （蘇）梅熱拉伊蒂斯《聲音》，選自梅熱拉伊蒂斯詩集《人》，孫瑋譯，北京:作家出版社，1964年，第28頁。

〔註92〕 北島《一切》，見閻月君、高岩、梁雲、顧芳編選《朦朧詩選》，瀋陽:春風文藝出版社，1988年，第4頁。

〔註93〕 （蘇）梅熱拉伊蒂斯《心》，見梅熱拉伊蒂斯詩集《人》，孫瑋譯，北京:作

「我的心靈啊，勇敢起來吧！/縱然旋風在身邊像號角那樣呼叫！……/縱然它用黑暗遮蓋了面前的一切……」〔註94〕

「但是，讓這個世界裏有太陽吧，縱然我現在馬上死亡……」〔註95〕

「即使明天早上/槍口和血淋淋的太陽/讓我交出自由、青春合筆/我也決不會交出這個夜晚/我決不會交出你」〔註96〕

「告訴你吧，世界，/我——不——相——信！/縱使你腳下有一千名挑戰者，/那就把我算做第一千零一名。」〔註97〕

排比句：

「你們，緩緩移動的送葬的烏雲，/你們，迅速推進的暴風與驟雨，/你們，白雪皚皚的險峻的峭壁，還有你們，地上的偉大的海洋，/讓無窮的憎恨悶死你們吧，讓你們給我準備下任何的災難吧……」〔註98〕

「我尋找春天和蘋果樹/蜜蜂牽動的一縷縷微風/我尋找海岸的潮汐/浪峰上的陽光變成的鷗群/我尋找砌在牆裏傳說/你和我被遺忘的姓名」〔註99〕

當詩人表達對正義、自由的追求，對人的權利的呼喚，對禁錮力量的控訴時，或熱切渴望，或憎惡反抗，肯定句式的運用都有效地增強了詩人的感情色彩。而當詩人「我」願以「人」之子的形象承擔世間苦難，戰勝邪惡甚至獻出生命時，詩歌則往往使用了大量的假設句式，例如「如果……」、「縱然是……」、「假如……」。這種句式的運用，尤能表現出「我」雖九死而猶未悔」的堅定情懷，從而塑造出殉難英雄般的大寫的人的形象。

但比較而言，北島的詩歌多用短句式，更趨簡練，一些詩句類似格言，詩歌形式上也更整飭，很多詩歌每節行數大致相等，字數也大致相同。而梅

家出版社，1964年，第21頁。
〔註94〕（蘇）梅熱拉伊蒂斯《音樂》，見梅熱拉伊蒂斯詩集《人》，孫瑋譯，北京：作家出版社，1964年，第71頁。
〔註95〕（蘇）梅熱拉伊蒂斯《把我的眼睛解開》，見梅熱拉伊蒂斯詩集《人》，孫瑋譯，北京：作家出版社，1964年，第82頁。
〔註96〕北島《雨夜》，見閻月君、高岩、梁雲、顧芳編選《朦朧詩選》，瀋陽：春風文藝出版社，1988年，第13～14頁。
〔註97〕北島《回答》，見閻月君、高岩、梁雲、顧芳編選《朦朧詩選》，瀋陽：春風文藝出版社，1988年，第2頁。
〔註98〕（蘇）梅熱拉伊蒂斯《我不怕》，見梅熱拉伊蒂斯詩集《人》，孫瑋譯，北京：作家出版社，1964年，第98頁。
〔註99〕北島《結局或開始》，見閻月君、高岩、梁雲、顧芳編選《朦朧詩選》，瀋陽：春風文藝出版社，1988年，第21頁。

氏的詩歌喜用長句子，有散文化傾向，語言提煉上不及北島精粹。當然這可能也有翻譯的緣故。而在詩歌的具體表現方式上，梅氏常用明喻的修辭方式，且大多爲「近取譬」。例如：「我的工廠的煙囪，……掛在月亮的彎彎的鈎上，/像絞刑犯的可怕的黑色的屍體。」〔註100〕「小小的鐘擺的嘀答聲/許多年代間從不曾沉寂。/像一群飛向南方的鳥兒，/一天一天地閃過許多的瞬息。」〔註101〕。「嘴唇是一條紅色的帶子，/好像戰爭中撕破的旗子。」〔註102〕北島的詩歌則往往採用隱喻、象徵的修辭方式。這一點將在後文論及。

形式上的區別，往往源於詩人主體思想、認識上的差異。強烈的社會政治訴求，對正義的堅持，對人的自由、解放的渴求，這是北島、葉甫杜申科、梅熱拉伊蒂斯三位詩人的共同之處。但這並不是北島文學創作的全部。通觀北島詩歌和小說，我們會發現現代主義哲學、文學對其創作也產生了深刻影響。這一問題將在第六章第二節展開具體研究。

重建正義、理性，爭取人的合法權利，恢復正常的「人」的世界，把顛倒的世界重新顛倒過來，這是北島、葉甫杜申科、梅熱拉伊蒂斯三位詩人的共同點。於北島而言，除了對社會歷史的正面訴求外，還有以十年青春爲代價的「文革」荒誕體驗。同時西方當代先鋒文藝思潮通過「皮書」也對年輕的北島起到了思想啓蒙的作用。

思想的解放，往往在形式上也會出現創新。相對於葉氏的敘事性的抒情方式，梅氏通過意象、明喻等表達方式，北島詩歌藝術手法上顯然也出現了現代主義詩歌的特點。「時間誠實得像一道生鐵柵欄」，「僅僅在書上開放過的花朵／永遠被幽禁，成了眞理的情婦」〔註103〕；「惡夢依舊在陽光下泛濫／漫過河床，在鵝卵石上爬行」〔註104〕「烏鴉，這夜的碎片／紛紛揚揚」〔註105〕

〔註100〕北島《煙囪》，見閻月君、高岩、梁雲、顧芳編選《朦朧詩選》，瀋陽：春風文藝出版社，1988年，第83頁。

〔註101〕北島《瞬息》，見閻月君、高岩、梁雲、顧芳編選《朦朧詩選》，瀋陽：春風文藝出版社，1988年，第57頁。

〔註102〕北島《嘴唇》，見閻月君、高岩、梁雲、顧芳編選《朦朧詩選》，瀋陽：春風文藝出版社，1988年，第36頁。

〔註103〕北島《十年之間》，閻月君、高岩、梁雲、顧芳編選《朦朧詩選》，瀋陽：春風文藝出版社，1988年，第28頁。

〔註104〕北島《惡》，閻月君、高岩、梁雲、顧芳編選《朦朧詩選》，瀋陽：春風文藝出版社，1988年，第29頁。

〔註105〕北島《結局或開始》，閻月君、高岩、梁雲、顧芳編選《朦朧詩選》，瀋陽：春風文藝出版社，1988年，第23頁。

這些詩句顯然不是脫胎於「文革」，或是 20 世紀 50、60 年代的主流詩歌，而呈現出與 20 世紀如李金髮、「現代派」等詩歌相似的藝術風貌、象徵、隱喻，意象的奇特組合造成的陌生化效果。而這樣的相似性，應該說很大程度上得益於當時的「皮書」，正是依託這些「皮書」，這樣一條詩歌脈絡才能承繼下來。

第六章　「皮書」與國內現代主義文學的發展

　　「皮書」對主文學場的分化，經過「十七年」時期的醞釀準備，最終在「文革」時期促成了以文學青年爲主體的「次文學場」的誕生。隨著「文革」的結束，特定歷史環境的消失，「次文學場」將何去何從？新時期政治、經濟政策的變化，思想文化的復興與發展，又會對它造成怎樣的衝擊與改變？上一章論及的北島創作經歷提示了「次文學場」的發展路徑之一：新時期初期，在恢復人、人道主義、人的獨立解放等方面，主流話語與民間知識分子話語短暫合流，北島作爲青年亞文化的表徵，其所屬的「次文學場」和主流文學有過交集，這種交集可能是主動的，也可能是無意中的歷史重合。但很快「次文學場」又與主流文學分道揚鑣。「白洋淀詩歌群落」代表了「次文學場」的另一種發展路徑：在很長一段時間裏，始終與主文學場錯位並存，遙相觀望。「次文學場」反倒因其前衛先鋒性而被按慣常邏輯發展的主文學場冷淡、漠視；以徐星爲代表的「現代派」文學則預示了「次文學場」發展的又一種可能：民間知識分子話語與民間大眾話語相結合，既與主文學場保持一定距離，又拓展了「次文學場」的疆界，增強了「次文學場」的當下性，顯示出它強韌的生命力。但同時也增加了文學「向下滑」的危險。

第一節　現代主義文學接受的三個階段

　　雖然「皮書」的譯介和影響範圍有限，但畢竟是不容抹煞的文化事實。它在「十七年」和「文革」文學的「主文學場」之下，維持並發展了兩條非

主流的文學路徑，並在新時期得到全面發展。一條是以人道主義、啓蒙主義爲基礎，以批判現實主義文學爲主要創作原則的文學脈絡；另一條則是現代主義文學。這兩條線索從青年知識分子閱讀「皮書」時就已形成，且後一條路徑以更激進、現代的方式避開了歷史的循序漸進，而與世界同時代文化思潮相呼應。

自新中國成立以來，青年知識分子通過「皮書」對現代主義文學的接受大致經歷的三個階段。

第一階段，二十世紀五六十年代，以郭世英等爲代表。

這一階段的接受帶有極強的模仿和實驗色彩。譬如文藝沙龍形式。張鶴慈、張郎郎都曾談到當年「X」小組、「太陽縱隊」的形成，一定程度上是受了愛倫堡《人、歲月、生活》中描述的「洛東達」文藝咖啡店的影響。閱讀也很超前。周國平曾回憶說：「有一回，他（筆者注：郭世英）拿給我一本內部資料，上面有薩特的文章，建議我讀一下，我因此知道了存在主義。……通過自己閱讀，也通過世英的談論，我對現代西方文學和哲學有了零星模糊的瞭解。」〔註1〕第四章曾論及郭世英等人的詩作，現代主義色彩是很明顯的。

第二階段，「文革」中後期，以先覺醒的「知青」爲代表。

楊健曾談道：「沙龍成員（筆者注：「徐浩淵沙龍」，主要成員有徐浩淵、王好立、依群、楊小燕等，形成時間大約在 1968 年底至 1969 年初）開始對尤涅斯庫的荒誕派、薩特的存在主義戲劇等現代派藝術產生了濃厚興趣。稍後，徐浩淵開始喜歡後期印象派的作品，塞尙、德迦等等……一些現代音樂交響曲，如《自新大陸》、《拉赫瑪尼諾夫第二鋼琴交響曲》則受到大家的歡迎。」〔註2〕沙龍中的依群當時即表現出了對卡夫卡作品的關注。而與徐浩淵沙龍有過交往的多多等人，1972 年秋在圓明園的大水法殘迹前合影一張，戲題爲：四個存在主義者。〔註3〕插隊白洋淀的林莽也曾談道：「我有個同學叫崔建強，經常到我們村去，從他那兒得到過幾本灰皮書或黃皮書，包括薩特

〔註1〕 周國平《歲月與性情——我的心靈自傳》，北京：人民文學出版社，2009 年，第 78 頁。
〔註2〕 楊健《紅衛兵集團向知青集團的歷史性過渡》（續一），載《中國青年研究》1996 年第 3 期。
〔註3〕 參閱宋海泉《白洋淀瑣憶》，見廖亦武主編《沉淪的聖殿——中國 20 世紀 70 年代地下詩歌遺照》，烏魯木齊：新疆青少年出版社，1999 年，第 262 頁。

的《存在主義》、黑格爾的《辯證理性批判》、《小邏輯》等」。〔註4〕「現代主義的書容量大，信息量也大。例如薩特的《存在主義》。」〔註5〕洛夫「文革」時期致趙一凡的信中則寫道：「存在主義的東西，給人的感覺總是灰色的，人世間是如何的慘淡。但我得到的卻是相反的東西，正是因爲人世間有許多不平，社會上有許多黑暗面，才使得我們有決心去改造這世界。」〔註6〕

　　徐浩淵們對世界思想文藝的接受顯然走在了同時代年輕人的前列。不惟一般的普通青年，即便是其他一些文藝沙龍也並不一定瞭解存在主義。「……當年屠新樂到北京見到徐浩淵後，回到上海開始『販賣』從徐浩淵處『批發』來的『存在主義』，華東局沙龍的知青們聽了目瞪口呆，什麼是『存在主義』？簡直聞所未聞。」〔註7〕。著名學者楊東平談及他是在 1973 年北京一「青年思想家」處首次聽說存在主義的。〔註8〕

　　又如「流浪」情結。芒克、彭鋼曾提到 1973 年二人成立了一個「先鋒派」，模仿克茹亞克的《在路上》，扒了一輛南下的列車，身無分文，外出流浪。〔註9〕正是從身體到精神的真誠接受，而不是簡單拙劣的模仿，所以他們——這些從「皮書」中汲取營養的年輕人，成爲了獨特的「這一個」，成爲了當時乃至八十年代的「先鋒者」。由此觀之，認爲當代西方哲學、文化理論、文學作品是從 80 年代初才開始陸續引進並產生影響乃至促成了八十年代的文化大爆發，這種說法是有失公允的。

　　第三階段，新時期。

　　「皮書」中現代主義著作在 20 世紀六七十年代的先期接受與影響爲新時期文學、文化界廣泛接受這些理論、文學奠定了一定的基礎，使得存在主義

〔註4〕 廖亦武、陳勇《林莽訪談錄》，見廖亦武主編《沉淪的聖殿——中國 20 世紀 70 年代地下詩歌遺照》，烏魯木齊：新疆青少年出版社，1999 年，第 286 頁。

〔註5〕 廖亦武、陳勇《林莽訪談錄》，見廖亦武主編《沉淪的聖殿——中國 20 世紀 70 年代地下詩歌遺照》，烏魯木齊：新疆青少年出版社，1999 年，第 292 頁。

〔註6〕 《洛夫致趙一凡的信》，見徐曉主編《中國民間思想實錄——民間書信：1966 ～1977》，安徽：安徽文藝出版社，2000 年，第 221 頁。

〔註7〕 楊健《紅衛兵集團向知青集團的歷史性過渡》（續一），載《中國青年研究》1996 年第 3 期。

〔註8〕 楊東平《城市季風：北京和上海的文化精神》，北京：東方出版社，1994 年，第 428 頁。

〔註9〕 廖亦武、陳勇《彭剛、芒克訪談錄》，見廖亦武主編《沉淪的聖殿——中國 20 世紀 70 年代地下詩歌遺照》，烏魯木齊：新疆青少年出版社，1999 年，第 184 頁。

很快就成為新時期文藝理論的新資源，並形成「薩特熱」、「存在主義熱」。

《小說界》1983年第1期曾發表過《關於存在主義答文學青年》組文，陳駿濤、羅大岡和王克千分別撰文對存在主義在文學青年中引發的濃厚興趣發表了各自的見解。「他人即地獄」成為當時流傳甚廣的一句名言。何新的《當代中國文學中的存在主義影響》也在評論界引起過較大反響。

由於這一時期已有大量的西方當代哲學、文學文化著作在中國大陸公開出版，「皮書」中現代主義哲學、文學作品對青年的影響已很難從時代大潮中剝離出來。因此，對這一階段存在主義在中國的接受與影響不再詳論。

第二節　存在主義文學的影響研究

年輕的詩人們所接受的思想文化信息除了存在主義哲學、文學的影響，自然還有來自其他哲學、藝術的薰染。但不可否認的是，存在主義自20世紀五六十年代開始在法國廣泛傳播，逐漸成為了世界性的新興哲學而被大多數青年人所認同和追慕，產生極大的社會影響。任何外來的思想文化被本土所接受，都必有其生存的現實土壤，同時也必然會被分解變形進而本土化，存在主義也不例外。此時的中國青年雖並沒有如西方青年在世界大戰後的身體、精神的創傷和信仰的迷失，也沒有科技革命和高度發展的物質經濟帶來的人為「物」所役的「異化」體驗，但國內「極左」政治、威權政治與封建主義的橫行，「聖殿」沉淪，信仰崩塌，文化荒蕪，人與人之間的冷漠、敵視以及由理想烏托邦破滅而產生的「無根性」，幻滅感，孤獨、焦慮和荒誕感、異化感、懷疑主義、虛無意識，卻成為國內青年接受存在主義哲學的社會思想背景。因此，他們文學創作中對存在主義的理解接受，就必然融入其自身獨特的歷史體驗與精神創傷。這也是為什麼到了新時期，在海水般湧入的現代哲學中，存在主義能很快被青年們接受、并迅速「中國化」的重要原因。

「皮書」相對集中地譯介了存在主義哲學和代表性文學作品，為部分青年閱讀、接受存在主義提供了重要的知識背景。能夠將知識背景與社會背景兼得相融，這是以「白洋淀詩歌群落」為代表的北京知識青年走在外省青年前面的關鍵性因素。雖然「群落」中詩人間存在個體接受差異，各自也有欣賞、追慕之具體前輩詩人，譬如普希金、葉賽寧之於芒克，茨維塔耶娃之於多多，聶魯達之於江河，海涅之於孫康，以及第五章談到的葉甫杜申科、梅

熱拉伊蒂斯之於北島等等。但是存在主義卻是他們文學創作中的一種基本而普遍的思想意識。深刻的懷疑精神和荒誕意識是解讀他們作品的關鍵詞。而在中國政治文化情境下，主體意識的覺醒，個人體驗方式的復蘇，甚至非理性對僵化腐朽的理性的超越與摒棄，是產生懷疑精神、荒誕意識的前提條件。沒有從個人出發的思考與體驗，是不可能產生現代意識的。因此，從某種意義而言，荒誕意識在此時中國語境中也具有了「啓蒙」的意味。

當然，沒有機會接觸到「皮書」的人，也可能在自己的人生經歷中，在前輩文學家的作品中體驗感悟到與存在主義哲學相似的荒誕境遇與人的「異化」感。二十世紀初魯迅先生就寫出了具有存在主義意味的《野草》集、《過客》等作品。而 20 世紀六十年代，黃翔則寫下駭世驚俗的《野獸》。

一、食指詩歌中的存在主義思想

食指被視爲「文革」地下詩歌第一人，同時也是「白洋淀詩歌群落」的先行者。馬佳就曾談道，他在「文革」期間接觸到的詩人和「黃皮書」都是郭路生介紹的。〔註 10〕北島也認爲是食指開啓了他的詩歌創作之路。食指早期創作了諸如《相信未來》這樣哀婉清新但又懷著孩童般希冀的詩歌。然而，經歷了紅衛兵——知青——軍隊如過山車般的生活，在體驗了愛情的甜蜜與痛苦之後，敏感的詩人走向了精神崩潰的邊緣。但詩人的筆並沒有停下，反而走向了更深的思想深淵中，筆觸更加冷峻而深刻。詩人較早接觸的「皮書」在這場精神蛻變與詩歌氣質轉變過程中，應該起到了重要的橋梁作用。

創作於 1978 年的《瘋狗——致奢談人權的人們》〔註 11〕，是個體在不合理的生存環境中精神掙扎、裂變的眞實寫照。「無情的戲弄」使「我」喪失了做「人」的信心與尊嚴。「彷彿我成了一條瘋狗，漫無目的地游蕩人間」，「獸性」（狗）與「非理性」（瘋）試圖替代「人性」。但「我還不是一條瘋狗」，「爲此我希望成條瘋狗」，因爲「我」想以徹底的「獸化」與沉淪來「更深刻地體驗生存的艱難」。然而，詩人接下來不無悲憤地喊出「我還不如一條瘋狗！……我比瘋狗有更多的辛酸。」這是對「人不如狗」的荒誕世間的

〔註 10〕廖亦武、陳勇《馬佳訪談錄》，廖亦武主編《沉淪的聖殿——中國 20 世紀 70 年代地下詩歌遺照》，烏魯木齊：新疆青少年出版社，1999 年，第 226 頁。

〔註 11〕食指《瘋狗》，見陳思和主編《被放逐的詩神》，武漢：武漢出版社，2006 年，第 86～87 頁。

含淚控訴。因爲，「假如我眞的成條瘋狗，/就能掙脫這無情的鎖鏈，/那麼我將毫不遲疑地，/放棄所謂神聖的人權。」「瘋狗」與「神聖的人權」的二元選擇中，在充滿野性的非理性與虛僞的理性之間，「我」選擇作一條眞正的「瘋狗」，而拋棄「人權」，這本身即是對所謂「神聖人權」的無情嘲弄。人性向動物性下滑，人界與獸界邊界模糊，「人」朝著「非人」狀態的退卻，種種徵兆都指示著詩人對荒誕世界的憤怒詛咒，對「異化」的人的警覺。

二、存在主義與「白洋淀詩歌群落」

　　食指之後，「白洋淀詩歌群落」中根子、多多、宋海泉、林莽以及北島等的詩作也表徵出明顯的存在主義意識〔註12〕。如果說食指在理性與非理性之間，在所謂的神聖人權與獸化之間，以寧願選擇後者，棄絕前者的反常理方式宣告了價值的虛無和荒誕世界對人的扭曲；那麼年輕的根子，則用清醒的懷疑精神揭示了信仰的虛幻，偶像的無價值和人的異化，然後又以深刻的否定精神抗拒這無意義的世界。《致生活》、《三月與末日》等詩作即體現出被多多視爲天才的根子哲人般睿智的思想，敏銳的眼光和深刻的懷疑與否定精神。

　　《致生活》〔註13〕寫於 1972 年，此時詩人二十歲。在這首詩歌中，我們可以清晰地看到一代青年思想覺醒的過程：忠誠地追隨——理想主義的破滅

〔註12〕 多多，「白洋淀詩歌群落」著名的「三劍客」之一，無論是詩歌意象的選擇，還是情緒情調上，詩作都有著明顯的歐化傾向。詩人往往以超然的態度揭示著世界的本眞存在和人的荒誕性。但是正如洪子誠先生在《中國當代新詩史》中所指出的，多多的作品在「發表」時間、發表方式上存在一些問題。有的作品在不同詩集中繫年有所不同，文學史家至今也無法爲多多那些表示寫於 70 年代初的作品的繫年找到足夠的史料依據。因此，論文放棄詩歌量相對較多的多多，而以根子、宋海泉、林莽的詩歌爲主，以郝海彥主編的《中國知青詩抄》爲詩歌文本的來源，並參照廖亦武的《沉淪的聖殿——中國 20 世紀 70 年代地下詩歌遺照》的相關論述。當然，即便如此也存在某種危險——那就是我們同樣缺少足夠多的資料來證明這些「舊作」公開發表時未曾進行修改。這是「地下文學」不得不面臨的歷史質疑。個人的回憶與重述總是脆弱的，但一個群體的敘述則可能在某種程度上對歷史細節進行勘誤和相對眞實的呈現。「白洋淀詩歌群落」的形成正是這種群體重述歷史努力的結果。因此，在目前未有歷史知情者對這些已公開發表的「舊作」提出質疑時，論文即將此作爲這些詩人在特定歷史環境中創作的「原貌」。

〔註13〕 根子《致生活》，見郝海彥主編《中國知青詩抄》，北京：中國文學出版社，1998 年，第 51～58 頁。

和對現世的否定──拒絕權威、個體獨立。這樣的過程對於根子而言，意味著信仰的坍塌和精神的撕裂，同時也意味著個體的大膽解放。

詩中「我」、狗（大腦）、狼（眼睛），海、岸等意象圍繞著「生活」這個核心意象組成了一個極富象徵意義的意象群。面對大海，「狗」和「狼」做出了截然不同的判斷：「狼瞅了一眼又黑又冷的水面：/『這是海，沒有邊際的。』」「狗嗅了嗅又黑又冷的水面：『水是甜的，可見岸並不遠。』」。因為「我的大腦像狗一樣伴隨我/機警，勉強，馴良/我相信它，溺愛它，以它為主/我的眼睛倒是一隻狼/愚蠻，爽直不羈/我蔑視它，欺負它，以它為恥。」所以，「我」聽從了狗的建議，投入了「海」的懷抱。這是「我」對「狗」所代表的理性的信任，卻鄙視以客觀事實為判斷根據的「狼」。最終，「我」沒有找到「海」的「岸」，「我」由於虐待了誠實的狼，而失去了誠實的狗。「我」開始反思過去像一隻「狗」一樣的生活，「我要求你把一切都讓我看見」。這個「你」顯然是「我」曾經忠實地守護、信任的對象。聯繫詩人生活的時代背景，我們不難看出詩歌對現世的象徵性指涉。曾幾何時，如紅太陽般的精神「父親」向他的國民許諾偉大的宏大的理想與未來；多少人為了這個承諾，拋灑青春的激情與熱血，甚至獻出生命。他們忠誠而順從地圍繞在「紅太陽」的四周，要做「紅太陽」的孩子，做保衛紅色政權的紅小兵。然而，精神之父談笑間就將他們打翻在地，驅逐到祖國的四面八方，在戈壁、荒原、冰天雪地、椰樹橡膠林中去舔舐自己的傷口。詩人不禁寫到：「不錯，過去/我就是一隻狗/嗅著你芳香的水草，卻不知/走向無底的海」。而現在，個體開始覺醒。「不，腦海早就成了一片廢墟/那裡沒有地方容你的雕像/有形有色的夢幻/不能遠於五公尺」。這是對過去「我」的清算，不再崇拜任何偶像，不再相信任何虛幻的諾言，「雕像」再無容身之處。同時，詩人將反思的目光越過自身，投向整個末日亂世。「眼睛是懶惰而貪婪的。/它看到了遍地的農民綠色的痰/不會想到人民的崇高。/它看到了姑娘的污髒的肚臍，/不會想到愛情的偉大。/它看到了白天的敵人，/晚上互相雞奸/不會想到行為的純潔/它看到五公尺以內/不會想到/五公尺以外」。「五公尺以內」與「五公尺之外」，顯然是詩人的隱喻，「五公尺之外」是來自專制、權威的聲音，而「五公尺以內」則是個體自身的體驗與思考。「農民綠色的痰」與「人民的崇高」，「污髒的肚臍」與「愛情的偉大」，「白天的敵人」「晚上互相雞奸」與「行為的純潔」，形成三組具有反諷意味的意象群，不斷重複的「不會想

到」則加深了每組關係中前者對後者的「否定」傾向，從而揭示了現世之「惡」的本相。這是「狼」（眼睛）所告訴「我」的。

正如此，詩人最後說「喂！生活/你記牢我現在說的/眼睛是狼，它已復活/它受夠了淩辱，以後/只有它，為我活著/單純、膚淺、誠實、專斷」。「眼睛」復明的過程，是「我」在「狗」與「狼」兩種生存方式中抉擇的過程──「狗」已被累死、作踐，「大腦」成了「廢墟」，「我」決定做回「狼」。根子甚至挑釁般地發出怒吼：「你能欺騙眼睛嗎？/你躲得過鏡子嗎？/用你的鹹水/浸爛瞳仁吧！」

「個體意識」的覺醒，是現代人的重要精神特徵。當二十歲的根子以「喂」這個高傲中帶著不屑、平淡中透著憤懣的語氣詞開啓詩歌時，本身即意味著出詩人與宣告對象間的平等關係，不是抒情，不是頌揚，不是讚美，而是一個有著獨立意識的個體面向權威的精神宣言。它證明詩人已然在用著現代人的方式體驗和感悟著生活，並以現代人的方式表現著這光怪陸離的世間。經由粗糙殘忍的生活開始，根子已經由「超驗」回歸「經驗」，從順從的思想奴隸蛻變為野性、愚蠻、爽直不羈的個體。

如果說《致生活》還有著對現世生活的影射，在詩藝上還略顯稚拙，那麼寫於 1971 年的《三月與末日》〔註14〕雖表達的思想旨趣與《致生活》接近，但其現代意識與詩歌技藝卻日趨成熟，甚至我們能從這首詩中看到艾略特《荒原》的精神因子。

詩歌以「三月是末日」開篇，對荒誕世界進行了高度的概括，而判斷句式的運用則顯示出詩人對這一命題的毋庸置疑，而憤怒與控訴也潛藏其間。根子喜用充滿語義矛盾的詞彙組合成句。在傳統語義系統中，「三月」是「春天」、「希望」、「生命」的象徵。「末日」，則是一個經常出現於現代主義詩歌中的語詞，表徵了現代詩人對「失樂園」之後人類世界的悲觀體認，是波德萊爾「惡之花」所預兆的未來。然而根子卻用「……是……」將「三月」、「末日」聯繫在一起，構成語詞間的張力，以顛覆語詞通常意義的方式判了語詞死刑。

接下來，詩人寫道：「我用我的無羽的翅膀──冷漠/飛離即將歡呼的大地，沒有/第一次沒有拼死抓住大地──/這漂向火海的木船、沒有/想要拉回

〔註14〕根子《三月與末日》，見郝海彥主編《中國知青詩抄》，北京：中國文學出版社，1998 年，第 58～62 頁。

它」。「大地」,「末日」的承載者,即將走向毀滅;「我」——大地曾經忠誠的
摯友,以「冷漠」為翅,逃離並背叛了大地。因為「心已經成熟,這不/第一
次收穫,第一次清醒的三月來到了/遲早,這樣的春天,也要加到十九個,我
還計劃/乘以二,有機會的話,就乘以三/春天,將永遠烤不熟我的心——/那
石頭的蘋果。」這是「個體」意識的覺醒和對虛無的反抗。

　　根子以背叛大地的方式告別那污穢不堪的世間,宋海泉則以海盜對「岸」
的遠離拋棄了同樣卑污的大地。在《海盜船謠》〔註15〕(1973 年寫於白洋淀
寨南村)一詩中,宋海泉採用了與根子類似的句式表達了與《三月與末日》
相同的情緒體驗——不貞不潔的世間帶給主體的厭憎與噁心感。這裡不妨將
兩首詩的部分詩句列於此處,以作比較。

　　首先是對卑怯輕狂的「大地」的控訴與詛咒:

　　　　……

　　　既然

　　　　　大地是由於遼闊才這樣薄弱,既然他

　　　　　是因為蒼老才如此放浪形骸

　　　既然他毫不吝惜

　　　　　　每次私奔後的絞刑既然

　　　他從不奮力鍛造一個,大地應有的

　　　　　樸素壯麗的靈魂

　　　　　既然他,沒有智慧

　　　　　　　沒有驕傲

　　　　更沒有一顆

　　　　　　　莊嚴的心

　　　　　　　　　　　　　　　　　　——根子《三月與末日》

　　　由於輕蔑,我憎恨那海岸後面

　　　古老而貧瘠的大地,

　　　我鄙視它那與蒼蒼白髮

　　　毫不相稱的輕狂。

〔註15〕宋海泉《海盜船謠》,見郝海彥主編,《中國知青詩抄》,北京:中國文學出版
　　　社,1998 年,第 66～72 頁。

......

看著『貞節』被姦污，倒在血泊裏

呻吟，沒有人救扶。

你竟然毫無血性地忍受著污辱，

你竟然忍氣吞聲像個下賤的懦夫。

——宋海泉《海盜船謠》

其次是對誘惑敗壞大地尊嚴的「春天」的憤怒與鞭笞：

我曾忠誠

「春天？這蛇毒的蕩婦，她絢爛的褶裾下

哪一次，哪一次沒有掩蓋著夏天——

那殘忍的姦夫，那攜帶大火的魔王？」

我曾忠誠

「春天，這冷酷的販子，在把你偎依沉醉後

哪一次，哪一次沒有放出那些綠色的強盜

放火將你燒成灰燼？」

我曾忠誠

「春天，這輕佻的叛徒，在你被夏日的燃燒

烤得垂死，哪一次，哪一次她用真誠的溫存

扶救過你？她哪一次

在七月回到你身邊？

......

——根子《三月與末日》

難道，你竟忘情，

一年一度，接來春天這個娼婦

來弄髒那本來屬於自由的婚床？

難道，你竟忍心，

世世代代，把你的嬌美的新婦

拋在陰暗的囚室，無人理睬，

——宋海泉《海盜船謠》

再次是逃離大地，追尋新的歸宿之地。

我用我的無羽的翅膀——冷漠

飛離即將歡呼的大地，沒有
第一次沒有拼死抓住大地——
這漂向火海的木船、沒有
想要拉回它
……

——根子《三月與末日》

……

即令我被洋流扼住喉嚨，
在礁石上摔得粉碎，
我也會暗自慶幸：
我的所有的財富，
沒有一點兒留給大地
作為遺贈。

……

你以為，
我會在你身邊停靠嗎？
想錯了啊，
你這衰老不貞的大地。
因為，
你早已把我放逐。
我
恨
你！
除非有一天，
你向我證明，
你不愧是自由的光榮夫婿。

——宋海泉《海盜船謠》

　　根子和宋海泉同屬於「白洋淀詩歌群落」。根子的詩歌創作於 1971 年，宋海泉的詩歌寫於稍後的 1973 年。兩首詩歌在意象選擇以及對意象傳統語義的顛覆上都出現了驚人的相似性，「大地」、「春天」、「船」等構成了兩首詩歌共同的寓意系統。出現這樣的相似性，有兩種可能。一種是文學創作中所謂的平行現象，一種則可能是後者對前者的學習借鑒。在當時的文化環境下，

這兩種情形都是有可能的。幾乎完全一致的思想文化資源，相似的歷史命運和生命體驗，是可能造成平行現象的。而另一方面，二人同屬「白洋淀詩歌群落」，相互間的傳誦與學習，也可能使後者無意中學習模仿前者。但無論是哪種情形，或者二者兼而有之，都向後世證明在特定歷史時期，相同的文化資源對一代青年的影響。

對存在的追問，對荒誕世界的質疑與反抗還體現在宋海泉的《流浪漢之歌》〔註16〕（1973年寫於白洋淀寨南村）中。詩人以象徵手法塑造出面向虛無不斷前行的流浪漢形象，頗有魯迅《過客》的意味。流浪漢「襤褸的衣襟還滴著水滴，/頭邊枕著空空的行囊；/黧黑的額頭，深嵌著苦難的皺紋，/瘦削的面頰蒼白無光。」他邁開僵硬的雙腳，「蹣跚地向著太陽和死亡」走去。這是個孤獨前行，以不斷行走來抗拒虛無的個體，「緊緊跟隨他的，只有自己忠實的影子」。「行走」之於流浪漢和推石頭上山之於加繆筆下的西西弗，具有相同的意義，那就是反抗荒誕，尋找生命的意義。這將是永無止盡的苦役，這也將是個體存在的意義。因此，流浪漢面對路人的勸告，卻說「不，我還要走，/我要走遍海角天邊……」

除此之外，「白洋淀詩歌群落」的其他詩人亦有類似作品出現。譬如林莽《二十六個音節的回想——獻給逝去的年歲》〔註17〕（1974年夏～冬）「B」節寫道：「廟宇倒塌了/迷信的塵埃中，有泥土的金身/沒有星座，沒有月光/只有磷火在游蕩/廢墟上漂浮起蒼白的時代」。這是對「聖殿」沉淪，價值荒蕪狀態的象徵。面對著「廢墟」般的「蒼白年代」，詩人不禁質問：「荒謬從哪裏誕生，醜惡又如何開始/人類的心靈中，從什麼時候起/就反鎖了偷火的巨人」。而在「O」節中，詩人這樣描述怪誕的社會現實：「灰制服中有女人柔美的肩肘/誰樹起的旗幟下，有一群骯髒的狗」

三、存在主義與趙振開（北島）的創作

前面我們曾談到，北島在20世紀60年代那段相對封閉的閱讀歲月裏，不僅讀到了葉、梅兩位抒情詩人的詩作，同時也接觸到了當時西方最先鋒的

〔註16〕宋海泉《流浪漢之歌》，見郝海彥主編《中國知青詩抄》，北京：中國文學出版社，1998年，第63～66頁。

〔註17〕林莽《二十六個音節的回想——獻給逝去的年歲》，見郝海彥主編《中國知青詩抄》，北京：中國文學出版社，1998年，第34～41頁。

藝術，如存在主義文學、「垮掉的一代」文學，搖滾樂，印象派繪畫等。北島曾談到在閱讀的內部讀物「黃皮書」中，令他印象最深的：「包括卡夫卡的《審判及其它》、薩特的《厭惡》和艾倫堡的《人‧歲月‧生活》等……」〔註18〕

　　西方當代文藝的影響首先體現在北島的另一文體的創作上——小說，那時他還在使用本名趙振開。他於 1974 年 11 月寫成《波動》初稿，經 1976 年、1979 年兩次修改，後發表於《長江》1981 第 1 期，署名「艾珊」。這是一部有著明顯存在主義色彩的小說。社會與個人、存在與本質、自由與責任，孤獨與異化，是構成小說的重要元素。蕭淩是作者表達存在主義思想的主要代表人物。父母的不幸和自己的痛苦遭遇，使得年輕的蕭淩對社會充滿了懷疑和不信任。暴力、血泊、冷酷、背叛成為她的不公命運的底色；荒誕的世界，扭曲的人性，消蝕著蕭淩對世界的溫情記憶。冷漠成為她面對世界的基本表情。

　　小說運用象徵手法為蕭淩營造了一個孤獨而封閉的生活環境。「一路上，沒有月亮，沒有燈光，只在路溝邊草叢那窄窄的葉片上，反射著一點點不知打哪兒來的微光。忽然，亮著燈的土房從簌簌作響的向日葵後面閃出來，它蹲在一塊菜地中間，孤零零的。掛在門前的一串紅辣椒，在燈光下十分顯眼。」〔註19〕這就是蕭淩的居住環境。黑暗的夜色包裹著一間孤零零的小土房，「它蹲在一塊菜地中間」，沒有依傍，突兀而無助，猶如曠野之中一個孤單的身影。而生活其間的蕭淩，似乎也要與這黑夜融為一體。「我和黑夜面對著面。空虛、飄渺、漫無目的，這是我加給夜的感覺？還是夜加給我的感覺？真分不清楚，哪兒是我，哪兒是夜，似乎這些都渾然一體了。常常是這樣，有生命的東西和無生命的東西在一起的時候，才會和諧、平靜，沒有衝突，沒有欲望，什麼都沒有。」〔註20〕這是夜對蕭淩的吞噬還是蕭淩自己消融在了這沒有生命的黑夜？漫無邊際的「黑夜」成為蕭淩眼中世界的象徵，它深深地籠罩著這個孤零零的年輕姑娘。一種被拋入這荒誕世界的意識抓住了蕭淩，「有時候，我就像一個疲勞的旅客，被拋在中途的小站上，既不想到起點，也不想到終點，只想安靜而長久地休息一下。」〔註21〕起點與終點的消失，意味著人生

〔註18〕《北島》，見查建英主編《八十年代：訪談錄》，北京：生活‧讀書‧新知三聯書店，2006 年，第 69 頁。
〔註19〕趙振開《波動》，載《長江》1981 第 1 期。
〔註20〕趙振開《波動》，載《長江》1981 第 1 期。
〔註21〕趙振開《波動》，載《長江》1981 第 1 期。

如若在服一場沒有終結的苦役，似乎連《等待戈多》中那個通報「戈多不來」的小孩子都消失了，只剩下「等待」和一場接一場的「惡夢」。這是個不自主的世界，不自由的人間，「人」被重重地摔打在了血污之上。

於是，蕭凌遠遠地離開這個世界，因爲「距離，由於距離的分隔和連結而產生的一種發現的快樂。」將自己與黑夜般的世界分割開來，因爲分割，從而擺脫身處其中的噁心和焦慮，獲得逃脫陷阱般的快樂。蕭凌「像個坐在門口曬太陽的老奶奶」以淡漠而冷靜目光，打量著每一個過路人。對於蕭凌而言，自身以外的每一個人都是「過路人」，都是「陌生人」，人與人之間有著不可逾越的鴻溝與隔膜。即便是和楊訊，兩個同樣被時代洪流拋到社會底層而陷入困頓的年輕人，他們也有著不同的價值觀與人生態度。楊訊的內心仍存留著理想主義的信念與光輝，仍然相信宏大的價值理念以及人與歷史、國家、民族不可分割的血脈聯繫。而蕭凌在經歷了父母含冤而死、家破人亡、感情受挫、被騙之後，就已不再是那個把鼻子靠在冰冷的窗玻璃上的天真小姑娘。她否定、拒絕了楊訊的這套人生理念，甚至認爲「這個祖國不是我的！我沒有祖國。沒有……」〔註22〕某種虛無主義和悲觀主義思想抓住了蕭凌。

但那個坐在月光下聽媽媽彈奏《月光奏鳴曲》的蕭凌並沒有完全死去。背誦著詩歌，穿著白色連衣裙的蕭凌本身即是這黑污世界的一抹亮色，是那詩意人生召喚下出現在這荒誕世間的精靈。她憑著這殘存的爭自由的心意在人間苦苦掙扎著，努力著。

趙振開的其他幾部小說，雖然其存在主義色彩不及《波動》濃厚，但也在某種程度上帶上了存在主義色彩。《歸來的陌生人》〔註23〕描寫了一位在政治高壓下人性被扭曲異化的父親：二十年的勞改生活使他形成了謹小愼微、戰戰兢兢的性格。扔到垃圾桶的紙張還要翻撿出來檢查，看是否留有字迹。這是長期被監視、被檢舉生存方式的後遺症。父親與女兒之間由此成了「陌生人」。而《在廢墟上》〔註24〕中，荒蕪、雜草叢生的圓明園歷史廢墟則成爲冷漠荒誕社會的象徵。如果說《歸來的陌生人》和《在廢墟上》是當時傷痕文學、反思文學的深化，那麼《幸福大街十三號》〔註25〕則明顯有了現代主

〔註22〕趙振開《波動》，載《長江》1981 第 1 期。
〔註23〕原載《今天》1979 年 2 月第 2 期，後轉載於《花城·小說增刊》，1981 年 1月。
〔註24〕原載《今天》1978 年 12 月第 1 期，後轉載於《拉薩河》1985 年 4 月第 2 期。
〔註25〕載《山西文學》1985 年 6 期。

義文學的面貌。作家唯阿曾論及北島的《幸福大街十三號》，認爲「這是徹頭徹尾的卡夫卡《審判》的具體而微的中國翻版。」〔註26〕

現代主義文學藝術，尤其是存在主義文學對趙振開的影響，當然不止表現在小說中，它應該是作家整個思想、藝術觀念的反應。因此，我們再次回到北島的詩歌會發現，除了社會政治訴求，以及爭取人的權利，呼籲人與人之間的平等、友愛等人道主義內容外，北島的詩也顯露出現代主義詩歌的種種特徵。

個體對荒誕世界的體悟，對個體生存境遇的思索以及個體的孤獨感，異化感是這些詩歌的共同主題。在詩歌表達時，則更加自覺地採用了隱喻、象徵、反諷等手法。

在《界限》這首詩裏，詩人說：「我要到對岸去」，因爲「河水塗改著天空的顏色／也塗改著我」。「我」要擺脫被「塗改」的命運，然而到「對岸」，是否就真地能改變「我」被「塗改」，被「異化」的命運呢？「對岸的樹叢中／驚起一隻孤獨的野鴿／向我飛來」〔註27〕「孤獨」是這裡的關鍵詞，這「孤獨」是指能到對岸去的人非常少，抑或指到了對岸後「我」所面臨的生存狀態——擺脫被「異化」的命運，卻又陷入宿命般的孤獨？而「界限」又是何意義呢？多數與少數的界限，群體與個體的界限，或者「異化」與「孤獨」的界限？也許這多種「界限」都包含其中——要成爲一個不被他者「塗改」的個體，就意味著某種背叛和對群體的疏離，也意味著要面臨獨自承擔的「孤獨」。

而在《履歷》中，北島的思考顯然已帶有現代個體的對荒謬命運的深刻反思和嘲諷。「我」曾像宗教徒般地「剃光腦袋」，去「尋找太陽」，但「卻去在瘋狂的季節／轉了向，隔著柵欄／會見那些表情冷漠的山羊」。「我弓起了脊背／自以爲找到了表達真理的／唯一方式，如同／烘烤著的魚夢見了海洋。」詩人以隱喻的方式，重現了「我」在革命年代的瘋狂虔誠與自我迷失。然而一個「曾」字則透露出立足於現在對過去的反思態度。詩人以一個嘲弄式的、悖反式的比喻——「烘烤著的魚夢見了海洋」，揭示了當年「尋找真理」的荒誕性。「萬歲！我只他媽喊了一聲／鬍子就長了出來」於是，「我不得不

〔註26〕唯阿《解讀詩人北島》，左岸文集，http://www.eduww.com/lilc/go.asp 敘 id=2499。
〔註27〕北島《界限》，閻月君、高岩、梁雲、顧芳編選《朦朧詩選》，瀋陽：春風文藝出版社，1988 年，第 26 頁。

和歷史作戰／並用刀子與偶像們／結成親眷，倒不是爲了應付／那從蠅眼中分裂的世界／在爭吵不休的書堆裏／我安然平分了／倒賣每一顆星星的小錢／一夜之間，我賭輸了／腰帶，又赤條條地回到地上／點著無聲的煙捲／是給這午夜致命的一槍／當天地翻轉過來／我被倒掛在／一棵墩布似的老樹上／眺望。」〔註28〕與歷史作戰，與偶像結成親眷，賭輸了理想與追求後，才發現這是個被顛倒了的世界。而當這個顛倒的世界被「顛倒」過來時，已經是那個被顛倒世界一部分的「我」卻只能以「倒掛」的方式存在。個體命運的乖謬，個體作爲歷史產物的悲劇性與荒誕性都在這「倒掛」的生存狀態中彰顯無遺。

思考進一步深入，北島將審視的目光轉移到個體自我，思考「自我」與這荒誕歷史的關係。《同謀》中，詩人將曾經嘲諷的荒誕歷史與「自我」關聯起來：「我們不是無辜的／早已和鏡子中的歷史成爲／同謀，等待那一天／在燦岩漿裏沉澱下來／化作一股冷泉／重見黑暗」。甚至對曾經大聲籲求的正義、自由等產生了質疑：「自由不過是／獵人與獵物之間的距離。」〔註29〕我們自然還記得詩人曾經向世界宣告：「告訴你吧，世界，／我——不——相——信！／縱使你腳下有一個挑戰者，那就把我算做第一千零一名。」並以英雄主義的情懷發出宏願：「如果海洋注定要決堤，／讓所有的苦水注入我心中」〔註30〕。而今，詩人卻悲劇性地發現「我」與「歷史」的「同謀」關係，終有一天，將與「歷史」一起「重見黑暗」，歸於黑暗。這是理性而冷峻地自我審視與解剖，以自沉於黑暗的方式詛咒這黑暗的歷史與存在；這是以徹底的絕望來阻擊一切黑暗重來的可能，以毀滅於黑暗的方式獲得重生的可能。

魯迅先生在《狂人日記》裏也曾有一段清醒而痛徹心扉的自我解剖：「我未必無意之中，不吃了我妹子的幾片肉，現在也輪到我自己，⋯⋯有了四千年吃人履歷的我，當初雖然不知道，現在明白，難見眞的人！」〔註31〕雖隔著半個多世紀的歷史，雖面對不同的社會背景，然而兩位作家卻產生了相似

〔註28〕北島《履歷》，見洪子誠、程光煒編選《朦朧詩新編》，武漢，長江文藝出版社，2004年，第27～28頁。

〔註29〕北島《同謀》，見洪子誠、程光煒編選《朦朧詩新編》，武漢，長江文藝出版社，2004年，第23～24頁。

〔註30〕北島《回答》，見閻月君、高岩、梁雲、顧芳編選《朦朧詩選》，瀋陽：春風文藝出版社，1988年，第1～2頁。

〔註31〕魯迅《狂人日記》，載《新青年》1918年5月5日第4卷第5期。

的精神體驗：個體深陷於惡的存在之中卻不得自由，由此產生對惡的客體的絕望，對自我主體的絕望，以及揮之不去的噁心與焦慮。

不少文章或中國現當代文學史的部分教材認為，「文革」中形成的「白洋淀詩歌群落」是新時期「朦朧詩」的先聲，或者認為直接開啟了「朦朧詩」。但如果以上文對北島的分析來看，這樣的說法是值得商榷的。雖然前文曾談到北島所受的西方當代先鋒文學影響與「白洋淀詩歌群落」的先鋒詩人們幾乎一樣，雖然這種影響早在「文革」時期趙振開（北島）的小說《波動》中有很好的體現，但北島的詩歌起點卻葉甫杜申科、梅熱拉伊蒂斯這樣的抒情詩人，之後才走向了與「白洋淀詩歌群落」相似的詩歌道路。也即是說北島詩歌是由抒情詩向現代主義詩歌逐漸轉化的過程。這一轉化某種程度上也代表了朦朧詩人的轉變過程。而「白洋淀詩歌群落」中更趨先鋒的詩人則從一開始就體現出較為純粹的現代主義詩藝追求。因此，筆者認為的確如有的學者指出的那樣，「朦朧詩」較之 20 世紀 60、70 年代的地下詩人如黃翔、「白洋淀詩歌群落」，從詩歌發展角度而言並沒有超越後者，甚至是某種退步。

因此，當歷史進入所謂「撥亂反正」時期，現代主義文學這一脈已越過所謂的「正」，進入到更深層次意義上的「反」。通常的文學史從主流文學的發展邏輯出發，習慣將本身平行發展的兩條線索合併為一條循序漸進的時間化進程，即由「撥亂反正」的「正」再到後來對「正」的反叛。因而現代主義文學線索不易被正在「撥亂」的理論界所接納。

如果說對於新時期而言，「白洋淀詩歌群落」是個徹底的「異端」，那麼「朦朧詩」則不過是一個暫時被誤認的另類，一旦邁過最初認識上的障礙，「朦朧詩」與主流文學在主題上的相似性就會顯露出來，成為主流認同和需要的「重建者」。所謂「重建」，起點往往從最基本的概念、常識、原則開始，譬如何謂「人」，何謂「人道主義」，文學如何表現人等等。而「白洋淀詩歌群落」作為十年「文革」的產物，已經鍛造成徹底的「背叛者」。他們既不再盲信現實，對歷史曾有的價值體系也持批判態度。他們自然也超越了基本概念的認知階段。當他人在呼籲人的基本權利時，他們則已在表現人的孤獨與荒誕。所以他們可能因為其「反叛」的姿態而被認為是「重建者」的同路人，但實質上二者卻有著極大的不同。因此無論是物理時間上還是文化時間上，作為「背叛者」的「白洋淀詩歌群落」都走在了「重建者」——「朦朧詩」的前列。「重建者」只有在完成了基本概念、常識的「補課」之後才會

邁開新的步子，可能會與「背叛者」重合，也可能面目迥異。但「朦朧詩」對人的自由、平等、友愛，社會公正的呼籲正好契合了新時期文學復興時最基本的人道主義命題。而「朦朧詩」在詩藝上也一度呈現出浪漫抒情詩的特點。這相較於「白洋淀詩歌群落」的先鋒詩作而言，更容易被主流文學所接納。因此，相對於「背叛者」「白洋淀詩歌群落」的文化發展邏輯而言，「朦朧詩」可視爲詩歌發展史上的一種「倒退式」前進現象。

第三節　「垮掉的一代」文學的影響研究

　　「垮掉的一代」文學雖也受存在主義哲學影響，但因其發展演化爲獨立的文學潮流，對新時期現代主義小說產生了重大影響，因此專列一節討論。

　　在閱讀過「皮書」的人中，很多人在其回憶中都頻繁提到了美國「垮掉的一代」的文學作品，如《在路上》，《麥田裏的守望者》以及被譽爲「俄羅斯版的《麥田裏的守望者》」——阿克肖諾夫的《帶星星的火車票》。

　　就目前所查找資料來看，張郎郎是較早提到「垮掉的一代」的人之一。他回憶說：「總之，讀遍當地的『內部圖書』，但最喜歡的也最受震撼的還是《麥田裏的守望者》和《在路上》。……當時狂熱到這樣程度，有人把《麥田裏的守望者》全文抄下，我也抄了半本，當紅模子練手。董沙貝可以大段大段背下《在路上》。那時居然覺得，他們的精神境界和我們最接近。」〔註32〕這可視作「文革」前「垮掉的一代」文學傳播與影響的例證之一。至 70 年代尤其是 1972 年以後，「皮書」的讀者有所增加，閱讀過「垮掉的一代」文學作品的青年逐漸增多，「垮掉的一代」的文學影響也隨之擴展開來。

一、以蘇聯文學爲媒介的接受與變異

（一）「俄羅斯版的《麥田裏的守望者》」

　　阿克肖諾夫的《帶星星的火車票》和克茹亞克的《在路上》、塞林格的《麥田裏的守望者》應該是當時中國「皮書」閱讀者中流傳最廣也最深的作品之一。雖然阿克肖諾夫的《帶星星的火車票》也屬於「影響」之作，但在文本

〔註32〕張郎郎《「太陽縱隊」傳說及其他》，廖亦武主編《沉淪的聖殿——中國 20 世紀 70 年代地下詩歌遺照》，烏魯木齊：新疆青少年出版社，1999 年，第 36～37 頁。

質態上，阿氏的作品卻自有特點。阿克肖諾夫的《帶星星的火車票》1961 年在蘇聯《青春》雜誌第 6、7 期上發表，作爲中國國內「黃皮書」出版則在 1963年。該書雖被譽爲「俄羅斯版的《麥田裏的守望者》」，但比較分析之後會發現，《帶星星的火車票》實是塞林格《麥田裏的守望者》和克茹亞克《在路上》的綜合體在蘇聯的變異。之所以稱爲「變異」，是因爲阿氏小說既受到西方思想文化尤其是上述二部作品的影響，與兩部作品有著相似的情節、人物形象，但在價值判斷，情感立場上卻體現出當時蘇聯的「國情」——打倒、解構既有傳統的同時，並不陷入虛無主義和悲觀主義，以新的，屬於社會主義思想範疇而非完全西方的價值觀念進行重建。《帶星星的火車票》出現的同時，蘇聯隨之出現了一批以困惑、迷茫青年爲敘述主題的青年小說。可以說《帶星星的火車票》是「垮掉的一代」文學在社會主義國家接受的第一個階段。

《麥田裏的守望者》講述了出身於中產階級家庭，年僅 16 歲的霍爾頓因爲厭倦了學校、家庭生活而逃離學校在外游蕩的經歷。他厭倦了成人世界的虛僞、追名逐利。他認爲在他的四周全都是僞君子。「舉例說，學校裏的校長哈斯先生就是我生平所見到的最最假仁假義的雜種。」〔註33〕他鄙視家庭、學校、社會的一切傳統價值觀，要你讀書，求得學問，「以便將來可以神氣活現地買輛他們的混賬凱迪拉克；……你一天到晚所幹的，就是談女人、酒和性問題；」〔註34〕「學校越貴族化，裏面的賊也越多」〔註35〕他對父親令人羨慕的律師職業也頗有微詞，說律師「就是整天賺錢、打高爾夫球、玩橋牌、買車、喝馬提尼酒，擺出一幅大人物的樣子」，並發誓：「決不進常春藤聯盟學校裏的任何一個學院，哪怕是要我的命，老天爺。」〔註36〕他也不信教，對「《聖經》裏的其他那些玩藝兒多半都不感興趣。」〔註37〕覺得學校的牧師在布道的時候，「總裝出那麼一副神聖的嗓音。天哪，我眞討厭這個。我眞他

〔註33〕 （美）塞林格《麥田裏的守望者》，石咸榮譯，北京：作家出版社，1963 年，第 16 頁。

〔註34〕 （美）塞林格《麥田裏的守望者》，石咸榮譯，北京：作家出版社，1963 年，第 165 頁。

〔註35〕 （美）塞林格《麥田裏的守望者》，石咸榮譯，北京：作家出版社，1963 年，第 5 頁。

〔註36〕 （美）塞林格《麥田裏的守望者》，石咸榮譯，北京：作家出版社，1963 年，第 108 頁。

〔註37〕 （美）塞林格《麥田裏的守望者》，石咸榮譯，北京：作家出版社，1963 年，第 125 頁。

媽的看不出他們爲什麼不能用原來的嗓音講道。他們一講起道來，聽來總是
那麼假。」〔註38〕

他抽煙，說髒話，「混賬」、「他媽的」「雜種」常掛在嘴邊，「就是那麼回
事」是他的口頭禪。他謊報年齡買酒喝；試圖找妓女尋歡，卻又認爲如果不
喜歡一個女孩，就不能和她調情；他常常感到孤獨寂寞，渴望交流與理解；
渴望沿途免費搭車到西部一個誰也不認識他的地方去裝一個聾啞人。他渴望
做一個「麥田裏的守望者」，守護那些在麥田裏玩耍的孩子，以免他們不小心
掉下懸崖。「不管怎樣，我老是幻想有那麼一群小孩子在一大塊麥田裏做遊
戲。幾千幾萬個小孩子，附近沒有一個人——沒有一個大人，我是說——除
了我。我呢，就站在哪個混帳的懸崖邊。我的職務是在哪兒守望，要是有哪
個孩子往懸崖邊奔來，我就把他捉住——我是說孩子們都在狂奔，也不知道
自己是往哪兒跑，我得從什麼地方出來，把他們捉住。我整天就在幹這樣的
事。我只想當個麥田裏的守望者。」〔註39〕守望自由奔跑的孩子，守望無拘
無束的，遠離紛亂俗世，純淨而安寧的精神家園。然而霍爾頓最終並未如願，
他回家了。

蘇聯「解凍」文學之後，反思傳統的同時，部分蘇聯作家開始接受來自
西方的思想文化，追求個性的獨立，自由、解放，反傳統，對現有制度的不
滿。阿克肖諾夫即是接受影響的其中一個。這一點明顯體現在以《帶星星的
火車票》中的吉姆卡爲代表的青少年身上。吉姆卡身上有著明顯的霍爾頓的
影子，成爲西方文化對蘇聯影響的一個表徵——對自由的追求，對傳統的背
離和嘲弄，愛情與性觀念的開放等，是獨立的青少年亞文化的代表。

十七歲的吉姆卡與霍爾頓一樣，對既定的家庭、學校生活，社會秩序
充滿了厭倦和憎惡。他穿有斑點的捷克式襯衫，不知出處的褲子，澳大利
亞式便鞋，留法國式短髮……獨具個性的穿著因與成人保守而僵化的服裝
形成對比而受到非議。他闖紅燈、聽爵士樂，厭倦墨守成規的學校生活和
被父母支配的命運。希望「沒有人再向你叫喊：快去學語文！也沒有人再
壓抑你的心靈。也不必爲五個戈比看電影而低三下四。」〔註40〕即便「到

〔註38〕　（美）塞林格《麥田裏的守望者》，石咸榮譯，北京：作家出版社，1963 年，
　　　　　第 126 頁。

〔註39〕　（美）塞林格著《麥田裏的守望者》，石咸榮譯，北京：作家出版社，1963
　　　　　年，第 219 頁。

〔註40〕　〔蘇〕瓦·阿克肖諾夫《帶星星的火車票》，王平譯，北京：作家出版社，1963

處碰壁，也不當一輩子小孩兒，淨按照別人的主意生活。」〔註41〕他要「……永遠與沉悶的城市的舒適和庸俗的家庭生活斷絕關係了。」〔註 42〕為了尋找「新生活」，吉姆卡和同伴們以青年人特有的「流浪」方式，去尋找生命中的「金羊毛」。

在愛情與性意識方面，吉姆卡顯然也受到了西方開放的性意識觀念影響。對於「垮掉的一代」而言，性是他們反抗社會的有力工具，在性的放縱中，獲得自我解放。流浪途中，吉姆卡與同伴討論愛情、性等話題時曾說：「愛情根本不存在，而且從來也沒有過。」並聲稱同意阿利克「有的只是性慾的滿足」的說法。〔註43〕吉姆卡甚至認為：「我是一個現代人，我愛一切漂亮的姑娘。在愛沙尼亞我愛烏爾維，到烏克蘭我就會愛奧克桑娜，在格魯吉亞我又會愛一個什麼蘇麗柯，在巴黎我會找到一個燕娜，在紐約我又會鍾情於瑪麗，在布宜諾斯艾利斯我會追求洛麗塔。我的趣味是多方面的，我是個現代人。」〔註 44〕這顯然是「垮掉的一代」性意識的翻版。性被視作「現代人」人性解放的表現。

吉姆卡形象的塑造是阿克肖諾夫與與塞林格、克茹亞克最為相近的文本追求，但他們之間的區別亦是不容忽視的。區別主要體現在兩方面，一是，弟弟吉姆卡在最後歸宿的選擇上顯示出與霍爾頓、薩爾（《在路上》主人公之一）不同的價值取向；二是哥哥維克多這條線索的出現。

小說採用多重敘述方式。第一部「是幕兒是字兒」和第三部「雙維體系」是維克多的第一人稱敘述，開篇「我是個守規矩的人」和第二部「尋找金羊毛的英雄們」是全知全能的第三人稱敘述，第四部「當社員」則是吉姆卡的第一人稱敘述。雙重自我敘述中，哥哥和弟弟都在尋找著各自的理想：維克多是吉姆卡的哥哥，他始終是秩序中人，是在秩序中試圖使制度更趨完善的創新者、變革者；維克多尋找的是成人世界裏的純潔，科學的良知與正義；

年，第 89 頁。

〔註41〕〔蘇〕瓦‧阿克肖諾夫《帶星星的火車票》，王平譯，北京：作家出版社，1963年，第 33 頁。

〔註42〕〔蘇〕瓦‧阿克肖諾夫《帶星星的火車票》，王平譯，北京：作家出版社，1963年，第 64 頁。

〔註43〕〔蘇〕瓦‧阿克肖諾夫《帶星星的火車票》，王平譯，北京：作家出版社，1963年，第 65 頁。

〔註44〕〔蘇〕瓦‧阿克肖諾夫《帶星星的火車票》，王平譯，北京：作家出版社，1963年，第 211 頁。

吉姆卡則是以秩序的挑戰者，傳統觀念的顛覆者形象出現的，他尋找的是相對於成人秩序，擺脫傳統約束，無拘無束、自由的生活樣態。

「帶星星的火車票」首先是哥哥維克多一次躺在窗臺上向天空凝望時無意中發現的。那塊長方形的天空像一張火車票，而且還是一張帶有剪票器剪過後留下星孔的火車票。「任何人也不知道我的這張票。我對任何人也從來不提起它。……但許多年來，每當我感到十分疲倦的時候，便躺在窗臺上，凝望著我的這張帶星孔的票。」〔註45〕這張「帶星星的火車票」對哥哥維克多而言，是純淨、正直、善意、良心的代表，是規範而有活力，擁有崇高信念而又銳意創新的社會生活的象徵。當維克多在學術研究上試圖創新卻遭遇權威壓制時，他就會想到這張帶星星的火車票，他告訴妻子說：「這就是我的票。」〔註46〕哥哥維克多的存在，使得整部小說呈現出了嚴肅甚至悲壯的風格。

而吉姆卡經歷了初戀，遭遇愛情的背叛後，漸漸明白何謂眞正的愛情。當航船在海中出現危急情況時，吉姆卡還是爭分奪秒給嘉麗亞拍去了「我愛你」的電報，愛情最終戰勝了以「性意識」爲主宰的情愛觀。在這一點上，《帶星星的火車票》與《在路上》等作品之差異立顯。而當吉姆卡和夥伴們經過「漫長」的「流浪」生活，體驗了勞動的艱辛與快樂，愛情的背叛與回歸，人世的複雜與世故後，他們似乎重新找到了生活的目標：尤爾卡決定進「伏特」工廠，作一名踏實的學徒；阿利克決定要繼續學習，明年考學；吉姆卡也意識到之前的種種設想「這都算不上生活綱領呀。這是一種自發性，放任自流……」〔註47〕

作者將兩條敘述交叉在一起，維克多不時以成人眼光審視著吉姆卡的世界，又以吉姆卡的世界反省、反思著自己的成人世界。而吉姆卡一面進行著自己尋找「金羊毛」的流浪，一面則在與哥哥的不斷通信中，瞭解觀察著維克多的成人世界。吉姆卡的「金羊毛」在哪兒呢？小說結尾，吉姆卡仰臥在哥哥房間的窗臺上，凝望維克多曾經望過的那塊天空，突然發現了這塊長方

〔註45〕　〔蘇〕瓦・阿克肖諾夫《帶星星的火車票》，王平譯，北京：作家出版社，1963年，第35頁。

〔註46〕　〔蘇〕瓦・阿克肖諾夫《帶星星的火車票》，王平譯，北京：作家出版社，1963年，第185頁。

〔註47〕　〔蘇〕瓦・阿克肖諾夫《帶星星的火車票》，王平譯，北京：作家出版社，1963年，第273頁。

形的天空很像一張被星孔的剪票器剪過的火車票。「不管怎樣，這個現在就是我的帶星星的火車票！不論維克多注意到沒有，這總是他留給我的。票有了，但是往哪裏去呢？」〔註48〕吉姆卡對「帶星星的火車票」的發現，意味著兩條並行的尋找路線終於有了交匯點，同時也意味著年少的弟弟長大成人，開始重新思索和尋找生活的意義與方向。

　　雖然阿克肖諾夫、塞林格、克茹亞克都描寫了年輕人成長過程中的煩惱，對父母、學校、乃至社會秩序的懷疑、批判、反抗，以及開放的性意識。阿氏雖然也運用了相似的敘事模式：逃離——在路上，但在最後卻讓人物在更高點上進行了回歸，而沒有墮入虛無、絕望之中。這種「回歸」，既是主人公心理成熟的表現，也是對社會審視後的重新融入。這使得小說在最終的價值取向上區別於《麥田裏的守望者》和《在路上》。

（二）《帶星星的火車票》對中國作家的影響

　　之所以要首先比較阿克肖諾夫與美國「垮掉得一代」文學的異同，是因為阿克肖諾夫對「垮掉的一代」的接受與變異，也明顯地體現在了他的中國接受者身上。《帶星星的火車票》在當年的北京文學青年中流傳度頗高，從小說的標題、象徵意象到故事人物設置，結構安排乃至價值取向幾乎都能在中國當代文學中找到某種回應。

　　「白洋淀詩歌群落」成員之一的馬佳曾公開談道：「我1982年在《收穫》上發表了一篇小說，……我毫不忌諱，是阿克肖諾夫對我的影響。」〔註49〕馬佳所指小說應該就是《找，能找到》，該小說發表於1982年2期的《收穫》雜誌上。從小說文本實際看，阿克肖諾夫的印記明顯而深刻。

　　主題方面，馬佳小說《找，能找到》標題即潛含「尋找」主題，雖不及《帶星星的火車票》那麼富有詩意，但卻透露著尋找必得的信心與堅定，少了些許模糊與曖昧。該小說的主人公從《帶星星的火車票》中的一群中學生變成了大學生、研究生，生活背景置換成了剛剛經歷了十年動亂，百廢待興的中國。他們雖然已過青春叛逆的少年時期，但他們同樣困惑、迷惘：「望著藍天和白雲，我們一千次地問自己：究竟什麼失去了呢？我們的根？我們的

〔註48〕〔蘇〕瓦・阿克肖諾夫《帶星星的火車票》，王平譯，北京：作家出版社，1963年，第279頁。

〔註49〕廖亦武、陳勇《馬佳訪談錄》，廖亦武主編《沉淪的聖殿——中國20世紀70年代地下詩歌遺照》，烏魯木齊：新疆青少年出版社，1999年，第219頁。

夢？我們的過去？還是我們自己呢？」〔註50〕顯然，這群年輕人尋找的出發點是對曾經失落的美好信念、理想、青春和自我的重新發現。這是八十年代初文學作品的共同主題之一，譬如梁小斌的《中國，我的鑰匙丟了》。因爲沉重的政治背景，這種「尋找」相較于吉姆卡的「年少輕狂」，多了幾許淡淡的哀愁。而小說中不曾正面出場卻時時左右著年輕人前進方向的「老校長」，成爲信念與理想的象徵。

敘述模式上，《找，能找到》雖然只設置了作爲哥哥「我」的一維敘述角度，但視點卻始終注視著兩維空間──一維是自己，一維是弟弟點點、博實和明瑤組成的世界。「尋找」同樣從兩個維度展開，我們雖然一行四人一同出發，但各自旅行的目的卻並不一樣。在一個分叉路口，「我」想要去找老校長，正是老校長當年的教誨與鼓勵讓我鼓起了生活的勇氣，也樹立起了生活的信念。而點點他們則認爲旅行就是隨意而爲的流浪，沒有具體的目標和所謂最後的目的地，停停走走，皆由自己的興趣決定。但最後，大家還是在「我」的堅持下，決定沿著尋找老校長的路繼續前行。這實在是以現實道路的選擇來隱喻人生觀念與方式的抉擇。至後，「我」的尋找也成爲弟弟的「尋找」，或者說，「我」的價值觀念影響並左右了弟弟他們。但同時，「我」以旁觀者身份觀察著弟弟、博實和明瑤所代表的世界。在對他們的審視中，「我」看到了博實與明瑤之間眞正的愛情，也明白了自己「愛情」的眞正對象。「我」在年幼於「我」的弟弟們身上同樣獲得了某種成長的力量。最後，一行四人終於一起找到了老校長，雖然他已逝世，然而站在墓地前的年輕人顯然已在內心找到了自己的「老校長」。弟弟們所代表的那條簡單、快樂、自由、刺激的尋找路徑就這樣悄然消失了，消失於那條正面、理想、信念的尋找之路，後一條道路影響或壓抑了前一條道路。正因爲如此，作品在情感基調上不至墮入所謂的頹廢、悲觀和虛無之中，而走向了樂觀積極的一面。

第三，愛情或性意識方面。《找，能找到》中，同樣存在著愛情與「性意識」的辯論。同行的四人在去找老校長的路上，激烈地討論著弗洛伊德的性分析理論。只有在遭遇眞正的「愛情」時，他們才眞正成熟起來。點點對明瑤的愛，博實與明瑤之間眞正的「愛情」，「我」面對明瑤時的模糊、曖昧⋯⋯這些顯然也是《帶星星的火車票》中吉姆卡他們同行四人糾纏不清關係的某種變形。

〔註50〕馬佳《找，能找到》，載《收穫》1982年2期。

第四，在小說的人物設置、意象運用上，馬佳的小說的確借鑒《帶星星的火車票》不少。如基本故事情節上的相似：成人的哥哥與天真的弟弟，三個男孩子和一個女孩子一同上路、流浪、旅行，愛情故事的發生，為籌集旅費到工地上當臨時工等等；明瑤外型上的漂亮，「愛情」上的模糊、遊移等都能讓人看到「嘉麗亞」（《帶星星的火車票》中的女主人公）的影子。另外，「我」那間靠窗，並生活了二十三個春秋的房間，「我」在天空看到的那顆星星等，這些都很容易讓讀過《帶星星的火車票》的人莞爾一笑，洞悉二者的微妙聯繫。

這時，我們重新回味馬佳的話：「我毫不忌諱，是阿克肖諾夫對我的影響。」〔註51〕我們不得不對馬佳的坦誠和對自己文學淵源的清晰辨認深表敬意和佩服。阿克肖諾夫的文學是美國「垮掉的一代」文學在蘇聯社會主義國家的變種，馬佳顯然承續了這一「變種」的內在精神。馬佳並非受阿氏影響的文學孤例，其實在當時的北京文學青年中類似的作品還有不少。只是他們不再如馬佳這樣全面的接受，他們可能在主題上，象徵意象或人物形象上汲取某種靈感，同時又融入個人的體驗和情緒情感，顯示出中國文學、文化的特色。

徐曉《帶星星的睡袍》在標題上即可視為是向阿克肖諾夫《帶星星的火車票》的致敬。小說中「我」像吉姆卡一樣，處在與父輩緊張的代際矛盾中，單獨住在一間小屋而遠離父母；同時還面臨著與司徒的愛情危機。妹妹給了我一塊好看的布料，「淡藍色的調子，深藍色的小星星。」我用它做了一件睡袍，「可那天晚上，就是穿上睡袍的那天晚上，我好像做了一個夢，可是就像經常出現的一樣，直到現在我始終搞不清到底是不是做夢……我一鬆手，風箏飄走了，媽媽說它會回來的。我等呀等呀，它始終沒有回來。我沿著海邊去尋找，漁民伯伯告訴我，堆在船上的是帆，不是破布……」〔註52〕「帶星星的睡袍」、夢、飄走的風箏、尋找、沒有結果的無止盡等待……這一系列的意象應該是解讀小說的關鍵詞。

趙南的《星》也在小說中設置了貫穿整個故事的象徵意象：星。「我」（魏

〔註51〕廖亦武、陳勇《馬佳訪談錄》，廖亦武主編《沉淪的聖殿——中國20世紀70年代地下詩歌遺照》，烏魯木齊：新疆青少年出版社，1999年，第219頁。
〔註52〕原載《今天》文學研究會內部交流資料之一 http://www.jintian.net/today/敍action-viewnews-itemid-3907

賓）和佳佳曾經在天上一起找過在月亮右下方的一顆星星，這顆星星是兩人的秘密，也是二人甜蜜愛情、生活的象徵。「我」和父親之間由於歷史原因產生了隔閡和敵意，「我」不願原諒父親當年拋下母親、「我」和年幼妹妹的行爲。佳佳想要一個孩子，必須要改善現在的生活條件，於是勸「我」要「爲咱們想想，爲我想想」而與父親和解。「我」終於決定去找已經當局長的父親。「我」知道這意味著一種新的生活的開始——生活條件的改善，總是被退回的詩稿也會因此被發表。但在找了父親回來後，「我」卻燒掉了詩集。站在夜色中的窗口旁，佳佳問「我」：「你在找那顆星星嗎？」〔註53〕「我」點了點頭。顯然，這顆月亮下方的星星，是某種單純心靈狀態和理想、純淨的生活樣式的象徵，是作爲詩人的「我」對詩意生活的渴求。

　　吉姆卡與社會制度、觀念間的衝突，既是倫理道德意義上「父與子」的衝突，也是文化意義上現代與傳統之間的矛盾。劉文飛認爲《帶星星的火車票》可以稱爲「現代版本的《父與子》」。他認爲：「……『代溝』的存在，首先就是在不同的時代和社會中形成的不同世界觀相互對峙的結果。」「他們（筆者注：維克多和吉姆卡等青年）的求索中卻至少顯示出了一種值得讚賞的生活態度，即不帶任何面具地生活，不僞裝高尚，不冒充偉大，不吹噓懷有那種空洞的、人云亦云的遠大理想，不生活在虛妄的意識形態烏托邦之中。」〔註54〕這應是對身處政治高壓與意識形態虛幻承諾中青年人反抗意義切中要害的評價。代際矛盾，對峙關係中的「父與子」，與星星有關的象徵意象，這是阿克肖諾夫、徐星、趙南的三部小說的相似之處。但阿氏小說從教育、學術出發，質疑挑戰的是整個社會觀念，思想文化，包括家庭、教育、學術，人們的日常行爲方式，道德體系等。這是受到西方觀念影響後阿氏對蘇聯社會思想文化的全面反思。吉姆卡自問：「票有了，但是往哪裏去呢？」〔註55〕其實也正是阿克肖諾夫對蘇聯社會文化道路的思考，傳統與現代，蘇聯與西方，社會主義文化與資產階級文化，何去何從？中國的兩篇小說在氣象上要小很多，它們將「父與子」的衝突集中在青年個體對父輩政

〔註53〕原載《今天》第七期，署名：淩冰 http://www.jintian.net/today/敘 action-viewnews-itemid-3799

〔註54〕劉文飛《成長的煩惱和青春的記憶》，選自劉文飛《別樣的風景》，北京：人民文學出版社。2008年，第197頁。

〔註55〕〔蘇〕瓦·阿克肖諾夫《帶星星的火車票》，王平譯，北京：作家出版社，1963年，第279頁。

治權力的不屑與對抗上。這顯然融進了剛剛從專制主義，理想烏托邦裏走出來的中國青年自身的歷史體驗：對權威、權力、權勢、官僚的厭倦與憎惡。《帶星星的睡袍》中，「我」的父親是黨委書記，母親是樂團團長，妹妹是大學生，男朋友司徒的家庭是九級幹部家庭，司徒則是攝影記者，而「我」當過知青，現在不過是錦綸襪廠的一名普通女工。「我」害怕、逃避甚至厭倦了自己的家，寧願住在自己的小窩；「我」感到與男友身份上的不對等，試圖打電話告訴他分手。而趙南的《星》中，當年拋棄母親的父親現已升任局長，「我」始終不願諒解父親。

　　如果說當年王蒙筆下的林震對劉世吾這類政治體制中人，對權力機制懷有種種困惑，顯示出年輕人的單純、理想化，與上述兩部小說有一定相似之處；但林震在所屬政治文化觀念、價值立場上與劉世吾的同質性則與徐曉、趙南的小說產生了質的區別。徐曉與趙南共同強調了青年所象徵的新興價值理念：個人精神、物質的雙重獨立與解放。這意味著對壓抑個體自由的權力、權勢的鄙視與憎惡，並進而拋棄權力所代表的政治文化形態與價值觀。本書第四章中曾談道，「文革」時期青年思想解放的產物之一就是「反權威，反官僚」意識。徐、趙兩部小說正是這一思想的某種延續。兩部小說另一個共同點是：小說主人公對因權力而享有各種特權，譬如物質條件的改善，都表現出鄙視與拒絕的態度，但又有不得不妥協的意味。《帶星星的睡袍》中「我」雖然不願意但也並沒有完全拒絕媽媽爲「我」的小窩添置電視、電飯鍋等高級電器；《星》中的「我」，也因女友對生活條件的不滿而不得不與父親和解，以期改變生活狀態。因此兩部小說既有「父與子」對峙造成的緊張感、青年個體爲爭自我的獨立、解放而產生的悲壯感，也有因爲不得不妥協而生出的淡淡憂傷情緒。這與阿克肖諾夫的小說有殊途同歸之妙。

　　綜上所述，在創作方法上，阿克肖諾夫、馬佳、徐曉、趙南的創作仍以現實主義爲主導。價值傾向上，阿克肖諾夫和馬佳的作品因爲有某種理想的指引和反思作基礎，小說中人物就不再是無助、無奈地墮入虛無或精神的混亂之中，而是某種積極樂觀意味的「回歸」。徐曉與趙南小說中的兩個主人公雖然困惑、焦慮，但個體的價值系統是完整而獨立的，同樣不會墮入悲觀主義。可以說，這些作品是西方現代主義精神與社會主義精神相糾結後結出的奇異果實。蘇聯的「解凍」和中國「文革」的結束，是這種結合成爲可能的社會文化背景。也正因爲如此，這些作品也還殘留著比較明顯的時代政治因素。

二、「垮掉的一代」文學在中國的最恰當回應者

徐星雖與劉索拉被同時視爲「現代派」代表作家，但他的創作顯然與劉索拉是同中有異。無論在精神內核還是表現方式上，徐星都可視爲《在路上》等「垮掉的一代」文學在中國最恰當的回應者。

事實上，徐星與劉索拉曾在 70 年代出入於相同的文藝沙龍——魯雙芹家的沙龍文藝圈子。徐星回憶：「我記得上世紀 70 年代初，北京有兩個主要的文化沙龍，彭剛經常出入雙子（魯雙芹）家的沙龍，常去那個沙龍的，我後來知道比較知名的還有劉索拉。」〔註56〕

但徐星除了出入魯雙芹家的文藝沙龍外，還有另外一個他更看重的的圈子：「我與彭剛交好，但跟他的圈子是有一定距離的。我那時有兩個世界，一個是彭剛的世界，還有一個是與彭剛這個『文人圈子』完全不同的世界，這個圈子裏的朋友跟文化沾不上邊，但是都很講義氣，這個圈子裏的人，因爲我的緣故，給過很多當時所謂『文化圈子』裏的人提供過幫助，我覺得這個圈子裏的很多人是不應該被遺忘的，儘管他們不是『詩人』，不懂藝術，很多人最後甚至死得很慘，我跟這個圈子更近些。」〔註57〕

文人與非文化人，情感上的遠與近——徐星的這段回憶可以視作解開他與劉索拉精神異質的一把鑰匙，也是剖析其作品世界極關鍵的思想因素。徐星對非文人圈子的看重與親近，從某種意義上說是他從精神上靠近「垮掉的一代」的情感橋梁。而關於劉索拉的一個歷史細節，似乎可以讓我們看到嚴格的知識分子家庭對劉索拉的約束和影響。「文革」期間，劉索拉雖然也同其他很多青年一樣出遊，交友，但其母親對其要求仍然十分嚴格，要求其學習音樂。後來，劉索拉如願考入音樂學院，《你別無選擇》倒更像是她音樂路途上意外結出的果實。徐星的《無主題變奏》和劉索拉的代表作《你別無選擇》，一定程度上體現了他們各自文化「圈子」、生存狀態等因素上的相同點與差異性。

《無主題變奏》寫於 1981 年，發表於 1985 年。1989 年同名小說集《無主題變奏》出版，包括《幫忙》、《城市的故事》、《無爲在歧路》、《外鄉人》、《飢餓的老鼠》、《殉道者》和《剩下的都屬於你》7 篇小說。

〔註56〕 徐星口述，張映光採寫《徐星：我與當年那個「藝術瘋子」》，載《新京報》2005 年 2 月 2 日。

〔註57〕 徐星口述，張映光採寫《徐星：我與當年那個「藝術瘋子」》，載《新京報》2005 年 2 月 2 日。

在這部小說集裏，我們發現了徐星與「垮掉的一代」之間極其相似的文學因子：流氓者形象，流浪無羈的生涯中充滿欺詐、賭博、鬥毆、貧嘴、調情；犀利地進行自嘲和嘲弄他人，以及反諷式的敘事和遍佈文本的髒詞和色語。

而追溯徐星的文學資源，「垮掉的一代」文學是其重要的組成部分。這一點徐星在不同場合都曾反覆提及。《徐星：我與當年那個「藝術瘋子」》中寫道：「『文革』中，……在北京，徐星卻可以接觸到大量西方當代著作。徐星從書架上隨手爲我抽出一本當年的黃皮書，這是 1962 年翻譯的《在路上》。幾乎與《在路上》發表時間同步。書頁和封皮全是黃色的，封皮上蓋著「內部資料乙類」的印記。這本書，對徐星產生巨大影響。」〔註58〕

徐星的內部資源從何而來呢？一個自然是前文談到的文藝沙龍，它給了徐星接觸大量書籍、瞭解文學信息，結交文學青年的機會。而第二個來源，徐星回憶說，當時因爲有一個青梅竹馬的女孩與彭剛相識：「而這個女孩的父親是對外文化單位裏地位比較高的官員，家裏有大量的西方書籍、雜誌、畫冊甚至難得一見的黑膠唱片，全部裝在幾隻大木箱子裏，放在比較高的傢具底下。這些東西在當時是不敢當眾擺出來的。她家在文革中沒被抄過。這裡成了我和彭剛共同的資料庫。」〔註59〕另外，他還與彭剛在一個高幹子弟的帶領下，去過一次位於和平門的內部書店，並順手拿走了一本哈耶克的《通向奴役的道路》。這些「資源」裏面，「美國五、六十年代的文藝思潮對我們的影響是最大的。」〔註60〕

關於《在路上》，徐星在其博客上專門撰寫了名爲《關於〈在路上〉》的文章，談及這部對他影響至深的作品。「那時，有一本秘密的、我應該讀後三天後就還的書被我扣下了沒還，這一扣就是三十四年，現在，我應人之邀，寫寫這本書，它橫在我手邊，黃色淡雅的書皮早已不知去向，裏頁上有個編號681942，紅色的長方形的印章裏寫著「內部參考第（乙）類。」「一九七二年，我十六歲，我讀到這本書，已經有過五年的在路上的經驗了，儘管我在路上的經驗和書中描述的完全不同，他是一個接一個的現代化的加油站，奔

〔註58〕徐星口述，張映光採寫《徐星：我與當年那個「藝術瘋子」》，載《新京報》2005 年 2 月 2 日。

〔註59〕徐星口述，張映光採寫《徐星：我與當年那個「藝術瘋子」》，載《新京報》2005 年 2 月 2 日。

〔註60〕徐星口述，張映光採寫《徐星：我與當年那個「藝術瘋子」》，載《新京報》2005 年 2 月 2 日。

馳在高速公路上，還有一個接著一個的姑娘，而我，卻是一個連著一個的候車大廳裏生著一個煤油筒改裝的火爐的骯髒的長途汽車站或是一個寒冷的小火車站⋯⋯但我還是被這本書震撼了。看完這本書以後，我的路上生活，發生了一些變化，直至成人，我完成了少年時的夢想⋯⋯」「這本書的結尾，是我至今讀到的小說中，最好的結尾，無可匹敵。」〔註61〕

可以說，「垮掉的一代」之於徐星，是來自異域的精神共鳴，是 20 世紀五六十年代產生於美國的青年亞文化與發端於 20 世紀 70 年代的中國青年亞文化發生碰撞後，在 80 年代結下的中國果實。下面，本書將以徐星的幾部代表性作品爲例，分析他對克茹亞克《在路上》的接受與個人化變異。

1、「垮掉的一代」與「流氓」形象

「垮掉的一代」自然指《在路上》中以薩爾、狄恩等爲代表的年輕一代。他們徹底拋棄了美國中產階級的價值觀，逃離家庭、蔑視財富。薩爾，厭棄了他曾經的生活方式、婚姻、大學生活、軍旅生涯、正式的工作，以及宗教制度。他要跟著狄恩上路，開始一種新的、一直夢想卻始終沒有成行的「在路上」的生活。而狄恩，「一個神秘的經常出入監獄的年輕孩子」〔註62〕，居無定所，沒有固定工作，沒有正常的家庭生活；他喝酒，抽大麻，欺詐，偷盜，一邊罵街，一邊勞苦地工作來掙一碗飯吃；他走馬燈似的換女人，因爲「性愛是人生中唯一神聖的重要事件」〔註63〕。他從一個城市到另一城市，從一家旅館到另一家旅館，從一個女人到另一個女人，不曾停歇，不曾駐足，瘋狂行駛的汽車和蜿蜒不盡的馬路就是他的安身之處。他是優雅而保守的中產階級永遠無法收容的一個永遠「在路上」的人。他們奔突流徙的身體，始終「在路上」的靈魂，構成了社會生活中難以把握，難以秩序化的永動力量。用薩爾的話來說，像他們這些「在路上「的人，是一些正常社會秩序眼中「發瘋的人」，是「瘋狂地渴望生活，瘋狂地熱愛談講，瘋狂地希望得救」的人。〔註64〕骨子裏，他們熱愛生活，追求有生命力，有痛感的生活，反對陳腐乏

〔註61〕 徐星《關於〈在路上〉》http://xintianyou1.blogcn.cn.com/index.shtml。
〔註62〕 （美）傑克・克茹亞克《在路上》，石榮、文惠如合譯，北京：作家出版社，1962 年，第 2 頁。
〔註63〕 （美）傑克・克茹亞克《在路上》，石榮、文惠如合譯，北京：作家出版社，1962，第 3 頁。
〔註64〕 （美）傑克・克茹亞克《在路上》，石榮、文惠如合譯，北京：作家出版社，1962，第 3 頁。

味、肅殺冷漠的生存狀態。

「流氓」用來指代徐星筆下的人物形象。所謂「流氓」，包含了通常意義（犯罪學）和文化學兩個層面的內涵。通常意義的「流氓」是指那些施展下流手段，爲非作歹，不務正業的人。他們的基本特點是：暴力、淫惡、欺騙、無聊、無恥。而文化學意義的「流氓」，則是借用朱大可先生的定義。他認爲：「一個標準的流氓就是喪失了身份的離鄉者，他持續性地流走，並且保持了一個精神焦慮的容貌和社會反叛的立場。而這種流氓生存的主要空間就是流氓社會，它的動蕩、流遷、反叛和變化多端，與有序的國家社會構成了鮮明的對照。」〔註65〕

與《在路上》中的薩爾、狄恩一樣，徐星小說中人物，同樣拋棄了政治、文化等賦予他們的身份角色，以「在路上」的方式逃離並反抗著既定的社會秩序，放蕩無羈的生活中充滿了鬥毆、調情、欺詐，始終自處於社會邊緣，處處以非中心化的姿態示人。

但作爲「垮掉的一代」，薩爾、迪恩以更激進的放縱自我的方式與社會對抗。他們拋棄了理性而優雅的社會自我，通過性、毒品、爵士樂、神秘主義等方式解放自我非理性的一面，在感官、感性的全面敞開中體驗自我，超越自我。上路、瘋狂的開車，自動式的寫作，都是他們自我參與體驗的方式。即便是在當時的美國，他們也屬於極先鋒的地下文學。相比較而言，徐星筆下的人物要「溫和」得多，他們雖然也與社會對抗，但往往是以調侃，戲謔、反諷的方式，消解和嘲弄主流意識形態話語。一個劍拔弩張，一個油滑幽默；一個以自身做實驗田，嘗試非理性的瘋狂魔力，一個則是弱化自我，以卑微嘲弄者形象示人。

徐星所經歷的時代和他的自身經歷既爲其提供了接受「垮掉的一代」的精神資源，也爲他在中國進行一場類似話語試驗做好了準備。新時期是徐星當下生活的時代，而「文革」卻是徐星的精神前史。論文第四章討論青年亞文化產生，「次文學場」形成時已對徐星這一代人的精神歷程進行過描述，此處不再贅言。但當新時期到來，一代青年結束「知青」生活回城，大多數人已再難重回原有的家庭、社會秩序之中，不少人成爲待業青年或社會青年。王安憶的《本次列車終點》即是一部反映此類社會精神現象的典型之作。這

〔註65〕 朱大可《流氓的盛宴：當代中國的流氓敘事》，北京：新星出版社，2006年，第15頁。

些待業青年是「流氓」群體極佳的後備軍。同時需要著重指出的是，「文革」亦是沉渣泛起的時代。主流價值系統的失範，知識分子話語被意識形態打得七零八落，潰不成軍。話語的失效與失範，導致了社會群體的急劇分裂。各種民間組織、民間話語在此裂縫中爭得一席之地，操持著各種話語的人群行走於世。「流氓」以及流氓話語自是其中一種，也成爲時代分崩離析的表徵之一。因此可以說，一代青年從身體到思想，都潛藏有前文「流氓」這個能指中包含的全部所指。

作爲一代青年中的一個個體，徐星則因「文革」時父母下放，小小年紀無人管束而四處游蕩，一個又一個的火車站成爲其成長的標點。他經常出入的兩個「圈子」，一個是文藝沙龍所代表的知識分子圈子，這類「圈子」是構成「次文學場」的重要組成部分；一個是仗義豪爽，給過知識分子很多幫助卻結局悲慘的非文人圈子。徐星就遊走在兩個圈子所分別代表的高雅與世俗，知識分子與大眾之間。雙重視野，兩種價值立場，尤其是後者所帶來的全新世界觀給了徐星接受「垮掉的一代」反抗精神因子的重要思想基礎。基於此，我們就不難理解爲何徐星的處女作《無主題變奏》甫一開始就將主人公設定爲一個試圖從傳統知識分子圈子逃離，並反思批判其精神結構的退學大學生。可以說，這是徐星身份意識調整、反思的結果。

時代青年中的「流氓」質素，加之徐星自我的價值傾向，最終合力促成了其小說中「流氓」形象的出現。

「流氓」形象有如下幾個基本特徵。

第一，大多爲普通平民知識分子，處在物質和話語權力的底層。譬如《飢餓的老鼠》中的李泗，就是個城市遊魂。每天無所事事，白天以給人指路爲樂事，晚上則躺在床上與天花板上的老鼠、蜘蛛爲伴。正如小說所說「這個人其他方面好像沒有什麼值得絮叨的與眾不同。」〔註66〕由於社會政治、經濟層面上的「面目模糊、身份不清」，如李泗這樣的個體極易滑入社會的邊緣，是主流話語影響所及的最末端。正因爲如此，他們能以平和、自嘲的姿態面對主流文化，並在反諷與諷喻方式中達成對主流話語的消解。

第二，疏離感，渴望「在路上」。「疏離感」既是文學青年主導的「次文學場」的本身特質，同時也是民間知識分子與主流意識形態之間的一種常態。因爲社會政治、經濟層面上的「面目模糊、身份不清」，再加上這些「流氓者」

〔註66〕徐星《飢餓的老鼠》，載《收穫》1988 年第 1 期。

大多沒有固定職業，沒有固定而完整的家庭生活，更因爲「文革」十年造成大批知識青年與主流意識的疏離和質疑，流浪遷徙的「在路上」生活就成了他們認清自我，獲得身份的一種可能，也讓他們的「上路」變得更加方便、容易。李泗多年來渴求「旅行」：「他經常幻想旅行。//我將在某個夏日的清晨出發，那天陽光明媚、百鳥啁啾，我穿個游泳褲，把開給各行各業的證明和這一輩子想說的話都寫在身上。這些話也許非常簡單，不過幾句而已。那證明也不會非常複雜，也許這樣寫道：全世界各地，請接待旅行家李泗。這幾行字或許正好繞道不太發達的胸大肌結束在一隻公章上，諸如此類。於是人們爲我殺雞宰牛，美饌美女。」〔註 67〕這是以假想方式滿足自我身份定位的典型。

第三，摒棄所謂的崇高理想，偉大信仰，「反抗」是其始終的精神姿態。王蒙在《躲避崇高》一文中曾說：「是的，褻瀆神聖是他們常用的一招。所以要講什麼「玩文學」，正是要捅破文學的時時繃得緊緊的外皮。……我們的政治運動一次又一次地與多麼神聖的東西——主義、忠誠、黨籍、稱號直到生命——開了玩笑……是他們先殘酷地「玩」了起來的！」〔註 68〕雖然王蒙此文是針對王朔作品而言，但實際其指出的精神實質也是符合徐星的。關於徐星與王朔之間的精神聯繫後文還會論及。徐星筆下文化意義上的「流氓」者主要通過對主流意識形態，知識分子話語的消解實現與社會的對抗。《無主題變奏》的主人公是一個大學「退學生」，目前的工作是在一家飯店作服務員。而在音樂學院讀書的女朋友老 Q 則希望把「我」變成「那些搞『事業』的人，那些穿著講究、舉止不俗、談吐文雅或許還戴個眼鏡什麼的人。」〔註 69〕也即是期待「我」能成爲符合社會普遍標準的「有身份的人」，成爲傳統意義上的知識分子。老 Q 鼓勵「我」報考戲劇學院，甚至在名人的關懷下從事「文學寫作」，但最終都以失敗告終，老 Q 離「我」而去。那麼「我」究竟是怎樣的一個人，「我」所期待的生活是怎樣的呢？「我認爲我看起來是在輕飄飄、慢吞吞地下墜，可我的靈魂中有一種什麼東西昇華了。生活中能讓我振奮的東西很多，比如黃昏時分到郊區一片大山的山腳下眺望群山，猜謎似地想像著最遠的、晚霞繚繞著的、太陽依傍著的那座山，山那邊是什麼？是海？是

〔註 67〕徐星《飢餓的老鼠》，載《收穫》1988 年第 1 期。
〔註 68〕王蒙《躲避崇高》，載《讀書》1993 年 1 期。
〔註 69〕徐星《無主題變奏》，載《人民文學》1985 年第 7 期。

草原？是一片金黃色的杏園？」〔註70〕這是在擺脫了各種俗名俗物的誘惑與束縛後，心靈自由自在狀態下對詩意生活的憧憬，是靈魂對秩序的蔑視與超越。即便多年以後，「我」還會和現在一樣，「恍恍惚惚，過馬路時不會看看是否走在人行道上……」〔註71〕「我」棄絕社會通行的價值傾向和道德規範，而成爲一個「流氓」。

第四，語言和行爲的基本特徵：暴力、欺詐、油滑、機智、自嘲、大量使用酷語、髒語、色語等。這些特徵自然不僅僅來自犯罪學層面的「流氓」群體，也包含了青年知識分子自己的流氓話語系統。前文談到的「紅衛兵」、「知青」等經歷本身即爲文學青年增加了「流氓」潛質。只待合適之時機，這種「潛質」就可能溜出來「爲非作歹」。《剩下的都屬於你》中，「我」和「西二哥」（西庸）終於將「旅行」的幻想變成現實。兩個沒有「身份」、「錢財」，隨時都可能被當作「盲流」的浪子，一路賭博、欺詐、打架鬥毆，也不乏和街頭妓女們調情。

2、反叛主題

「在路上」或「流氓」本身即是「反叛」。只是兩位作家的「反叛」在具體內容上有不同的精神指向。

《在路上》通過鐵牛李批判當時的社會：「這些雜種已經發明了一種塑料，用來造房子可以永遠不壞。還有輪胎也一樣。美國人目前用的那種蹩腳的橡皮輪胎在路上走不多久就會發熱爆炸，每年死在這上面的人有好百萬。其實他們完全做得出永遠不會爆裂的輪胎。……他們做得出永遠穿不破的衣服。可是他們寧可製造一些蹩腳貨，好讓大家繼續幹活，爲工資賣命，組織起意氣用事的工會，永遠在生活線上掙扎，同時好讓華盛頓和莫斯科的那些大強盜爲所欲爲。」〔註72〕這是對只知唯利是圖的金錢社會的批判與詛咒。

作爲國家機器的美國警察則因保守、反動進一步加深了人與社會，人與人之間的緊張對立。當狄恩和薩爾因爲駕車被罰後，狄恩這樣罵道：「美國警察是在跟那些既拿不出堂皇的證件也不會拿罵人話嚇唬他們的美國人展開心理戰。這是一隊維多利亞時代的警察；他們從發黴的窗戶探出頭來，想偵察

〔註70〕徐星《無主題變奏》，載《人民文學》1985 年第 7 期。
〔註71〕徐星《無主題變奏》，載《人民文學》1985 年第 7 期。
〔註72〕（美）傑克·克茹亞克《在路上》，石榮、文惠如合譯，北京：作家出版社，1962 年，第 144 頁。

一切事情，遇到現有的犯罪案件不能滿足他們的要求時，就可以任意捏造出犯罪案件來。」〔註73〕在狄恩看來，這是制度在逼人犯罪，而制度中人也個個反動、灰暗。

狄恩終於成了徹頭徹尾的激進反叛者。信仰上，狄恩們已經從美國的傳統宗教，包括美國新教，天主教，猶太教，開始走向神秘主義，從東方宗教，如佛教，及一些神秘主義中尋找精神啓發。他認爲：「上帝的確存在，一點不用懷疑。我們這樣開車前進，我心中就決不懷疑一切都已在冥冥中給我們安排好了——連你也一樣，儘管你開車時那麼膽戰心驚。」〔註74〕在生活方式上，他們流徙奔突的「在路上」生活取代了穩固而保守中產階級的生活，毒品、爵士樂、偷盜、欺詐成爲其家常便飯。這些被他們認爲是解放自我，體驗超我感受的方式。性愛觀念上，狄恩則是一個「性至上主義者」，主張「自由生活，自由相愛」，對美國占主要地位的英國清教徒生活方式提出嚴重反叛。

薩爾在狄恩出現後，漸漸由一個溫和的體制內反叛者走向激進。狄恩出現以前，薩爾剛剛和妻子離婚不久，從武裝部隊退役，漠視大學教育，不斷更換工作。但他並沒有從既定的社會秩序，文化環境中跳脫出來，也並未意識到這樣的環境難以給他提供恰當的身份與位置。正因爲如此，薩爾雖然「常常夢想著到西部去遊歷一番，可一直只是一個模模糊糊的計劃，始終也沒有成行。」〔註75〕是狄恩最終帶著迷茫的薩爾開始了「在路上」的生活，去重新認識自己，尋找新的文化生存空間。正如薩爾所說：「……可我仍然聽到一種新的召喚，看到了一個新的天地……」「在那條路線上的某個地方我一定能探得最大的寶珠。」〔註76〕

徐星小說中，無論是《無主題變奏》中的「我」，《飢餓的故事》裏的李泗，《剩下的都屬於你》中的「我」和西庸，當他們有意識擺脫掉社會對個體身份的規定（家庭、單位、戶籍等）時，即是反叛的開始，「旅行」、「上路」

〔註73〕（美）傑克・克茹亞克《在路上》，石榮、文惠如合譯，北京：作家出版社，1962年，第124頁。

〔註74〕（美）傑克・克茹亞克《在路上》，石榮、文惠如合譯，北京：作家出版社，1962年，第101頁。

〔註75〕（美）傑克・克茹亞克《在路上》，石榮、文惠如合譯，北京：作家出版社，1962年，第1頁。

〔註76〕（美）傑克・克茹亞克《在路上》，石榮、文惠如合譯，北京：作家出版社，1962年，第3頁。

於他們而言，具有同狄恩、薩爾一樣的精神抗爭與尋找意義。如果說「垮掉的一代」因爲受原子恐怖而產生末日觀念，懷疑和否定人類所有文明，那麼在經歷了虛妄的意識形態烏托邦的破滅後，主流話語就成了徐星反叛的首個目標；戰後美國形成的以青年人爲主體的反文化運動促成了「垮掉的一代」對既有文化的對抗，那麼「文革」中形成的青年亞文化卻形成了恰恰相反的特徵：對現代思想文化的熱捧。但在徐星這裡，其個人性精神構成將這種熱捧演化爲對以現代思想文化塗抹自身，佯裝崇高優雅的知識分子的的調侃與批判。前文已指出，徐星一直對「非文人圈子」有特殊的親近與認同。這種刻意強調與看重，在筆者看來，實際映射出的是他對自己所處的知識分子圈的某種失望與不滿。「文革」時期主流知識分子集體噤聲，精神淪陷；時至新時期初期，知識分子與主流意識形態合流，重又分得社會話語權，以「人民」代言人、精英啓蒙者身份痛訴歷史災難。知識分子對自身精神劣根性反思的缺失，對曾經在災難時期幫扶過自己的「非文化圈子」的精神遺忘，是徐星化身大眾，佯扮「流氓」對知識分子話語進行消解的重要心理動機。

第一，對主流話語和精英話語的嘲弄與不滿。這一點在《無主題變奏》中即初露端倪。「我」對大學傳統教育不滿，最後退學。女朋友老 Q 試圖將「我」改造成優雅，有身份的人，並爲「我」引薦所謂知名作家，然而這最終導致了兩人的分手。因爲「我只想做個普通人，一點兒也不想做個學者，現在就更不想了。」「我眞正喜歡的是我的工作，也就是我喜歡在我謀生的那家飯店裏緊緊張張地幹活兒，我願意讓那幫來自世界各地的男男女女們吩咐我幹這幹那。」〔註 77〕「我」懷疑：「什麼『要現實些』啦，『要有個自我中心』啦，『自我設計』什麼的」這些主流的、精英的價值觀，並追問『難道我的這種和千百萬人一樣的普通生活繼續下去的話眞有滅頂之災？」〔註 78〕徐星在這裡，顯然是將「自我」置換於「大眾」之中，以普通百姓的眼光審視著所謂的主流意識形態、精英文化。

徐星對主流意識形態的解構不僅指向當下，也指向過去。譬如《無主題變奏》中對一場革命地下工作者的電影的評論：「那些地下工作者，穿著曲線畢露的旗袍，露著大半截大腿在前面拼命跑，幾個壞蛋在後面玩命兒追那些地下工作者，可就是追不上，有摩托車也不行。見了他媽鬼了。什麼壞蛋，

〔註77〕徐星《無主題變奏》，載《人民文學》1985 年第 7 期。
〔註78〕徐星《無主題變奏》，載《人民文學》1985 年第 7 期。

反正一概男的追女的。所以當然不能讓他們追上了，導演還得給他們安排扒衣服什麼的，大大有傷風化了。說實在的，我始終不相信那些油頭粉面的男女們就是當初的地下黨。要真是，救民於水火之中就太輕而易舉了。」〔註79〕國家政治話語中神聖的革命工作者被拆解掉崇高的面紗，讀解為充滿男女情欲的場景，作者背後的戲謔與調侃之意溢於言表。

對精英文化、知識分子，徐星也是極盡諷刺嘲弄之能事。《飢餓的老鼠》將嘲弄對象首先指向了中國傳統知識分子的道德文化體系。敘述者以戲謔的口吻說道：「他想起自己的無數祖先，他們留下一大堆似是而非的話，可以讓人們琢磨上一輩子。這一輩子都要用這些話來做某種規範，校正得你不偏不倚、不歪不斜剛好是個人！他覺得自己實際上既不忠也不孝，無廉無恥才敢厚著臉皮每天站在如此緊要的路口給人指路。」「假如孔子、孟子、莊子之流也剛好在王二哥的祖先之列，那你透過王二哥真地不難看出他們都是怎麼回事兒，八成你連《易經》都能翻譯成規範的、類似電臺播音員使用的那種語言。」〔註80〕

而對當下的所謂精英們同樣充滿嘲弄。「那一年是文藝界的古典主義大復興，那時人們還不以談論薩特、弗洛伊德什麼的為榮。書店盡是些奧斯丁、濟慈，音樂廳也盡是些貝多芬什麼的。……男人們高聲賣弄，女人們嗲聲嗲氣，簡直是時裝展覽會上的一群模特兒。……我琢磨從這群姑娘中隨便站出一個來讓她在貝多芬和夏洛克之間選擇，她準會毫不猶豫地選中後者。貝多芬追求愛情的一生即使延續到今天恐怕也沒多大指望。這責任也許不盡在女人，金木水火土陰陽五行，缺一不成物質世界呀！」〔註81〕

那麼，相對於主流意識，精英話語，敘述者站在怎樣的立場呢？從下面這段對當代政治歷史運動的評價中我們可以略知一二：「我們那兒沒有什麼『走資派』，也沒聽說過『牛棚』什麼的，我們那盡是『地主』、『富農』、『歷史反革命』、『小業主』、『壞分子』什麼的。也沒聽說過『五七』幹校。反正我們那兒都是些普通人。」「他們都沒去過『五七』幹校，也沒住過『牛棚』、他們沒那福氣。他們一個打死了，一個趕回原籍，也餓死了。你說，怎麼現在說起文化大革命就是他媽的『牛棚』什麼的，好像那時候還挺溫和，不過

〔註79〕徐星《無主題變奏》，載《人民文學》1985年第7期。
〔註80〕徐星《飢餓的老鼠》，載《收穫》1988年第1期。
〔註81〕徐星《無主題變奏》，載《人民文學》1985年第7期。

改造改造，沒有普通人什麼事兒。其實他媽我見到的都是血，除了血還是血。」〔註82〕徐星一方面要爲淹沒於主流政治話語、精英知識分子話語之下的民間邊緣化群體「正名」，一方面則是要揭示被知識分子「文化化」的歷史之暴力本質。這既是對精英文化的不滿，也是對平民百姓話語權的被剝奪表示同情。

由此觀之，徐星與稍後的王朔是有著割不斷的精神脈絡的。流氓或痞子文化、對政治國家話語、知識分子話語的解構與顛覆，是二人最可辨識的相似性精神因子。難怪朱大可說二人是「互相閱讀，撫摸和影響」。〔註83〕

但是徐星與王朔也存在差異。相對而言，徐星的側重點更偏向對知識分子話語的反思與批判。王朔則是二者兼有。既有對新中國建立以來的國家政治話語的解構，同時也大肆對知識分子話語系統進行顛覆。在王朔的小說中，充斥著大量的政治詞彙，革命用語，以及特定時期政治規範下的道德觀，價值觀。沒有對這些政治話語的原初意義的瞭解和認識，就很難獲得王朔文本傳達的諷刺與幽默效果。某種意義而言，王朔是將前文論及的徐曉、趙南等的文學路徑──反權威，反官僚，「父與子」精神對峙──又承接了起來。只是作爲後來者，王朔以戲謔的方式將「反權威」的意識推向了更廣的國家政治話語層面。對國家政治話語的消解，對虛妄意識形態的質疑，對理想烏托邦的解構，成爲王朔小說的重要內容之一，譬如著名的《頑主》、《千萬別把我當人》等。正是在這點上，王蒙這位曾以「干預生活」而聞名的「少年布爾什維克」肯定了王朔的「痞子文學」。同時，王朔又以「痞子」式的「調侃」解除了徐曉、趙南等小說中因對峙而產生的緊張感和不得不爲之的悲壯、感傷情調。

第二，對物質主義的鄙視。

「垮掉的一代」摒棄富足的中產階級生活，而選擇生活在社會底層。他們一路流浪，生活拮据，實在沒錢了才去找份臨時工，或者像薩爾一樣靠賣作品或傢具等來換錢，甚至靠小偷小摸來養活自己。這樣的選擇，實質上帶有精神行爲的意義，是對現代化社會物質過渡滿足後所造成的人精神惰性的一種反叛。

而在徐星此時所處的中國，剛剛啓動的經濟改革已迅速激起了物質主義與拜金主義的泛濫。社會成員正漸漸從政治化時期開始步入世俗化時代。對

〔註82〕徐星《飢餓的老鼠》，載《收穫》1988 年第 1 期。

〔註83〕朱大可《流氓的盛宴──當代中國的流氓敘事》，北京：新星出版社，2006年，第 223 頁。

此，徐星在其作品中往往以經濟對政治意識形態的削弱、祛魅的有效細節，來彰顯時代無形中的變遷。自然，這也顯示出「流氓者」在動盪生活中對國家、社會變化敏銳的感知力與自我對現實的體驗參與能力。

《飢餓的老鼠》中，敘述者將過去與現在作一番比較後總結道：「和過去那些運動相比，現在的運動功利、世俗味道濃得多了，顯然鼠竊狗盜。」〔註84〕這是對物質主義帶來的私欲膨脹、及功利主義的批判。而當「我」和西庸進入 H 市後，產生了一個共同的感覺：「越往南走，錢的作用就越小，這地方看起來富得人人都不屑於幾個小錢。比如我們去買幾毛錢一碗的米粉吃，老闆的眼光裏分明就是施捨，你們還是北京來的呢？」〔註85〕北京是政治意識形態的寵兒和代表。而今這個「寵兒」在經濟日漸發達的南方已然失寵。「經濟」這一魔法棒悄然中達成了對政治「祛魅」的功效。

在《剩下的都屬於你》中，「我」這樣描述經濟飛速發展的城市：「你在那高樓大廈林立的城市中，你在那麼多精力充沛才華出眾的人中間，在那鬼火似的霓虹燈虛幻地閃爍著的時候，你只有深切地感到自己是個渺小的可憐蟲，除此以外你一無所有，你所能得到的不過是你費盡巴力地找來的病態的友情、矯情、同情或許還有點兒愛情。在那裡儘管人們油頭粉面，互相欠得更多，人人都像債主，人人又都似乎負債累累，因對方而異罷了。」〔註86〕「我」和西庸在這個彌漫著金錢欲望、如豔婦一樣的城市裏，開始茫然，無所適從。在消解了主流政治話語之後，卻遭遇了經濟話語的無情衝擊；解構了宏大抽象的知識精英話語，又面臨著來自新興經濟階層的擠兌。徐星的「反叛」帶上了欲哭無淚，欲訴無人的傷感氣息。

與此相對，王朔的小說中，青年人則因為經濟變革而逐漸獲取自我生存資源，一定程度上擺脫了依靠政治權力而獲得社會財富的依賴關係。經濟變革帶來的物質魅力無形中消解了崇高而虛妄的精神烏托邦。如果說王朔作品中的這種「祛魅」是經濟受益者主動的精神行為，那麼徐星中的經濟「祛魅」則帶有不得已而為之的意味。作為「流氓者」而言，政治化與經濟世俗化，都不是他們最後的精神皈依。因此，是否認同經濟物質主義以及新興的市民話語成為徐星與王朔的關鍵性區別所在。

〔註84〕 徐星《飢餓的老鼠》，載《收穫》1988 年第 1 期。
〔註85〕 徐星《剩下的都屬於你》，載《中外文學》1989 年第 1 期。
〔註86〕 徐星《剩下的都屬於你》，載《中外文學》1989 年第 1 期。

第三，尋找主題。

上路，既是反叛亦是尋找，一是對自我的尋找；二是對理想世界的傷感式憧憬。

「垮掉的一代」在「承認人的孤獨和隨時可能發生的暴卒的危險」後，開始「尋求一種具有一定限度的自由，並能在一定限度內感知自我的生存」〔註87〕的生活。「在路上」，一面是疏離中心社會、主流價值觀念，一面也是在尋求著新的自我。當個人反叛、疏離社會而成爲邊緣人，他首要維護、建立的就是個體的自我完整，自我恰當的身份和位置。「我不知道我是誰」這個問題就時時困擾著薩爾。當有人問薩爾和狄恩：「你們兩個小夥子是要去那兒，還是隨便走走？」薩爾想：「我們不明白他問的是什麼，不過眞他媽的是個不錯的問題。」〔註88〕

是何原因造成了薩爾的這種迷惘無措呢？自我內心的矛盾與搖擺是其重要原因：安定、傳統的生活與瘋狂、反傳統的生活對個體的分裂。一方面，薩爾承認：「我要想找一個姑娘結婚，好讓我的這顆心有個歸宿，好跟她白頭偕老。我們總不能老這樣下去，老這樣瘋瘋癲癲，東奔西走，我們總得去什麼地方，找到什麼東西。」〔註89〕當一個人走在紐約的時代廣場時，薩爾想到了回家：「生活在什麼地方？我有我自己的家，在那裡我可以躺下來計算計算我確知在我的生活中也存在的我個人的得失。」〔註90〕但另一方面，他又時時被狄恩那瘋狂、激動人心的生活所吸引，意識到：「馬路就是生命」，「在那條路上的某些地方有姑娘，有美妙的夢，有一切。」〔註91〕對「母親」、家的依戀和對「上路」的渴望成爲薩爾內心無法解決的難題。而這一難題，即使是激進瘋狂的狄恩也難以完全擺脫。狄恩對老父親的懷念和尋找即是一個隱喻。

當自我的追求總是處於一種分裂，難以彌合的狀態時，焦慮、自我折磨

〔註87〕（美）傑克・克茹亞克《在路上》，石榮、文惠如合譯，北京：作家出版社，1962年，第320頁。

〔註88〕（美）傑克・克茹亞克《在路上》，石榮、文惠如合譯，北京：作家出版社，1962年，第90頁。

〔註89〕（美）傑克・克茹亞克《在路上》，石榮、文惠如合譯，北京：作家出版社，1962年，第95頁。

〔註90〕（美）傑克・克茹亞克《在路上》，石榮、文惠如合譯，北京：作家出版社，1962年，第83頁。

〔註91〕（美）傑克・克茹亞克《在路上》，石榮、文惠如合譯，北京：作家出版社，1962年，第13頁。

和對新世界的憧憬就成為硬幣的另一面，從而構成對理想境界悲哀、傷感式的期待。於是，我們看到薩爾和他的路上朋友們紛紛在毒品、爵士樂、性、新宗教中覓得某種精神支撐。他們或向白人中產階級以外的下層黑人認同，「但我只不過是我自己，薩爾·帕拉戴斯，悲哀地漫步在這天鵝絨般的黑暗中，這令人無法忍受的甜蜜的黑夜中，但願自己能和這些快樂的、心地淳樸的、狂喜的美國黑人互相交換世界。」〔註92〕或在新的宗教，神秘主義、死亡中尋找精神歸宿。當薩爾一個人獨自走在丹佛街頭時，他說：「這是丹佛市之夜；而我唯一的出路是去找死。是啊丹佛，在丹佛，我唯一的出路是找死。」〔註93〕這促成了「垮掉派」人物向另一理想世界寄託某種信念。譬如薩爾再到舊金山時，有這樣一段對「極樂境界」的描述：「剎那間我到達了多年來我一直渴望的極樂境界，這是越過編年史上的時代觀念跨入沒有時代觀念的陰間世界的一大步，是這個荒涼的人間世界中的奇迹，……而我呢，正急急地奔向一個地方，那兒所有的天使都在展翅飛翔，飛入未經過上帝創造的神聖的原始太空，那兒有強烈的、難以想像的神光照亮我的心扉，無數的安樂鄉一一開啟，像是用魔法一窩蜂變出來的天國。」〔註94〕

無論是理想世界的憧憬，還是現實世界中自我的尋找、探索新空間，其實質都是為了保護可能被抹殺的個性，這樣的反叛、抗拒、尋找，透著矛盾，曲折和反覆的痛苦。

與「垮掉派」相似，以徐星為代表的中國作家，也在尋找著自我，只是這個「自我」的迷失很大程度上是因為社會長期的壓抑，扼殺，以致喪失了自我最基本的生存空間和價值體系。

《無主題變奏》開篇寫道：「也許我真的沒有出息，也許，我搞不清，除了我現有的一切以外，我還應該要什麼。我是什麼？更要命的是我不等待什麼。」「我走到街上，隨隨便便地。真是車如流水馬如龍，大千世界，芸芸眾生。可我孤獨得要命，愁得不想喝酒，不想醉什麼的。」〔註95〕這種置於芸

〔註92〕（美）傑克·克茹亞克《在路上》，石榮、文惠如合譯，北京：作家出版社，1962年，第180頁。

〔註93〕（美）傑克·克茹亞克《在路上》，石榮、文惠如合譯，北京：作家出版社，1962年，第181頁。

〔註94〕（美）傑克·克茹亞克《在路上》，石榮、文惠如合譯，北京：作家出版社，1962年，第169頁。

〔註95〕徐星《無主題變奏》，載《人民文學》1985年第7期。

芸眾生之中，廣闊天地間卻時時湧起無處容身，無人可訴的孤獨感在徐星的這幾部小說中都能體會到。

徐星的《剩下的都屬於你》其實可以看到很多《在路上》精神氣質的「遺傳」。對自我存在的迷惑即是其一。「多年來我就這麼膽怯懦弱地張望著四周想找到那一塊悲哀的、傳奇式的地方，哪怕那地方只是一小塊兒僅夠我用來跪下祈禱，因為我根本說不清楚找那麼一塊地方干什麼，於是我就心懷鬼胎地在這片巨大的、悲哀的土地上亂轉。這是在抽象意義上的理解，具體地說也許就是因為我根本不敢面對面地問問自己——你到底是誰？如同因為我窮得不敢把手伸進自己的衣袋不敢知道那裡是空無所有。所以與其等死不如找死，古今中外的哲人們都是這麼說的。」〔註96〕膽怯懦弱的「我」希望尋找一塊悲哀的、傳奇式的地方，在尋找自我——「你到底是誰？」的同時，透著一股悲涼和頹廢。這與薩爾的保護性反抗略有不同，這是一種過度耗損之後內心不可避免地升騰起的空虛感和無所依憑的孤獨。自我長期在被社會剝奪式的境況下生存，已經變得極度虛弱、無力，乃至「一無所有」。正如「我」所言：「……我除了青春，和讓青春白白過去的時間以外一無所有，因為剩下來的實在是不多，幾乎是只給你剩下了個來世。如果你覺得那不可知的來世根本不值得你花青春去奮鬥，那麼在一切美好的東西，美好的位置都有人占著只給你剩了個來世的情況下你能用青春來幹什麼呢？」〔註97〕

「我」拒絕別人塞來的理想，許諾的來世，因為這些都因在中國的特殊時代，尤其是「文革」，被過度闡釋、消耗和誇張性運用而失掉了它原本的意義合法性，因而被大多數經歷過那個年代的人鄙棄或戲謔式解構。「我」同時也消解著自己「上路」的意義，「我也從不把前方的目的地當成是一個最後的歸宿，它不過是一座城市，是這塊大陸的盡頭，我們到達以後將無法再繼續向前……」〔註98〕這意味著「我」拒絕了最後歸宿的種種可能，「我」將一直在路上。可是這「在路上」是充滿希望抑或是悲哀呢？小說的結尾對此作了預示：「……你到了這片大陸的燈紅酒綠的盡頭，在這麼一個醉醺醺的黃昏裏，你心裏充滿了寂寥，你不能再前往，你以為總會有無限的什麼，會鼓舞著你去刨根問底，鼓舞著你心底裏殘存的對神秘的一絲渴望。現在你知道一

〔註96〕徐星《剩下的都屬於你》，載《中外文學》1989 年第 1 期。
〔註97〕徐星《剩下的都屬於你》，載《中外文學》1989 年第 1 期。
〔註98〕徐星《剩下的都屬於你》，載《中外文學》1989 年第 1 期。

切都是可知的，剩下的就是這些，用不著你費盡心思，剩下的就是這些，這些都屬於你……」〔註99〕

如果說薩爾的痛苦在於自我在傳統與反傳統兩套價值體系中的矛盾和反覆，那麼《剩下的都屬於你》中「我」或者說包括徐星這一代人則因為「自我」意識覺醒後，卻發現舊的世界正在崩坍中，而新的世界卻又非自我所能建構和支配而處於一種尷尬的痛苦中。「自我」在經歷了「文革」的生命不能承受之重後，又被歷史推進了「生命不能承受之輕」的境遇，神聖與世俗，精神與物質，它們從不同向度解構著「自我」的價值體系。這種「剩下的都屬於你」的無奈、無助和自我嘲弄式的命題高度概括了這一群體的的精神之痛。

第四，文本樣態上的革新。

長期以來文學寫作幾乎成為了精英知識分子的特權。以口語為主要表達方式的普通大眾因為嚴格的文體規定，句法規範，修辭問題等很難進入文學創作之列。以《在路上》為代表的「垮掉的一代」多表現普通人的普通生活，文學語言上反對知識分子的書面語言，反對一切舊傳統的語法、句法規範，在文本中大量運用口語、俚語甚至髒語、色語等；至於小說文體的基本傳統：構思、佈局、情節等亦在破壞之列，他們提倡一種即興式的創作方式，一定程度上削弱了文學的精英化色彩。

徐星在其小說中則將溫文爾雅文人腔和流氓話語結合在一起。「悲傷」、「寂寥」、「孤獨」、「渴望」等和「他媽的」、「見鬼了」、「妓女的大腿」等詞共存於一個文本，造成文本語言的張力與分裂。「反諷」敘事更是成為「流氓者」的核心話語方式。克爾凱郭爾認為：「反諷在其明顯的意義上不是針對這一個或那一個個別存在，而是針對某一時代和某一情勢下的整個特定的現實……它不是這一種或那一種現象，而是它視之為在反諷外觀的整個存在。」〔註100〕

徐星的反諷對象首先面向了流氓者自身。《飢餓的老鼠》敘述者以嘲諷式的口吻解構著李泗的「旅行」美夢，表達了對疏離邊緣化可能性的質疑，對個體自我化表示的懷疑和不信任。同時也透露出流氓者疏離社會而帶來的憤

〔註99〕徐星《剩下的都屬於你》，載《中外文學》1989年第1期。
〔註100〕轉引自（英）D・C・米克著《論反諷》，周發祥譯，北京：崑崙出版社，1992年，第100頁。

怒與挫敗感，以及不甘而又試圖自我安慰的情緒。譬如《剩下的都屬於你》中有這樣的描寫：「我想有辦法的人總不至於爲了渡江在這兒玩命，剩下一大幫沒辦法的人你讓他們怎麼辦？人們都認爲自己可能是僥倖地能從剩下的裏面多得到一部分的人，於是人們就互相仇視，互相厭惡，在他們的心理上一切的一切都是所剩無幾的，他們除了別人剩給他們的、不一定就是輝煌無比的來世此外一無所有。來世也許是那些人從自己的東西里面挑來選去被認爲是不再值得佔有了的東西，於是他們讓給了你，同時還給了你光榮，讓你作國家的主人，你是主人了你還要求什麼呢？」〔註101〕接受別人剩下的，虛無縹緲的「來世」，除此之外一無所有，這本身就是莫大的諷刺；但是卻還被冠以虛幻的光榮，從而誕生了所謂的「一無所有的國家主人」，表達出流氓者社會邊緣人的尷尬處境。

其次，反諷指向了自身以外的一切客體和價值觀念：知識分子，主流話語、愛情等正面價值。

小說中對文人的戲謔反諷隨處可見。譬如《飢餓的老鼠》：「當個文人多好哇！什麼對於文人都可以是一種時髦。寒酸可作傲骨，落魄可作清高，辭不達意可作意識流，文筆流暢可作魏晉古風，孤獨怪癖可作哲人，網羅群小可作伯樂，胡說八道生拼硬湊可作現代派，吃飯不露齒或是大舔盤子底兒，貧窮、富有，愚蠢、聰明等等都時髦齊全了。你可以任選一種，也可兼備其它，看你悟性如何了。」〔註102〕在看似輕描淡寫、輕鬆愉快的敘述中，同樣是將相互矛盾的現象組合在一起，卻以前者的平常、低俗顛覆解構著後者所謂的文人情懷。

而在《剩下的都屬於你》中，「我」將面對物質欲望不斷膨脹的廣州稱之爲「這片土地上唯一的樂土」；並且看似眞誠地評價道：「我相信只有社會主義制度下的婊子才會又純又富於獻身精神，而在萬惡的、血腥的、資本主義的金錢社會裏是不會有這麼好的婊子。」〔註103〕敘述者首先以純、富有獻身精神來形容「婊子」，然後將本身矛盾的色語鑲嵌進「社會主義制度——資本主義的金錢社會」這組政治話語中，從而顛覆政治語詞固有的政治內涵以及在道德等級上的高下之分。類似的還有將低俗的「婊子」與優雅的「淑女貴

〔註101〕徐星《剩下的都屬於你》，載《中外文學》1989 年第 1 期。
〔註102〕徐星《飢餓的老鼠》，載《收穫》1988 年第 1 期。
〔註103〕徐星《剩下的都屬於你》，載《中外文學》1989 年第 1 期。

婦」並提：「我吃驚地發現她的腿光滑細潤，和一切淑女貴婦們一樣，這個感覺讓我震動，既然一個婊子的大腿也如此美好，那你從懂事起就一次次用生命愛過的女人們究竟是什麼吸引了你呢？我覺得就在這一剎那間我在宏觀的意義上懂得了愛情！」〔註104〕徐星以「婊子的大腿」這種身體感覺消解了「愛情」神聖崇高的文化內涵。

在徐星的作品裏，我們既看到了類似於劉索拉的荒誕意識、人的異化和對非理性力量的肯定，但同時也感受到徐星獨特的流氓敘事話語：對傳統、歷史、官方政治話語、知識分子精英話語、物質主義等價值體系的全面質疑、顛覆、解構。這與劉索拉的學院派，貴族式的反抗迥然不同。劉索拉的反抗終究是體制內的，而徐星則是站在具有了現代個體意識基礎上的新平民立場。但「重估一切」價值之後並沒有導致新的價值體系的建立，因此，徐星作品中這些流氓者最終陷入了「沒有道路的目的，沒有目的的道路」的境遇之中。

從阿克肖諾夫到塞林格、克茹亞克，從馬佳、徐曉、趙南到劉索拉，再到徐星，中國當代文學對「垮掉的一代」的接受至此告一段落。經過了對「影響的影響」的模仿學習與改造，再到和最初源頭的精神共鳴與中國化過程，徐星在中國當代文學發展過程中的轉折性意義不容小覷。

第一，他擴展了當代文學的「人物」形象範疇，將社會邊緣性人物——流氓群體納入小說。這些人物不是曾經出現在中國現當代文學史上的「多餘人」、「零餘者」，也不是一般意義上的「流浪漢」。他們有著慣常意義上「流氓」的特點，又以遊走、流浪、社會反抗與既定社會秩序形成文化上的對峙，是主流意識形態的解構者和精英知識分子傳統的消解者。

第二，他將「流氓話語」全面帶入精英話語系統。

較之於之前的馬佳、徐曉以及劉索拉，徐星現代主義小說創作為流氓話語獲得合法化存在邁出了重要一步。這既是政治祛魅、經濟上昇、世俗時代來臨的必然，也是中國青年文學家在對世界五六十年代青年實驗先鋒文本的仿用中創造了屬於具有中國文化特質的文學範式。這意味著新時期文學在最初跟隨蘇聯等社會主義國家的文學發展軌迹之後，開始轉向對西方當代文學的學習與參考，並在影響接受中逐漸有了自己的話語試驗。這同時也意味著形成於20世紀70年代的「次文學場」在新時期的國家話語、知識分子話語、

〔註104〕徐星《剩下的都屬於你》，載《中外文學》1989年第1期。

大眾話語三者之間，建立起了複雜的聯繫。知識分子的先鋒試驗話語（現代性）與民間大眾（流氓）話語相結合，迸發出了奇異的解構力量。

第三，標誌著新時期文學美學風格由悲壯崇高走向荒誕與反諷。就徐星小說而言，流氓群體是其小說表現的重點。重心的偏移，必然導致其敘述話語相應地由知識分子話語向流氓話語的轉型。口語、俚語、髒語、色語的運用，顛覆了純潔、高雅的學院書面語一統天下的局面，爲以後王朔的「痞子文學」打通了道路。

餘　論

　　「皮書」作爲特定時期出現的書籍，本身即蘊藏著複雜而多變的時代信息。它誕生於緊張的國際政治背景之下，是世界「冷戰」格局和「反修反帝」的政治產物；是新中國新政權控制文化話語權的重要方式之一，是試圖將正統馬克思主義文藝理論與中華民族文化相結合的艱難嘗試；是國內政治文化在極左思潮之下的短暫鬆動的表徵，但同時又受制於窘迫的國內經濟條件。透過「皮書」，我們可以看到社會主義文學、文化價值系統在探索和建設過程中，在自我文學、文化的賡續，外來文學的擇取方面的摸索、「雄心」與失誤。

　　從社會主義現實主義到「革命現實主義和革命浪漫主義」相結合的「兩結合」，新中國文藝試圖從最初的蘇聯文學模式探索一條中國式的「共產主義新文藝」道路。「新民歌運動」即是這種探索的現實實踐。然而事實證明，這次實踐導致文學走入了僞現實主義和僞浪漫主義。「皮書」，尤其是「黃皮書」，展示了社會主義文藝可能的發展路徑以及世界文學發展的新潮流。但對於當時的主流意識形態而言，「黃皮書」內容與形式上的「異質性」卻是其需要規避的「他者」。

　　但是，當歷史發展到新時期，撥亂反正，百廢待興之時，這些曾被規避、被批判的「異質」文學，卻成爲了新時期文藝「復興」的重要資源。「人性」、「人道主義」、「批判現實主義」等這些在新中國 20 世紀五六十年代諱莫如深的概念和話題再次與社會主義中國的文學相遭遇。此時，中國文藝從最基本的文學概念，從更全面的馬克思主義文藝思想出發，走向了文藝「復興」之路。如果將論文的第二、三章和第五章聯繫起來考察，我們就會發現新中國文藝曾有過的曲折與逐漸走向開放的過程。而當年出版的蘇聯等社會主義國

家的相關「皮書」在這一續借、轉化過程中則起到了重要的參考與啓示作用。

國家意識對廣大民眾思想的控制與駕馭，每個國家、每個時期皆有之。然而在內外交困的新中國，這種控制顯得尤爲強烈和明顯。專制政權之下，「皮書」譯介出版的各個環節幾乎都在國家意志的操控之中。但是絕對的思想控制總是難以全面實現。即便在「皮書」的翻譯出版過程中，也有些許個人意志的滲透。

「皮書」一旦出版，何人能讀，尤其是如何讀的問題就不再是國家意志所能夠完全掌控。論文第四章、第六章即顯示了「皮書」在民間流通的各種情形以及非常個人化的接受狀況。與主流文化對「皮書」的批判、規避不同，民間知識分子尤其是青年人則視「皮書」爲啓蒙之重要工具和途徑。在貧瘠、單一、封閉的文化環境下，一代青年從「皮書」中獲得了可貴的思想文化養料，不少人由此反思、覺醒，爲20世紀八十年代的思想文化發展打下堅實基礎。可以說激情四溢的八十年代正是醞釀產生於閃爍著星星之火的七十年代。

就文學而言，一代青年通過「皮書」汲取了域外文學的精神養料，在「開眼看世界」的同時，他們的文學素養、文學視野得到極大提高和拓展。他們中的先鋒者在獲取了最新的世界文學信息──諸如存在主義文學、荒誕派戲劇、「垮掉的一代」文學後，很快就將其融進了自身的藝術實踐之中。從20世紀六十年代的郭世英、張鶴慈、孫經武、張郎郎、董沙貝到六七十年代的食指、牟敦白、根子、芒克，再到七八十年代的北島、劉索拉、徐星，直至八九十年代的韓東、王朔⋯⋯都可看到這種影響的存在。這條文學線索脆弱卻又綿延不絕，它充滿了個體生命的痛感和個人化的體驗方式，它延續同時又開拓著中國現代主義文學的發展道路。

也因爲如此，部分青年的文學實踐逐漸顯現出不同於主流文學的特質，從而形成了相對於主流文學的「次文學場」。「次文學場」在形成的當時以及後來的新時期，都產生了重要的文學力量。在「白洋淀詩歌群落」、「今天」派、「現代派」等文學群落、潮流中都可見出這一力量的深刻影響。而這三者又分別代表了「次文學場」與主流文學之間的三種關係：第一種是始終與主流文學保持距離，保持其先鋒探索精神，同時也被主流文學所「忽視」；第二種是與主流文學短暫合流後，又迅速分道揚鑣；第三種則是在先鋒探索過程中對大眾文化的借用，拓展了「次文學場」的疆界，爲其增添新的質素，但也增加了文學「向下滑」的危險。

　　由此可見，「皮書」在新中國的文藝發展中，的確是不可忽視的文化現象。它與主流文藝、民間文學之間有著糾纏不清的瓜葛與聯繫。梳理「皮書」的這段歷史，對我們進行當代文學、文化研究是大有裨益的，爲我們提供了更加豐富的歷史資源和更加寬廣的研究思想。

　　第一，摒棄「二元對立」的思維模式，以「生態學」的眼光重新接近歷史現場。

　　拋棄既定的思維模式，我們會發現新中國文藝的多層發展路徑——在看似單一、一體化的文學制度之下，其實存在某種多元的可能，譬如文藝沙龍、現代主義文學的這條線索。而這條線索的產生，正如前文所論，並非截然與主流文化相割裂，而是有著千絲萬縷的關聯。

　　在我們談到「潛在寫作」或「民間寫作」的時候，關注的焦點主要集中在建國後被打倒、壓制的老作家身上，譬如七月派，中國新詩派等，當然也涉及到一些青年作家，譬如張中曉、黃翔，食指等等。但這種考察是個別的、斷裂的，並且認爲其與主流文化似乎是完全隔絕、對立的。事實上，從新中國一代青年的思想文化發展來看，青年亞文化一直與主流文化相伴相生，既有重合，又不斷推動修補、改變著主流文化的發展方向。

　　青年群體從 20 世紀五十年代至七十年代對「皮書」養料的不斷汲取、內化，爲中國文學在新時期的逐漸開放、復興儲藏、積澱了重要的資源。他們影響、參與和改變著主流文學的發展路徑。從「皮書」的閱讀接受情況來看，青年人的覺醒正是從主流文化開始的。城市文藝沙龍的出現，源於新中國現代化城市的初具雛形；青年閱讀的「皮書」來源於主流文化；最早能讀到「皮書」的青年正是國家政治制度的既得利益者。青年人從「接班人」、「紅衛兵」到「知青」的經歷，也與國家政治的變化密切相關。可以說一代青年的成長與主流政治文化有著無法割裂的精神聯繫，甚至可以說他們就是新中國文藝艱難探索的一部分。他們是主流政治文化這棵大樹上旁逸斜出的一個新枝。

　　由此我們有理由指出，新時期的思想文化資源其實並非完全來自八十年代新興引進的西方思想文化，新時期文學的「復興」也並非完全是外來文化的推動，而實在是這之前新中國自身政治文化邏輯發展的一種必然。無論從主流文學的「物極必反」，還是青年文化對主流文化的推動，都孕育於新中國這個母體之中。

　　第二，對新中國成立後的文學發展作整體觀照，而不是割裂的、斷點式

的分期考察。因爲只有在整體視野下，新中國文學才會呈現出完整的發展路徑和豐富而複雜的歷史細節與沉澱，不同時期內部的精神勾連也才可能因此得到彰顯。以「皮書」爲觀察點，我們會發現無論是主流文學還是民間知識分子的文學探索，我們截然分開的「文革」前和「文革」後這兩段時期之間，都存在隱秘的內在精神聯繫。就主流文學而言，「十七年」文學，「文革」文學實際是社會主義中國在「封閉」狀態下對「中國作風」、「中國氣派」的社會主義文學的曲折摸索，而新時期文學則日漸將關閉的世界文學窗口打開。新時期文學對蘇聯等社會主義國家曾經的文學發展歷程的重演，曾經被規避的「皮書」成爲重要的文學參考資源，即說明了中國社會主義文學的發展並不能閉關自守，也不能擯棄世界文學的優秀文化成果，文學的基本命題不可迴避，文學的主體意識不能抹殺。只有在此基礎之上，中國文學才能有良好的思想基礎和文化積澱。「皮書」在兩個時期的不同政治文化命運正顯示了主流文化內在的探索與推進過程。

　　而就民間青年文化的發展而言，「皮書」更是將兩個看似截然不同的文化時期緊密地結合在了一起。今天不少著名學者、作家在談到自己的思想成長過程時，無不感慨七十年代對自己精神生活的至深影響。「太陽縱隊」的重要發起者張郎郎敏銳地看到了這種不同年代之間思想上的聯繫：「在那個年代，大面兒上來看是個文化貧瘠的時光，他們這些活動漸漸形成了文化潛流，在地下交匯著、湧動著。所以，到了八十年代才會有那樣一次時代的文化群體勃發。」〔註 1〕朱大可甚至充滿感情地說：「在很多年以後，當我回憶那個滿含淚水的歲月時才懂得，我從來沒有被八十年代塑造過。……我的身體的搖籃是五十年代，而我的精神搖籃則是光華四射的七十年代。我和許多人在那時就已經做好邁向文化新紀元的全部準備。在一個貌似壓抑和黑暗的時代，我們茁壯成長，並在殘缺不全的閱讀中找到了自己的神性」〔註 2〕

　　第三，重新整理當代文學、文化的思想文化淵源，辨清其「來龍」，才能看清其「去脈」。反思其淵源與基礎，才能知曉弊端與病症所在。

　　只有清理來自主流文化和以青年爲主體的民間知識分子文化所汲取的文

〔註 1〕張郎郎《寧靜的地平線》，選自北島、李陀主編《七十年代》，北京：生活、讀書、新知三聯書店，2009 年，第 105 頁。

〔註 2〕朱大可《書架上的戰爭》，選自《記憶的紅皮書》，廣州：花城出版社，2008年，第 85 頁。

化養料的成份，瞭解其思想文化發展脈絡，才能眞正弄清楚新中國新時期文學的內在肌理和它以後的發展方向。也就是說，新時期尤其是八十年代的思想文化何以呈現出當時之面貌，其思想根源在哪，都必須要回到七十年代，甚至五六十年代，才能認清主流文化、一代青年的精神養料是什麼，以及從何而來這些本源問題。

進入新時期以後，我們迴避了俄蘇文學對我國文學的影響，而對西方文學亦步亦趨。然而自五四，一直到新時期，俄蘇文學對中國思想文化、文學都有至關重要的意義。

只有釐清這些問題，我們才可能知道我們的文學乃至文化可能的病症和弊端之所在。朱學勤先生在分析「六八年人」精神短命的內在原因時指出：「德國哲學，俄羅斯文學與17年政治文化在某一方面是同屬一脈的，後者是前者的遙遠的後裔。」「在當時的閱讀氛圍中，閱讀黑格爾、別林斯基是有啓蒙作用的，然而另一方面，則有可能在一個更深刻的層面上接受並捍衛正在迫害我們的意識形態。」而「當年我們吞咽的精神麵包既有營養也有毒素，我們只堅持其營養的一面，拒絕反芻有害的一面。」〔註3〕而楊健先生在梳理了中國知青文學發展歷史之後，也談到了中國思想文化界在接受西方資源時的偏差。他談道：80年代中國理論界開始意識到在譯介西方文化中存在重大的失誤，「宣傳的所謂『西方思想』，實際上是一戰後敵視西方近代文明，敵視自由主義的德國文化傳統和西方左派理論。」於是：「90年代的編譯工作從馬克思主義有關聯的法、德理性主義轉向對西方自由主義理論的介紹，如對英美經驗哲學的介紹。」而「對黑格爾主義的清算，對於知識界的意義十分重大，它動搖了五四以來占統治地位的惟理主義思想傳統。」〔註4〕

雖然兩位學者所論主要針對思想理論界，但他們對接受思想的反思精神卻是我們面對一切外來文學、文化資源、傳統時所必須的精神素質。「皮書」本是特定年代的政治意識形態產物，但卻意外地成爲了封閉環境下一代青年的啓蒙讀物，進而影響了中國當代文學的發展。這自然是「皮書」意外結出的文化果實。然而，「皮書」本身的二重身份——政治產物與啓蒙讀物，一開始就是裹夾在一起的。當一代青年在獲得思想的啓蒙，開始與主流文藝日漸疏離時，他們憑藉的工具，思想反叛的資源都是由主流意識形態提供的。

〔註3〕朱學勤《書齋裏的革命》，長春：長春出版社，1999年，第74頁。
〔註4〕楊健《中國知青文學史》，北京：中國工人出版社，2002年，第393頁。

　　擴大而言，一代青年的思想文化氣質也都與主流思想有著糾結不清的聯繫。正如論文中論及的青年思想解放過程，青年亞文化圈的形成，「次文學場」的誕生，無不與主流思想有著深刻的內在精神聯繫。因此，在相當程度上，思想的反叛是由被反叛了的思想所規定的。被反叛的思想建築在怎樣一個平臺上，反叛的思想則會有一個相應的對應點與平臺。「皮書」對中國當代文學，尤其是新時期初期的影響，就非常明顯地反映了這一糾結關係。需要進一步指出的是，「皮書」本身也存在良莠不齊的情況。無論是以蘇聯爲代表的社會主義國家文學作品，還是來自西方以現代主義文學爲代表的作家作品，其實都難免有魚龍混雜之嫌。

　　因此我們在指出「皮書」對青年閱讀良性影響的同時，也應注意到這其中可能存在的不利或負面影響。當部分青年汲取了「皮書」的精華部分時，我們也不排除部分閱讀者可能從中獲取的恰恰是時代思想的糟粕。這也是我們在研究「皮書」問題時需要時時警惕和關注的。

　　第三，「皮書」所反映出的文學制度中的等級觀念，話語權問題自然有「非常時期的非常之舉」的無奈，但也反映出社會主義國家文化建設在理論政策上的弊端和問題。由此我們也期待更加自由開放的政治、文學環境。

參考文獻

一、報紙、期刊

1. 《人民日報》、《光明日報》、《文藝報》、《譯文》（1959 年以後改為《世界文學》）

二、「皮書」資料見附錄一

三、訪談記錄見附錄二

四、大陸中文資料

A

1. （美）本尼迪克特·安德森《想像的共同體：民族主義的起源與散佈》，上海：上海人民出版社，2003 年。

B

1. 巴人《論人情》，載《新港》1957 年第 1 期。

2. 北島、李陀主編《七十年代》，北京：生活·讀書·新知三聯書店，2009 年。

3. （法）皮埃爾·布迪厄著，《藝術的法則：文學場的生成和結構》，劉暉譯，北京：中央編譯出版社，2001 年。

C

1. 蔡翔《革命/敘述：中國社會主義文學──文化想像（1949～1966）》，北

京：北京大學，2010年。

2. 陳冰夷《關於杜金采夫的〈不是單靠麵包〉》，載《文藝報》1958年2期。

3. 陳毅《對北京市高等院校應屆畢業學生講話》，載《光明日報》1961年9月3日第2版。

4. 陳建華《20世紀中俄文學關係》，上海：學林出版社，1998年。

5. 陳丹燕《上海的風花雪月》，北京：作家出版社，2008年。

6. 陳墨《書話——偶然得之》，選自《野草之路》，成都野草文學社，內部資料。

7. 陳曉明主編《現代性與中國當代文學轉型》，昆明：雲南人民出版社，2003年。

8. 陳超《「X小組」和「太陽縱隊」：三位前驅詩人——郭世英、張鶴慈、張郎郎其人其詩》，載《當代作家評論》2007年第6期。

9. 陳思和《中國當代文學史教程》，上海：復旦大學出版社，1999年。

10. 陳思和主編《被放逐的詩神》，武漢：武漢出版社，2006年。

11. 陳亞丁《斥僞裝的社會主義文學》，載《光明日報》1960年8月6日。

F

1. 馮雪峰《中國文學中從古典現實主義到無產階級現實主義的發展的一個輪廓》，載《文藝報》1952年第14、15、17、19、20期。

2. 豐子愷《豐子愷文集》（文學卷）三，浙江：浙江文藝出版社，1992年。

3. 方長安《論外國文學譯介在十七年語境中的嬗變》，載《文學評論》2002年第6期。

4. 方長安《1949～1966中國對外文學關係特徵》，載《中山大學學報（社會科學版）》，2005年第5期。

5. （荷）D·佛克馬、E·蟻布思著《文學研究與文化參與》，俞國強譯北京：北京大學出版社，1996年。

6. （荷）D·佛克馬《中國文學與蘇聯影響（1956～1960）》，季進、聶友軍譯，北京：北京大學出版社，2011年。

G

1. 國家出版事業管理局版本圖書館《1949～1979翻譯出版外國古典文學著作目錄》，北京：中華書局，1980年。

2. 戈哈《垂死的階級，腐朽的文學（美國的「垮掉的一代」）》，載《世界文學》，1960年2月號。

3. 《光明日報》社論《大膽貫徹「百花齊放，百家爭鳴」的方針——紀念五

　　四運動三十八週年》，載《光明日報》1957 年 5 月 4 日。

4.《關於《解凍》及其思潮》，北京：北京大學出版社，1982 年。

5.《關於赫魯曉夫的假共產主義及其在世界歷史上的教訓》，載《人民日報》
　　1964 年 7 月 14 日。

6. 高華《革命年代》，廣東：廣東人民出版社，2010 年。

7. 葛岩《七十年代：記憶中的西安地下讀書活動》，載《萬象》2007 年第 3
　　期。

8. 古春陵《70 年代的詩歌火種》，載《南風窗》2006 年第 15 期。

9. 郭世英的詩作均根據《詩歌月刊‧下半月》1〜2 期，安徽：詩歌月刊雜
　　誌社，2006 年。

10. 古凡《黃皮書及其他：中蘇論爭時期的幾種外國文學內部刊物》，載《問
　　 一輪與批評》2001 年第 6 期。

11.（意）安東尼奧‧葛蘭西《獄中札記》，葆煦譯，人民出版社，1983 年。

H

1. 洪子誠《1956 百花時代》，濟南，山東教育出版社，2001 年。

2. 洪子誠《「外來者」的故事：原型的延續與變異》，載《海南師院學報》1997
　　年第 3 期。

3. 洪子誠《問題與方法》，北京：生活‧讀書‧新知三聯書店，2002 年。

4. 洪子誠《中國當代文學史》，北京：北京大學出版社，1999 年。

5. 黃偉宗《論社會主義的批判現實主義》，載《湘江文藝》1980 年第 4 期。

6. 黃偉宗《提倡社會主義文藝創作方法的多樣化》，載《廣州文藝》1980 年
　　第 4 期。

7. 郝海彥主編《中國知青詩抄》，北京：中國文學出版社，1998 年。

8. 何啓治《值得一記內參「黃皮書」》，載《出版科學》2009 年第 3 期。

9. 賀桂梅《後/冷戰情境中的現代主義文化政治——西方「現代派」和 80 年
　　代中國文學》，載《上海文學》2007 年 3 月 30 日。

J

1. 賈英健《全球化與民族國家》，長沙：湖南文藝出版社，2003 年。

2. 金天明、王慶仁《「民族」一詞在我國的出現及其他使用問題》，轉引自《中
　　央民族學院研究論叢》編委會編：《民族理論和民族政策論文選（1951〜
　　1983）》，北京：中央民族學院出版社，1986 年。

3.（法）羅傑‧加洛蒂《論無邊的現實主義》，吳岳添譯，天津：天津百花文
　　藝出版社，2008 年。

4. （日）今道友信《存在主義美學》中譯本前言，崔相錄、王生平譯序，遼寧：遼寧人民出版社，1987 年。

K

1. （丹）克爾凱戈爾《「那個個人」》，引自考夫曼編著《存在主義》，北京：商務印書館，1987 年。

L

1. 陸定一《百花齊放，百家爭鳴》，載《人民日報》1956 年 6 月 13 日。

2. 黎之《文壇風雲錄》，河南：河南人民出版社，1998 年。

3. 李希凡《評〈組織部新來的青年人〉》，載《文匯報》1957 年 2 月 9 日。

4. 李希凡《駁巴人的「人類本性」的典型論》，載《文藝報》1960 年第 7 期。

5. 李景端《眼光敏銳的翻譯家》，載《中華讀書報》2005 年 2 月 23 日。

6. 李新華《時代的見證：接班人與「第三代人」》，載《中國青年研究》1995 年第 3 期。

7. 李輝《走出歷史的影子》，載《讀書》1995 年 4 期。

8. 李潔非《現代性城市與文學的現代性轉型》，選自陳曉明主編《現代性與中國當代文學轉型》，昆明：雲南人民出版社，2003 年。

9. 李輝編著《搖蕩的秋韆——是是非非說周揚》，廣東：海天出版社，1998 年。

10. 李揚《50～70 年代中國文學經典再解讀》，濟南：山東教育出版社，2003 年。

11. 劉杲、石峰主編《新中國出版五十年紀事》，北京：新華出版社，1999 年。

12. 劉文飛《俄羅斯文學在中國的接受和傳播》，選自劉文飛《別樣的風景》，北京：人民文學出版社，2008 年。

13. 劉索拉《你別無選擇》，載《人民文學》1985 年第 3 期。

14. 藍棣之、李復威主編《世紀病：別無選擇——「垮掉的一代」小說選萃》，北京：北師大出版社，1989 年。

15. 梁子民、畢文昌《黃皮書的功能變遷》，載《中國青年報》2006 年 9 月 6 日。

16. 廖亦武主編《沉淪的聖殿——中國 20 世紀 70 年代地下詩歌遺照》，烏魯木齊：新疆青少年出版社，1999 年。

17. 雷頤《難忘的 1968 年》，載《中國青年研究》1996 年第 2 期。

18. （匈）盧卡契《盧卡契文學論文集》（一），中國社會科學出版社 1980 年。

M

1. 毛澤東《關於正確處理人民內部矛盾的問題》，載《人民日報》1957 年 6 月 19 日。

2. 毛澤東《同音樂工作者的談話》，謝冕、洪子誠主編《中國當代文學史料選》，北京大學出版社，1995 年。

3. 茅盾《夜讀偶記》，載《文藝報》1958 年第 10 期。

4. 馬寒冰《準確地去表現我們時代的人物》，載《文藝學習》1957 年第 2 期。

5. 孟繁華、程光煒《中國當代文學發展史》，北京：人民文學出版社，2004 年。

6.（美）莫里斯・狄克斯坦《伊甸園之門：六十年代美國文化》，方曉光譯，上海：上海外語教育出版社，1985 年。

7. 馬佳《找，能找到》，載《收穫》1982 年 2 期。

8.（美）R・麥克法誇爾、費正清主編《劍橋中華人民共和國史 1966～1982》，海南：海南出版社，1992 年。

9.（美）R・麥克法誇爾、費正清編，《劍橋中華人民共和國史 1949～1965 年》，北京：中國社會科學出版社，1992 年。

10.（英）D・C・米克《論反諷》，周發祥譯，北京：崑崙出版社，1992 年。

Q

1. 錢谷融《論「文學是人學」》，載《文藝報》1957 年第 5 期。

2. 秦兆陽《現實主義——廣闊的道路——對於現實主義的再認識》，載《人民文學》1956 年第 9 期。

S

1. 邵荃麟《修正主義文藝思想一例——論〈苔花集〉及其作者的思想》，載《文藝報》1958 年第 1 期。

2. 孫繩武《關於「內部書」：雜憶與隨感》，載《中華讀書報》2006 年 9 月 6 日。

3. 舒蕪《大壽薄禮——祝人民文學出版社建社五十週年》，北京：人民文學出版社，2001 年。

4. 沈志華主編《中蘇關係史綱》，北京：新華出版社，2008 年。

5.《四川民間詩歌運動簡史（1963～2005）（未定殘稿）——爲紀念那個「狂飆理想時代」而收集整理的一些民刊資料》，原載大型民刊《獨立》2006 年卷，天涯社區 http://www.tianya.cn/New/PublicForum/Content.asp 敎 idArticle=76864&strItem=poem

6. 宋海泉《白洋淀瑣憶》，見廖亦武主編《沉淪的聖殿——中國 20 世紀 70 年代地下詩歌遺照》，烏魯木齊：新疆青少年出版社，1999 年。

7. （美）史景遷《天安門：知識分子與中國革命》，北京：中央編譯出版社，1998 年。

T

1. 田漢《關漢卿》，《田漢文集》第 7 卷，北京：中國戲劇出版社，1983 年。

W

1. 王蒙《關於〈組織部新來的青年人〉》，載《人民日報》1957 年 5 月 8 日。

2. 王蒙《王蒙代表作》，（修訂本），北京：人民文學出版社，2002 年。

3. 王蒙《躲避崇高》，載《讀書》1993 年 1 期。

4. 王曉：《有關「黃皮書」的不完全報告》，見張立憲主編，《讀庫》，北京：新星出版社，2007 年第 3 期。

5. 王聯《世界民族主義論》，北京：北京大學出版社，2002 年。

6. 王若水《我對人道主義問題的看法》，《為人道主義辯護》，北京：生活·讀書·新知三聯書店，1986 年。

7. 汪介之《回望與沉思——俄蘇文論在 20 世紀中國文壇》，北京：北大出版社，2005 年。

8. 王堯《翻譯的「政治」》，載《南方周末》，2006 年 11 月 16 日。

9. 王東成《人生的「諾曼底」:「民間思想村落」詠歎調》，載《中國青年研究》1996 年第 2 期。

10. 王巧玲《艱難誕生灰皮書》，載《新世紀周刊》2008 年第 19 期。

11. 吳祖光《談戲劇工作的領導問題》，載《戲劇報》1957 年第 11 期。

X

1. 徐懋庸《同志》，載《文藝報》1957 年第 3 期。

2. 徐星《飢餓的老鼠》，載《收穫》1988 年第 1 期。

3. 徐星《無主題變奏》，載《人民文學》1985 年第 7 期。

4. 徐星《剩下的都屬於你》，載《中外文學》1989 年第 1 期。

5. 徐星《關於〈在路上〉》，http://xintianyou1.blogcn.cn.com/index.shtml。

6. 徐星口述，張映光採寫《徐星：我與當年那個「藝術瘋子」》，《新京報》，2005 年 2 月 2 日。

7. 徐友漁《寫作背後的另一種閱讀經驗》，載《南方周末》2007 年 10 月 11 日。

8. 徐曉主編《中國民間思想實錄——民間書信：1966～1977》，安徽：安徽文藝出版社，2000 年，

9. 徐曉、丁東、徐友漁編《遇羅克遺作與回憶》，北京：中國文聯出版社，1999 年。

10. 夏杏珍《「百花齊放、百家爭鳴」方針的形成過程的歷史回顧》，載《文藝報》1996 年 5 月 3 日。

11. 謝冕、洪子誠主編《中國當代文學史料選》，北京：北大出版社，1995 年。

12. （蘇）西蒙諾夫《蘇聯散文發展的幾個問題》，見《蘇聯人民文學》（上冊），北京：人民文學出版社，1956 年。

Y

1. 嚴希純《談談在學習自然科學的青年中存在的幾個思想問題》，載《光明日報》1961 年 11 月 5 日。

2. 姚文元《文學上的修正主義思潮和創作傾向》，載《人民文學》1957 年 11 月號。

3. 葉水夫《〈我與人民文學出版社——以一些人與事〉，見《我與人民文學出版社》，北京：人民文學出版社，2001 年。

4. 葉式生《我所結識的遇羅克》，見徐曉、丁東主編《遇羅克遺作與回憶》，北京：中國文聯出版社，1999 年。

5. 楊健《中國知青文學史》，北京：中國工人出版社，2002 年。

6. 楊健《紅衛兵集團向知青集團的歷史性過渡》（續一），載《中國青年研究》1996 年第 3 期。

7. 楊健《文化大革命中的地下文學》，北京：朝華出版社，1993 年。

8. 楊東平《城市季風：北京和上海的文化精神》，東方出版社，1994 年。

9. 閻月君、高岩、梁雲、顧芳編選《朦朧詩選》，瀋陽：春風文藝出版社，1988 年。

10. （德）H・R・姚斯、（美）R・C・霍拉勃《接受美學與接受理論》，周寧、金元浦譯，遼寧：遼寧人民出版社，1987 年。

Z

1. 張國慶《「垮掉的一代」與中國當代文學》，武漢：武漢大學出版社，2006 年。

2. 張福生《我瞭解的「黃皮書」出版始末》，載《中華讀書報》2006 年 8 月 23 日。

3. 查建英主編《北島》，選自《八十年代：訪談錄》，北京：生活・讀書・新

知三聯書店，2006 年。

4. 查明建《文化操縱與利用：意識形態與翻譯文學經典的建構——以 20 世紀五六十年代中國的翻譯文學爲研究中心》，載《中國比較文學》2004 年第 2 期。

5. 張惠卿《「灰皮書」的由來和發展》，載《出版史料》2007 年第 1 期。

6. 張郎郎《「太陽縱隊」傳說及其他》，見廖亦武主編《沉淪的聖殿——中國 20 世紀 70 年代地下詩歌遺照》，烏魯木齊：新疆青少年出版社，1999 年。

7. 張德林《關於現實主義創作的美學特徵的思考》，載《文學評論》1988 年 6 期。

8. 張鶴慈《曹天予到底走了多遠》，華人經典文化社區 http//www.cc611.com. 3index.asp。

9. 張飴慈《詩海鈎沈：致邵燕祥的信》，《新詩界》第三卷，北京：新世界出版社，2003 年

10. 趙長天《〈變形記〉及其它》，見《作家談譯文》，上海：上海譯文出版社，1997 年。

11. 中國版本圖書館編《全國內部發行圖書總目 1949～1989》，北京：中華書局，1988 年。

12. 中國版本圖書館編《1949～1979 翻譯出版外國文學著作目錄和提要》，南京：江蘇人民出版社，1986 年。

13. 仲呈祥編《新中國文學紀事和重要著作年表》，成都：四川省社會科學院出版，1984 年。

14. 周揚《社會主義現實主義——中國文學前進的道路》，載《人民日報》1953 年 1 月 11 日。

15. 周揚《文藝戰線上的一場大辯論》，載《人民日報》1958 年 2 月 28 日和《文藝報》1958 年第 4 期。

16. 周揚《我國社會主義文學藝術的道路》，載《文藝報》1960 年第 13～14 期。

17. 周揚《對編寫〈文學概論〉的意見》，《周揚文集》第 3 卷，北京：人民文學出版社，1990 年。

18. 周揚《哲學社會科學工作者的戰鬥任務》，載《人民日報》1963 年 12 月 27 日。

19. 周揚《關於馬克思主義的幾個理論問題的探討》，載《人民日報》1983 年 3 月 16 日。

20. 周揚《我國社會主義文學藝術的道路》，載《文藝報》1960 年第 13～14 期。

21. 周國平《歲月與性情——我的心靈自傳》，北京：人民文學出版社，2009年。

22. 朱光潛《我的文藝思想的反動性》，載《文藝報》1956年第12期。

23. 朱學勤《「娘希匹」和「省軍級」——「文革」讀書記》，載《上海文學》1999年第4期。

24. 朱大可《書架上的戰爭》，選自《記憶的紅皮書》，花城出版社，2008年。

25. 朱大可《流氓的盛宴：當代中國的流氓敘事》，北京：新星出版社，2006年。

26. 朱寨、張炯主編《當代文學新潮》，北京：人民文學出版社，1997年。

27. 《作家談譯文》，上海：上海譯文出版社，1997年。

28. 鄒振環《20世紀上海翻譯出版與文化變遷》，廣西：廣西教育出版社，2000年

29. （美）弗雷德里克‧詹姆遜《文化轉向》，胡亞敏譯，北京：中國社會科學出版社，2000年。

五、中國港臺資料

B

1. 北島《藍房子》，臺北：臺灣九歌出版公司，1998年。

L

1. 梁麗芳《從紅衛兵到作家——覺醒一代的聲音》，臺北：萬象圖書股份有限公司，1993年。

2. 劉青峰《文化大革命：史實與研究》，香港：中文大學出版社，1996年。

S

1. 宋永毅，孫大進《文化大革命和它的異端思想》，香港：香港田園書屋，1997年。

附錄一：「皮書」書目

一、「黃皮書」書目

第一階段（序曲）：1957～1962（共計 27 種）

（一）文學理論（5 種）

1. 中國科學院文學研究所現代文藝理論譯叢編輯部編《現代文藝理論譯叢》（第一輯），北京：人民文學出版社，1961.3。

2. 中國科學院文學研究所現代文藝理論譯叢編輯部編《現代文藝理論譯叢》（第二輯），北京：人民文學出版社，1961.8。

3. 中國科學院文學研究所現代文藝理論譯叢編輯部編《現代文藝理論譯叢》（第三輯），北京：人民文學出版社，1962.6。

4. 中國科學院文學研究所西方文學組編《現代美英資產階級文藝理論文選》（上編），北京：作家出版社，1962.7。

5. 中國科學院文學研究所西方文學組編《現代美英資產階級文藝理論文選》（下編），北京：作家出版社，1962.7。

（二）世界文學（1 種）

1.（英）艾德蒙・斯蒂爾曼編《苦果》，北京：作家出版社，1962.2。

（三）各國文學（共計 21 種）

蘇聯：（13 種）

評論和研究

1. 伊薩柯夫斯基等著《關於〈山外青山天外天〉》，北京：世界文學出版社（《總目》為作家出版社，查閱原書應為世界文學社），1961。

2. 世界文學出版社編《關於〈被開墾的處女地〉第二部》，北京：世界文學
   出版社，1961。

3. 世界文學出版社編《關於〈感傷的羅曼史〉》，北京：世界文學出版社，
   1961。

4. 《關於文學和藝術問題》（文件彙編）（增訂本），北京：作家出版社，1962.2。

小說

1. 杜金采夫《不是單靠麵包》，白祖雲譯，北京：作家出版社，1957.8。

2. 肖洛霍夫《被開墾的處女地》（第二部），草嬰譯，北京：作家出版社，
   1961.10。

3. 潘諾娃《感傷的羅曼史》，蘇群譯，北京：作家出版社，1961.10。（注：《全
   國內部發行圖書總目（1949～1986）》出版社標注爲「世界文學出版社」，
   經查閱原書應爲「作家出版社」。）

4. Ｘ・Ｍ・穆古耶夫《護身符》，朱源宏譯，北京：群眾出版社，1961.12。

5. 康・西蒙諾夫《生者與死者》，謝素臺等譯，北京：作家出版社，1962.12。

6. 愛倫堡《人、歲月、生活》（第一部），王金陵、馮南江譯，北京：作家出
   版社，1962.12。

詩歌

1. 特瓦爾多夫斯基《山外青山天外天》，飛白、羅昕譯，北京：作家出版社，
   1961.10。

戲劇

1. 西蒙諾夫《第四名》，張原譯，北京：中國戲劇出版社，1962.9。

2. 柯涅楚克《德聶伯河上》，蘇虹譯，北京：中國戲劇出版社，1962.10。

美國：（3種）

小說

1. 萊德勒、伯迪克《不體面的美國人》，黃邦傑、陳少衡譯，北京：世界知
   識出版社，1960.2。（注：《全國內部發行圖書總目（1949～1986）》作者
   寫爲了「萊德勒・伯迪克」。經查原書應爲兩個人）

2. 傑克・克茹亞克《在路上》，石榮、文惠如合譯，北京：作家出版社，
   1962.12。

戲劇

1. 傑克・格爾柏《接頭人》，石馥譯，北京：中國戲劇出版社，1962.11。

法國：（2 種）

小說

1. 亞爾培‧加繆《局外人》，孟安譯，上海文藝出版社，1961.12。

戲劇

1. 尤琴‧約納斯戈（即尤涅斯庫）《椅子》，黃雨石譯，中國戲劇出版社，
   1962.11。

英國：（3 種）

小說

1. 托‧史‧艾略特《托‧史‧艾略特論文選》，周煦良譯，上海文藝出版社，
   1962.1。
2. 約翰‧勃萊恩《往上爬》，貝山譯，北京：作家出版社，1962.11。

戲劇

1. 約翰‧奧斯本《憤怒的回顧》，黃雨石譯，北京：中國戲劇出版社，1962.1。

第二階段：1963～1966.6（共計 80 種）

（一）文學理論（4 種）

1. 中非作家會議中國聯絡委員會編《第二屆亞非作家會議發言集》，北京：
   作家出版社，1963.3。
2. 中國科學院文學研究所現代文藝理論譯叢編輯部編《現代文藝理論譯叢》
   （1963 年第 1 期）（總第 7 期），北京：人民文學出版社，1963.5。
3. 中國科學院文學研究所現代文藝理論譯叢編輯部編《現代文藝理論譯叢》
   （第六輯），北京：人民文學出版社，1964.3
4. 中國科學院文學研究所現代文藝理論譯叢編輯部編《現代文藝理論譯叢》
   （第五輯），北京：人民文學出版社，1964.8。

（二）世界文學（7 種）

1. 《外國文學新作提要》（4），北京：作家出版社，1963.11。
2. 《外國文學新作提要》（5），北京：作家出版社，1964.1。
3. 《外國文學新作提要》（6），北京：作家出版社，1964.4。
4. 《外國文學新作提要》（7），北京：作家出版社，1964.5。
5. 《外國文學新作提要》（8），北京：作家出版社，1965.5。
6. 《外國文學新作提要》（9），北京：作家出版社，1965.6。

7.《外國文學新作提要》（10），北京：作家出版社，1965.11。

（三）各國文學（共計69種）

蘇聯：（43種）

1. 高爾基《文學書簡》（下卷），曹葆華、渠建明譯，北京：人民文學出版社，1965.6。

理論研究

1. 現代文藝理論譯叢編輯部編《蘇聯文學與人道主義》北京：作家出版社，1963.8。
2. 現代文藝理論譯叢編輯部編《蘇聯文學中的正面人物、寫戰爭問題》北京：作家出版社，1963.11。
3. 現代文藝理論譯叢編輯部編《蘇聯青年作家及其創作問題》北京：作家出版社，1963.11。
4. 現代文藝理論譯叢編輯部編《蘇聯文學與黨性、時代精神及其他問題》北京：作家出版社，1964.2。
5. 現代文藝理論譯叢編輯部編《蘇聯一些批評家、作家論藝術革新與「自我表現」問題》北京：作家出版社，1964.3。
6. 中國戲劇家協會研究室編《新生活——新戲劇》北京：中國戲劇出版社，1964.10。
7. 中國戲劇家協會研究室編《戲劇衝突與英雄人物》（1965），北京：中國戲劇出版社，1965.1。
8. 現代文藝理論譯叢編輯部編《人道主義與現代文學》（上、下冊）北京：作家出版社，1965.3。

小說

1. 愛倫堡《解凍》（第一部），沉江，錢誠譯，北京：作家出版社，1963.1。
2. 愛倫堡《人、歲月、生活》（第二部），馮南江、秦順新譯北京：作家出版社，1963.2。
3. 索爾仁尼津《伊凡·傑尼素維奇的一天》，斯人譯，北京：作家出版社，1963.2。
4. 愛倫堡《人、歲月、生活》（第三部），秦順新、馮南江譯北京：作家出版社，1963.8。
5. 瓦·阿克肖諾夫《帶星星的火車票》，王平譯，北京：作家出版社，1963.9。
6. 愛倫堡《解凍》（第二部），錢誠譯，北京：作家出版社，1963.11。
7. 愛倫堡《人、歲月、生活》（第四部），馮南江、秦順新譯，北京：作家出

版社，1964.1。

8. 格奧爾基・弗拉基莫夫《大量的礦石》，孫廣英譯，北京：作家出版社，1964.1。

9. 安・卡里寧《戰爭與回聲》，家驤、曉寧譯，北京：作家出版社，1964.2。

10. 安・庫茲内佐夫《傳說的繼續（一個年輕人的筆記）》，白祖雲譯，北京：作家出版社，1964.2。

11. 瓦・柯熱夫尼科夫《這位是巴魯耶夫》，蒼松譯，北京：作家出版社，1964.4。

12. 柯切托夫《是這樣開始的（戰時札記）》，斯人譯，北京：作家出版社，1964.5。

13. 瓦・貝柯夫《第三顆信號彈》，李俍民譯，上海：作家出版社上海編譯所，1965.6。

14. 康・西蒙諾夫《軍人不是天生的》（共二部），豐一吟等譯，上海：作家出版社上海編輯所，1965.6。

15. 符・沃伊諾維奇《我們生活在這兒》，程代熙譯，北京：作家出版社，1965.6。

16. 奧・岡察爾《小鈴鐺》，王平譯，北京：作家出版社，1965.7。

17. 瓦・阿克肖諾夫《同窗》，周樸之譯，上海：作家出版社上海編輯所，1965.10。

18. 鮑・季亞科夫《親身經歷的故事》，南生譯，北京：作家出版社，1965.10。

19. 卡札凱維奇《藍色筆記本（附仇敵）》，南生等譯，北京：作家出版社，1966.3。

小說集

1. 索爾仁尼津（索爾仁尼琴）《索爾仁尼津短篇小說集》，孫廣英譯，北京：作家出版社，1964.10。

2. 艾伊特瑪托夫（艾特瑪托夫）《艾伊特瑪托夫小說集》，陳韶廉等譯，北京：作家出版社，1965.1。

3. 《蘇聯青年作家小說集》（上、下），北京：作家出版社，1965.2。

詩歌（集）

1. 葉甫杜申科等《娘子谷及其它》（蘇聯青年詩人詩選），蘇杭等譯，北京：作家出版社，1963.9。

2. 特瓦爾多夫斯基《焦爾金遊地府》，丘琴等譯，北京：作家出版社，1964.2。

3. 梅熱拉伊蒂斯《人》，孫瑋譯，北京：作家出版社，1964.10。

劇本

1. 阿爾布卓夫《伊爾庫茨克故事》，裴未如譯，北京：中國戲劇出版社，1963.8。（注《總目》譯者爲「裴末如」，經查閱原書應爲「裴未如」）。

2. 阿·索夫羅諾夫《廚娘》，孫維善譯北京：中國戲劇出版社，1963.9。

3. 列昂諾夫《暴風雪》，吳鈞燮譯，北京：中國戲劇出版社，1963.10。

4. K·伊克拉莫夫、B·田德里亞科夫《白旗》，沈立中譯，北京：中國戲劇出版社，1963.11。

5. 阿·史泰因《海洋》，孫維善譯，北京：中國戲劇出版社，1963.11。

6. 阿納托里·索夫羅諾夫《保護活著的兒子》，徐文譯，北京：中國戲劇出版社，1963.11。

7. 維·謝·羅佐夫《晚餐之前》，王金陵譯，北京：中國戲劇出版社，1964.5。

8. 阿遼申《病房》，蔡時濟譯，北京：中國戲劇出版社，1964.6。

9. H·包戈廷《忠誠》，群力譯，北京：中國戲劇出版社，1965.5。

美國：（7種）

小說

1. 塞林格《麥田裏的守望者》（長篇小說），石咸榮譯，北京：作家出版社，1963.9。

劇本

1. 威廉·基勃森《兩個打秋韆的人》，馥芝譯，北京：中國戲劇出版社，1964.6。

電影劇本

1. 裘力斯·艾卜斯坦、菲立普·艾卜斯坦、霍華德·柯琪《卡薩布蘭卡》（電影文學劇本），陳維姜、劉良模譯，北京：中國電影出版社，1963.4。（注：《全國內部發行圖書總目（1949～1986)》中作者一項少了最後一個作者。）

2. 海茨·赫拉特等《左拉傳》（電影文學劇本），朱曾汶譯，北京：中國電影出版社，1963.5。

3. 薛德尼·勃區曼、西頓·米勒《約旦先生來了》（電影文學劇本），葉丹譯，北京：中國電影出版社，1963.9。

4. 達希爾·哈美特《望萊守茵河》（電影文學劇本），孫道臨譯，北京：中國電影出版社，1964.6。

5. 薛德尼·勃區曼《史密斯先生到華盛頓》（電影文學劇本），陳國容譯，北京：中國電影出版社，1964.6。

法國：（5 種）

1. 亨利‧勒菲弗爾《勒菲弗爾文藝論文選》柳鳴九等譯，北京：作家出版社，
   1965.8。

小說

1. 讓－保爾‧薩特《厭惡及其他》，鄭永慧譯，上海：作家出版社上海編輯
   所，1965.4。

戲劇

1. 貝克特《等待戈多》，施咸榮譯，中國戲劇出版社，1965.7。

電影劇本

1. 讓－保羅‧勒‧夏諾阿《爸爸、媽媽、女僕和我》，陳琪譯，北京：中國
   電影出版社，1963.5。

2. 讓‧雷諾阿《南方人》，麥葉譯，北京：中國電影出版社，1963.5。

日本：（1 種）

1. （日）松本清張《日本的黑霧》，文潔若譯，作家出版社，1965.9。

其他國家：（13 種）

小說

1. （南斯拉夫）姆拉登‧奧利亞查《娜嘉》，楊元恪等譯，北京：作家出版社，
   1964.7。

2. （澳大利亞）R‧波西埃《甜酒與可口可樂》，施咸榮譯，上海：作家出版
   社上海編輯所，1964.12。

3. （挪威）歐文‧波爾斯達德《奸商》，葉逢植、李清華譯，上海：作家出版
   社上海編輯所，1965.10。

4. （奧）卡夫卡《審判及其他》，李文俊、曹庸譯，上海：作家出版社上海編
   輯所，1966.1。

劇本

1. （希臘）阿列克西斯‧巴爾尼斯《愛與美之島》，蔡時濟譯，北京：中國戲
   劇出版社，1963.10。

2. （意大利）愛杜阿爾朵‧德‧菲力普《費魯米娜‧馬爾土拉諾》，木禾譯，
   北京：中國戲劇出版社，1964.5。

3. （芬蘭）赫拉‧烏奧麗約基《約斯蒂娜》，蘇杭譯，北京：中國戲劇出版社，
   1964.10。

4. （保加利亞）季米特爾‧戈諾夫、季米特爾‧潘戴利耶夫《暴風雨過後的

痕迹》，葉明珍譯，北京：中國戲劇出版社，1965.7。

5. （瑞士）杜倫馬特《老婦還鄉》，黃雨石譯，北京：中國戲劇出版社，1965.12。

音樂劇本

1. （意）G・威爾第作曲（法）C・D・羅科爾原著，（意）A・基斯蘭佐尼改編《阿依達》（歌劇劇本），子琪譯，北京：音樂出版社，1963.3。

2. （德）R・瓦格納詞曲《漂泊的荷蘭人》（歌劇劇詞），雨三譯，北京：音樂出版社，1964.5。

3. （波）W・沃爾斯基作詞、S・莫紐什科作曲《哈爾卡》（四幕歌劇），陳鎭生譯，北京：音樂出版社，1964.7。

4. （波）W・沃爾斯基作詞、S・莫紐什科作曲《哈爾卡》（四幕歌劇），陳鎭生譯，北京：音樂出版社，1964.7。

第三階段：「文革」中後期至 1980 年（共計 107 種）

（一）文學理論（4 種）

1. 大學西語系資料組《從文藝復興到十九世紀資產階級文學家藝術家有關人道主義人性論言論選輯》，北京：商務印書館，1971.11。

2. 大學中文系文藝理論教研組編《形象思維問題參考資料》（第一輯），上海文藝出版社，1978.5。

3. 大學中文系文藝理論教研組編《形象思維問題參考資料》（第二輯），上海文藝出版社，1979.11。

4. （英）特里・伊格爾頓著《馬克思主義與文學批評》，文寶譯，北京：人民文學出版社，1980.3.。

（二）各國文學（共計 103 種）

蘇聯：（54 種）

理論研究

1. 米・赫拉普欽科著《作家的創作個性和文學的發展》，上海人民出版社編譯室譯，上海：上海人民出版社，1977.8。

2. 北京師範大學外國問題研究所蘇聯文學研究室編《勃列日涅夫集團關於文藝問題的決議和言論選編》，北京：人民文學出版社，1978.1。

3. （蘇）康・巴馬斯托夫斯基《金薔薇——關於作家勞動的札記》，上海：上海譯文出版社，1980.9。

小說

1. 謝苗・巴巴耶夫斯基《人世間》，上海新聞出版系統「五七」幹校翻譯組譯，上海：上海人民出版社，1972.5。

2. 弗・阿・柯切托夫《你到底要什麼？》，上海新聞出版系統「五七」幹校翻譯組譯，上海：上海人民出版社，1972.10。

3. 伊凡・沙米亞金《多雪的冬天》，上海新聞出版系統「五七」幹校翻譯組譯，上海：上海人民出版社，1972.12。

4. 艾伊特瑪托夫《白輪船》，雷延中譯，上海：上海人民出版社，1973.7。

5. 米・肖洛霍夫《他們為祖國而戰——長篇小說的若干章節》，史刃譯，上海：上海人民出版社，1973.7。

6. 弗・阿・柯切托夫《落角》，上海人民出版社編輯室譯，上海：上海人民出版社，1973.9。

7. 維・李巴托夫《普隆恰托夫經理的故事》，上海外語學院俄語系譯，上海：上海人民出版社，1973.10。

8. 瓦吉姆・柯熱夫尼柯夫《特別分隊》，上海師範大學外語系俄語組譯，上海：上海人民出版社，1974.7。

9. 謝苗・拉什金《絕對辨音力》，上海外國語學院俄語系三年級師生譯，上海：上海人民出版社，1975.5。

10. 謝苗・巴巴耶夫斯基《現代人》，上海人民出版社編譯室譯，上海：上海人民出版社，1975.6。

11. 阿・約爾金《核潛艇聞警出動》，上海師範大學外語系俄語組等譯，上海：上海人民出版社，1975.7。

12. 西蒙諾夫《最後一個夏天》，上海外國語學院俄語系譯，上海：上海人民出版社，1975.10。

13. 尼古拉・納沃洛奇金《阿穆爾河的里程》，江峨譯，北京：人民文學出版社，1975.12。

14. 《蘇修短篇小說集》（《摘譯（外國文藝）》增刊），上海：上海人民出版社，1975.12。

15. 阿・庫列紹夫著，《藍色的閃電》，伍桐譯，北京：人民文學出版社，1976.3。

16. 尤里・邦達列夫《熱的雪》，上海外國語學院《熱的雪》翻譯組譯，上海：上海人民出版社，1976.6。

17. 謝爾蓋・沃羅寧《木戈比》，粟周熊、高昶譯，北京：人民文學出版社，1976.9。

18. 尼・札多爾諾夫《淘金狂》，何立譯，上海：上海人民出版社，1976.11。

19. 尼・卡姆布諾夫《火箭轟鳴》，上海人民出版社編譯室譯，上海：上海人

民出版社，1977.3。

20. 謝苗·巴巴耶夫斯基《哥薩克鎮》《第一部》，上海人民出版社編譯室譯，上海：上海人民出版社，1977.11。

21. 謝苗·巴巴耶夫斯基《哥薩克鎮》《第二部》，聞學實譯，上海譯文出版社，1978.1。

22. 格納季·謝苗尼欣《逆風起飛》，聞學實譯，上海譯文出版社，1978.1。

23. 亞·恰科夫斯基《圍困》（第一卷），葉雯譯，上海：上海譯文出版社，1978.3。

24. 亞·恰科夫斯基《圍困》（第二卷），葉雯譯，上海：上海譯文出版社，1978.3。

25. 亞·恰科夫斯基《圍困》（第三卷），葉雯譯，上海：上海譯文出版社，1978.3。

26. 亞·恰科夫斯基《圍困》（第四卷），葉雯譯，上海：上海譯文出版社，1978.3。

27. 亞·恰科夫斯基《圍困》（第五卷）（上、下冊），葉雯、江峨譯，上海：上海譯文出版社，1979.3。

28. 尤里·邦達列夫《岸》，南京大學外文系歐美文化研究室譯，北京：人民文學出版社，1978.6。

29. 特里豐諾夫《濱河街公寓》，聯翼、范岩譯，北京：人民文學出版社，1978.6。

30. 達·克拉米諾夫《正午的暮色》，吳祐、王蘊譯，北京：人民文學出版社，1978.7。

31. 特羅耶波利斯基《白比姆黑耳朵》，蘇玲譯，北京：人民文學出版社，1978.8。

32. 伊·葉先別林《絕望》，潘同瓏、曹中德譯，北京：人民文學出版社，1978.10。

33. 愛倫堡《人、歲月、生活》（第一部），王金陵、馮南江譯，北京：人民文學出版社，1979.4。

34. 愛倫堡《人、歲月、生活》（第二部），馮南江、秦順新譯，北京：人民文學出版社，1979.4新1版。

35. 愛倫堡《人、歲月、生活》（第三部），秦順新、馮南江譯，北京：人民文學出版社，1979.4新1版。

36. 愛倫堡《人、歲月、生活》（第四部），馮南江、秦順新譯，北京：人民文學出版社，1979.4新1版。

37. 愛倫堡《人、歲月、生活》（第五部），秦順新、馮南江譯，北京：人民文

學出版社，1979.12。

38. 愛倫堡《人、歲月、生活》（第六部），馮南江譯，北京：人民文學出版社，1980.5。

39. 拉斯普金《活下，並且要記住》，豐一吟等譯，上海：上海譯文出版社，1979.6。

40. 沃斯托科夫、施美列夫著《追蹤記》，全今譯，北京：群眾出版社，1979.9。

41. 薩·丹古洛夫《庫茲涅茨橋》（第一部），史峨學譯，上海：上海譯文出版社，1980.2。

42. 索爾仁尼琴《癌病房》（第一、二部），榮如德譯，上海：上海譯文出版社，1980.4。

43. 尤·特里豐諾夫《老人》，張草紉譯，上海：上海譯文出版社，1980.10。

戲劇

1. 《禮節性的訪問——蘇聯的五個話劇、電影劇本》，齊戈譯，上海：上海人民出版社，1974.4。

2. 《反華電影劇本〈德爾蘇·烏札拉〉》，北京：人民文學出版社，1975.3。

3. 薩·丹古洛夫等《不受審判的哥爾查科夫》，北京外國語學院俄語系三年級八、九班工農兵學員等譯，上海人民出版社，1975.7。

4. 米·沙特羅夫《明天的天氣》（以對話、書信、電報與其他文件等形式表達的現場報導劇），北京大學俄語系蘇修文學批判組譯，北京：人民文學出版社，1975.10。

5. 維·羅佐夫《四滴水》，北京師範大學外國問題研究所蘇聯文學研究室譯，北京：人民文學出版社，1976.1。

6. 亞歷山大·佩特拉什凱維奇《警報（附：平靜的深淵）》，北京外國語學院俄語系研究室譯，北京：人民文學出版社，1976.3。

7. 謝爾蓋·米哈爾科夫《泡沫》（風尚喜劇），粟周熊譯，北京：人民文學出版社，1976.8。

8. 尤利·邦達列夫《解放》（電影史詩），施達譯，上海：上海譯文出版社，1980.3。

日本：（22種）

1. 三島由紀夫《憂國》，北京：人民文學出版社，1971。

2. 三島由紀夫《春雪》（《豐饒之海》第一部），北京：人民文學出版社，1973.12。

3. 三島由紀夫《奔馬》（《豐饒之海》第二部），北京：人民文學出版社，

1973.5。

4. 三島由紀夫《曉寺》(《豐饒之海》第三部)，北京：人民文學出版社，
   1972.8。

5. 三島由紀夫《天人五衰》(《豐饒之海》第四部)，北京：人民文學出版社，
   1971.12。

6. 山田洋次等《故鄉──日本的五個電影劇本》，石宇譯，上海：上海人民
   出版社，1974.6。

7. 黑澤明《反華電影劇本〈德爾蘇·烏札拉〉》，納吉賓改編，北京：人民文
   學出版社，1975.3。

8. 有吉佐和子《恍惚的人》，秀豐、渭慧譯，北京：人民文學出版社，1975.4。

9. 松本清張《日本改造法案──北一輝之死》(二幕七場話劇)，吉林師大日
   本研究室文學組譯，北京：人民文學出版社，1975.4。

10. 小松左京《日本沉沒》，李德純譯，北京：人民文學出版社，1975.6。

11. 《沙器》《望鄉》(日本電影劇本)，北京：人民文學出版社，1976.1。

12. 吉田精一《現代日本文學史》，齊幹譯，上海：上海人民出版社，1976.1。

13. 堺屋太一《油斷》，渭文、慧梅譯，人民文學出版社，1976.3。

14. 五味川純平《虛構的大義──一個關東軍士兵的日記》，人民文學出版社
    翻譯組譯，北京：人民文學出版社，1976.3。

15. 戶川豬左武《黨人三脈》(小說《吉田學校》第二部)，上海人民出版社，
    1976.6。

16. 戶川豬左武《角福火山》，(小說《吉田學校》第三部)，上海：上海人民
    出版社，1977.1。

17. 戶川豬左武《吉田學校》，上海：上海人民出版社，1977.11。

18. 中田潤一郎《從序幕開始附轉椅》，共工譯，北京：人民文學出版社，
    1977.1。

19. 城山三郎《官僚們的夏天》，共工譯，北京：人民文學出版社，1977.4。

20. 西鄉信綱等《日本文學史》，佩珊譯，北京：人民文學出版社，1978.3。

21. 松本清張《點與線》，晏洲譯，北京：群眾出版社，1979.1。

22. 黑澤明《羅生門》，北京：中國電影出版社，1979.10

美國：(10 種)

1. 《美國小說兩篇──〈海鷗喬納森·利文斯頓〉和〈愛情故事〉》，上海：
   上海人民出版社，1974.3。

2. 尤多拉·葦爾蒂《樂觀者的女兒》，葉亮譯，上海：上海人民出版社，
   1974.11。

3. 内德・卡爾默《阿維馬事件》，鍾衛譯，上海：上海人民出版社，1975.4。

4. 赫爾曼・沃克《戰爭風雲》（一），石靭譯，北京：人民文學出版社，1975.11。

5. 赫爾曼・沃克《戰爭風雲》（二），石靭譯，北京：人民文學出版社，1975.11。

6. 赫爾曼・沃克《戰爭風雲》（三），石靭譯，北京：人民文學出版社，1975.11。

7. 詹姆斯・A・米切納《百年》，龐渤譯，上海：上海人民出版社，1976.6。

8. 艾倫・德魯里《前車之鑒——愛德華・賈森的總統生涯》，復旦大學外語系外國文學教研組譯，北京：人民文學出版社，1977.12。

9. 伏爾特・韋傑《電話行動》，郁嘉民譯，北京：群眾出版社，1980.3。

10. 尤多拉・葦爾蒂《樂觀者的女兒》，主萬、曹庸譯，上海：上海譯文出版社，1980.8 新 1 版。

英國：（4 種）

1. 特德・奧爾布里《雪球》，上海外國語學院英語系翻譯組譯，上海：上海譯文出版社，1978.7。

2. 柯南道爾《福爾摩斯探案選》，丁鍾華、袁棣華等譯，北京：群眾出版社，1978.12

3. 皮爾斯・保羅・里德《教授的女兒》，上海外國語學院英語系翻譯組等譯，上海：上海譯文出版社，1979.1。

4. 弗・福賽斯《敖德薩檔案》，靜海譯，北京：群眾出版社，1979.12。

法國：（1 種）

1. 阿蘭・羅布・格里耶《窺視者》，鄭永慧譯，上海：上海譯文出版社，1979.8。

其他國家：（12 種）

1. （玻利維亞）雷納托・普拉達・奧魯佩薩《點燃朝霞的人們》，蘇齡譯，北京：人民文學出版社，1974.11。

2. （埃及）法耶斯・哈拉瓦《代表團萬歲》，北京外國語學院亞非語系阿拉伯語專業譯，北京：人民文學出版社，1975.10。

3. （波蘭）亞當・密茨凱維支《先人祭》，韓逸譯，北京：人民文學出版社，1976.8。

4. （坦桑尼亞）基因比拉《帝國主義必敗》，思聞譯，北京：人民文學出版社，1976.1。

5. （德）斐迪南・拉薩爾《弗蘭茨・馮・濟金根》（五幕歷史悲劇），葉逢植譯，北京：人民文學出版社，1976.1。

6. （秘魯）伊薩克・費利佩・蒙托羅《金魚》，上海外國語學院西班牙語專業七六屆工農兵學員及部分教員集體譯，北京：人民文學出版社，1977.4。

7. （聯邦德國）海因里希・伯爾《喪失了名譽的卡塔琳娜・勃羅姆》，孫鳳城、孫坤榮譯，北京：人民文學出版社，1977.6。

8. （加拿大）亞瑟・赫利《車輪》，上海師範大學中文系《車輪》翻譯組譯，上海：上海人民出版社，1977.10。

9. （菲律賓）何塞・黎薩爾《不許犯我》，陳堯光、柏群譯，北京：人民文學出版社，1977.10。

10. （菲律賓）何塞・黎薩爾《起義者》，柏群譯，北京：人民文學出版社，1977.10。

11. （羅馬尼亞）馬林・普列達《囈語》，羅友譯，北京：人民文學出版社，1978.1。

12.《印度現代短篇小說集》，黃寶生等譯，北京：人民文學出版社，1978.3。

二、部分產生重要影響的「灰皮書」

1. （美）安娜・路易斯・斯特朗《斯大林時代》，石人譯，北京：世界知識出版社，1957.4。

2. （美）埃德加・斯諾《西行漫記》，王廠青等譯，北京：三聯書店，1960.2。

3. （法）讓・華爾《存在主義簡史》，韓潤棠譯，商務印書館，1962.3。

4. （奧）F・A・哈耶克《通向奴役的道路》，滕維、朱宗風譯，北京：商務印書館，1962.4。

5. （南斯拉夫）密洛凡・德熱拉斯《新階級：對共產主義制度的分析》，陳逸譯，北京：世界知識出版社，1963.2。

6.《人道主義、人性論研究資料》（第一輯），商務印書館，1963.3。

7.《人道主義、人性論研究資料》（第二輯），商務印書館，1964.9。

8.《人道主義、人性論研究資料》（第三輯），商務印書館，1963.4。

9.《人道主義、人性論研究資料》（第四輯），商務印書館，1965.1。

10.《人道主義、人性論研究資料》（第五輯），商務印書館，1964.9。

11. （美）拉札爾・皮斯特臘克《大策略家：赫魯曉夫發跡史》，北京翻譯社譯，北京：世界知識出版社，1963.4。

12. 中國科學院哲學研究所西方哲學史組編《存在主義哲學》，北京：商務印書館，1963.6。

13. （蘇）列夫・托洛茨基《斯大林評傳》，齊幹譯，北京：三聯書店資料室編印，1963。

14. （錫蘭）特加・古納瓦達納《赫魯曉夫主義》，齊之思譯，北京：世界知識出版社，1963.11。

15. （波蘭）Adam Schaff《人的哲學：馬克思主義與存在主義》，林波等譯，北京：三聯書店，1963.11。

16. （法）薩特《辯證理性批判》（第一卷・關於實踐的集合體的理論）（第一分冊 方法問題），徐懋庸譯，北京：商務印書館，1963.12。

17. （蘇）列夫・托洛茨基《被背叛了的革命》，柴金如譯，北京：三聯書店資料室編印，1963.12。

18. （南斯拉夫）維利科・弗拉霍維奇《南共綱領和思想鬥爭「尖銳化」》，林南慶譯，北京：三聯書店，1964.2。

19. （法）馬迪厄《法國大革命史》，楊人楩譯注，北京：商務印書館，1964.7。

20. （法）R.加羅蒂《人的遠景：存在主義，天主教思想，馬克思主義》，徐懋庸，陸達成譯，北京：三聯書店，1965.8。

21. （匈牙利）盧卡契《存在主義還是馬克思主義？》，韓潤棠譯，北京：商務印書館，1965.8。

22. （美）威廉・L・夏伊勒《第三帝國的興亡：納粹德國史》，董天爵譯（實際上包括了九位譯者，其中有董樂山、李天爵等），北京：世界知識出版社，1965.12。

23. （英）湯因比《歷史研究》，曹未風譯，上海：上海人民出版社，1966.6。

24. （古巴）切・格瓦拉《切・格瓦拉在玻利維亞的日記》，北京：三聯書店，1971。

25. 復旦大學資本主義國家經濟研究所，上海直屬機關「五七」幹校編譯組編《尼克松其人其事》，上海：上海人民出版社，1972.2。

26. 哈里・杜魯門《杜魯門回憶錄》，李石譯，北京：三聯書店，1973.9。

27. （美）亨利・基辛格《選擇的必要》，國際關係研究所編譯室譯，北京：商務印書館，1972.11。

附錄二：訪談

人民文學出版社張福生先生訪談記錄

2008 年 9 月 12 日

張福生：「黃皮書」的叫法是通俗的，民間的。沒有任何正式文件通知中會使用這個稱呼。統一的名稱應該是「內部發行」。「內部書」的出版的各環節是脫節的，每個人只做自己那一段，不能隨便問。「黃皮書」的最後一本是《正午的暮色》。

陳冰夷的地位很高，僅次於茅盾，關於「內部書」知道得最多，說話喜歡調侃；而孫繩武則是一個很謹慎的人，當時葉水夫也參與了。每個人性格不一樣，敘述可能都有差異，先說哪句，後說哪句都有講究。說的和寫下來的也都有區別。

2008 年 9 月 17 日

筆者：「內部書」的傳統是從什麼時候開始的，是否建國前就有？

張福生：「內部書」是早就有，但是那時限制比較鬆，比如當時一些大學教材也是內部的。這和後來的「黃皮書」這一批的「內部書」性質上是不一樣。「黃皮書」出得很倉促的。「內部書」有寬泛意義上的，也有嚴格所指的，這兩類應該區別開來。現在大家關心的是「瞭解世界文學的窗口」這部分。「黃皮書」針對性比較強的基本上是從 62 年《人、歲月、生活》開始的。李曙光（《文壇風雲錄》）提到的新僑飯店會議非常重要，是「黃皮書」的開源，是中央關於出版外國文學的重要政策會議，影響了很多年。但是葉水夫、陳冰

夷當時看了《文壇風雨錄》，指出了其中一些重要的有出入的地方，他們跟我說了，我又當面把這些問題轉達給了李，李後來再版時也作了一些修訂，並且寫信專門回覆了葉水夫。李曙光是秘書，當時定名單（有資格看「內部書」的人員名單），其實是李先定一個，最後由周揚宣佈。至於林默涵是否參與「黃皮書」出版，我不太清楚。

筆者：「灰皮書」、「黃皮書」爲什麼選擇這些顏色？是否是「顏色政治」？

張福生：我問過當時的幾位老先生，他們說當時絲毫沒有某種意識考慮，出黃皮的，就是因爲這種紙比較便宜，裝幀也很簡單，封皮就是稍微厚點，以區別於正文。

筆者：內部書的篇目是如何選擇的？上層會有具體規定嗎？孫繩武等的選擇是否有相對的自由性？作品翻譯之後由誰來把關譯文的質量？翻譯是否能做到「信、達、雅」？

張福生：決策、制定一些相關政策，比如要「反修」，這是由周揚來決定的。然後陳冰夷再把上邊的情況傳達下來。當時陳冰夷是作協裏負責外國文學的最高的頭，作協在當時只是工具，是傳達中央唯一的渠道。陳冰夷把上邊的意思傳達到出版社，然後出版社組織編輯討論、選題，討論好了後，選題仍然要上報，審批。「黃皮書」的出現過程有很多環節，決策者，傳達者、編輯、出版者這些要分開。孫繩武只是參與了。至於翻譯的問題，我覺得這事要這麼來看。我曾問過張道眞，就是翻譯《十九世紀文學主流》的，讓他們在再版時修改一下原來翻譯的，他們就給我說了一些當時翻譯的狀況。這批人當時有兩點優勢：一個是當時的政治壓力，使他們不敢翻錯，或者粗製濫造。在那種環境下，能被選中參與這個事情，那是政治上的最高待遇，認爲你是一個好人，那才找你來做這個事；第二個優勢就是「年富力強」，精神體力上夠好，才能完成這件事。當然在當時那種環境下，不自由，限制了發揮，可能文采上要差一些。但是肯定沒有黑白錯誤的。有，那也是細小的一些。當時這批譯者，今天都是大家了。

筆者：內部書有無發行地區的規定？比如北京、上海？北京有哪些具體的發行點？

張福生：這個問題秦順新、李曙光都說過，這些書就是給部、局包括部隊裏的一些高級幹部，是很少的一些人，也不是所有這個級別上的人都能看，

而是那些與文藝有關、並且是掌握政策的那一些人。沒有地區的限定，但主要集中在北京。

筆者：在六十年代，除了人民文學出版社出版內部書，北京還有中國電影出版社、音樂出版社出版了一些電影劇本，歌劇，比如電影卡薩布蘭卡等。它們和人民文學出版社出版內部書的目的是否一樣？而當時的上海文藝出版社也出了一些「內部書」，如《艾略特論文選》（1962）、《局外人》（1961）？

張福生：這些其實都是圍繞著一個目的，在當時那種環境中，不可能哪個出版社隨意想出版什麼就出版什麼，都是根據上面的政策來的。否則是可能掉腦袋的。這些出版社其實領導都在一起，上面有決策要開會了，大家就聚在了一起。相互也認識、熟悉。中國電影出版社其實就是當時電影資料館裏的一個小編輯室，是鄭雪萊等組織出的。

筆者：「文革」中上海人民出版社、上海譯文出版社等為什麼會加入，是否與「四人幫」有關？與人民文學出版社是什麼關係？當時它的負責人是誰？

張福生：這些出版社跟內部書「黃皮書」剛開始時是有偏差的，前段這些都是人文社的分社，比如《軍人不是天生的》，還是黃皮的。後來他們獨立了，要自己出書了，風格上和前面也就不一樣了，比如《你到底要什麼》、《白輪船》。當時出版，性質也變了，五六十年代出黃皮書那是「反修」，中蘇分歧，是兩個黨之間翻臉。七十年代那是「批修」，叫蘇聯是「社會主義帝國主義」，當時有珍寶島事件，國家間都成敵人了，這些「黃皮書」是供批判的。至於和「四人幫」有沒有關係，我沒見過這方面的材料。我覺得江青、姚文元等他們是要篡黨奪權的，哪管得了這些小事。誰要這麼說，誰就是亂說，不要信。重要的是要根據當時的書目，都有年代，具體的作品，背景，這些才是最重要。要回到當時的歷史語境中去，設身處地地想想當時那種嚴格、謹言慎行的年代。

筆者：內部書的封面設計主要是誰？有的「黃皮書」上標注了設計者如張守義、石丙春、柳成蔭等？

張福生：張守義當時也就三十多歲，五十年代末，還是62、63年左右到了人文，那些設計跟現在的美編是有區別的，署名那就是說明這事是他做的。那就是簡單地弄了一下。

現在人文社的「內部書」也不全，像陳原、孫繩武、陳冰夷他們都沒有，

孫繩武自己翻譯的梅熱拉伊蒂斯的詩集《人》，他都沒有，後來我贈送了一本給他。葉水夫的也不全，但可能是最多的，後來他捐給洛陽外院了。我這兒收集了大概一百多本，我曾和葉水夫打電話聊到這事，我們開玩笑地問，我有某本書，問對方有沒有，相互印證。

關於這批書，沒有正式的文件，都是口頭上的，當時是有一個名單，秦順新看見過，但他那時就是一個編輯，翻譯作品的，看見了也不能說，不能問爲什麼。這些事連總編輯可能都不清楚。比如有一次韋君宜帶著孫繩武到了海邊，去見一個人，回來後就開始做事。這些都是沒有正式文件來明確提出的。

2008 年 9 月 19 日學者劉納訪談記錄

劉納：我記得當時在王府井書店北邊有一個內部書店，一直維持到 80 年代初。那個時候，憑學生證就可以進去。我 78 年讀研究生時去過。「黃皮書」是不賣的，高幹才能弄到，當然高幹子弟也就有機會看到。這是特權的象徵。我讀高中的時候對《葉紹爾夫兄弟》、《你到底要什麼》很喜歡，其中的一些情節、生活細節當時在我們的書中是不太可能出現的。這些書是站在斯大林的角度，反赫反修出的。

我讀到的一些「內部書」是從我妹妹的同學、朋友那裡借到的。我當時在順義教書（七十年代初），周末回去，就一兩天的時間看，然後星期一就要還回去的。後來我讀研究生，對我們有特殊優待，看了一些內部電影，比如《白玫瑰》、《王子復仇記》，還有當時反映日本「二戰」的一個電影。現在看來，那些其實沒什麼，有些挺無聊的。

我還記得這麼一個事，根據林彪的秘書回憶，當時葉群去借《基督山伯爵》，然後「中央文革小組」的姚文元也去借，結果兩人因此結下過節，也是當時他們分裂的一個導火線。由這個事，也可以由此想像當時這種資源的狀況。

新時期時，蘇聯文學仍然有影響，艾特瑪托夫的影響最大。像史鐵生的《我的遙遠的清平灣》慢慢咀嚼，就有蘇聯味兒。

「文革」是各種欲望的釋放，其實那些高幹子弟六十年代也沒怎麼看「黃皮書」，「文革」了，作爲顯擺，拿來看。

2008 年 9 月 22 日學者丁東訪談記錄

「內部書」在「文革」前控制比較嚴，通過內部書店發行，只有高乾和級別較高的單位才能看。1975 年左右我在一個黨委研究機構，曾經帶著單位開的介紹信在北京東四的一家內部書店為單位採購部分內部書。這家內部書店級別不是很高。在西絨線胡同還有一家內部書店，級別就比較高，需要憑購書證，主要針對省軍級、地師級的。當時，這些書印刷量少，主要集中在北京。

「文革」前出的一些「內部書」中的學術著作，面比較寬，商務印書館出的一些古典哲學之類的，也作為「內部書」。

「文革」後，秩序崩潰，黨委都亂了，控制也就相對放鬆，「內部書」流散得就比較廣了，身份也不再要求那麼嚴格了。比如北島的父親就是民主黨派的普通幹部。北京大部分青年下鄉後，相互傳閱這些「內部書」，不再像「文革」前黨性那麼強，那麼正統。不過，總體人數不多，估計在千人左右。

現在很多人認為「現代派」是 20 世紀七十年代末到八十年代才有的，這不太符合實際，應該追溯到更早的源頭。比如較早的郭世英等組織的「X」詩社，張郎郎等組織的「太陽縱隊」。後來的「六八年人」當時思想也比較活，逐漸產生了自己的獨立思想。我們應該肯定他們對以後文化思想的影響，並且，要注意要把「文學」放到當時整個思想文化的大範疇中研究，而不應該孤立，割裂出來。在當時，社會科學類、文學類書是不太分的，大家都爭著看。

「老三屆」，老紅衛兵，知青，這是幾乎一代人的身份標識，一個人可以同時擁有幾種身份。就像當時「內部書」雖然作為批判對象出版，但是不少當時被打成「右派」的知識分子參與到了「內部書」的翻譯中，比如李慎之、董樂山等。六十年代初，從事翻譯的這些人不是個別的，不少人都參與了，比如還有費孝通等。青年除了從「內部書」中獲得信息，也有一些通過人與人之間相互交往而受影響，比如當年北島和馮亦代就一個院，相互有過交往。

我看過的「內部書」有：《解凍》、《帶星星的火車票》、《憤怒的回顧》、《新階級》、《格瓦拉日記》、《赫魯曉夫回憶錄》、《美國與中國》、柯切托夫的《人世間》、艾特瑪托夫的小說等。「文革」中出的那些「內部書」我幾乎都看過。